Come la Luna alle porte dell'alba

Riccardo Roiter Rigoni

"È la storia, non colui che la racconta"
S. King, "Stagioni diverse"

Prologo

Un rumore di tacchi: una cadenza regolare, né veloce, né lenta, echeggiava oltre la soglia del mondo dei sogni. A chi appartenevano quei passi di donna che andavano a poco a poco scemando? Non lo avrei mai saputo.

Mi ritrovai ad occhi aperti nel buio della mia stanza d'albergo, nuovamente in compagnia di una strana inquietudine comparsa la sera precedente.

Guardai l'ora: erano le sei meno un quarto.

Avevo ancora dieci giorni di ferie. Desideravo starmene tranquillo e godermeli in spensieratezza, ma immagini rapide e confuse continuavano a scorrere nella mia mente: veloci al punto da riuscire a scorgerle appena e, allo stesso tempo, troppe per poterle ignorare.

Nel corridoio ci fu una confusione improvvisa, uno strano via vai nel quale percepii delle voci indistinte, il suono di alcuni campanellini, qualcuno che camminava appoggiandosi a un bastone accompagnato dal mugolare di un cane che pareva stargli appresso. Non avevo la minima idea di cosa stesse avvenendo: forse erano degli ospiti appena giunti o pronti a partire, oppure dei facchini chiamati a portar delle valigie.

Rimasi in ascolto, sentii bussare tre volte ad una porta poco distante ma nessuno giunse ad aprire; poco più tardi, sembrò tornare la calma.

Provai a riaddormentarmi. Cercai di non pensare a nulla, ma presto, capii che il sonno non avrebbe fatto ritorno. Sollevai la tapparella e la luce di quella mattina d'inizio settembre invase la stanza. Guardai verso il mare pensando a ciò che avrei potuto fare nelle ore seguenti senza presagire, neanche minimamente, che quel venerdì la mia vita sarebbe cambiata per sempre.

1
L'assordante eco del nulla

Lido di Venezia, primi anni Duemila, Mostra Internazionale d'Arte Cinematografica: terzo giorno.

Di lì a poco, le proiezioni, i photocall e le conferenze stampa sarebbero iniziate, ma per mia fortuna non ero coinvolto in quelle attività frenetiche. Ero lì come spettatore, o meglio, come "mina vagante", in un mondo di cui conoscevo ben poco.

Non potevo immaginare quel che sarebbe accaduto nelle ore successive, né chi avrei incontrato e nemmeno che, dopo quella giornata, nulla sarebbe stato più come prima.

Ero al Lido dall'inizio della settimana, assieme a Giulio, un amico che lavorava come giornalista per la rete satellitare *Channel 26.* Abitavamo entrambi a Lecco ed eravamo partiti lo stesso giorno, anche se con itinerari diversi: lui con la sua moto, io a bordo di un regionale diretto a Milano. In quella stazione affollata mi ero trovato a camminare sotto le affascinanti volte della stazione Centrale.

Ogni volta che tornavo in quel luogo avvertivo una sensazione particolare che mi portava a quando, da bambino, mi capitava di passare per quella che il suo progettista aveva definito come la "Cattedrale del movimento". Allora, puntualmente restavo incantato nel vedere tutti quei treni allineati lungo i binari e spesso interrogavo mio padre riguardo alle motrici, alle diverse tipologie dei vagoni, oppure lo riempivo di domande sulle destinazioni dei convogli. Per me, quella stazione, era una sorta di "fabbrica dei sogni"; pareva di transitare in una dimensione "di mezzo" in cui tutto era sfuggente e dove si poteva rimanere solo il tempo consentito per andar via o per fare ritorno.

Osservare il via vai delle persone mi affascinava moltissimo: turisti, studenti, lavoratori, giovani, anziani... tutti si muovevano circondati da un tappeto sonoro indistinto su cui irrompeva la voce dell'"uomo invisibile" che, come il presentatore di un circo, con timbro deciso e metallico, annunciava i "numeri" di quella magica danza fatta di vite in arrivo e in partenza.

Fascino di anni ormai passati, dei tempi delle scuole elementari in cui la sera, al posto di leggere un libro, facevo viaggiare l'immaginazione sfogliando il mitico *Veltro*, un opuscolo giallo nel quale erano riportate le tabelle con gli orari dei treni, i loro nomi, le stazioni in cui fermavano e le relative percorrenze. Mi perdevo spesso nel guardare i dati relativi ai *TEN* (Trans Euro Notte) e la mia stanza diventava immancabilmente la cuccetta di un vagone letto. Quel libretto pieno di numeri e nomi aveva qualcosa di speciale e fu fonte anche di qualche confusione dato che, solo a distanza di tempo, scoprii che Stendhal era il nome di un grande scrittore e non solo l'identificativo di un convoglio Milano-Parigi! In ogni caso quei miei "viaggi" partivano sempre da lì, dalla stazione Centrale.

Prima di salire sul treno per Venezia, ero rimasto ancora qualche momento a guardarmi attorno pensando a cosa attendermi dalla vacanza che di lì a poco sarebbe iniziata. Se avessi fatto un pronostico, lo avrei sicuramente sbagliato.

L'idea di andare alla Mostra del Cinema era stata di Ginevra, la moglie di Giulio. Stavamo parlando di vacanze durante una cena a casa loro; non avevo ancora nulla in programma e, d'un tratto, saltò fuori l'ipotesi di quel viaggio.

Per me sarebbe stata un'esperienza del tutto nuova, eppure in quei primi frangenti non riuscivo ancora a capire quanto potesse interessarmi. Avevo cercato di esprimere qualche titubanza ma la mia amica era sembrata decisa a convincermi. In effetti, non era facile poter ottenere una stanza alle condizioni riservate agli operatori dell'informazione, accedere alle proiezioni per la stampa, a numerose feste oltre che a svariati eventi collaterali. Inoltre, le alternative al mondo del cinema di certo non mancavano: avrei sempre potuto recarmi in spiaggia, visitare Venezia, qualche isola della laguna, oppure andare a Jesolo.

Chiesi comunque un po' di tempo per rifletterci però, qualche giorno più tardi, visto anche l'interessamento di Giulio per inserirmi come "ospite" della rete televisiva, avevo accettato la proposta. Nessuno avrebbe potuto immaginare che, della Mostra, avrei visto ben poco, dal momento che tutti i programmi erano destinati a saltare e che il giorno previsto, non sarei tornato a casa.

Perché tanta insistenza da parte dei miei amici per farmi andare al Lido? La ragione era semplice: farmi ritrovare un po' della spensieratezza che avevo perso dalla fine della mia storia con Gloria.

Da allora erano passati quasi due anni, tuttavia, pur dando a vedere il contrario, non mi ero ancora ripreso. Quell'imprevedibile evento aveva scosso le fondamenta del mio piccolo mondo e mandato in frantumi una delle mie più grandi certezze. Su Gloria avevo basato tutto il mio universo e, forse ingenuamente, ero sempre stato convinto che tra noi sarebbe durata per sempre.

Eravamo stati insieme dall'ultimo anno delle superiori, avevamo fatto progetti e iniziato a costruire la nostra vita; stavamo anche cercando un appartamento da acquistare per poi finalmente sposarci. Tutto sembrava procedere bene: io lavoravo in una ditta di *import/export*, lei in una piccola azienda a conduzione familiare. Ma, dopo aver trovato un nuovo impiego come segretaria presso un

Tennis Club piuttosto esclusivo, nel giro di poco tempo, il suo atteggiamento nei miei confronti era cambiato aspramente: la sentivo sempre più distaccata e si irritava per qualsiasi ragione. In più occasioni le avevo chiesto se ci fosse qualche problema; ma lei aveva sempre negato, spesso diceva di essere tesa per via del nuovo lavoro e che quel periodo si sarebbe presto concluso. A finire, invece, era stata la nostra storia.

Un pomeriggio, al termine di un litigio per futili motivi, mi aveva comunicato che tra noi era finita. Mi ero sentito sprofondare in una realtà vuota e irreale, che speravo tanto fosse solo frutto di uno stupido scherzo. Le avevo domandato spiegazioni ma si era limitata a rispondere che nel nostro rapporto c'era ormai solo affetto; che sentiva il bisogno di nuovi stimoli e che desiderava starsene da sola.

Presto avevo cominciato a sospettare che le ragioni di quella sua scelta non potessero essere solo quelle elencate, e non a caso un paio di settimane più tardi, venni a sapere che aveva una relazione con un altro. A dirmelo era stata Alessia, una nostra comune amica, la quale mi aveva rivelato che Gloria, già un paio d'anni prima, le aveva confidato di volermi bene ma di non vedere in me l'uomo della vita: sapeva poi che, nello stesso periodo, aveva avuto un flirt con un collega.

Le sue parole erano scoppiate dentro di me come bombe. A quanto pareva, Gloria aveva finto per molto tempo; l'idea di questa cosa, mi tormentava ancor più di tutto il resto. M'era parso di essere il protagonista di una sorta di *Truman Show* dove la dimensione in cui avevo creduto di vivere non corrispondeva affatto con la realtà. I valori in cui credevo, il "mondo dei sogni" che avevo sempre idealizzato, cessò di esistere, quella domenica pomeriggio.

L'avevo rivista un mese più tardi, per darle le chiavi di riserva della sua auto. Mi aveva chiesto di lasciarle a sua zia, ma avevo rifiutato: volevo guardarla negli occhi un'ultima volta, dopodiché sarei uscito dalla sua vita.

Ci eravamo incontrati in un bar di via Cavour, in un pomeriggio grigio, in cui la pioggia cadeva a tratti: tra le nuvole, pareva fosse nascosto un pianista che ripeteva un motivo malinconico; quelle note erano gocce di pioggia, simili alle lacrime che non ero ancora riuscito a versare.

Si era presentata assieme ad una ragazza che non conoscevo: le avevo chiesto di parlare un minuto da soli, ma non ne aveva voluto sapere.

Per pochi secondi ci eravamo trovati a discutere in un clima irreale: mi sembrava quasi di avere di fronte un'estranea. Era chiaro che di me non le importava più nulla e che voleva andarsene in fretta. Le avevo detto che Alessia mi aveva raccontato parecchie cose ma, senza far trasparire alcuna emozione, aveva dato una risposta secca e sbrigativa: «Ho saputo che vi siete visti. Non so cosa dirti».

Mi sarebbe piaciuto trovare il modo per costringerla a fornire almeno una spiegazione in merito a quanto era avvenuto, però non riuscii a proferire nemmeno mezza frase e lei se ne andò con un semplice: «Grazie per le chiavi». Né un saluto, né una parola in più.

In seguito, alcuni amici mi avevano riferito che l'uomo con cui stava era socio del Tennis Club: un imprenditore sulla cinquantina, facoltoso e piuttosto influente nel panorama politico. Girava su di una vistosa auto sportiva, e durante la sua corte serrata le aveva fatto intravedere un futuro agiato e pieno di frequentazioni esclusive. In confronto, la vita con me doveva esserle sembrata così scialba da cancellare, con un colpo di spugna, dieci anni della nostra vita.

Con il passare dei mesi, anche per non attribuire agli altri la colpa di tutto, avevo cercato di guardare la vicenda in modo più obiettivo. Probabilmente non avevo visto, o preferito non vedere, alcuni segnali di allarme. Inoltre, lo stare insieme fin da ragazzi aveva portato sicuramente dei rischi aggiuntivi, ma su di una cosa ero certo: io ero rimasto il Sandro di sempre, mentre lei era completamente cambiata.

Sebbene costi dolore, è comunque interessante osservare quanto, il passare del tempo riesca a trasformare le persone e come il trovarsi in certe situazioni le possa portare a stravolgere la loro visione della vita e la loro scala dei valori. Suppongo possa capitare a tutti: d'altronde non è facile rimanere distaccati e lucidi davanti al successo, al potere, o a inattese prospettive allettanti. Credo che in fondo non sappiamo mai quanto sia fragile la nostra coerenza e fino a che punto siamo legati al nostro mondo solo perché, al momento, non ci sono alternative più invitanti.

Gloria era uscita dal mio cuore lasciando una certezza: non vi avrebbe più fatto ritorno. Non l'avevo più cercata e, per non soffrire maggiormente, avevo evitato di conoscere ulteriori dettagli sulla sua nuova vita. Tutti i ricordi legati a lei avevano perso significato, e i miei sentimenti erano sembrati rifugiarsi in un forziere; pensare a lei equivaleva ad entrare in una stanza vuota dove ogni passo portava a galla l'assordante eco del nulla. Sapevo che ormai era fuori dalla mia esistenza, ma non riuscivo ad accettare la velocità con cui questa certezza mi aveva investito.

Dopo lunghe riflessioni ero giunto alla conclusione che ogni storia può essere letta solo alla luce del finale e che, in base a questo, tutto può improvvisamente perdere o acquistare valore. Eppure ero anche cosciente che quello stato d'animo non era dovuto solo al comportamento di Gloria:

derivava anche dalla disillusione nei confronti di un mondo nel quale avevo creduto ma che, ormai, sapevo esistere solo nella mia immaginazione. Dovevo ammettere a me stesso di aver preso più di un abbaglio e iniziare seriamente a riconsiderare un bel po' di cose.

Il dolore, in un primo momento, lo avevo trasformato in rabbia. Avevo accettato di uscire con una mia amica che sapevo stare profondamente antipatica a Gloria: infatti lei, saputo che ci eravamo lasciati mi aveva chiesto se mi andava di "parlarne". Fu una cosa senza capo né coda, durata alcuni fine settimana, poi tra noi tornò tutto come prima, quasi non fosse accaduto nulla. Qualche mese dopo, seppure a fatica, avevo ripreso a uscire con gli amici ed ero andato ad abitare da solo, in un piccolo appartamento nel quartiere di Pescarenico.

Nel tempo libero, avevo iniziato a macinare chilometri e chilometri in bicicletta; pedalare mi faceva stancare e mi annebbiava la mente. Per quanto sarei rimasto in quella condizione? Temevo per sempre.

Nei mesi a seguire avevo avuto un paio di storielle con delle ragazze che conoscevo di vista, ma mi ero allontanato da entrambe non appena le cose avevano cominciato ad evolversi. Non ero innamorato, e avevo la sensazione, o forse il sospetto, che ogni loro gesto nascondesse qualche finzione. Venivo continuamente preso dal dubbio che le persone non fossero sincere e provavo la sensazione che la realtà poggiasse su di un tavolo privo di una gamba.

Avevo passato anche delle serate in locali in cui non avrei mai pensato di mettere piede, in compagnia di persone con cui, sinceramente, sentivo di aver poco a che fare. Poi, mi ritrovavo puntualmente sulla strada di casa con il ritornello di una canzone di Vasco Rossi che girava per la testa: "Dov'è questa felicità?".

Presto, intuii quanto sia inutile porsi questa domanda senza essersi prima chiesti: "Cos'è, per me, la felicità?"; un po' come trovarsi circondati da una grande folla sperando di individuare una persona di cui sappiamo appena le sembianze.

I timori, i ricordi tristi e il disincanto mi attendevano puntualmente al mio rientro a casa: tutti lì, allineati come soldati da passare in rassegna, e il mattino seguente mi svegliavo con la sensazione di essere a pezzi.

In quel periodo Giulio e sua moglie mi furono molto vicini. Ero spesso a cena da loro e fu in una di quelle serate che Ginevra mi lanciò l'idea di seguire il marito alla Mostra del Cinema di Venezia. Ricordo bene quel momento: ero seduto sul divano e tenevo in braccio Marta, la loro bambina di pochi mesi.

Il viaggio iniziò quella sera.

2
Mostra del Cinema

Quando giungemmo al Lido di Venezia, i preparativi per l'evento erano in pieno svolgimento. L'isola si presentava in tutto il suo fascino: le spiagge affollate, un gran movimento per le strade e gli eleganti alberghi pronti a vivere una nuova pagina di storia. Tutto sembrava immerso in una sorta di bolla magica, tra moderno e retrò. L'atmosfera che si respirava era coinvolgente, si percepiva una fervente attesa.

Non conoscevo quasi nulla di quell'ambiente ma decisi di scoprirlo.

In quei primi giorni ebbi modo di girare per l'isola e di fare alcune piacevoli passeggiate lungo il Gran Viale, dove lo stile Liberty di molte costruzioni trovava la massima espressione nel *Grande Albergo Ausonia & Hungaria*, un hotel d'inizio Novecento. Visitai anche luoghi particolari come i Murazzi, una barriera di massi lunga alcuni chilometri posta a difesa dal mare, e l'antico borgo di Malamocco, suggestiva località ricca di storia dove l'artista Hugo Pratt, creatore di *Corto Maltese,* aveva una casa. Sul Lungomare Marconi, invece, mi soffermai davanti al fascino discreto dell'hotel *Des Bains,* dove Thomas Mann aveva ambientato parte di *Morte a Venezia.* Rimasi particolarmente colpito anche dall'architettura dell'hotel *Excelsior*, una costruzione in stile moresco, a metà tra una reggia fiabesca e un castello di sabbia, la cui scalinata d'accesso era presidiata da due piccole sfingi di pietra.

Là, il primo giorno della rassegna, incontrai Mario Monicelli. Il celebre regista stava su una poltrona nel salone lato mare, da solo, con il peso dei suoi novant'anni. Mi avvicinai e il suo sguardo intenso, quasi burbero, si soffermò prima sul mio volto, poi sul mio "Pass". Dopo essermi presentato, gli chiesi se lo disturbavo ma, con cordialità, mi invitò a prendere posto di fronte a lui.

Scambiammo alcune battute sul mondo del cinema ma, soprattutto, parlammo di uno dei miei film preferiti: *La grande guerra*. Aveva diretto quella pellicola quasi cinquant'anni prima ed era stato un autentico trionfo che gli era valso il *Leone d'oro*. Constatare che, nonostante il passare del tempo, quel film riuscisse ancora a piacere ai giovani gli strappò un sorriso.

Mi sarebbe piaciuto trattenermi ancora un po', ma non volevo affaticarlo, così, dopo qualche minuto, lo salutai ringraziandolo per il tempo che mi aveva concesso.

Sempre all'*Excelsior*, ebbi modo di visitare la famosa *Sala Stucchi*, dov'era stata girata un'indimenticabile scena de: *C'era una volta in America*, l'ultimo capolavoro diretto da Sergio Leone. La bellezza del soffitto intarsiato, illuminato dalla luce che entrava attraverso le grandi finestre affacciate sull'Adriatico, mi lasciò a bocca aperta. Da qui si poteva ammirare la spiaggia sottostante e la diga che terminava con una originale passeggiata circolare.

In quel salone si respirava una strana atmosfera, come se appartenesse a un'epoca indefinibile. Mi pareva di rivedere Robert De Niro ed Elizabeth McGovern ballare lentamente accompagnati da una piccola orchestra e, mentre mi aggiravo nella grande sala deserta, mi chiesi quali storie avrebbero potuto raccontare quelle pareti e quei bellissimi specchi.

Per un momento mi sembrò di stare in un altro tempo, in un'altra vita, e di rincorrere qualcosa che non riuscivo ad afferrare. Non avevo mai visitato quel luogo prima di allora, eppure ebbi la sensazione di esserci già stato. Un filo di vento muoveva appena le tende, facendole apparire come eleganti dame vestite di bianco, che danzavano tra le braccia di cavalieri invisibili. Nella mia mente, *Deborah* – una melodia della colonna sonora di *C'era una volta in America* – risuonava lenta e malinconica. Mi parlava di un passato che desideravo riscrivere, di qualcosa che non volevo perdere, o di qualcuno che non avrei mai voluto conoscere.

Mi trattenni nel salone solo pochi minuti, tuttavia furono intensi come una storia d'amore, una vicenda forse mai vissuta ma sempre sognata, o a una realtà ancora tutta da scoprire. Al centro di quella sala, sotto la cupola impreziosita di stucchi, immaginai di baciare una donna che ancora non conoscevo, ma del cui cuore mi pareva di percepire il battito.

L'inaugurazione della rassegna cinematografica giunse puntuale alle ore 18:00 del mercoledì. Quella sera, nella zona del Palazzo del Cinema, c'era gente di ogni tipo: artisti, personaggi dello spettacolo, politici, addetti ai lavori, ma soprattutto giovani che, per qualche giorno, potevano vivere vicini a quel mondo idealizzato fonte di miti e di sogni. A dire il vero, alcuni incontri mi fecero sorridere: un anziano signore un po' strano mi disse che veniva alla Mostra da parecchi anni e che per quell'edizione «sperava di vedere tanti film... sui preti!», e un tipo, non più giovanissimo, confidò a dei ragazzi che lo scopo della sua vita lo aveva raggiunto l'anno precedente, quando aveva visto Harrison Ford, ma più di ogni altra cosa, mi colpì il delirio delle *fan* di George Clooney. Quando sfilò sul *red carpet* per la passerella di rito, il tripudio era assordante: ragazzine e donne mature lo chiamavano a gran voce per un autografo o solo per incrociare il suo sguardo; mai avevo sentito gridare lo stesso nome così tante volte!

Quella sera riuscii ad avere accesso a un'elegantissima serata di gala in cui incontrai la pazza folla delle notti mondane. Uomini in smoking che si atteggiavano a mo' di Humphrey Bogart, signore vestite con abiti in stile anni '30, dalle scollature vertiginose che sembravano far gara a chi attirava più sguardi. Persone forse sopra le righe, ma piacevoli e un po' ironiche.

Ebbi modo di scambiare alcune parole con un paio di donne molto belle che mi chiesero se ero un giornalista, o in quale ambito del mondo del cinema ero coinvolto; rivelargli di essere un semplice impiegato in vacanza le fece allontanare nel giro di poco. La cosa mi fece sorridere e portò a galla una domanda: se avessi detto di lavorare per una casa di produzione o di distribuzione cinematografica sarebbero rimaste ancora?

La serata procedeva tranquilla, ricca di soggetti curiosi da osservare o con cui dialogare ma in quella festa non riuscivo a sentirmi a mio agio. Pareva stessero girando un film in presa diretta, in cui non avevo idea di quale fosse il mio ruolo.

Trascorsi gran parte del giorno seguente assistendo ad alcune proiezioni riservate alla stampa, ma dopo tutte quelle ore chiuso in una sala sentii l'urgenza di uscire all'aperto e rivedere il mondo reale. Scambiai alcune battute con dei ragazzi simpatici poi, nel tardo pomeriggio, incontrai Giulio e chiacchierai un po' con lui; quella sera sarebbe stato impegnato con il lavoro, così mi lasciai convincere a bere qualcosa assieme a Johanna, una simpatica signora inglese sui cinquant'anni, dirigente di *Channel 26*.

Ci trovammo dopocena in un locale nei pressi del Palazzo del Cinema. Mi raccontò che da bambina aveva vissuto per un periodo in Australia e si era più volte chiesta come mai, da quelle parti, molti cinema si chiamassero "Lido"; qualche anno più tardi l'aveva scoperto e così, ogni volta che tornava alla Mostra, questa cosa le affiorava dai ricordi. Poi, nel suo italiano-misto-inglese, iniziò a confidarmi del fatto che era rimasta amica dell'ex marito e di altre cose a cui non prestai troppa attenzione.

Fu in quei momenti che, senza alcuna avvisaglia, in me accadde qualcosa. Ebbi un piccolo capogiro e il mio pensiero, in pochi istanti, se ne andò completamente altrove. Per la prima volta, cominciai a percepire una sensazione sfuggente, inesplicabile: pareva fosse calato un velo su tutto ciò che mi circondava.

Immagini e ricordi del passato cominciarono a scorrere senza alcuna logica davanti ai miei occhi; Johanna parlava ma le sue parole sembravano svanire ancor prima che arrivassi a comprenderle. Provavo a seguirla, ma riuscivo solo a notare il pallore del suo volto e delle sue mani contrastare con i suoi abiti sgargianti.

Un senso di disagio s'impadronì di me e lei presto si accorse che l'ascoltavo appena: un paio di minuti più tardi, con il pretesto di alcune telefonate urgenti, mi salutò.

Confuso e turbato, mi ripromisi di scusarmi quanto prima. Lasciai il bar e cominciai a camminare cercando di comprendere a cosa fosse dovuta quella spiacevole sensazione. Non sapevo dove stessi andando e, nel volgere di poco, mi persi.

Dopo non so quanto tempo, assorto in pensieri neri come il cielo in una notte senza Luna, seguendo a distanza un gruppo di ragazzi, mi ritrovai nuovamente nei pressi del Palazzo del Cinema. Era tardi. Per terra, un tappeto di volantini, bottiglie, lattine, pezzi di carta e fogli di giornale le cui parole sembravano diventate illeggibili: anche quel giorno era giunto ai titoli di coda.

Continuai a vagare senza meta, tra passanti e forze dell'ordine di pattuglia. In sottofondo, spezzoni di colonne sonore diffusi dagli impianti di amplificazione: la bellissima e inquietante *Fortuna Imperatrix Mundi*, tratta dai *Carmina Burana* di Carl Orff, alcuni motivi usati nel film *Mission* e il tema principale di *Forrest Gump*. In quel momento però, la più appropriata, mi parve essere la musica di *Amarcord*.

Evocata dalle note che riempivano l'aria, mi tornò in mente una scena del film visto tanti anni prima: rividi i protagonisti della pellicola di Fellini che, di notte, a bordo di alcune barche, aspettano al largo il passaggio del *Rex*, un transatlantico mitico il quale doveva apparire ai loro occhi come un mondo lontano e sfuggente. La nave, a cui il Comandante superiore Francesco Tarabotto (nel 1933) aveva fatto conquistare il *Nastro Azzurro*, si lasciava guardare solo pochi attimi, frangenti di tempo sufficienti però a far nascere sogni e speranze.

Emozioni, pensieri, illusioni, gioie e tristezze. Pareva che tutti i ricordi della mia vita si fossero dati appuntamento lì, al Lido di Venezia, e che nessuno avesse voluto mancare all'evento.

Non so se il mio sesto senso avesse iniziato a percepire qualcosa di strano; in me stava avvenendo qualcosa d'insolito, come se la mente e lo spirito stessero presagendo una realtà in gestazione.

Rientrai in albergo in uno stato d'animo pessimo. Mi spogliai con fatica e mi sdraiai sul letto. Per fortuna riuscii ad addormentarmi velocemente.

3
L'odore del buio

Quel venerdì cominciò in modo tranquillo. Rispetto alla sera precedente non mi ero ripreso del tutto, ma stavo comunque meglio, dunque approfittai del bel tempo per andare in spiaggia a fare un bagno. L'acqua era calma e attorno a me non c'era quasi nessuno; riuscii a rilassarmi, a scaricare un po' di tensione e a concedermi qualche minuto senza pensare a nulla.

Nel primo pomeriggio, invece, andai alla Mostra per vedere una serie di cortometraggi, ma non mi entusiasmarono molto e così, dopo la terza pellicola, lasciai la sala. Girai un po' tra gli stand vicini al palazzo dell'ex Casinò e acquistai delle cartoline tratte da fotogrammi di film famosi, alcune per spedirle, altre per usarle come segnalibro.

Nei pressi del *red carpet*, nonostante alla passerella mancassero ancora alcune ore, notai parecchie ragazze: attendevano il passaggio dei loro "idoli" tutte munite di un quaderno per gli autografi. Mi ritrovai presto a osservare una di loro; aveva dei lunghi capelli biondi che le scendevano lungo la schiena e, a dire il vero, era un po' più matura delle altre. Forse non era lì per gli attori, probabilmente stava attendendo qualcuno. Con le spalle rivolte al Palazzo del Cinema e lo sguardo assorto in chissà quali pensieri, se ne stava appoggiata ad una transenna a rigirare tra le dita una foglia verde. Pensai che doveva averla raccolta in una delle tante fioriere situate lì nei paraggi. Non so il perché ma quel gesto catturò la mia attenzione per alcuni secondi.

Proseguii oltre e, rientrando verso l'hotel, casualmente incrociai Giulio: aveva del tempo libero e mi propose di fare un giro in moto.

Il Lido era un posto davvero originale: un lembo di terra, lungo dodici chilometri, capace di regalare continuamente degli scorci suggestivi. In Gran Viale incontrammo due suoi colleghi: quella sera, come lui, sarebbero stati impegnati nel centro storico a realizzare un servizio su di una festa esclusiva. Mi diedero alcuni consigli su come trascorrere la serata ma, a dire il vero, non prestai molta attenzione a quanto dissero. Li ringraziai comunque per le indicazioni, cercando di essere il più cordiale possibile, ma mentre parlavano cominciai ad avvertire una sensazione spiacevole, simile a quella della sera precedente.

Non molto tempo dopo, Giulio decise di tornare in albergo per prepararsi alla serata veneziana. Mi chiese se volevo restare lì, ma preferii rientrare anch'io.

Era pomeriggio inoltrato e c'era abbastanza traffico. Mi guardavo attorno ascoltando il motore della Moto Guzzi salire e scendere di giri, mentre dall'Adriatico iniziava a levarsi una brezza leggera. Alla fine del Gran Viale, dopo aver svoltato sul lungomare, ci trovammo dietro a un gruppo di ragazzi in bicicletta che procedevano in maniera disordinata. Giulio rallentò aspettando che la situazione migliorasse ma, dopo alcuni secondi a passo d'uomo, s'innervosì e con decisione si mise a superarli.

Tutto avvenne in pochissimi istanti. Passammo in accelerazione davanti all'*Hotel des Bains*, lo sentii ingranare un paio di marce e i ciclisti furono presto alle nostre spalle. Qualcosa, sul vicino marciapiede, attirò il mio sguardo: girai la testa ma non riuscii a focalizzare nulla perché, all'improvviso, mi sentii proiettare in avanti.

Il tempo sembrò dilatarsi e tutto avvenne come in una sequenza al rallentatore. Capii subito quel che stava avvenendo: un'automobile, proveniente da una via laterale, si era immessa sul lungomare con l'intento di portarsi sulla corsia opposta alla nostra. L'autista, con ogni probabilità, non ci aveva visti sopraggiungere e, quando si era accorto di noi, aveva fatto la cosa più sbagliata: aveva frenato, sbarrandoci completamente la strada.

Giulio tentò una frenata disperata e, dai copertoni, si alzò un sibilo agghiacciante. Mi aggrappai agli appigli della sella, sperando che il mio amico trovasse un varco dove passare. Ma ciò non avvenne.

Un'onda gelida attraversò il mio stomaco e le gambe sembrarono esser percorse da una scarica elettrica; all'ultimo istante, avvertii una forte sbandata a sinistra. Mi sentii cadere, poi un'energia impressionante mi alzò dal seggiolino.

Presi un colpo alla testa e, come in lontananza, udii un rumore di lamiere sbattute. Fu il buio assoluto.

Non percepii nulla, né dolore, né altro. Solo silenzio, un grande senso di vuoto e un odore indefinibile, per certi versi simile a quello della benzina degli aerei.

Passato qualche secondo capii di essere riverso per terra: percepivo l'asfalto sotto il palmo delle mani ma… non riuscivo a vedere! Avvertii il cuore pulsare con violenza nelle tempie e il respiro diventare sempre più affannoso: mi misi carponi e, nel tentativo di ritrovare la luce e un po' d'aria, alzai la visiera del casco.

Una mano mi scosse la spalla e, a stento, riconobbi la voce di Giulio che ripeteva angosciato: «Sandro! Sandro! Come stai!? Parlami!».

Cercai di coordinare le parole e, a fatica, riuscii a proferire un debole: «Ci sono».

A quel punto, però, una forte angoscia s'impadronì di me; tentai di mantenere

la calma e, dopo aver preso un po' di fiato, dissi: «Non vedo niente!».
«Cosa?!» esclamò il mio amico, mentre io (nonostante qualcuno mi consigliasse di rimaner fermo) mi mettevo seduto. Dentro di me la paura di aver perso la vista cresceva terribilmente; sentivo un nodo in gola, respiravo a fatica. Per un momento avvertii anche un dolore pulsare lento nella testa ma, grazie al cielo, svanì poco dopo e la strada riapparve di nuovo ai miei occhi.

Ancora un po' intontito alzai lo sguardo e notai Giulio davanti a me: il suo volto era pallidissimo, alle sue spalle si era già formato un capannello di gente.

Con un filo di voce, riuscii a dire: «Stai tranquillo, è tutto passato. Vedo ancora».
«Davvero?! Sei sicuro? Hanno già chiamato l'ambulanza, non muoverti».

Cercai di fare il punto della situazione: a parte il respiro irregolare (che attribuivo allo spavento), provavo solo qualche fastidio. Le mani erano un po' insanguinate a causa di alcune abrasioni, un pezzo dei pantaloni si era strappato e avevo sicuramente sbucciato un ginocchio però, a parte questo, mi sentivo sempre meglio.
Forse era prematuro dirlo, ma probabilmente me l'ero cavata senza gravi danni.

L'ambulanza arrivò a sirene spiegate. L'equipaggio saltò giù di corsa e un medico mi riempì di domande: come stavo, se riuscivo a muovere i piedi, se ricordavo cos'era successo, che giorno era e così via. Nel frattempo dei paramedici mi sfilarono il casco, mi misero un collare e mi fecero sdraiare su una barella rigida. Chiesi se era davvero necessario tutto ciò perché ritenevo di essere in grado di alzarmi senza problemi, ma un'infermiera rispose che era la normale prassi.

Partimmo immediatamente per il vicino ospedale, dove fui sottoposto a numerosi accertamenti oltre che a delle medicazioni: mi vennero messe alcune garze e dei cerotti alle mani e una piccola fasciatura al ginocchio sinistro.

Il medico che mi prese in cura si dimostrò molto scrupoloso; per fortuna alla fine, dalle radiografie e da altri controlli, non emerse nulla di rilevante.

Sentivo che la tensione cominciava ad andarsene: ero convinto che sarei stato presto dimesso, ma il dottore, con espressione seria, mi invitò a prendere posto davanti alla sua scrivania: «Anche se lei afferma di star bene, ha comunque subito un trauma cranico che le ha fatto temporaneamente perdere la vista. Da quanto è emerso finora, tenderei ad escludere che possano insorgere gravi complicazioni, ma sarà necessario effettuare ulteriori accertamenti. Quindi passerà la notte qui, in osservazione, e domani la porteremo a Venezia per fare una TAC. Se l'esito sarà negativo, verrà dimesso».

La mia espressione non doveva essere delle più felici. Tant'è che il dottore, in modo bonario, mi congedò dicendo: «Non si avvilisca: capisco che è in vacanza, ma un po' di prudenza è davvero necessaria».

Non opposi alcuna resistenza anche perché, mentre parlava, rivissi la scena dell'impatto e gli istanti successivi. Ero ancora frastornato ma comprendevo bene che sarebbe potuta andare molto, molto peggio.

Ringraziai il medico per la professionalità con cui mi aveva seguito; rispose che era suo dovere ma capii che aveva gradito quel mio gesto di riconoscenza.

Uscito dalla saletta, trovai Giulio ad attendermi: aveva un polso fasciato e delle escoriazioni a una mano. Si vedeva che era in ansia per me, e rivedermi in piedi lo rese felice. Lo tranquillizzai dicendo che mi trattenevano, ma per pura precauzione. Saputo che non sarebbe più andato alla festa a Venezia, gli chiesi se per favore poteva recuperarmi alcune cose nella mia stanza d'albergo e subito telefonò ad un collega per farsi venire a prendere.

Nell'attesa, per sdrammatizzare il momento, scherzammo un po' su cose di poca importanza; nessuno dei due aveva voglia di parlare dell'incidente, tuttavia gli domandai quali danni avesse riportato la motocicletta.

«Non lo so, ha preso una bella botta. L'importante è che a noi sia andata bene. Sentirò un amico meccanico poi valuterò cosa fare: per fortuna di moto ne costruiscono ancora».

Una risposta del genere, conoscendo il modo maniacale con cui curava la sua *Breva V 750*, da lui, non me la sarei mai aspettata: la cosa mi colpì parecchio.

Poco dopo giunse una macchina con il logo di *Channel 26* sulle portiere e Giulio, dopo avermi assicurato che di lì a poco avrebbe fatto ritorno, vi salì a bordo.

4
Un luogo fuori dal tempo

Un' infermiera mi invitò a seguirla nella camera dove avrei trascorso la notte.
Mi indicò il campanello da utilizzare in caso di necessità e se ne andò lasciandomi in quella piccola stanza dall'aspetto vetusto.

Mi guardai attorno: c'erano un vecchio letto, un comodino, un armadio in ferro malandato su cui compariva un adesivo raffigurante un'aquila, un lavabo e un piccolo specchio circolare. Di tanto in tanto sia i muscoli delle braccia che delle gambe erano attraversati da leggeri tremiti, ma non mi preoccupai più di tanto; attribuii ogni cosa allo spavento e alla tensione derivanti dall'incidente.

Andai alla finestra e osservai la strada antistante. C'era un calmo passaggio di persone e, proprio di fronte, un padiglione di due piani: nella parte superiore le imposte erano tutte chiuse, al piano terra, invece, si vedevano le finestre, ma dall'interno non proveniva alcuna luce. Ebbi l'impressione che quello stabile fosse dismesso da tempo.

All'improvviso avvertii dei rumori, come di porte che venivano aperte di colpo e subito richiuse con decisione, mentre nell'aria colsi un suono ben distinto: un elicottero. Non riuscivo a vederlo, ma pareva fosse fermo sopra l'ospedale; a quel punto il frastuono divenne sempre più forte, quasi se il velivolo stesse atterrando sul tetto dello stabile, ma dopo alcuni istanti si allontanò.

Passate le otto, Giulio fu di ritorno portando alcune cose che potevano essermi utili; si trattenne circa mezz'ora poi, dopo avermi detto di chiamarlo per qualsiasi motivo, dovette ripartire per sbrigare alcune incombenze lavorative.

Rimasto solo, tornai alla finestra e presto mi accorsi di non essere così in forma come cercavo di dare a vedere. L'incidente, il trasporto in ospedale, il ricovero...
Era successo tutto così rapidamente che forse solo allora iniziavo a rendermi conto di quanto era accaduto.

Preso da pensieri e sensazioni contrastanti, mi sdraiai sul letto senza nemmeno togliermi le scarpe. La mia mente cominciò a vagare tra impressioni appena accennate e ricordi confusi che comparivano e si dissolvevano, in un silenzioso valzer di immagini che, un po' alla volta, fece crescere in me un fastidioso senso di angoscia. Continuavo a ripetermi che non c'era motivo di essere agitato, ma solo a stento riuscivo a ritrovare la calma. La scena dell'impatto continuava a riaffiorare tra i miei pensieri: la macchina che ci sbarrava la strada, lo stridore della frenata, l'impatto e quei lunghissimi istanti di buio.

Cercai di pensare ad altro, chiesi ad un infermiere di indicarmi cortesemente dove fossero i servizi in comune e giunsi in un bagno in cui pareva che il tempo si fosse fermato agli anni sessanta. Mi lavai facendo attenzione a non bagnare le medicazioni, poi indossai degli abiti puliti.

Per non creare inutili tensioni, decisi di non informare nessuno; l'avrei fatto solo dopo esser stato dimesso. Se qualcuno mi avesse cercato al telefono, avrei risposto che la vacanza proseguiva al meglio. In quei giorni i miei genitori si trovavano a Madrid e mia sorella, col marito e la loro bimba, erano nella loro casa a Malgrate. Avvisarli avrebbe causato un'inutile angoscia e l'indomani, dopo una notte insonne, sarebbero partiti per raggiungermi; non ne valeva la pena.

Dopo un po' si presentò un infermiere, un tipo simpatico e alquanto appariscente: aveva i capelli lunghi, una folta barba e lo scollo della divisa lasciava intravvedere una collana d'oro piuttosto massiccia, alla quale era attaccata una medaglia con una croce in pietra verde.

Mi domandò se volevo cenare con qualcosa di leggero, ma sentivo lo stomaco chiuso e proprio non ne avevo voglia. Insistette un poco poi, si arrese alla mia ostinazione. Prima di andarsene, però, mi domandò alcuni dettagli sulla dinamica dell'incidente: anche lui andava in moto e disse che potevo ritenermi davvero fortunato.

Nel silenzio di quella stanza d'altri tempi, cominciai a riflettere su quanto strana fosse la vita: nel giro di pochi istanti, ero passato dall'essere in vacanza al rischiare di morire o di compromettere il resto dei miei giorni. Sentivo di aver corso un grande rischio che, solo per puro caso, non si era trasformato in tragedia.

Più tardi entrò un'infermiera che, informatasi sul mio stato di salute, mi chiese se desideravo una camomilla. Accettai più per cortesia che per convinzione, poi pensai che forse era giunto il momento di prepararmi per la notte.

Con lentezza, mi spogliai, indossai una t-shirt e un paio di pantaloncini corti. Mi sdraiai sul letto ed ebbi la sensazione di trovarmi davanti ad una lunga strada in salita. La donna tornò lasciando sul comodino una tazza di camomilla fumante.

Mi sarebbe piaciuto distrarmi leggendo qualcosa, ma ovviamente non avevo nulla a mia disposizione, così la mia mente finì nuovamente in balìa dei tanti pensieri che continuavano a scorrere senza sosta e che, solo a stento, riuscivo a tenere a bada. Avrei tanto voluto fosse già il mattino seguente: non vedevo l'ora di esser dimesso. In quella stanza provavo un forte disagio. Sembrava impregnata dalle incrostazioni di un tempo finito e fuori posto.

Quel luogo non mi piaceva, pareva l'anticamera di una beffa, o di un futuro che non gli apparteneva. L'aspetto decadente e l'impressione di abbandono lasciavano sgomenti e sembrava quasi impossibile che la Mostra del Cinema fosse in pieno svolgimento a meno di due chilometri di distanza.

Dei confusi mosaici d'immagini continuavano a ruotarmi attorno come in una danza ossessiva che pareva non aver fine.

La camomilla si freddò e così ne bevvi solo un sorso. Non sapevo davvero cosa fare, non avevo idea di come togliermi da quella situazione di stallo, quindi spensi la luce e provai ad addormentarmi. Tuttavia quell'agitazione, nel buio, non si placò: mi voltai e rivoltai tra le lenzuola più volte cercando, senza fortuna, un pensiero tranquillo al quale aggrapparmi. Dalle mani e dal ginocchio ogni tanto provenivano dei bruciori; nulla di importante ma sufficienti a riportare a galla il ricordo di quanto era successo poche ore prima.

Tentai inutilmente di rifugiarmi in qualche bel ricordo ma, dopo l'ennesimo tentativo a vuoto, gettai la spugna. Accesi la luce e cercai di rasserenarmi, ma avvertii chiaramente che quel senso di irrequietezza continuava a crescere. Nella speranza di ritrovare un po' di calma decisi di alzarmi e di fare due passi in corridoio. Mi rinfrescai il viso, indossai nuovamente i vestiti e le scarpe e, un istante dopo, mi avviai alla porta.

5
Sveva

La luce azzurrognola delle lampade di servizio conferiva al corridoio un aspetto irreale, e il rumore delle mie scarpe da ginnastica sul vecchio pavimento di linoleum pareva quasi un affronto a quella quiete.

Passai davanti alla sala occupata dagli infermieri; da sotto la porta si intravedeva una sottile striscia di luce al neon. Avvertii un lieve brusio e, sebbene parlassero a bassa voce, riuscii a capire che facevano dei pronostici sui possibili vincitori della Regata Storica, la più importante competizione della stagione remiera che, di lì a due giorni, avrebbe fatto affluire lungo le rive del Canal Grande migliaia di persone.

L'atrio del Pronto Soccorso era deserto. Nella penombra, vidi alcune barelle sistemate di fianco all'ingresso e una rampa di scale che portava ai piani superiori. Dopo un attimo di indecisione, senza un particolare motivo, mi avviai lungo il corridoio che avevo di fronte.

La luce era molto soffusa, eppure riuscii ad intravedere, su entrambi i lati, alcune porte con delle targhette che, nell'oscurità, risultavano illeggibili.

Forse a causa del luogo, o per via del fatto che non avessi idea di dove stessi andando, avvertii una certa tensione. Valutai l'ipotesi di tornare indietro e di chiedere agli infermieri qualcosa che mi aiutasse a dormire; però, qualche istante più tardi, decisi di proseguire.

Dopo alcuni passi giunsi in una saletta dove mi imbattei in un distributore di bevande calde, e fortunatamente, nel portafoglio riuscii a trovare gli spiccioli necessari per prendere un tè. Il rumore del macchinario smosse il silenzio che regnava in quella stanza e, data l'ora, mi augurai di non aver disturbato nessuno. Il bicchiere scottava e un leggero fumo si levava dall'interno; nell'umidità della notte quella visione risultava in qualche modo consolante.

Intorno non c'era anima viva, sembrava che ogni cosa stesse dormendo. Solo alla fine del corridoio si intravvedeva una luce provenire dalla piazzola d'entrata. Nel frattempo la mia mente continuava a vagare tra immagini confuse come se, in quel luogo, i pensieri sereni fossero vietati. A poca distanza notai un pesante portone metallico con la scritta: "Unità operatoria". Per terra, vidi un guanto azzurro: l'osservai per qualche istante poi, guardando le sedie poste lungo le pareti, immaginai i volti di chi, in quella sala d'aspetto, doveva aver trascorso delle lunghissime ore di angoscia e speranza.

Bevvi un sorso di tè; intanto, veloci sequenze di fotogrammi, prive di alcun senso, continuavano a scorrere nella mia mente ancora più rapide e confuse.

Poco distante, su una sedia, notai un paio di riviste sulle cui copertine scorsi un ritratto di Joseph Ratzinger e una foto della Torre Eiffel. Stavo per alzarmi e far ritorno nella mia stanza quando avvertii un leggero rumore di passi e intravidi una sagoma che, senza fretta, si stava avvicinando.

Sembrava una donna, forse un'infermiera, eppure non indossava il camice. Entrata nella saletta, si fermò al distributore, con fare sicuro, inserì una chiavetta e premette un pulsante. Continuai ad osservarla: era alta circa un metro e settanta e aveva capelli ondulati fino alle spalle; indossava una polo scura e un paio di jeans, da cui spuntavano due auricolari.

Prese il bicchiere; a quel punto pensai che sarebbe tornata indietro, invece si girò nella mia direzione rimanendo immobile per alcuni secondi. Come fossi pietrificato non mi mossi e non dissi nulla: in fin dei conti ero così confuso e frastornato da non sapere nemmeno se avevo voglia di parlare.

Indugiò ancora qualche istante, poi si avvicinò lentamente. Pensai di rivolgerle un cenno di saluto, ma mi anticipò: «Buona sera: anche se ormai sarà un po' tardi per dirlo...».

Le sue parole ruppero il silenzio, cogliendomi di sorpresa: aveva una voce molto bella e il modo calmo con cui pronunciò quella frase mi diede una sensazione particolare che, ancora oggi, fatico a descrivere.

«Sinceramente mi piacerebbe fosse già ora di dire buongiorno...».

«Come mai?».

«Perché le mie dimissioni sarebbero decisamente più vicine».

Accennò un sorriso e, guardando le fasciature che comparivano sulle mie mani, disse: «Capisco, sei in osservazione al Pronto Soccorso...», e, subito domandò: «Ti dispiace se mi siedo un minuto?».

Rimasi un momento perplesso, ma mi affrettai a rispondere: «No, no, prego».

Si sedette, lasciando tra noi una sedia vuota: non avevo idea di chi potesse essere, poi ricordai che aveva preso il caffè inserendo una chiavetta; probabilmente lavorava all'interno dell'ospedale. Mi presentai: «Piacere, Sandro».

Stringendo la mia mano rispose: «Sveva».

Restammo in silenzio qualche istante, poi mi chiese: «Che ti è successo?».

A grandi linee le spiegai chi ero, cosa facevo al Lido e quanto mi era accaduto qualche ora prima. Ascoltando le mie parole, sembrò essere sinceramente interessata: volle sapere quali esami mi avevano fatto e come mi sentivo in quel momento.

Risposi ad ogni sua domanda e, alla fine, le chiesi: «Tu, invece, cosa fai qui?

Forse sbaglio, ma non hai l'aspetto di una degente».
«No, lavoro in questo ospedale, ma ora sono solo di passaggio perché sono venuta a trovare una persona».

Mi parve insolito. Forse era la moglie o la fidanzata di un medico passata per un saluto, e così osservai: «Immagino qualche collega...».

A quel punto abbassò lo sguardo, scosse lentamente la testa e con un'espressione molto seria disse: «No, sta su, in terapia intensiva. In coma».

Calò subito un pesante silenzio durante il quale bisbigliai solamente: «Mi dispiace».

Rimase alcuni secondi con lo sguardo perso nel vuoto, poi continuò: «Dicono che certi stimoli possono essere d'aiuto, così provo a far qualcosa: parlo, leggo qualche articolo di giornale, faccio ascoltare un po' di musica. Cerco di farlo tutti i giorni, ma non sempre ci riesco. Per fortuna, però, visto il lavoro che svolgo, posso venire qui a qualsiasi ora».

Per far prendere un'altra piega al discorso domandai: «Di cosa ti occupi?».
«Seguo un programma di ricerca che necessita di numerose sperimentazioni in laboratorio, a volte, si protraggono per molte ore. È un progetto nel quale sono coinvolti più ospedali. Io, oltre a far parte del gruppo di lavoro, sono una delle coordinatrici».
«Sei una dottoressa?».
«Sì, sono un medico».

Finalmente cominciavo a capire qualcosa.

Proseguendo con la discussione, aggiunse che la sua sede lavorativa abituale era in un'altra città, ma in alcuni periodi, come quello, era spesso all'Ospedale al Mare, dove c'era un laboratorio ben attrezzato e quasi inutilizzato. La interrogai su che genere di ricerca stesse svolgendo, e mi spiegò che si trattava di uno studio sui tessuti di alcuni organi; cercò anche di parlare in termini semplici, ma il suo linguaggio, per me, risultò comunque un po' troppo tecnico.

Faticavo a seguirla e il mio pensiero, di tanto in tanto, si perdeva. Continuavo a chiedermi chi fosse quella persona a cui aveva solo accennato: forse era il suo ragazzo, oppure una sua amica. Sveva probabilmente si accorse che la mia attenzione era diminuita e presto concluse il suo discorso: «Scusami, ma parlando di queste cose si finisce sempre per entrare in dettagli un po' complessi. In ogni caso, è un lavoro molto stimolante».

Affermai che ritenevo interessante e sicuramente molto utile quel che faceva, dopodiché passammo ad argomenti più leggeri.

Trovai il suo modo di fare davvero affascinante; aveva molta classe e si vedeva che era una persona sicura di sé, ma anche dotata di uno spiccato senso dell'umorismo. Avevo l'impressione che la sua presenza, in qualche modo, mi avvolgesse. So quanto possa sembrare assurdo, ma avvertii un senso di vuoto allo stomaco, una sensazione del tutto inattesa, soprattutto in quella circostanza.

Frattanto, tra una parola e l'altra, si erano fatte le undici. Non avevo idea di quanto tempo saremmo rimasti ancora lì, in compenso cominciavo a temere che, da un momento all'altro, mi dicesse di doversene andare. Mi ripromisi quindi di chiederle il numero di telefono o l'indirizzo di posta elettronica; magari le avrebbe fatto piacere rivederci e far due chiacchiere anche al di fuori di quel contesto... oppure no. Forse stavo correndo, ma ero troppo confuso per riuscire a inquadrare la situazione e immaginare quale risposta mi avrebbe dato.

I miei pensieri furono improvvisamente interrotti: dall'atrio del Pronto Soccorso giunse il rombo di un motore e le luci di un lampeggiante iniziarono a fendere il buio come lame impazzite. Ci fu un rapido movimento di persone che portarono una barella nella sala d'emergenza, poi giunsero alcuni poliziotti e si udì un fitto vociare; probabilmente si trattava di un incidente e, dal trambusto che si percepiva, non doveva essere una cosa da poco.

Il via vai di gente andò aumentando e alcuni minuti dopo vedemmo le sagome di due infermieri imboccare con decisione il corridoio che portava verso di noi.

Sveva disse: «Adesso passeranno di qui. Forse è meglio se ce ne andiamo».

Non volevo salutarla così in fretta e correre il rischio di non incontrarla più, ma inaspettatamente chiese: «Ti va di fare due passi?».

Spiazzato, risposi: «Dove?».

«Qui fuori...».

Rimasi perplesso, non dissi nulla e lei incalzò: «Andiamo?».

Feci cenno di sì e la seguii: oltrepassammo il distributore del caffè e svoltammo in direzione di una porta a vetri. Pochi istanti dopo, uscimmo all'aria aperta.

6
Le navi sulla spiaggia di Alang

Fuori si percepiva una discreta umidità. Poco distante notammo alcune persone accorrere verso il Pronto Soccorso e, mentre continuavo a chiedermi cosa poteva esser successo, Sveva disse che era meglio allontanarsi.

Cominciammo così a camminare affiancati, senza alcuna fretta, e presto mi resi conto che l'ospedale era un complesso di notevoli dimensioni, formato da numerosi stabili di due o tre piani dal cui interno non proveniva alcuna luce. Con un certo stupore notai il contrasto tra la decadente atmosfera che suscitava quella visione e il piacevole profumo di salsedine portato da una brezza leggera.

Alcuni istanti dopo Sveva si fermò chiedendomi se poteva fumare una "zingara". Con un'espressione simpatica, un po' imbarazzata, aggiunse che ne aveva con sé solo una. La tranquillizzai: non fumavo. Mentre stava accendendo la sigaretta mi guardai attorno: a poca distanza da noi vidi la sagoma di una vecchia Volkswagen "Maggiolino" e numerosi stabili immersi nel buio. Indicando la struttura, dissi: «Che tristezza...».

La dottoressa annuì e, con il tono di chi sta facendo una confidenza, descrisse ciò che ci circondava: «Non si può certo dire che il tempo sia stato galante con questo posto, i reparti che ora vedi chiusi hanno conosciuto decenni di attività frenetica che oggi, visto lo stato in cui versano, si fatica ad immaginare».

Prese un po' di tempo, quasi a cercare le parole più adatte e con un'espressione alquanto malinconica, sintetizzò una storia lunga ottant'anni.

«Una volta questo ospedale era considerato il fiore all'occhiello della Sanità italiana perché, all'epoca, era il più importante centro per la cura della tubercolosi. La maggior parte dei padiglioni sono stati costruiti tra i primi anni '20 e la metà degli '30, con un criterio ben preciso: sfruttare al meglio la vicinanza del mare, garantendo un'ottima esposizione alla luce e un notevole riciclo d'aria. È per questo che, se osservi le finestre degli edifici, ti accorgi che sono sovradimensionate. Pensa che per i bambini degenti era stata perfino approntata una piccola scuola e molte attività di riabilitazione venivano svolte direttamente sulla spiaggia. Allora era classificato come "Ospedale specializzato di prima categoria" ma poi, grazie all'avvento dei vaccini e di altri medicinali (che hanno sconfitto buona parte delle malattie polmonari) è stato declassato a semplice "Ospedale Generale". Nulla di male, anzi; il suo nuovo status derivava da vittorie contro patologie molto gravi, conseguite attraverso ricerche che, in parte, erano state svolte anche qui. L'ospedale non ha assolutamente risentito di questo cambio di denominazione e ha continuato ad essere un centro di eccellenza. Negli anni di massima attività i suoi padiglioni sono arrivati ad avere una capacità ricettiva di 1.400 posti. La struttura, per l'epoca, era dotata di tecnologie all'avanguardia. Pensa che c'era persino un teatro dove si organizzavano spettacoli che venivano trasmessi in filodiffusione in tutti i reparti, così anche i pazienti costretti a letto potevano seguirli e trovare un po' di svago. Il teatro era addirittura dotato di una cabina di proiezione e si poteva facilmente convertire in cinema. Ma non solo; c'erano anche una biblioteca ambulante, che veniva fatta circolare tra i reparti su di un carretto, e alcune aree in cui si poteva giocare a bocce, a ping-pong o a bigliardino».

Un po' stupito esclamai: «Ma era un ospedale o un villaggio vacanze?».

Sveva, accennando un sorriso, continuò: «Vi erano degenti ricoverati per problemi all'apparato respiratorio, con reumatismi o altre patologie per cui lo stare all'aria aperta era parte della terapia. Inoltre, tantissimi bambini restavano qui per mesi, alcuni addirittura per anni. Questo luogo è diventato la casa e il paese di molte persone. Ho letto un bellissimo articolo, comparso su di una rivista alla fine degli anni '20, in cui era definito la "Città bianca sul mare". Il clima che regnava tra questi reparti era descritto con stupore e veniva sottolineata con grande entusiasmo la sensazione di positività che si respirava nell' "Ospedale al Mare" più grande d'Italia. Bambini che, da deboli diventavano forti, adulti che ritrovavano la salute. Inoltre, nel testo, veniva citata la presenza di un burattinaio bolognese che presentava i suoi spettacoli sulla riva del mare. I bambini lo guardavano rapiti respirando aria buona, prendendo il sole e soprattutto, dimenticando momentaneamente il motivo per cui erano lì. Per alcuni minuti, forse, sentivano un po' meno la nostalgia di casa».

Sveva fece una breve pausa in cui il silenzio sembrava voler fare da sfondo alle immagini suscitate da quanto aveva appena descritto, poi riprese: «Sembra impossibile, ma l'Ospedale al Mare era decenni avanti rispetto alle altre strutture di cura, e credo siano davvero pochi gli ospedali concepiti e costruiti con tale attenzione per i pazienti. Qui non è entrato solo il concetto di cura medica, ma anche di terapia attraverso la bellezza della natura e dell'arte. Tuttavia, negli anni '80, per varie cause di natura amministrativa e logistica, è iniziato un inesorabile declino. La struttura a "padiglioni separati" è diventata sempre più anacronistica e di difficile gestione; mantenere in piedi un ospedale del genere, in un'isola di ventimila abitanti, era estremamente dispendioso e così, i reparti sono stati a mano a mano dismessi. Oggi, in attività, ci sono solo il Pronto Soccorso, alcune stanze di osservazione, dei letti di terapia intensiva, una decina di ambulatori e un'unità diurna dedicata alla fisioterapia».

Sveva si interruppe: forse voleva capire se cambiare discorso o meno ma, comprese che la stavo ascoltando con interesse.

«Questo ospedale, fin dalla prima volta che sono venuta a lavorare qui, mi ha affascinato moltissimo e così ho iniziato a documentarmi sulla sua storia. Per mesi, quando mi capitava di avere un po' di tempo libero, ho scartabellato tra i fascicoli dell'archivio e ho consultato libri e riviste sulla storia del Lido. Ho scoperto che nei primi decenni del '900, e anche nel dopoguerra, i medici facevano a gara per venire ad esercitare in questi reparti, e altri dottori, anche dall'estero, chiedevano di poter visitare la struttura per apprendere quanto veniva fatto qui dentro. Persone da ogni parte del Paese cercavano di farsi curare qui. Ci furono addirittura Province e Regioni che, pur di assicurare alcuni posti letto ai propri cittadini, hanno donato interi edifici; per questo motivo alcuni stabili si chiamano *Venezia*, *Vicenza*, *Belluno*, *Friuli*. In altre occasioni, invece, sono state delle banche o delle aziende private a far costruire dei padiglioni: come nel caso della *Cassa di Risparmio di Venezia*, della *Lanerossi* di Schio e della *Marzotto* di Valdagno. Credo che la storia di questo posto non si possa interpretare semplicemente come un caso di malasanità o come il frutto dell'andare dei tempi, ma penso sia una realtà in grado di offrire molti spunti su cui meditare».

«In che senso?» chiesi, cercando di capire a cosa si stesse riferendo.

Il suo volto assunse un'aria vaga e un po' triste.

«Magari ne parleremo un'altra volta. Ad ogni modo penso sia una vicenda sulla quale si riflettono anche molte altre realtà».

Spense il mozzicone della sigaretta e riprendemmo a camminare: per qualche istante proseguimmo senza dir nulla poi, nei pressi della porta d'ingresso di uno stabile, sussurrò: «Se ti va, e sempre che non ti sembri una follia, ti porto cinque minuti a visitare l'interno».

Non riuscivo a capire se in quel momento fosse seria o stesse scherzando, ma non ebbi nemmeno il tempo di pensare a una risposta che incalzò: «Non voglio forzarti, la mia è solo un'idea».

Alquanto perplesso, risposi di sì.

L'esile porta di legno si aprì con una semplice spinta, e così entrammo in quello che Sveva indicò come il *Padiglione Vicenza*.

La prima cosa che percepii all'interno fu un intenso odore di chiuso, pregno di umidità e di polvere. Appena gli occhi si abituarono al buio, vidi davanti a noi un lungo corridoio nel quale, dall'esterno, giungeva appena un po' di luce, quel tanto che bastava per non urtare contro le sedie che stavano allineate lungo un lato del muro. Quel luogo doveva esser stato abbandonato già da parecchi anni.

Sveva, due passi davanti a me, sembrava muoversi con sicurezza. Non sapevo dove avesse intenzione di andare, ma l'idea di girovagare senza meta per l'ospedale a quell'ora della notte, non mi piaceva per niente. Nonostante ciò, continuai a seguirla, mentre in sottofondo si sentiva un'indistinta varietà di rumori.

Avvertivo una strana sensazione, un'atmosfera particolare e sfuggente. Quelle pareti sembravano essere possedute da volti, voci, situazioni appartenenti a un tempo andato ma che, in qualche modo, era ancora presente. Un passato che a tratti sembrava sul punto di riaffiorare. Avevo l'impressione che il silenzio, tra quei muri, non fosse dovuto alla notte o all'abbandono in cui era finito quel posto, ma che avesse il difficile compito di avvolgere la memoria per sottrarla allo scorrere degli anni.

La mia mente cominciò a viaggiare tra immagini indistinte e frammenti di ricordi della mia vita, mescolati però ad altri eventi che non mi appartenevano.

Non riuscivo a formulare alcun pensiero. Tutt'a un tratto Sveva osservò: «Come sei diventato silenzioso: che c'è, hai paura?».

Avrei voluto dirle che era meglio tornare indietro, ma mi limitai a un semplice: «No, però mi auguro che tu sappia cosa stiamo facendo».

Sorrise e mi rassicurò: «Più avanti questo posto migliora».

Speravo avesse ragione.

Giungemmo a uno scalone che portava al piano superiore; Sveva salì i primi gradini poi, vedendo che non la seguivo, si girò verso di me: «Cosa c'è?».

«Dove stiamo andando? Non è che finiamo nei guai?».

«No, facciamo solo un giro al primo piano».

Davvero non capivo che senso potesse avere quella passeggiata ma lei, con tono sereno, aggiunse: «Conosco questo posto. Tra cinque minuti torniamo fuori».

Con mio grande stupore mi tese la mano e, con naturalezza, disse: «Così siamo sicuri di non perderci».

Quasi senza accorgermene contraccambiai il suo gesto e, nel posto più impensabile dell'ospedale, le nostre mani si unirono. La sua pelle era calda e liscia, la presa decisa. Iniziammo a salire lungo la scala. Non sapevo cosa pensare, mi sentivo sempre più frastornato, e ad ogni passo, mi chiedevo cosa avremmo raccontato se qualcuno ci avesse trovati lì.

Titubante, ma cercando di non far trasparire la mia inquietudine, chiesi: «Sei certa che qui non ci sia qualcuno?».

«Sì, il reparto è abbandonato».

Pur non volendo avere un tono provocatorio, provai a mettere in discussione la sua estrema serenità: «Dottoressa... se sai che non c'è nessuno, ti fidi a recarti in questi posti, da sola, con un uomo che non conosci?».

Si fermò. Sebbene fosse quasi buio, vedevo i suoi occhi fissare i miei: «Non sono nata ieri, non è il momento di pensare a certe cose, e poi, vedi di deciderti...».
«A far cosa?».
«A come rivolgerti a me: se vuoi continuare a darmi del "Tu" va benissimo ma, se mi chiami "Dottoressa", allora, usa pure il "Lei", non farti problemi...».
Si mise a ridere e poco dopo, con fare più serio, dandomi un leggero strattone, aggiunse: «Dai, andiamo, non restiamo qui fermi, altrimenti finiremo col diventare anche noi parte di questo ospedale».

Fatti gli ultimi gradini, entrammo in una sorta di anticamera, quindi percorremmo un lungo corridoio con, da entrambi i lati, numerosi locali completamente svuotati. Quello che un tempo era stato un reparto pieno di attività, era ormai ridotto a una serie di povere stanze. Da fuori, attraverso le finestre, filtrava la luce dei lampioni posti sul viale principale.

Nell'ultima camera erano ammassati dei comodini e le testiere di alcuni letti. Sveva entrò, si avvicinò a uno scatolone e mi fece cenno di guardarci dentro. Mi passò alcune foto incorniciate che un tempo dovevano essere state appese alle pareti del reparto. In quelle immagini, nonostante la luce fioca, potei osservare come appariva l'ospedale negli anni '30, con le strutture a pieno regime: alcune ritraevano classi di bambini che facevano lezione su una grande terrazza che si affacciava sul mare, altre, invece, varie attività fisioterapiche eseguite sulla spiaggia.

Trovammo poi una serie di fotografie scattate in occasione delle visite fatte da Vittorio Emanuele III, dal Principe Umberto di Savoia, dalla principessa Maria José e da Benito Mussolini: camminavano tra i reparti circondati dai dirigenti dell'ospedale e da tantissime altre persone che li accompagnavano nel loro giro. In un'altra immagine decine di malati assistevano a una celebrazione religiosa distesi su lettighe nei pressi di una chiesetta, e in un'altra ancora vidi una ragazza e una donna più matura che sembravano contendersi un uomo: vestivano con abiti di scena e stavano recitando sul palco di un teatro. Sulla testa delle attrici notai due corone, una in foglie di alloro e l'altra di fiori. Nell'ultima foto invece, era raffigurato un giovane che cantava: sul retro era scritto: "1962. Adriano Celentano, concerto per i degenti dell'Ospedale al Mare".

Mentre riponevamo le cornici nello scatolone, Sveva, appoggiò leggermente una mano sulla mia spalla e sussurrò: «Non hai l'impressione che questi luoghi parlino?».

La guardai perplesso: volevo dirle della sensazione provata poco prima ma lei, come a spiegarsi meglio, riprese: «Non ti sembra di sentire i rumori che dovevano esserci, un tempo, qui dentro? Le voci e l'andirivieni della gente?».

Annuii senza dir nulla, e lei aggiunse: «Quando ho visto questo ospedale per la prima volta, ho percepito qualcosa di strano, come se al suo interno ci fosse una presenza che desiderava raccontare la propria storia; una voce che parlava d'indifferenza e di abbandono. Un qualcuno, per certi versi, conscio del destino di questo luogo ma che, con molta dignità, implorava di conservarne il ricordo e di non lasciar cadere la memoria di migliaia di vicende, vissute tra questi reparti, nel vuoto della dimenticanza ».

Intuivo quello che intendeva dire. Era una donna molto sensibile e immaginai che il suo discorso racchiudesse anche aspetti della sua vita di cui, ovviamente, non ero a conoscenza. Riflettendo su quanto aveva appena riferito, feci una considerazione: «Penso che ogni posto, in un modo o nell'altro, racconti qualcosa di sé. Non conosco l'Ospedale al Mare, ma questi reparti abbandonati mi hanno fatto ricordare i relitti sulla spiaggia di Alang, in India, uno dei principali luoghi al mondo in cui portano a smantellare le navi».

Sveva annuì e con dolcezza replicò: «È un'immagine che rende bene l'idea. Adesso però è meglio andare da un'altra parte».

Tornammo all'aperto. L'aria sembrava più umida e cominciavo a sentire lievi dolori alla testa, pulsazioni spesso quasi impercettibili, ma a volte più intense e fastidiose. Inoltre, di tanto in tanto, dei bruciori percorrevano la mia mano sinistra. Cercai di non farci caso e mentre camminavamo, la mia curiosità si accese e, anche per rompere il silenzio, chiesi: «So che non è una domanda da fare alle donne, ma di che anno sei?».

Rimase in silenzio: pensai che forse non voleva dirmelo anche se non ne capivo la ragione. Indugiò un istante, poi, con un sorrisino tra le labbra, mormorò: «Penso che il tempo sia qualcosa d'indefinibile e che la sua divisione in anni sia solo una banale convenzione. In ogni caso, immagino di averne qualcuno più di te».

Mi fece l'occhiolino e quel gesto, per quanto simpatico e leggermente malizioso, aveva l'aria di un invito a non continuare quel discorso.

«Hai ragione, la bellezza non ha età».

«Appunto! Vedo che hai capito».

Riprendemmo a camminare e, quasi senza volerlo, domandai: «La persona che sta in rianimazione, invece, è giovane o anziana?».

Mi sarei morso la lingua ma, seppur con un certo distacco, rispose: «Abbastanza giovane».

Provai a chiedere qualche altra informazione, però lei, con tono sereno seppur risoluto, disse: «Credo proprio che tu non lo conosca».

Capii così che non si trattava di una donna.

Arrivammo a una sorta di piazzola da dove si vedeva l'inizio di un sottopassaggio. Sveva, con una strana espressione negli occhi, mi chiese se sapevo cosa c'era dall'altra parte, ma era evidente che non potevo averne alcuna idea.

«Adesso vedrai, sarà questione di pochi minuti, poi torniamo verso il Pronto Soccorso».

L'interno di quel basso passaggio era rischiarato da alcune lampade al neon che emanavano una luce molto forte, e quando sbucammo dall'altra parte il buio pesto ci costrinse ad attendere qualche secondo che le pupille si adattassero nuovamente alla notte.

Continuando a tenerci per mano, avanzammo lungo un viale alberato. Sentivo il fruscio delle foglie mosse dal vento, il verso di qualche animale e un brusio indistinto nel quale sembrava di cogliere delle voci lontane, indistinte e attraenti, che sembravano provenire da una realtà sconosciuta.

Alla nostra sinistra notai una sorta di piccola abitazione che Sveva disse essere stato il reparto *Infettivi*, dismesso da moltissimi anni. Davanti a noi, poi, si profilò la sagoma di uno stabile in mattoni; anche questo pareva abbandonato da tempo. Attraverso alcune finestre del pianterreno, si potevano scorgere delle interminabili file di schedari e alcune scrivanie. Sveva mi diede qualche indicazione: «Questo stabile, per tantissimi anni, ha ospitato i reparti di Ginecologia e Maternità. Migliaia di bambini sono nati dentro queste mura. Ora lo hanno adibito ad archivio».

Subito dopo giungemmo nei pressi di una costruzione bassa, un lungo pianoterra che poteva essere un magazzino: mi fu possibile individuare una porta di legno mezza aperta, mentre uno dei vetri delle ante mancava. Sveva lasciò la mia mano ed entrò, invitandomi a seguirla: «Se hai il cellulare, accendi il display, così avremo un po' di luce».

Feci come aveva chiesto: notai subito qualcosa sulla mia sinistra e presto capii che si trattava di un carrello il cui aspetto non dava adito a molte ipotesi. Avvertii un brivido percorrermi la schiena e qualsiasi dubbio svanì quando, poco più avanti, vidi un inquietante tavolo d'acciaio. Non c'erano altre possibilità: eravamo nelle celle mortuarie.

«Dove mi porti?!», esclamai preoccupato.

Sveva continuava a restare tranquilla.

«Dai, non agitarti; pensaci un attimo, non c'è nulla da temere».

Stavo iniziando a perdere la pazienza, ma riuscii a mantenere la calma: «Un obitorio, a quest'ora di notte, fa sempre il suo effetto. È lugubre ma non mi fa paura: però non capisco cosa ci sia di tanto interessante da vedere.

In più, se qualcuno ci trovasse qui dentro, cosa gli racconteremmo? Che soffriamo d'insonnia?».

Sveva fece un lieve risolino, poi con fare serio mi spiegò alcune cose: «Nessuno viene qui, anche perché queste celle mortuarie sono fuori servizio da quasi vent'anni. Sono state utilizzate per decenni e, probabilmente, si trovavano a una certa distanza dal resto dell'ospedale perché un tempo, nel blocco principale, c'erano tantissimi bambini che giravano all'aria aperta. L'obitorio nuovo, invece, sta vicino alla chiesa, lo hanno allestito al piano terra dello stabile dove lavoro io».

Dopo avermi fatto cenno di avvicinarmi, Sveva continuò a illustrare il luogo dove ci trovavamo: «Questa è la sala anatomica, invece, poco più in là, nelle stanze dove un tempo ponevano le salme, ci sono scaffali pieni di documenti e di referti; conosco bene questo posto perché ho lavorato spesso tra quelle cartelle. È assurdo che le abbiano buttate lì in quel modo. Non sono facilmente accessibili, ma dovrebbero esser conservate con cura, anche per rispetto nei confronti delle storie contenute su quei fogli».

Mentre uscivamo, con aria assorta osservò: «Che strano, hai notato? La maternità e l'obitorio si trovavano a meno di venti metri di distanza. Vita e morte separate solo da pochi passi».

Anche se la cosa appariva davvero stonata, mi limitai a sussurrare: «In effetti, è piuttosto insolito».

Appena fuori, Sveva indicò alcune costruzioni che stavano lì nei paraggi, dicendomi che un tempo quegli stabili avevano ospitato la farmacia, le lavanderie e le officine dei manutentori. Volle anche riferirmi un episodio che si era verificato nel 1970: un motoscafo del servizio pubblico era affondato nei pressi di Sant'Elena (la parte più a est di Venezia) a causa di un tornado che lo aveva investito in pieno. Erano morte oltre venti persone i cui corpi, una volta recuperati, erano stati portati in quell'obitorio. Uno dei custodi dell'ospedale le aveva raccontato che in piena notte, mentre c'era un grande andirivieni di parenti e di forze dell'ordine, avevano visto arrivare il Patriarca di Venezia, venuto a benedire le salme e a dare una parola di conforto ai familiari. Quel Patriarca era Albino Luciani, che otto anni dopo sarebbe divenuto Giovanni Paolo I, il Papa del sorriso, tristemente famoso per esser mancato, in circostanze alquanto dubbie, a soli trentatré giorni dall'elezione.

Provai ad immaginare la scena: doveva esser stata una visione davvero straziante e mi trovai a considerare quanto fosse strano pensare che la strada percorsa da quel Papa, nel corso della sua vita, era passata anche per quel luogo, particolare e remoto, dove in quel momento mi trovavo con Sveva.

Tornando verso il sottopassaggio fui io a prenderle la mano. Mi rivolse uno sguardo serio: «Spero tu non sia arrabbiato».

«Per cosa?».

«Per questo giro; non vorrei che mi prendessi per una pazza».

Scossi lentamente la testa ma non feci in tempo a dir nulla perché, quasi a volersi giustificare, aggiunse: «A dire il vero, quando siamo usciti, avevo intenzione di rimanere lì nei paraggi, ma poi, parlando, ho sentito il desiderio di farti conoscere un po' questo ospedale. Certo, di notte non è il momento più adatto ma, ho pensato che per te, forse, era meglio far due passi qui fuori che ritornare nella tua camera a pochi metri di distanza da un'emergenza in corso».

La ringraziai per la premura e, tanto per scherzare, le feci una piccola confessione: «Ammetto che, in effetti, per qualche attimo ho temuto volessi farmi a pezzi...».

La vidi sorridere poi, con fare finto serio, rispose: «No, sono in ospedale ma... non in servizio!».

Lì per lì non riuscii a comprendere se quella fosse soltanto una battuta; in ogni caso, dissi: «Ti ringrazio per la gentilezza. Comunque, è stato un giro emozionante».

Continuammo a camminare lentamente, immersi in quel buio, infranto appena dalla luce di qualche raro lampione.

7
Lo specchio

Riattraversato il sottopassaggio, tornammo nella parte principale dell'ospedale.
Seminascosta in un'aiuola, notai una colonnina sulla quale svettava una scultura in pietra raffigurante il Leone di San Marco. Sveva si accorse del mio interesse: «Ti presento il capo dei guardiani dell'ospedale!».
Subito dopo, indicò un fabbricato dall'aspetto fatiscente, situato a pochi metri da noi: era il *Padiglione Centrale*, una costruzione alta due piani, a forma di "C", dove, tra i reparti che vi erano stati ospitati nel tempo, c'era stata anche la Pediatria.

La visione di quello stabile, diroccato e sinistro, mi turbò, e qualche istante dopo senza quasi accorgermene mi ritrovai a fare una considerazione: «La sofferenza lascia sempre sgomenti ma, quando colpisce i più piccoli, vien da chiedersi chi possa permettere una cosa simile».

Sveva mi guardò severa e, da medico, commentò: «Il male non guarda in faccia nessuno: non fa distinzioni di sesso o di età. La prevenzione e la cura sono l'unica via che possiamo percorrere per sconfiggere o alleviare le malattie. Per il resto, ho sempre rifiutato l'idea di un "essere intelligente" in grado di infliggere la sofferenza, per di più talmente sadico da scegliere pure chi colpire».

A quelle parole, un turbine di immagini cominciò ad agitarsi dentro di me. Pensai alle tante conseguenze che il mio incidente avrebbe potuto avere, tra cui morire o riportare gravi lesioni. Sapevo di aver corso un rischio enorme e non mi rendevo ancora conto di quanto ero stato fortunato. Proprio in quei frangenti, mi tornarono in mente alcune persone che avevo conosciuto e che erano state segnate dalla strada. Perché certe cose erano accadute proprio a loro e non ad altri?

Tra queste vi era Andrea, un caro amico che abitava sul mio stesso palazzo e con il quale, da ragazzino, giocavo spesso. Era morto a soli diciassette anni in un incidente in moto. Raccontai di lui a Sveva e di come quella disgrazia avesse segnato la sua famiglia.

La sera prima dello schianto, lo avevo incrociato sulle scale di casa: ci eravamo salutati rapidamente, proseguendo ognuno per la sua strada, ignari che non ci saremmo mai più rivisti. Conclusi quel breve resoconto dicendo: «È incredibile come, per una fatalità o un errore, si possa morire in pochi attimi. Non è giusto, per nessuno, figuriamoci per chi ha ancora tutta la vita davanti; al cospetto di un simile dramma è impossibile non chiedersi se ciò fosse evitabile o se era già tutto scritto nel destino».

In tutta risposta, Sveva scosse la testa e sussurrò: «Di sicuro fa rabbia, ma spesso è difficile intuire ciò che sta dietro a determinate circostanze; anzi, il più delle volte è impossibile da comprendere. Pensa solo che il tuo amico ora sta bene».

«Come fai a dirlo?».

«Non so come la vedi riguardo a ciò che sta oltre la vita, ma credo che le persone buone, alla fine della loro strada, giungano in un luogo di pace».

Mi guardò in un modo indecifrabile poi, dopo alcuni attimi, mi fece una confidenza: «Ricorderò sempre la sera in cui ho visto morire la mia prima paziente. Ero al *Buzzi* di Milano, laureata da poco e ancora incerta sulla specializzazione da prendere: dato che mi stavo interrogando su Pediatria avevo accettato un tirocinio lì, all'Ospedale dei Bambini. Riguardo alla piccola, non aveva ancora cinque anni... Fin da subito mi avevano detto che per lei non c'era nulla da fare, e l'impotenza di evitare che venisse negata la vita a una creatura così giovane mi toccò nel profondo. Quando è successo, nel reparto c'è stato un certo trambusto; alcuni piangevano, altri cercavano di consolare i parenti più stretti; è arrivato anche il cappellano e per la prima volta ho avvertito tutta la solennità di un momento del genere. Ho cercato di starmene in disparte, ma quando i genitori sono stati costretti ad allontanarsi son tornata da sola nella stanza. Qualcuno aveva spalancato la finestra: da fuori provenivano suoni e profumi di una realtà che continuava ad esistere, ignara che quella bambina avesse appena finito di vivere. Mi sono affacciata e ho guardato le persone che camminavano nel piazzale sottostante, tutte intente ad andare chissà dove. Per qualche minuto, ho osservato la scena respirando il calore di quella tarda sera di maggio, poi ho tirato la tenda e posato nuovamente lo sguardo sul volto della bimba. Era bella, sembrava stesse dormendo, e mi son sorpresa nel notare che i suoi lineamenti, rispetto a qualche ora prima, avessero assunto un'espressione serena, come se fosse giunta in un posto in cui non c'era più alcuna sofferenza. L'ho osservata, conscia che nessuno poteva sapere quel che era successo tra me e lei due giorni prima. Una cosa che mi aveva lasciata profondamente scossa. Era accaduto poche ore prima che entrasse in coma: ero andata nella sua stanza e l'avevo trovata assopita, ma poco dopo il mio arrivo aveva aperto gli occhi. Ci eravamo guardate per alcuni secondi e la piccola, cercando un contatto, aveva mosso con fatica un braccio. Mi ero quindi seduta sul letto e avevo preso la sua mano destra tra i miei palmi: era una manina calda, che in quei minuti avevo accarezzato a lungo nel tentativo di darle un po' di conforto. Dalla sua bocca non era uscita una parola, né un lamento, e i suoi occhi... erano un cielo senza fine.

In quel momento è successo un fatto straordinario, una cosa che ho riferito

solo a poche persone. La bambina, in un modo tutto suo, ha voluto confidarmi un segreto.
Ha catturato il mio sguardo e in un istante mi ha portata in una strana dimensione.
Nei suoi occhi ho visto molte cose: è stata un'autentica rivelazione.
Ammiravo un bellissimo cielo notturno e, come ho sempre fatto fin da bambina, ho cercato di individuare il carro dell'Orsa Maggiore. Subito dopo il cielo si è fatto da parte e mi sono ritrovata in campagna, verso l'ora del tramonto, su una stradina bianca costeggiata da un viale alberato. Ho percepito in lontananza alcuni schiamazzi, poi il rumore degli zoccoli di due cavalli: ho sentito chiaramente il loro avvicinarsi, passarmi a fianco e andare oltre. Eppure, non ho notato nulla. Sembrava fossero invisibili. Poi il cielo, all'improvviso, è schiarito e il tempo è parso fermarsi. A quel punto ho visto quello che la bambina stava lasciando: i giochi dell'infanzia, gli anni a venire, gli amori, e tutta la vita che non avrebbe mai vissuto. Sentivo che era mia figlia, ma anche mia madre e mia amica: era parte di me, e io di lei. Capii che, in un certo senso, non ci saremmo mai perse e che, prima o poi, ci saremmo riviste.
Poi, ha lasciato la mia mano. L'ho guardata e lei ha distolto lo sguardo, ha socchiuso gli occhi e poco dopo, dal suo respiro, ho capito che si era addormentata.
Prima di lasciare la stanza, la sera in cui è spirata, mi sono trattenuta con lei ancora un po' di tempo e mentre le accarezzavo il viso e i capelli ho provato una sensazione molto forte: le mie mani non percepivano morte in ciò che toccavano, ma un qualcosa che andava "oltre" e che non riuscirò mai a descrivere abbastanza bene. Per un attimo ho pensato addirittura che la bimba non fosse morta, così le ho preso il battito, ma ho capito subito di essermi sbagliata. Si chiamava...».

Sveva si fermò per alcuni secondi. Non pronunciò il nome della bambina, ma si capiva che lo ricordava bene. Infine aggiunse: «Anch'io non l'ho mai dimenticata e mai potrò farlo. Chi lascia un segno dentro di noi, rimane con noi. È stata lei a insegnarmi a tenere le persone per mano».

Osservai il suo volto in quella luce sempre più fioca: i lineamenti erano appena percettibili, ma di una tale bellezza che sarebbe bastato molto meno per perdersi.

Con lo sguardo rivolto verso di me, senza che me l'aspettassi, disse: «Tu, invece, sul *dopo*, che idea hai? Pensi che la vita finisca con la morte del corpo o che ci sia qualcosa oltre?».

Si trattava di un argomento molto delicato e misterioso. Temevo che una risposta vaga sarebbe potuta risultare banale e così presi qualche attimo; in

quei frangenti mi tornarono in mente alcune considerazioni fatte un paio di mesi prima, dopo aver ascoltato un discorso in treno e risposi in tutta sincerità: «Credo che guardare al *dopo* o a Dio sia qualcosa che metterà sempre di fronte a tanti dubbi. Sento che qualcosa *dopo* ci dev'essere, ma non ho davvero idea di come si svolgano le cose. Tempo fa, mi sono trovato a pensare che l'universo esiste: è fatto di pianeti, di stelle, di galassie. È un dato di fatto; si può discutere sulla sua vastità, sul tempo misurato in anni luce, sui buchi neri, sul rischio legato ai meteoriti, ma non si può mettere in discussione la sua esistenza.
Anche la Terra esiste; in essa ci sono milioni di realtà materiali, ma c'è anche un qualcosa in più: la vita, che è presente nella grande balena azzurra come nel più piccolo, invisibile, microbo. Però alla vita di questi esseri viventi manca un qualcosa che appartiene solo all'essere umano: la capacità di dare un nome alle realtà che lo circondano. L'uomo è l'unica entità che identifica con un termine ogni cosa che appartiene all'ambiente in cui vive, che sa di trovarsi all'interno di una sfera che ruota attorno a una stella chiamata Sole e che si interroga su ciò che ci sarà dopo la nostra esistenza. Ogni cosa, di per sé, può esistere, ma acquista un senso solo se qualcuno la riconosce. Non sappiamo se nello Spazio ci siano altre forme di vita, ma se per un attimo escludiamo questa ipotesi, possiamo affermare che, se l'essere umano non ci fosse, l'universo esisterebbe comunque ma nessuno saprebbe della sua esistenza. D'altronde, si "è" solo quando si viene riconosciuti. È un altro dato di fatto».

Sveva annuì, e io provai un certo imbarazzo. Non avevo idea di cosa pensasse riguardo a quanto avevo detto. Attorno a noi si ergevano le sagome scure e silenziose di alcuni reparti in disuso, dai quali, tuttavia, sembrava uscire una singolare energia, un miscuglio di forze talmente in contrasto da risultare indefinibile.

Mai avrei immaginato di trovarmi con una bellissima donna ad affrontare un simile discorso, per giunta in un luogo del genere. Constatai così di persona la realtà di una frase che molti anni prima avevo sentito dire a mia nonna: «Gli ospedali sono come i confessionali delle chiese: certi argomenti li riesci ad affrontare solo lì dentro».

L'Ospedale al Mare, probabilmente, era una grande cattedrale in via di abbandono.

Guardai per un istante Sveva e, nel suo silenzio, colsi un invito a continuare e così conclusi: «Credo che siamo persone fin dal momento in cui veniamo concepiti ma, in un certo senso, acquisiamo la nostra identità solo quando qualcuno ci dà un nome. Tutto ciò, però, mi porta a ritenere che esistono moltissime cose che non vengono considerate solo perché non c'è nessuno in grado di riconoscerle, di vederle e di dar loro un nome. Dunque, mi viene da pensare che se Dio esiste, ha dovuto creare l'umanità per poter esser in qualche modo riconosciuto: se non esistesse, da questo mondo se ne andrebbe anche il pensiero di Lui. L'uomo si è sempre interrogato sulla Sua esistenza; ha bisogno di Lui, ma allo stesso tempo credo che Dio abbia bisogno degli uomini, perché se non ci fossero soffrirebbe di solitudine. Forse, l'umanità è l'unico specchio, o meglio l'unica realtà, in cui l'Invisibile può vedere o riconoscere il suo volto: probabilmente la solitudine è una realtà così triste e forte da essere in grado di "mandare al tappeto" anche Lui. Più di una volta mi sono chiesto: è meglio essere infermi ma circondati di persone che ti vogliono bene, oppure sani ma senza nessuno attorno?».

Mentre parlavo, sentii Sveva stingersi un poco a me. Non riuscivo a capire se fosse opportuno continuare quei discorsi, anche se pareva davvero interessata a ciò che stavo dicendo. Ad ogni modo, per paura di parlare più del dovuto, e per cambiare discorso, conclusi: «I miei sono solo pensieri e di certo non ho la preparazione adatta ad affrontare tali temi; lascio tutto ai teologi e ai filosofi, che sicuramente sanno abbozzare risposte e teorie più valide e molto più interessanti delle mie. Per quanto mi riguarda, sento di dire che, su questi argomenti, ho tante domande e nessuna risposta».

Sveva mi guardò negli occhi e con tranquillità aggiunse: «Il più delle volte sembra che la risposta non ci sia. Però, forse, non possiamo capire la verità».

«Perché?» incalzai, cercando di comprendere il senso della sua frase.

Lei scosse la testa: «L'essere umano è stato concepito in modo che sia destinato a non trovare certezze».

«Una condanna», replicai d'istinto.

«In un certo senso può sembrare così, ma in fondo non lo è, perché proprio questo "difetto di base" ci spinge a cercare e a metterci costantemente in discussione».

Continuammo a camminare e, dopo poco, Sveva si fermò per indicare una costruzione: erano le cucine dell'ospedale, ormai, in funzione solo in minima parte. Mi raccontò che da lì, mentre erano in preparazione i pasti, si diffondeva un pesante sentore di brodo.

Un attimo più tardi udimmo un rumore provenire da dietro di noi: era meglio spostarsi.

Tra quei vialetti bui sentivo di aver perso l'orientamento; speravo che almeno lei sapesse dov'eravamo e dove stavamo andando ma, dalla sicurezza che dimostrava, era facile intuire che tali dubbi non avevano senso.

Presto mi accorsi che la nostra passeggiata si era svolta lungo il perimetro di una grande aiuola rettangolare, e che ormai eravamo tornati nei pressi dell'ex Pediatria.
Passammo vicino al "Maggiolino", un modello degli anni '70 il cui colore, nel buio, era solo intuibile. Mi chiesi di chi fosse ma tenni la domanda per me.

Speravo che Sveva non avesse più voglia di andare in giro: avrei voluto dirle che era il caso di tornare. A parer mio, stavamo correndo dei rischi, inoltre, cominciavo a non poterne più di quel posto desolante. Nei pressi del Pronto Soccorso, tuttavia, notammo un'ambulanza con i lampeggianti accesi. Sveva fece una considerazione a voce alta: «O è arrivato un nuovo paziente, oppure stanno per trasferire quello che avevamo visto giungere in precedenza. Non è il caso di rientrare adesso».

Cercai di dire qualcosa ma, non riuscii a pronunciare nemmeno una parola; sembrava che nella mia mente vi fosse una temporanea confusione nella quale nessuna frase riusciva a prendere forma.

D'un tratto, con fare disarmante, mi chiese: «Ti va di andare a vedere il mare? È qui a due passi».

Non ebbi neanche la forza di pensare. Con un cenno del capo, risposi di sì.

8
Il golfo degli arcobaleni

Dopo un tratto di strada a ridosso di un buio edificio, giungemmo di fronte a due stabili, collegati tra loro da un passaggio aereo situato all'altezza del primo piano. Attraversammo il varco e avanzammo lungo una sorta di marciapiede che correva tra la sabbia e alcuni tratti di vegetazione, e presto arrivammo nei pressi di una recinzione: la riva del mare distava solo poche decine di metri.

Il cielo era sereno e una Luna, quasi piena, si mostrava in tutto il suo fascino: era davvero uno spettacolo straordinario. Confuso e spiazzato rimasi in silenzio. Quell'impensabile notte mi stava riservando continue sorprese e già da un po' mi ero accorto che tutti i miei pensieri stavano convergendo su Sveva. Sapevo così poco di lei, eppure mi affascinava tantissimo. Era lì, a pochi centimetri da me, avvertivo il suo profumo, un'essenza lievissima e particolare: il solo starle accanto mi emozionava in un modo incredibile. Avrei voluto dirle tante cose ma rimasi a guardare la Luna che, nel suo intrigante silenzio, pareva suggerire che tutto era possibile.

D'un tratto Sveva mi chiese: «Ti è mai capitato di vederla sorgere dal mare? È uno spettacolo! Quando spunta dall'orizzonte appare di un colore rosso scuro poi, diviene sempre più chiara; la superficie del mare comincia allora a colorarsi d'argento. Davanti a una simile visione, non puoi far altro che star lì, immobile, e lasciarti avvolgere da quell'atmosfera che sembra appartenere a un sogno».

Per un attimo provai ad immaginare quanto aveva descritto, poi continuò: «Sono sempre stata una grande ammiratrice della Luna: senza di lei il cielo perderebbe gran parte del suo fascino e anche molta bellezza presente nel mondo non esisterebbe. Ha tantissimi poteri: quello di muovere le maree, di influenzare il parto delle donne e la semina nei campi, ma non solo, infatti svolge da sempre un ruolo fondamentale anche nell'arte. Pensa a quanti musicisti, poeti, pittori, scrittori e scultori hanno realizzato opere grazie alla sua presenza; lavori che le hanno dedicato, ma anche altri in cui di lei, apparentemente, non c'era traccia».

In effetti, a pensarci, erano davvero tante le canzoni dedicate alla Luna: Neil Young, ad esempio, aveva scritto parecchi brani in cui veniva citata e anche tanti altri musicisti l'avevano in qualche modo omaggiata, su tutti i Pink Floyd, che avevano intitolato il loro album più famoso: *The Dark Side of the Moon*.

Non dissi nulla, così Sveva decise di sorprendermi: «La Luna è stata spesso abbinata alla femminilità, non solo perché la durata della sua fase di rivoluzione è la stessa del ciclo femminile. Nell'antica Grecia era associata a ben tre divinità: Selene, Ecate e Artemide, corrispondenti alla Luna piena, alla Luna nuova e alla Luna crescente. Rispettivamente: vita, morte e rinascita. Selene significa *risplendente*, e nel mondo classico era rappresentata come una donna dai lunghi abiti bianchi. Ad Ecate, dea dell'oltretomba, venivano invece donati in sacrificio degli animali, e proprio da ciò deriva il termine *ecatombe*. Di Artemide, sorella maggiore di Apollo, si dice invece che avesse aiutato la madre a far nascere il fratello, per questo è considerata la protettrice delle partorienti».

Mi mostrò poi alcune macchie, appena percettibili, presenti sulla superficie lunare: «Quelli sono il *Mare della serenità*, il *Mare della tranquillità*, il *Mare delle crisi*, l'*Oceano delle tempeste*, etc.: è stato un certo Giovan Battista Riccioli, nel 1600, ad attribuir loro questi nomi curiosi che, da allora, sono comunque rimasti in uso. Se avessimo un telescopio, ti mostrerei i principali crateri come *Baylli*, il più grande, e *Tycho*, quello che ha le raggere più estese; oppure *Aristarchus*, la formazione più luminosa o *Grimaldi*, quella più scura. Ti farei vedere anche il luogo a cui sono più legata: il *Sinus Iridum*, il golfo degli arcobaleni. È situato nel *Mare delle piogge*: se lo osservi con particolari condizioni di luce, puoi assistere ad un effetto ottico che fa apparire una sagoma simile alla testa di una giovane dai lunghi capelli: la cosiddetta *Ragazza della Luna*. Fin da piccola, mi è sempre piaciuto guardare la "Signora del cielo", una passione che, in buona parte, mi ha trasmesso mio padre. Mi sono ritrovata spesso ad osservarla, soprattutto in momenti, di gioia o di tristezza. Per me è una sorta di confidente, una porta verso qualcosa di invisibile ma di esistente, oltre che ad un punto d'incontro con le persone che sono vissute nel passato e quelle che giungeranno negli anni a venire. Per me la figura della Luna non è valutata a sufficienza: in molti la considerano per la bellezza e il fascino ma non le riconoscono la sua potenza riguardo all'influenza che ha sulle persone, sulla natura e sull'esistenza stessa della vita sulla Terra. Lei, infatti, è uno "stabilizzatore" e un "freno". Se non esistesse, la durata del giorno sarebbe di sole 8-10 ore e l'asse della terra oscillerebbe parecchio, con gravi conseguenze sulla vita. Molto probabilmente, gli esseri umani e gran parte degli animali non sarebbero mai esistiti. Questa cosa mi ha sempre fatto pensare che la nostra vita dipende da chi spesso non prendiamo troppo in considerazione e a cui non attribuiamo la giusta importanza. Abbiamo tutti una "Luna" e a volte siamo noi stessi la Luna di qualcun altro. È fondamentale scoprire chi è il nostro satellite e di chi lo siamo noi...».

Aveva un modo di parlare e di spiegare le cose davvero particolare e suggestivo, tanto che l'avrei ascoltata per ore, ma a un certo punto disse: «Ora però mi sa che è meglio tornare al *Padiglione Osservazione e Chirurgia*, dove sei ricoverato e dove, in Rianimazione, ho ancora le mie cose...».

Riprendemmo a camminare e, dopo alcuni istanti in silenzio, d'un tratto pronunciò due strani nomi: «Nanna e Inanna...».

La guardai perplesso, ma lei con fare finto misterioso mi rivelò: «La prima era la dea della bellezza e della prosperità, corrispondente alla nostra Venere, il secondo il dio della Luna. Nell'antica Mesopotamia, le mamme erano solite far addormentare i figli cantando preghiere rivolte a queste divinità affinché li proteggessero donando loro serenità e benessere. È così che sono nate le ninne-nanne...».

Svelò questa curiosità con una dolcezza straordinaria. Il suo sguardo sembrava assorto come se stesse ricordando un bimbo che aveva fatto addormentare tra le sue braccia, canticchiando qualche canzone della buona notte.

La ringraziai per aver condiviso con me quell'aneddoto e lei, quasi a non dar peso alla cosa, si limitò ad un piccolo sorriso, chiedendomi subito dopo: «Che te ne pare di questo posto?».

Rimasi un attimo in silenzio poi le dissi ciò che pensavo: «È triste vedere come un luogo del genere sia stato lasciato andare, ma credo che una struttura così grande, a padiglioni separati, non sia più al passo con i tempi. L'ospedale in cui sono nato, a Lecco, ha funzionato giusto un secolo: dal 1900 al 2000. Adesso non esiste più, ne hanno costruito uno di nuovo, più grande e moderno. La vecchia struttura però non è stata abbandonata, ma per buona parte, è stata oggetto di un grande intervento di riconversione. Alcune zone sono state anche abbattute ma solo per far posto a nuove strutture. Ora il complesso è diventato una sede universitaria, distaccata, del Politecnico di Milano e ospita una realtà culturale di grande importanza: un Campus di eccellenza, pieno di vita, che dà lavoro a molte persone e dove ci si prepara al domani. Magari anche qui potrebbe avvenire qualcosa del genere e si potrebbe anche studiare la soluzione per un nuovo ospedale, sicuramente più piccolo ma funzionale. Credo che, volendo, anche a questo posto si possa dare un futuro dignitoso».

Dimostrando un certo scetticismo, Sveva commentò: «Ormai i vertici della Sanità locale hanno deciso di mantenere al Lido solo i servizi essenziali. La struttura è destinata ad una lenta, inesorabile, chiusura, e all' orizzonte ancora non sono comparsi progetti di natura sanitaria o culturale. Tempo fa ho avuto modo di parlare con un famoso chirurgo che ha lavorato per tanti anni tra queste mura: adesso è in pensione. Ha portato qui una chirurgia di eccellenza, lavorato in equipe anche con diversi colleghi di altri reparti, contribuendo ad innalzare ad altissimi livelli le competenze e l'efficienza. Ha sempre creduto che l'ospedale potesse continuare a vivere, magari con le dovute modifiche e con una sorta di riammodernamento dell'offerta sanitaria: si è battuto perché la storia di questo posto non giungesse al capolinea ma, alla fine, si è reso conto che c'era chi aveva già scritto la parola fine a tutto ciò. A quel punto, con molta dignità e infinita tristezza ha preferito farsi da parte. Non è giusto, però, che tutto ciò debba concludersi in questo modo: è una retrocessione dal punto di vista umano che non si dovrebbe nemmeno pensare, figuriamoci accettare e lasciar che sia...».

Giungemmo all'atrio del Pronto Soccorso: era deserto, e del trambusto di qualche ora prima, non era rimasta traccia.

Purtroppo era arrivato il momento di congedarci e Sveva fece il primo passo: «Forse è meglio che ci salutiamo, più tempo stai lontano dalla camera e più è facile che si accorgano della tua evasione».

Avrei voluto dirle che mi sarebbe piaciuto stare ancora con lei e che speravo di rivederla presto, ma mi anticipò di nuovo: «Domani fino a che ora sei qui?».

Le spiegai che non sapevo ancora quando mi avrebbero fatto la TAC, ma che successivamente sarei stato dimesso. Decisi di cogliere l'occasione per dirle: «Se mi lasci il tuo numero di telefono ti faccio sapere. Così, se vuoi, ci potremo incontrare e fare due chiacchiere anche fuori da questo ospedale».

Inserendo il suo nome nella rubrica, le chiesi anche il cognome: alla mia domanda seguirono alcuni inaspettati secondi di silenzio. Ebbi la sensazione che non volesse dirmelo, ma alla fine rispose: «De Rinaldis».

Non volevo che andasse via, avrei voluto trattenerla ancora qualche momento, così le domandai: «E adesso cosa farai?».

Mi guardò un po' perplessa: «Vado su in Rianimazione, recupero la mia borsa e me ne vado a casa» e, guardando l'ora, aggiunse: «Così, prima che sia mattina, riesco a dormire un po'».

Quasi senza volerlo, le chiesi: «Vivi da sola?».

In tutta risposta, mi sorrise: «Quanto sei curioso...».

Borbottai qualcosa, senza riuscire a dire nulla di sensato, ma per fortuna mi tolse dall'imbarazzo: «Stavo scherzando, comunque sì, vivo da sola».

Non indagai oltre e mi limitai a un semplice: «Ti aspetto qui, così quando torni ci salutiamo».

«Va bene, faccio presto», e si avviò lungo la scala che portava ai piani superiori. Non aveva voluto svelarmi la sua età che, a dire il vero, facevo un po' fatica a stabilire; sicuramente, come aveva detto lei, aveva qualche anno più di me, forse era sulla quarantina.

Quando fu di ritorno, cercò qualcosa nella borsetta, tirò fuori un paio di occhiali da vista e li indossò: le stavano benissimo! Non mancai di farglielo sapere e vidi che gradì il complimento. Mi offrii di accompagnarla all'auto, ma affermò che era meglio non uscire nuovamente assieme. Ci guardammo negli occhi: fu solo un istante, ma ebbi la sensazione che anche a lei dispiacesse di doversene andare.

Pur di trattenerla ancora, cercai qualcosa da dire: «E così... sei una pediatra...».

Osservandomi con una strana espressione, scosse leggermente la testa: «No, sono un'anatomopatologa; alla fine del tirocinio al *Buzzi* ho capito che Pediatria non faceva per me e ho sentito che la mia strada era un'altra».

La mia espressione sorpresa le suscitò un mezzo sorriso, poi esclamò: «È un campo difficile, ma molto bello; proprio da questo lavoro di analisi si creano spesso le basi per le ricerche che portano ai progressi clinico farmaceutici. L'esperienza tra le corsie mi è servita a capire che ero più portata a combattere la sofferenza nei laboratori».

Cercai di dire ancora qualcosa, ma chiuse il discorso: «Ora è meglio che ci salutiamo, e, mi raccomando, domani mattina, dammi notizie dell'esame!».

Le assicurai che l'avrei tenuta informata, poi ci augurammo la buonanotte scambiandoci due lievi baci sulle guance e, aggiungendo certezza alla mia speranza, ripeté: «A domani, ciao».

Si allontanò verso l'uscita e scomparve nel buio. Avrei tanto voluto sapere com'era la sua vita, dove abitava e qualsiasi altra cosa la riguardasse.

Mi guardai attorno, l'atrio ormai vuoto: era ora di tornare in camera. Per un attimo venni preso dal timore che qualcuno degli infermieri potesse vedermi e crearmi dei problemi, quindi cercai di fare meno rumore possibile, entrai nella stanza e chiusi la notte dietro le spalle.

Mi sedetti sul letto; ero un po' smarrito e stupito per come era cambiato il corso di quelle ultime ore. Ripensai al fatto che Sveva fosse una anatomopatologa; compresi così la sua battuta fatta sul suo "non essere in servizio" e anche la tranquillità con cui si muoveva in certi luoghi.

Mi infilai tra le lenzuola. Ero stanco, ma non avevo sonno: presto mi ritrovai a constatare che i piatti della bilancia del mio stato d'animo avevano invertito le posizioni. Mi sentivo più leggero, meno pessimista. Non avvertivo più la tensione che mi aveva accompagnato fino a poche ore prima, né la testa indolenzita.

Pensai a Sveva, immaginai fosse arrivata a casa: speravo di essere nei suoi pensieri, anche in uno solo. Chissà che opinione aveva di me?

La mia mente vagava tra mille ipotesi, ignara del fatto che stavo per vivere il fine settimana più incredibile della mia vita e, senza accorgermene, mi addormentai.

9
Piatti rotti e camicie stirate

"Le finestre hanno sbattuto tutta la notte dentro ai miei sogni".
Questo verso di Bob Dylan descrive bene le poche ore di sonno che mi portarono all'alba. Su quel vecchio materasso non riuscivo a trovare una posizione comoda e gli avvallamenti del cuscino non mi aiutavano certo a riposare. Più volte mi accorsi di essere in uno stato di dormiveglia nel quale immagini e scene confuse si alternarono, senza alcuna logica, all'interno di numerosi sogni.

In uno di questi ero disteso su un prato, circondato dal buio della notte e dal suono del vento che passava tra gli alberi. Sentivo voci di altre persone dar vita a un brusio, ma non riuscivo a vedere i loro volti: erano ombre, sagome scure che se ne stavano lì nei paraggi. Solo qualcuna, ogni tanto, si muoveva. Poi un uomo si alzò e cominciò a camminare tra la gente tendendo una lampada; non capivo dov'ero, né cosa stessi facendo. D'un tratto, udii una donna invitarmi a puntare gli occhi verso il cielo e solo allora mi accorsi che era tempestato di stelle: chissà come, capii di essere alla ricerca di astri cadenti.

Quell'attesa, però, non era serena: si respirava un senso d'inquietudine. Avvertivo strani rumori, ronzii e cigolii che, di tanto in tanto, percorrevano l'aria ed ebbi la netta sensazione che delle mani invisibili passassero tra i miei capelli.
Il tutto durò qualche minuto, o così mi parve, poi lo scenario cambiò completamente e mi ritrovai nella vecchia cucina di una casa diroccata. Non riuscivo a capire se fosse abbandonata o se delle persone anziane l'abitassero ancora. Senza motivo, guardai dentro ai cassetti di un vecchio mobile in legno: il primo conteneva un servizio di piatti di ceramica bianca e azzurra, e mi stupii nel vedere che alcuni di essi erano spezzati a metà e altri completamente in frantumi. Nel secondo cassetto, invece, c'erano numerose camicie da uomo stirate e ripiegate alla perfezione, mentre nel terzo vidi parecchi stracci colorati, in parte puliti, in parte sporchi.

Il sogno cambiò nuovamente ambientazione, e nella sua ultima parte rividi anche Sveva. Era inverno, stavamo passeggiando nei pressi di un fiume, in un luogo che somigliava vagamente al parco del Valentino, a Torino. Stava a pochi passi da me; faceva freddo e ogni suo respiro produceva una nuvoletta di vapore che svaniva un attimo dopo. Nel frattempo cominciò a calare una nebbia leggera. Camminammo un po' fianco a fianco, in silenzio, ascoltando il lieve rumore dei nostri passi su una neve caduta da poco. Ad un certo punto mi girai e notai che le nostre orme erano appena percettibili.

Mi svegliai verso le sei, quando un infermiere entrò nella stanza per domandarmi come mi sentivo. Gli risposi che a parte qualche piccolo acciacco andava tutto bene e, per curiosità, gli chiesi se sapeva qualcosa riguardo al viavai che avevo udito nel corso della notte. Mi spiegò che un anziano regista americano, aveva subito un attacco cardiaco; per fortuna, erano riusciti a intervenire in tempo e, a quanto pareva, se la sarebbe cavata.

Quando se ne andò, chiusi gli occhi e ripensai a Sveva, ai lineamenti del suo volto, al suono della sua voce e al giro tra i reparti. Desideravo rivederla al più presto. Le avrei chiesto se, quella sera stessa, le andava di uscire (sarebbe stato stupendo!), ma presto bloccai i miei pensieri: non volevo illudermi, forse stavo correndo troppo.

Verso le otto, arrivò Giulio, portandomi dei vestiti nuovi; stava bene, anche se, l'incidente aveva lasciato, pure a lui, dei dolori, sparsi un po' ovunque. Gli accennai brevemente di Sveva, di come l'avevo conosciuta e che avevamo passato un po' di tempo assieme. Non mostrò particolare interesse, probabilmente stava già pensando agli impegni che lo avrebbero atteso di lì a poco. Si limitò a commentare con un semplice: «Spero tu possa incontrarla di nuovo».

Era una bella giornata di sole, non vedevo l'ora di esser dimesso, senza contare che l'ipotesi di uscire con Sveva mi rendeva estremamente felice. Purtroppo, però, l'entusiasmo durò poco.

Il medico rientrò nella stanza, e quel che disse fu un'autentica doccia fredda. Avevano chiamato dall'Ospedale di Venezia: a causa di un guasto al macchinario, la TAC era stata annullata e riprogrammata per lunedì pomeriggio. Com' era possibile?

Gli chiesi se, nel frattempo, potevo esser dimesso e ripresentarmi qualche giorno dopo per effettuare l'esame. Malgrado le mie buone intenzioni, rispose negativamente: visto il trauma subito, non avrebbe firmato la dimissione. Se volevo, potevo assumermi la responsabilità di sottoscrivere una liberatoria e avere un permesso, ma lo sconsigliava vivamente. L'istinto mi disse di firmare e di tornare "in libertà", ma il medico capì la mia intenzione e ribadì che era meglio attendere l'esito degli accertamenti. Non volevo saperne di star lì ancora due giorni, così cercai di obiettare alle sue osservazioni: stavo bene e tutto ciò mi sembrava davvero un eccesso di precauzione.

Mi invitò nuovamente a non prendere le cose alla leggera e anche Giulio, rimasto fino a quel momento in silenzio, sostenne la sua tesi. Alla fine, seppur molto a malincuore, gettai la spugna.

Il medico, quasi ad alleviarmi il peso della noia di rimaner lì dentro tutto quel tempo mi disse che, se volevo, potevo fare delle passeggiate; ovviamente, senza uscire dal perimetro ospedaliero. Si raccomandò, inoltre, che al comparire di qualsiasi sintomo - mal di testa, nausea o altro - avvisassi subito il personale.

Quando lasciò la stanza, fui preso da un senso di delusione e sconforto. Giulio era dispiaciuto perché sarebbe stato impegnato tutto il giorno; gli raccomandai di non preoccuparsi, ci saremmo sentiti per telefono, la giornata, in qualche modo, sarebbe passata.

Ci salutammo, ma dopo circa mezz'ora, tornò con un paio di giornali, alcune riviste e una piccola radio che disse di aver acquistato in un negozio del Gran Viale. Nel silenzio della stanza pensai a Sveva e alle mie speranze svanite in pochi istanti.

Quella che era iniziata come una giornata carica di aspettative si trasformò presto in una lunga attesa da affrontare in solitudine.

I miei pensieri si interruppero di colpo quando sentii due persone parlare ad alta voce, in modo concitato; uno di loro sembrava chiedere aiuto. Uscii nel corridoio ma vidi solo un infermiere: il suo volto era sereno e, accennando un sorriso, mi chiese se avevo bisogno di qualcosa. Scossi leggermente la testa e dissi che era tutto a posto.

Ero un po' inquieto, forse le voci provenivano dal piano superiore o da fuori. Probabilmente non era nulla di cui preoccuparsi.

Per ingannare il tempo sfogliai il *Corriere della Sera* e *Il Gazzettino* dove, nella pagina di cronaca locale, trovai un brevissimo articolo sull'incidente in cui ero stato coinvolto. Pensai ai miei genitori: valeva la pena avvisarli? O era meglio aspettare la dimissione? Decisi di non allarmarli inutilmente. Così, in un breve messaggio, inviai loro un saluto e scrissi che la vacanza proseguiva bene.

Finalmente giunse il momento di chiamare Sveva. L'idea di parlarle mi emozionava, e dopo un paio di squilli risentii la sua voce: «Pronto?».
Per fortuna non l'avevo svegliata, era in piedi da prima delle otto e stava sistemando un po' la casa. Mi chiese notizie della TAC e le spiegai come stavano le cose. Le riferii che, se non fossi stato costretto a rimanere lì in ospedale, mi sarebbe piaciuto invitarla fuori. Rispose che, nel primo pomeriggio, sarebbe passata dal suo amico in Rianimazione, poi, volendo, avrebbe potuto fermarsi un po' con me; così ci demmo appuntamento per le tre davanti all'ingresso del Pronto Soccorso. Al termine della telefonata mi ritrovai emozionato come un adolescente.

Quando andai a lavarmi notai sul mio corpo alcuni lividi. Avevo preso ben più di una contusione. Per scrupolo, feci notare la cosa al medico di turno il quale disse che non c'era da preoccuparsi, anzi, tutto sommato, era meglio che le botte fossero uscite e, su alcune di esse, da un infermiere, fece apporre della pomata antidolorifica.

Dopo pranzo mi assopii. Ancora una volta feci altri sogni senza capo né coda e mi svegliai piuttosto agitato. Respiravo affannosamente e avvertivo una leggera pulsazione alla testa. All'appuntamento mancava quasi un'ora.

Sfogliai nuovamente i giornali cercando qualche argomento interessante, ma tutto mi pareva privo di significato; il tempo sembrava non trascorrere mai. Osservavo sempre più spesso il quadrante dell'orologio e la mia mente correva da un pensiero all'altro senza darmi tregua.

Guardandomi allo specchio, capii che il mio aspetto non era dei migliori, gli occhi cerchiati dallo stress e dalle poche ore di sonno.

Mentre calzavo le scarpe, pensai all'esame che dovevo fare di lì a due giorni. Era proprio necessario rimanere ricoverato fino ad allora? Perché non potevo fare gli accertamenti in un altro ospedale? Se invece non c'era tutta questa fretta, perché non potevo andarmene e ritornare solamente per sottopormi alla TAC? Non capivo.

Presi il mio marsupio e dentro vi misi il portafoglio e il cellulare. Uscii dalla stanza con un certo anticipo cercando di lasciar da parte le preoccupazioni: volevo pensare solo all'appuntamento con Sveva e mi chiesi nuovamente in che rapporti fosse con la persona che andava a trovare in Rianimazione.

Giunto nell'atrio del Pronto Soccorso, sempre preso dai miei pensieri, sentii una voce: «Buondì! Qualcosa mi fa pensare che siamo colleghi...».

Era un uomo sulla sessantina, non molto alto, stempiato ma con folti capelli bianchi che scendevano fin sulle spalle. Sulla sua fronte compariva un cerotto. Mi chiesi chi fosse e cosa volesse, ma capii presto che era solo un tipo simpatico e un po' eccentrico. Si presentò come Massimo Walzl, architetto italo-austriaco; ogni estate trascorreva un periodo di vacanza al Lido e il giorno precedente aveva battuto la testa cadendo con la bicicletta. Come me, anche lui era in osservazione in attesa di accertamenti: tutto quell'aspettare, disse, lo stava annoiando, ma alternava qualche breve passeggiata tra i reparti dismessi al prendere appunti su alcune idee che gli passavano per la mente. Parlava perfettamente l'italiano, quasi senza accento. Era una persona vulcanica: appassionato di pittura, scultura e di arte in genere. Viveva a Klagenfurt, dove si divideva tra il suo studio di progettazione e i cantieri che seguiva, ma mi confidò che ogni giorno cercava di ritagliarsi del tempo per le attività artistiche. Affermò che l'arte era straordinaria per rilassarsi, per sentirsi creativi e per donare a ogni singolo giorno qualcosa di speciale.

Conversammo alcuni minuti; parlare con lui si rivelò davvero piacevole, e tra le varie cose, mi accennò anche agli Alberoni: una località dell'isola in cui aveva casa e dove ogni anno, sulla parte terminale di una diga, organizzava una performance artistica che richiamava pittori, scultori e appassionati d'arte da varie zone d'Italia e d'Europa.

Stavamo ancora parlando quando vidi Sveva scendere le scale che portavano alla Rianimazione: indossava un paio di jeans chiari, una camicetta bianca e aveva un maglioncino beige appoggiato sulle spalle con le maniche annodate all'altezza del seno. Era stupenda, infinitamente più bella delle attrici che avevo visto alla Mostra del Cinema: mi pareva quasi impossibile che stesse venendo da me.

Appena i nostri sguardi si incrociarono, sorrise felice accennando un saluto con la mano. Le presentai brevemente l'architetto e scambiammo due parole con lui. Poco dopo ci congedammo, ma promisi a Franco che ci saremmo sicuramente rivisti. Ridendo, rispose che non aveva alcuna intenzione di scappare.

Sveva, mentre ci avviavamo verso l'uscita del Pronto Soccorso, mi espresse il suo dispiacere per il prolungarsi della mia degenza, chiese poi se mi avevano fatto qualche esame e come stavo in generale. Ci fermammo appena fuori dello stabile, vicino a due ambulanze posizionate una di fianco all'altra. Le dissi che avevo qualche acciacco e che ogni tanto alcuni dolori si facevano sentire ma, tutto sommato, non stavo male. Mi pose qualche altra domanda alla quale risposi un po' a monosillabi: il suo aspetto e ogni suo gesto sembravano rapirmi. Un attimo dopo mi chiese se avevo voglia di fare due passi; ovviamente le risposi di sì.

10
"Il quarto stato"

Alla luce del giorno l'ospedale sembrava ancora più fatiscente, pareva abbandonato da tantissimo tempo, e il suo aspetto trasmetteva un che di sinistro.

Giungemmo ad un reparto il cui intonaco, a causa dell'umidità, era abbondantemente cosparso di aloni e in parte scrostato. Sulla facciata, la scritta in ferro battuto *VENEZIA* mi riportò alla mente quanto avevo ascoltato la notte precedente riguardo a quei padiglioni.

Per un po' Sveva parlò del più e del meno: come aveva trascorso la mattinata, quel che aveva mangiato a pranzo e come mai non era ancora riuscita a vedere un film alla Mostra del Cinema. Poi mi raccontò qualche episodio divertente, accaduto di recente, che ci fece ridere entrambi e contribuì a creare un bel clima tra di noi.

Arrivammo presto nei pressi della chiesetta dell'ospedale, una suggestiva costruzione in mattoni che avevo visto nelle fotografie trovate nel reparto abbandonato. Il portone era chiuso, ma non a chiave, così entrammo. L'interno era molto accogliente: la luce filtrava attraverso un rosone e da due vetrate sulla parete est, dove erano raffigurati San Francesco e Sant'Antonio. La parete opposta e la struttura che sovrastava l'altare erano invece caratterizzate da una serie di delicati affreschi mariani realizzati da un artista molto bravo, Giuseppe Cherubini.

Sveva, sottovoce, mi illustrò alcuni particolari della *Vergine col bambino*, dell'*Annunciazione*, delle varie figure angeliche e dell'immagine di *Maria Bambina*. Sottolineò poi che quella piccola chiesa, come il grande Duomo di Milano, era dedicata a Santa Maria Nascente.

Un uomo stava seduto su uno dei primi banchi, leggendo un libro, forse un breviario, e poco dopo, si inginocchiò. Io e Sveva restammo in silenzio a guardarlo mentre pregava: la luce che filtrava dalle finestre sembrava scivolare sulle sue spalle come un mantello. Quando si alzò, fece un lento segno di croce e si avviò all'uscita.

Scrutai il suo volto, il quale non mi era del tutto nuovo: assomigliava a qualcuno che avevo già visto, ma non mi venne in mente alcun nome. Ci passò vicino rivolgendoci col capo un delicato cenno di saluto: indossava una camicia blu e un maglione rosso scuro sul quale era appuntata una spilla verde. Da come Sveva ricambiò il saluto, intuii che doveva conoscerlo e provare per lui una sorta di reverenza. Le chiesi chi fosse e venni così a sapere che si trattava di un sacerdote che, di tanto in tanto, dava un aiuto per le celebrazioni.

Prendemmo posto su un banco. Circondato dal silenzio e immerso in quella tenue luce, provai finalmente una sensazione di pace: quella chiesa sembrava un'oasi nella quale riposare lo spirito. La pavimentazione tirata a lustro, i banchi pulitissimi, l'altare sistemato con cura, la presenza di alcuni vasi con fiori freschi e molti altri particolari, facevano svanire la sensazione di abbandono e di rovina che si respirava all'interno dell'ospedale. Come se leggesse il mio pensiero, Sveva sussurrò: «Sembra che il frastuono del mondo non possa varcare queste mura. Qui dentro puoi ascoltare la tua anima senza rumori di fondo». E, con lo sguardo rivolto verso il crocifisso che sovrastava l'altare, aggiunse: «Questa chiesetta è seguita da un frate, Padre Ivan. Qui all'ospedale è una specie di istituzione, un punto di riferimento per tutti, un uomo che, con il suo modo di vivere e di trasmettere la bellezza, ha reso questo posto estremamente accogliente. Per quanto possano essere belli, non sono certo gli affreschi a creare quest'atmosfera particolare, il merito è dell'amore, della speranza e dell'umanità di chi la conserva. D'altronde, sono le persone a fare i luoghi, non viceversa».

Rimase qualche secondo in silenzio, poi mi chiese: «Ti capita mai di pregare?».

Risposi che ogni tanto mi ritrovavo a pensare a Dio e ad interrogarmi sulla sua esistenza, e aggiunsi che nella Chiesa vi erano dei personaggi che mi affascinavano particolarmente, tra cui Padre Puglisi e l'arcivescovo Oscar Romero; inoltre, avevo sempre avuto una certa ammirazione per Papa Giovanni XXIII. Il volto di Sveva si illuminò: «Il Papa del discorso alla Luna! Pensa che quando era Patriarca di Venezia ha visitato anche questa chiesa e qui fuori c'è una lapide che lo ricorda».

Provai ad immaginare Angelo Giuseppe Roncalli tra quelle pareti, con il suo modo di fare da nonno e lo sguardo amorevole ma deciso. Quanti anni erano trascorsi da allora? Forse una sessantina. Dopo qualche attimo in silenzio, continuai: «A volte mi capita di pensare alla religione e a quello che propone. Mi piacerebbe aver fede, ma purtroppo temo di non possedere questo dono».

Sveva rispose immediatamente: «Secondo me la fede non è un dono, ma una ricerca; non si potranno mai avere prove scientifiche sull'esistenza di Dio, ma credo non ci si debba mai stancare di cercarlo. Nemmeno io, per tanto tempo, mi sono posta domande in merito, ma qualche anno fa ho sentito il desiderio di approfondire alcune tematiche legate a quest'ambito e da allora posso dirti che il mio approccio verso molte cose è cambiato. Non che ora abbia delle risposte - anche perché atei, agnostici e credenti saranno sempre accomunati dall'impossibilità di trovare certezze riguardo a ciò che sostengono - ma credo sia più naturale e positivo cercare prove su qualcosa che esiste, piuttosto che andare in cerca di elementi per convincersi che ogni realtà sta viaggiando verso il nulla. A parer mio, bisogna sempre valutare ogni cosa con la propria coscienza, senza dare niente per "assoluto" e, soprattutto, rispettando le idee altrui: penso, però, sia fondamentale anche aprire la mente verso le realtà apparentemente incomprensibili. L'esistenza dell'uomo, per me, non può essere fine a sé stessa. È difficile pensare che siamo destinati a un vuoto senza senso, e il cercare elementi sull'assenza di Dio, piuttosto che sulla sua presenza, penso derivi dal timore di trovarsi improvvisamente a fluttuare in un universo sconosciuto e senza fine».

Mi guardò per qualche secondo, poi, portando lo sguardo verso l'altare, riprese: «Ho studiato medicina, ho sempre creduto nella scienza e sono convinta che la ricerca sia necessaria e fondamentale. Eppure davanti alla vita che nasce o di fronte a quel colpo di mantello che se la porta via, non si può rimanere indifferenti, e non vedere in tutto ciò quella scintilla che, di umano e di terreno, non ha proprio nulla».

Dal tono delle sue parole si capiva che per lei quelli erano argomenti davvero importanti; avrei tanto voluto lo fossero anche per me, tuttavia facevo fatica a formulare una risposta che spiegasse il mio punto di vista.
Alla fine però riuscii a dire: «Sai, è difficile credere in qualcosa che non vedi quando hai perso gran parte della fiducia anche nelle persone che ti stanno a fianco».

Il modo in cui mi guardò mi diede la sensazione che sapesse perfettamente a cosa mi stessi riferendo, e con gentilezza disse: «Penso tu stia parlando di un'esperienza personale. Se ti va di raccontami qualcosa al riguardo...».

In quel momento, ad essere onesti, non sapevo se facessi bene a confidarle quello che avevo vissuto, ma nonostante ciò accennai a quanto era accaduto con Gloria. Aggiunsi che, quando mi capitava di pensare a lei, non soffrivo più, tuttavia quella storia mi aveva lasciato un grande senso di diffidenza e sfiducia nei confronti della gente. Da allora non avevo più voluto storie "serie" e avevo la sensazione di aver buttato via gli anni trascorsi con lei.

Mi ascoltò attentamente, e alla fine, senza fare alcun commento disse: «Sono dell'opinione che elaboriamo un lutto solo se abbiamo la forza di abbracciarlo e di accoglierlo, anche se ci appare ingiusto o incomprensibile. Non ci libereremo mai da un distacco fisico, o derivante da una delusione, perché è parte della nostra vita ma non è allontanandolo, o facendo finta di nulla, che lo si supera, bensì congedandolo nel momento in cui siamo in grado di interiorizzarlo. Solo così abbiamo la possibilità di spostarlo dal nostro campo visivo e a far sì che inostri occhi tornino a vedere il mondo che ci circonda».
Attese qualche secondo, poi continuò: «Comunque sia, spero tu non voglia continuare a vivere evitando l'amore. Certo, non ha senso buttarsi a capofitto all'inizio di una storia ma, con la dovuta prudenza, potrai sempre valutare la

sincerità e le intenzioni di chi hai di fronte. Per quanto riguarda la sensazione di aver gettato al vento degli anni di vita, ritengo che il tuo sia un pensiero sbagliato: non esiste giorno che non abbia senso. Quello che hai vissuto ti fa ancora male, ma un domani quel dolore ti servirà per comprendere cose che altrimenti non avresti potuto capire, e ti renderai conto che nulla, della tua vita, è andato perso. L'esistenza di ogni persona, secondo me è come un'opera d'arte realizzata un po' alla volta: una sorta di mosaico, creato aggiungendo una tessera ogni giorno, e in cui nessun pezzo, alla fine, risulta superfluo. Se lo vogliamo, nulla è banale. Anche la ripetitività di tante cose non lo è. D'altronde, pensa quante tessere azzurre, tutte più o meno uguali, devi posizionare l'una di fianco all'altra per dar forma a un bellissimo cielo!».

Il discorso poi si spostò su altri argomenti e Sveva sembrò desiderosa di lasciare da parte i temi più impegnativi e di parlare di cose più semplici.

Poco dopo, da una porta di fianco all'altare uscì un frate. Dopo essersi inginocchiato, si girò e Sveva lo salutò con familiarità: «Ciao, Padre Ivan!».

Il religioso sorrise ad entrambi e Sveva ci presentò: dal modo confidenziale con cui scambiarono alcune battute, capii che si conoscevano da tempo. Padre Ivan era sui sessantacinque anni, non molto alto, di corporatura esile e dallo sguardo intenso e ironico. Volle informarsi su di me, chiedendomi alcune cose sull'incidente e dimostrandosi estremamente affabile.

Ci invitò a prendere un caffè nella sua abitazione, a cui si poteva accedere direttamente dalla chiesa; da quel che vedevo, la casa era spaziosa e tenuta con molta cura. Il frate ci illustrò un paio di icone poste sopra a una credenza, ai lati di un Vangelo aperto: una era la copia della *Trinità* di Andrej Rublëv, l'altra raffigurava una Madonna su sfondo dorato.

Disse che per lui quelle immagini avevano un grande valore ed erano come pozzi a cui attingere ogni giorno qualcosa su cui riflettere e con cui arricchirsi interiormente. Sveva sottolineò quella frase rivelandomi che Padre Ivan aveva una grande passione per le icone russe, e che più volte aveva avuto la fortuna di ascoltarlo mentre spiegava la loro simbologia. Il Padre accennò un sorriso e, sintetico ma diretto, confermò: «Le immagini sono sia finestre che specchi...».

Ci guidò quindi nella cucina e mi soffermai a guardare le numerose cartoline, provenienti da ogni parte del mondo, attaccate ad un filo che correva lungo la cornice della porta: erano un segno evidente di quanto il frate fosse benvoluto. Mentre Padre Ivan armeggiava con una vecchia moka, io e Sveva ci sedemmo. Presto il mio sguardo cadde su una cosa alquanto insolita per la cucina di un frate: una copia del quadro *Il quarto stato* di Pellizza da Volpedo.

Il Padre, accortosi della mia attenzione per l'opera, mi spiegò che a quel quadro non attribuiva alcun valore politico ma che nelle donne, nei bambini e negli uomini rappresentati vedeva l'umanità intera che, opponendosi alla sofferenza, cercava una risposta alla domanda di salute e di pace. In quelle persone ritrovava gli ammalati che vedeva ogni giorno passando nelle stanze dell'ospedale di cui, da oltre trent'anni, era il cappellano. Pensai che quell'immagine poteva anche essere interpretata come un invito a ricordare che l'esistenza assomigli spesso a una ruota che, prima o poi, porta ognuno ad assumere le sembianze dei vari personaggi di quel suggestivo dipinto.

Parlammo di vari argomenti, così seppi che aveva conosciuto Sveva tre anni prima, quando era arrivata per le sue ricerche; entrambi raccontarono alcuni aneddoti sull'ospedale e sul declino che lo stava portando alla chiusura. Il frate era molto dispiaciuto per quella fine ormai imminente e osservò come fosse malinconico, di sera, camminare tra tanti stabili bui che per anni aveva frequentato quotidianamente. In quei reparti chiusi aveva vissuto tantissime esperienze, considerava ogni loro camera come uno scrigno, pieno di ricordi e di immagini: ricordava bene le persone che vi erano passate, i loro volti, le loro voci, le loro storie. Per oltre tre decenni, in quei padiglioni aveva visto migliaia di pazienti bisognosi di cure: anziani, giovani, bambini, uomini e donne che avevano cercato di risolvere o di arginare i loro problemi. Persone che avevano sofferto, che erano morte, che erano nate. Conservava anche il ricordo di tanti operatori, medici e infermieri che avevano lavorato lì dentro, oltre a quello di tanti famigliari e amici dei degenti che in quell'ospedale si erano recati in visita.

D'un tratto lo sguardo di Padre Ivan sembrò illuminarsi e disse: «Le mura di quegli stabili sono certamente pregne della sofferenza dei malati, ma in esse vi è anche l'energia positiva lasciata da chi ha creduto nel proprio lavoro e lo ha compiuto con passione, oltre a quella di chiunque abbia infuso negli altri fiducia e speranza. Questo ospedale non è un "monumento" alla sofferenza, ma è esso stesso un'icona raffigurante un crocevia dell'esistenza dove per quasi un secolo sono transitati i grandi misteri del dolore, della morte e della nascita».

Ci invitò poi a seguirlo per farci notare come fossero consumati i due gradini posti nel passaggio tra la chiesa e la canonica: «Questa casa», disse, «un tempo era un convento abitato dalle Suore di Maria Bambina, religiose che lavoravano nei reparti come infermiere e caposala. Mattina e sera si ritrovavano in chiesa per pregare: quei gradini portano in modo indelebile il segno del loro passaggio, erano parte di un percorso fatto per porre le loro intenzioni e il loro essere davanti al Signore. Sono ancora oggi pieni di bene e di energia positiva e testimoniano il cammino di queste persone che, con la loro opera, hanno levigato quelle pietre come l'acqua di un fiume».

Passammo insieme un'altra mezz'ora, poi il Padre ci accompagnò attraverso un piccolo giardino e ci ritrovammo a pochi passi dall'ingresso della chiesa. A quel punto Sveva lo invitò a raccontarmi del giorno in cui, proprio su quel piazzale, venne ordinato frate assieme ad altri due confratelli.

Stando a quanto ci raccontò, la cerimonia fu presieduta dal Patriarca di Venezia, Albino Luciani, il futuro Papa di cui io e Sveva avevamo parlato proprio la sera precedente. Padre Ivan disse che era una persona molto alla mano, gentile, con un animo davvero profondo: un uomo sempre rimasto semplice, probabilmente destinato a cambiare molte cose all'interno della Chiesa.

Sveva, guardandomi con aria enigmatica, dichiarò: «Anche lui ha qualcosa a che fare con la Luna...».

Capii che era un discorso che Padre Ivan conosceva bene, ma non potei chiedere spiegazioni perché il frate, quasi a voler chiudere l'argomento, sottolineò che su quello spiazzo erano passate tante realtà e, con fare affettuoso, affermò che lì, la mattina, incrociava spesso Sveva che si recava al lavoro.

Si avvicinò infine a una bicicletta, e dal momento che doveva fare alcune commissioni, disse che sarebbe uscito, passando per la "porta dei morti". Notata la strana espressione sul mio volto, Sveva mi spiegò che il cancello verde che si trovava là vicino era chiamato così perché utilizzato come varco carraio dalle autofunebri.

Accompagnammo Padre Ivan fin quasi sulla strada e, sulle ante del portone, Sveva mi fece notare due simboli in ferro battuto, tre lettere sovrapposte: "OMV", ovvero l'acronimo di *Ospizio Marino Veneto*, denominazione che aveva la struttura prima di assumere quella di *Ospedale al Mare*.

Il frate ci salutò invitandoci a passare a trovarlo anche l'indomani e, prima di andarsene, pose la mano destra sulla fronte di Sveva dicendo: «Ciao sorellina, a presto».

11
Nettuno e la Dea

Quando Padre Ivan si fu allontanato, Sveva mi indicò il fabbricato di tre piani che stava lì accanto: «Questo è lo *Scandiani*; è qui che sono confinata e porto avanti le mie ricerche».

Sembrava le sarebbe piaciuto farmi vedere il suo studio e i laboratori, situati al secondo piano ma, di sabato, il reparto era vuoto e immaginai che non le andasse di entrare senza un valido motivo, così riprendemmo la nostra passeggiata. Il sole splendeva, emanando un piacevole calore, e a causa dell'intensa luce pomeridiana Sveva indossò un paio di occhiali scuri che le stavano molto bene.

Mi parlò di Padre Ivan, stimato e amato da tutti, e pensò di narrarmi un paio di episodi, legati a lui, che la riguardavano.

Una notte, in pieno inverno, aveva finito di lavorare molto tardi: pioveva a dirotto e, andando verso l'uscita dell'ospedale, lo aveva incrociato mentre si stava recando a benedire un paziente spirato da poco. Vista l'ora e il maltempo, gli aveva chiesto perché non fosse rimasto a letto, rimandando il tutto al giorno dopo, ma lui aveva serenamente risposto: «Le anime in partenza hanno bisogno di non sentirsi sole e di ricevere subito il conforto di qualche preghiera. Ogni volta che sono davanti a una persona che ha appena lasciato questa terra sono consapevole che il suo spirito è ancora vicino ma che, da qualche istante, sa già cosa ci attende al di là...».

Sveva, accennando un sorriso, mi disse che in un primo momento non ci aveva fatto caso, ma poi riflettendoci, si era accorta che Padre Ivan non aveva parlato di Paradiso, bensì di un "al di là" generico, esistente ma a noi per lo più ignoto.

L'anno precedente, invece, si era confrontata col frate riguardo alcune decisioni importanti che doveva prendere; l'incontro era avvenuto nella canonica, dopo cena e avevano dialogato con molta franchezza, giocando a carte sul tavolo della cucina.

Lui l'aveva ascoltata con molta attenzione, poi aveva pronunciato una sola frase: «Prenditi tre giorni per decidere e ricordati: non c'è Pasqua senza Venerdì Santo».

Il frate, sempre quella sera, le aveva detto che il passaggio tra la morte e la Risurrezione era indicato in tre giorni, lo stesso tempo in cui Abramo impiegò per arrivare al luogo dove sacrificare Isacco e il medesimo in cui Giona rimase nel ventre della balena. Quello, da sempre, era il tempo del buio prima del ritorno della luce. Inoltre, tenne ad aggiungere Sveva, tre giorni erano anche il periodo in cui la Luna, nel corso delle sue fasi, non era visibile dalla Terra. Mentre parlavamo giungemmo a una costruzione un po' insolita per una struttura sanitaria, ovvero una vasca circolare, in granito, nella quale nuotavano moltissimi pesci rossi. Sveva mi raccontò che, in origine, era stata pensata come una fontana luminosa, il cui getto potesse essere ammirato anche la notte. Quelle parole, non so perché, mi ricordarono la Fontana dei Quattro fiumi, di Piazza Navona e una strana sera d'inverno, di qualche anno prima. Non avevo mai scordato quella notte perché, per alcuni momenti, ebbi la sensazione di essere ad un passo dall'avere una rivelazione: fu una cosa stranissima.

Vedendomi assorto Sveva mi chiese se andava tutto bene; le accennai brevemente a quella serata ma, poco dopo, mentre la guardavo negli occhi, ebbi la sensazione di ritrovarmi di nuovo lì, in quella notte romana. A differenza di allora, la piazza era completamente vuota. Camminavo da solo, guardandomi attorno, mentre l'acqua della fontana pareva mossa dal vento prodotto dalle ali di invisibili angeli che riprendevano il volo dopo esser scesi sulla piazza. D'un tratto ebbi l'impressione che la chiesa di Sant'Agnese e Palazzo Pamphilj ruotassero intorno a me: un istante dopo, sul lato opposto della vasca, intravidi la sagoma di una donna che mi fissava, immobile. Cercai di raggiungerla ma presto mi ridestai da quel pensiero.
«Tutto bene?» chiese Sveva stando in piedi davanti a me.

Anche se perplesso, e un po' scosso, annuii dicendole che era tutto a posto. Però, ero ben conscio di essermi assorto in un modo strano: non mi era mai capitata una cosa simile. Non volevo darci peso ma il volto di Sveva, divenne ancora più serio, e mi domandò nuovamente come stavo. Cercando di mostrarmi convinto, la rassicurai, ma capii che stavamo pensando entrambi al mio incidente.
«Per favore, siediti sul bordo della vasca».
Sebbene con voce calma, pronunciò quella frase con la perentorietà di un ordine: feci come mi aveva detto, dopodiché, mi prese il polso, appoggiò un palmo sulla fronte, passò le dita sulle tempie e volle che le stringessi le mani.
«Credo tu abbia avuto uno sbalzo di pressione. Mi raccomando, se avverti qualsiasi sintomo insolito avvisami subito che rientriamo al Pronto Soccorso».

La ringraziai per la premura e le confidai che per me era stato un onore esser stato visitato da lei. A quel punto, sorridendo disse: «Ogni tanto mi capita di fare il medico anche con i vivi... ora che hai ripreso colorito e mi posso preoccupare di meno, ti confesso che anche a me è sempre piaciuta

Piazza Navona, l'ho vista parecchie volte, ma ci torno sempre volentieri».

Mentre dicevo a Sveva che Roma era una città che mi aveva sempre affascinato riprendemmo a camminare. Di fronte alla vasca si trovava uno stabile in totale abbandono: mi spiegò che si trattava del *Padiglione Orfani di Guerra*, le entrate del pianterreno erano sbarrate da alcune assi di legno e molte finestre dei piani superiori erano rotte o addirittura mancanti. Una signora con uno strano cappello a tesa larga, giallo e verde, ci passò davanti e poco dopo incrociammo una ragazza che indossava una t-shirt rossa con stampato, sul davanti, un grande numero ventidue.

Proseguimmo verso il lato est dei reparti, dove le costruzioni versavano in condizioni ancor più critiche: vidi quel che rimaneva di un fabbricato formato da un unico piano terra e Sveva disse che quello era il *Padiglione Schio*. Tra questo e il *Padiglione Orfani di Guerra* si potevano vedere i resti di quello che doveva essere stato un giardino per bambini: scivoli, altalene e piccole giostre stavano lì, arrugginite e coperte dalle erbacce; mi ricordarono un documentario che avevo visto su Pripjat, la città fantasma dell'Ucraina abbandonata dopo il disastro nucleare di Chernobyl. Il tutto, ovviamente, su scala più piccola.

Un po' più avanti invece, sul lato orientale del *Padiglione Verona*, il livello di degrado aumentò ulteriormente: tendaggi strappati, tapparelle divelte, scuri ricoperti da escrementi di uccelli e, appoggiata a un muro scrostato, una bicicletta ferma da chissà quanti anni. Su un marciapiede notai un piatto sul cui bordo si poteva ancora leggere la scritta O.A.M. - Ospedale al Mare - e, più in là, una scala dai gradini rotti e una vecchia *Olivetti 82*, abbandonata sulla rampa di accesso a un reparto che, dalle condizioni in cui versava, doveva esser stato ampiamente saccheggiato. Era uno spettacolo davvero triste.

Mentre ero assorto nell'immaginare come quel luogo potesse apparire un tempo, Sveva volle confidarmi una cosa: «A volte, di sera o in inverno, quando la luce se ne va presto, mi capita di fumare una sigaretta sul terrazzo del reparto, col mormorio del mare in sottofondo. Guardando gli stabili immersi nel buio, penso spesso ai pazienti che li hanno occupati, soprattutto a chi veniva da lontano e che magari vedeva il mare per la prima volta; ai bambini che si svegliavano di notte e sentivano il rumoreggiare di una burrasca; oppure alle persone avanti con gli anni che non sapevano quale sarebbe stato il loro destino e si sentivano come barche in mezzo a una tempesta. Prima di rientrare in laboratorio, guardo ogni volta in direzione della chiesetta, sempre illuminata, e in un certo senso è rassicurante sapere che Padre Ivan è lì e che la sua porta è sempre aperta».

Rimase un attimo in silenzio, poi fece una considerazione le cui parole mi colpirono in pieno petto: «Questo posto è speciale, ha qualcosa di misterioso e di magico: ti sceglie, ti cerca, ti dona qualcosa che gli appartiene, ti rimane dentro ma, allo stesso tempo, si prende una parte di te».

La guardai senza dir nulla: a volte Sveva sapeva essere enigmatica al punto da incutere una certa soggezione. Per fortuna quella tensione si sciolse presto e pochi istanti dopo esclamò: «Guarda, Sandro!».

In una crepa, tra quel che rimaneva di un marciapiede e il muro di un reparto, c'era un fiorellino. Lo accarezzò delicatamente con un dito e a quel punto mi chinai al suo fianco. Sorrise con dolcezza: «Se li trovi in mezzo a un prato non ci fai quasi caso, sono parte del paesaggio, ma quando ne scopri uno crescere tra le crepe di un muro, allora capisci che è lì per dirti qualcosa. La vita sa insinuarsi ovunque, pure tra le rovine e la dimenticanza, e anche dove nessuno li può guardare, fa nascere i fiori».

Rivolse lo sguardo verso di me: a quel punto i nostri volti si ritrovarono vicini, come mai prima di allora. Ebbi la sensazione che i suoi occhi riuscissero a vedere dentro di me e a capire che, in quel momento, avrei tanto voluto baciarla, ma la mia mente era così confusa da non riuscire a comprendere se quel gesto sarebbe stato contraccambiato o se fosse risultato inopportuno. Il suo volto assunse un'espressione tra l'enigmatico e l'ironico e, rialzandosi, indicando la fatiscenza che ci circondava, disse: «Immagino che questo posto ti sia piaciuto».

Ammisi che non era certo bello, ma che aveva comunque un suo fascino.

Seguendo un vialetto con una lunga fila di panchine vuote, ritornammo nella parte più frequentata della struttura. Notai una costruzione simile ad un rifugio di montagna, con le finestre chiuse da serrande: era il bar dell'ospedale, anche quello una specie di reparto distaccato dagli altri. Un po' più avanti invece, nelle immediate vicinanze delle cucine, c'era uno stabile a due piani color ocra sbiadito; Sveva mi rivelò che un tempo lì erano alloggiate le dispense. Sullo stabile spiccava una sorta di torretta dov'era posizionato un orologio murale dai numeri scolpiti: le sue lancette in ferro arrugginito erano ferme, da chissà quanti anni, sulle 12:58.

Poco più avanti notai nuovamente la vecchia Volkswagen: era di un colore verde chiaro e la carrozzeria era in condizioni alquanto critiche. Quando Sveva mi vide osservarla, mi rivelò che era di un pediatra che, nonostante fosse in pensione, tornava spesso per consultare dei volumi nella biblioteca medica, situata al pian terreno del Padiglione Centrale. La cosa mi lasciò un po' stupito e le chiesi: «Ma viene anche di notte?».

Sveva, con l'aria di chi non dava tanto peso alla cosa, chiuse il discorso commentando semplicemente: «A quanto pare è un tipo che dorme poco e poi, l'insonnia è un po' la caratteristica che spesso accomuna noi medici».

Un momento dopo, incrociammo un signore alto, con capelli lunghi e brizzolati e dalla folta barba argentea: vestiva in modo sportivo e aveva una strana andatura.

Sveva lo salutò: «Ciao Gino!».

Lui, evidentemente felice di vederla, le strizzò l'occhio: «Ciao dottoressa!».

«Per caso hai due minuti per noi?»

«Sì, figurati»

Sveva, a quel punto, mi riferì che era uno dei custodi dell'ospedale, oltre che un suo caro amico. In tutta risposta, lui, guardandomi con simpatia, mi disse che alla "dottoressa" voleva bene come se fosse sua figlia.

Sveva gli chiese rapidamente qualcosa che non riuscii a comprendere, ma che capii riguardare la possibilità di visitare un luogo solitamente inaccessibile. Gino annuì, e subito ci dirigemmo verso un reparto poco lontano.

Mentre camminavamo Sveva gli pose una domanda: «Gino, per favore, puoi raccontare a Sandro cos' è successo qui il giorno dello sbarco sulla Luna?».

Ci fermammo e l'uomo, con evidente entusiasmo e voglia di raccontare, diede briglia sciolta ai ricordi: «È stata una notte magica, ricordo bene, era a cavallo tra domenica e lunedì ed ero di turno. In tutti i reparti c'era fermento e, in quelli dove non c'erano problemi di assistenza continua ai pazienti, medici e infermieri hanno assistito assieme allo sbarco. Le persone ricoverate per terapie riabilitative, che non avevano problemi "seri", faticavano a dormire e spesso raggiungevano il personale per guardare la tv o per chiedere notizie sulla missione. Sono venuti anche i frati. Quando c'è stato l'allunaggio, tra reparto e reparto sono partite varie telefonate. Sembrava fosse in atto uno scambio di auguri. C'era un clima di speranza, pareva quasi che da quel giorno le cose sarebbero potute cambiare, in meglio, per tutta l'umanità».

S'interruppe, i suoi occhi erano velati di emozione. Sveva gli venne incontro riportando un dato molto interessante: «Lo sbarco sulla Luna è, ancora oggi, l'evento non legato a cose tragiche più conosciuto al mondo» e, rivolta verso me, aggiunse: «Quando Gino, un paio di anni fa, mi ha resa partecipe di questo ricordo sono rimasta molto colpita e, dato che lo abbiamo incontrato, ho pensato che era bello lo sentissi anche tu direttamente dalla sua voce».

Ringraziai entrambi e riprendemmo a camminare. Alcuni metri più avanti giungemmo davanti a un vecchio portone e il custode, da un marsupio a tracolla, tirò fuori un voluminoso mazzo di chiavi e lo aprì. Salimmo al primo piano e qui Gino disse a Sveva di restare pure tutto il tempo necessario, mentre lui sarebbe tornato più tardi per chiudere tutto.

Quando lei aprì la porta, rimasi stupito: ci trovavamo nella galleria del piccolo teatro in stile liberty di cui mi aveva parlato la sera precedente. Era un luogo fatiscente, con un odore di chiuso, di mura umide e di legno, eppure, anche se abbandonato da tanti anni, dava l'impressione di essere in attesa di tornare ai fasti di un tempo.

Ci avvicinammo alla balaustra e mi sporsi verso il palco, sul cui sfondo compariva una vetrata policroma con raffigurato il leone di San Marco; alcuni elementi erano mancanti, invece il sipario era ancora lì. La stoffa rossa era impregnata dalla polvere di decenni e le assi del palcoscenico, su cui si erano esibiti tanti attori e musicisti, erano completamente rinsecchite.

Sveva mi raccontò che quel luogo era intitolato a Mario Marinoni, filantropo venuto a mancare in giovane età. Un gruppo di amici, per tenere viva la sua memoria, aveva interamente finanziato la costruzione di quel teatro convinti che l'arte e la bellezza fossero medicine per lo spirito in grado di donare emozioni e di portare la mente altrove. Fu imbarazzante constatare che, quasi cent'anni prima, degli uomini avevano fatto un dono simile alla società e chi era venuto dopo di loro, invece, aveva lasciato andare tutto in rovina».

Rimanemmo un istante in silenzio poi sulle labbra di Sveva comparve un sorriso e, con un cenno, mi invitò a guardare il soffitto: un affresco, ancora in ottimo stato, si mostrava in tutta la sua bellezza sopra le nostre teste. Mi spiegò che anche questo era opera di Cherubini: la dea che compariva sulla parte più alta della scena raffigurava la Filantropia, che affidava a Nettuno, dio del Mare (dipinto poco più in basso), una moltitudine di bambini. Vicino a lui si poteva scorgere un forziere, il cui tesoro rappresentava la ritrovata salute di questi bimbi che spuntavano un po' ovunque, correndo e giocando, tra la spiaggia e il mare.

L'affresco era un'allegoria dell'Ospedale dove, tramite la filantropia, moltissimi bambini erano stati curati e guariti grazie alla spiaggia del Lido.

Ci sedemmo sulla piccola gradinata della galleria e, quasi senza accorgermene, mi ritrovai a dire: «Questo teatro non sembra stia attendendo la fine, ma pare aspetti un nuovo inizio».

Sveva annuì: «Il silenzio è parte della musica. Spero che questo posto stia vivendo una lunga "pausa", e che sul suo spartito ci siano ancora tante note in attesa di esser suonate».

In fin dei conti lo speravo anch'io, perché quella realtà non meritava certo di finire smantellata o lasciata in balìa del passare degli anni. Le mura, gli affreschi, quei drappi avrebbero conosciuto nuovamente giorni felici?

Né io né Sveva potevamo saperlo, ma entrambi ci auguravamo che la sua storia potesse aver nuova luce prima che fosse troppo tardi.

12
Il cielo caduto

Lasciammo presto la galleria e riprendemmo la nostra passeggiata. Poco più avanti Sveva mi fece notare l'ingresso, a pianta ottagonale, di uno stabile che, nonostante il degrado, conservava ancora un aspetto molto elegante: si trattava del *Padiglione Principi di Piemonte*. Disse che, in origine, era sorto come reparto di chirurgia, poi era stato sostanzialmente messo al servizio della Radiologia.

Fuori vi era parcheggiata una vecchia Mercedes, un modello che poteva essere considerato quasi un'auto storica. Venni a sapere che apparteneva ad un medico: un radiologo, anche lui ormai in pensione ma che, di tanto in tanto, tornava a lavorare come volontario per la conservazione degli archivi che, prima o poi, sarebbero stati trasferiti. Sveva lo descrisse come un uomo d'altri tempi, che vestiva sempre in modo elegante, indossando spesso un farfallino. Era stata colpita dalla sua grande umanità abbinata ad una professionalità impeccabile. Sottolineò inoltre che era una persona di grande fede e aggiunse che un giorno le aveva confidato che anche la moglie era un medico e pure lei aveva lavorato per alcuni anni in quell'ospedale, ma poi aveva lasciato la professione per dedicarsi ai loro cinque figli.

Camminammo ancora un po' e osservai le numerose panchine che si trovavano lungo i vialetti. Sveva rivelò che erano state concepite proprio per dar la possibilità ai pazienti che soffrivano di problemi respiratori di trascorrere del tempo all'aperto e di beneficiare così dell'aria salmastra.

Ci sedemmo su una delle panchine situate in uno spiazzo tra il Padiglione Verona e la chiesetta dell'ospedale. Sveva, approfittò del momento per fumare una sigaretta. Alla vista del pacchetto, quasi sopra pensiero, evidenziai ad alta voce il nome della marca: «*Gitanes*!»

E lei, d'istinto, si affrettò a precisare: «Non fumo molto, al massimo una decina di sigarette al giorno».

Sorrisi e le spiegai che la mia esclamazione era dovuta al fatto che quel marchio mi aveva riportato alla mente le gare di Formula 1 degli anni '80, quando i colori blu e bianco, e la silhouette della donna col tamburello, caratterizzavano le vetture schierate dalla *Ligier*.

Un po' per ingannare il tempo e un po' per curiosità le chiesi alcune informazioni sul suo lavoro e seppi così che prevalentemente svolgeva la sua attività in laboratorio, ma talvolta le capitava anche di effettuare delle autopsie.

Immaginavo non fosse una cosa semplice ma lei, con molta serenità, affermò che era importante tener presente il motivo per cui si stava compiendo quel tipo di esame; per il resto, col tempo ci si abituava a convivere con molte cose.

Una domanda però continuava a rimbalzarmi per la mente ma, nel timore della sua risposta, non trovavo il coraggio di porgliela. Alla fine, però, le domandai: «Sei sposata, fidanzata, o...?».

Mi guardò negli occhi senza far trasparire alcun stupore o imbarazzo.

«No e, in un certo senso, ho vissuto un'esperienza simile alla tua. Fu lui a lasciarmi, dopo esser stati insieme alcuni anni. Da allora ho avuto qualche storiella, ma niente di che: cose iniziate e finite nel giro di poco. In ogni caso, è acqua passata».

Fui scosso da un'emozione fortissima, sentii un vuoto allo stomaco simile a quello che si prova quando, a bordo di una giostra, si finisce a testa in giù. Tentai di sembrare dispiaciuto ma non riuscii ad essere troppo credibile; saperla "non impegnata" non mi rattristava affatto, e lei lo capì.

Ritenni opportuno cambiare argomento, così e le chiesi di dove fosse originaria.

«Sono nata a Milano. Ora sono qui al Lido, ma tra un anno dovrei ritornare a lavorare al Policlinico Mangiagalli e Regina Elena, nella mia città».

«Abiti in centro?»

«Sì, vicino al Naviglio Grande»,

«Più o meno a che altezza?»

«A pochi passi dalla chiesa di Santa Maria delle Grazie».

«Bello», commentai, felice di sapere che non abitavamo poi così distanti: Lecco e Milano non erano certo lontane.

Venni poi a conoscenza del fatto che, di lì a poco, sarebbe rientrata a casa alcuni giorni, sia per sbrigare alcune cose che per festeggiare il suo compleanno, e con l'occasione avanzò una proposta: «Sarà un semplice aperitivo tra amici lì ai Navigli, il giorno 12, nulla di particolare, ma sarebbe bello venissi anche tu! Mi piacerebbe vederti, però se proprio quel giorno non puoi, ci troviamo un'altra sera».

Risposi affermativamente, e per un attimo immaginai di stare con lei in giro per Milano. Ero emozionato, non capivo cosa mi stesse accadendo o meglio, lo sapevo bene, ma non volevo ammetterlo a me stesso.

Successivamente mi propose di diventare un volontario de *MHH* (*Milano Help and Health*) un'associazione benefica, di cui lei faceva parte, che dava assistenza a persone indigenti o senza tetto, sia fornendo sostegno sanitario che portando coperte e generi di prima necessità.

Spiegò che, quando poteva, andava nella sede dell'associazione, in un vecchio palazzo del centro, a prestare servizio come medico: le capitava così di visitare persone di tutte le età, anche bambini e sottolineò la cosa dicendo:

«Il contatto con la gente ti dona sempre qualcosa. A volte è bello fare una medicazione, sentire un polso o auscultare un cuore un po' traballante... o anche, semplicemente, dialogare un po' con qualcuno che ha bisogno di una parola».

Pensai che per qualsiasi soggetto, ma soprattutto per una persona sfortunata ed emarginata, essere visitati da lei significava molto più di un semplice aiuto. Sveva aveva uno sguardo e un sorriso che avrebbero donato speranza e voglia di vivere a chiunque, era la prova che nel mondo c'erano dei portatori di luce.

Temevo di non saper esprimere bene questi pensieri, quindi mi limitai a rispondere che se potevo essere utile, l'avrei fatto molto volentieri, pure non essendo un medico né un infermiere. Mi assicurò che si potevano fare molte cose anche senza essere degli operatori sanitari, e mi ringraziò sentitamente.

Parlammo poi dei nostri hobby e dei nostri gusti. Mi raccontò di aver studiato danza, di essere appassionata di musica e di amare molto la letteratura. Non aveva un autore preferito, ma era affascinata dalle opere di Luigi Pirandello e dalle poesie di Ungaretti. Appena mi riferì queste cose si fermò un attimo e cercò qualcosa nella sua borsetta; tirò fuori il portafoglio e mise una mano all'interno di una tasca, allungandomi poi una fotografia. Nell'immagine si vedeva una ragazza, all'interno di un elegante palazzo, vestita con un abito azzurro in una posa di danza davvero molto elegante e sensuale.

Mi disse che in quella foto aveva quindici anni. Nonostante la giovane età si capiva chiaramente che era lei. In un certo senso, il fascino le era sempre appartenuto anche se, a dire il vero, da allora era diventata ancora più bella.

Affrontammo vari argomenti in un clima sempre più confidenziale e, d'un tratto, esclamò: «Avrei davvero voglia di fare qualche giorno di vacanza!».

«E dove ti piacerebbe andare?».

«Su di un'isola sperduta, nel Pacifico: rilassarmi in spiaggia, fare il bagno in un mare cristallino e distendermi al sole, a migliaia di chilometri dal resto del mondo». «Niente male», commentai.

Al momento il suo viaggio era solo un sogno, ma per me era chiaro che se si fosse realizzato avrei tanto voluto farne parte.

«E tu? Dove ti piacerebbe andare in vacanza?».

Io invece dissi di esser sempre stato attratto dal fascino di New York. Sveva raccontò che aveva visitato la Grande Mela per la prima volta con suo padre, a diciott'anni, descrivendomi quanto le fossero piaciuti il Museo d'Arte Moderna, il famoso *MOMA*, e la visita all'*Empire State Building*.

Mentre ne parlava il suo sguardo sembrò perdersi tra i ricordi: «Era inverno e faceva freddo. Arrivati sulla terrazza panoramica mi sono affacciata e ho visto uno spettacolo a dir poco stupendo: pareva che il cielo fosse caduto. Non si vedevano le strade sottostanti e i rumori della città giungevano ovattati. Lo sguardo spaziava su un'immensa nuvola dalla quale spuntavano tanti grattacieli, irreali, sospesi, fluttuanti. Era una sorta di realtà in gestazione, gli edifici parevano poggiare sulla nebbia e davano l'impressione di essere appesi a qualcosa che stava in alto, molto più in alto. Era una visione straordinaria, un'esperienza da togliere il fiato. Mi colpì particolarmente l'elegante cuspide del *Chrysler Building*, rimasi a guardarla chiedendomi se assomigliava di più alla corona di un re o all'elmo di un condottiero medievale».

Per un attimo, la raffigurai come il protagonista del dipinto *Viandante sul mare di nebbia* di Caspar David Friedrich. La scena che si era trovata di fronte doveva esser stata davvero suggestiva, tanto che immaginai di trovarmi con lei lì, sull'Empire, e poi a *Central Park*, in una fredda sera invernale, tenendola per mano mentre pattinavamo nel famoso *Wollman Skating Rink* circondati dalle luci dei grattaceli.

In quel momento Sveva, guardandomi negli occhi mi chiese, tra il serio e il divertito: «Sandro, se un giorno decidessi di fare un viaggio, verresti con me?».

Per un attimo pensai di essermi immaginato tutto: quella frase era piena di significati e mi pareva quasi impossibile che l'avesse pronunciata. Senza pensarci due volte risposi: «Certo che verrei! Hai qualche dubbio al riguardo?». Non aggiunse altro, e sorrise.

Seguì un lungo silenzio, durante il quale udii più volte un suono lontano, un tintinnio, simile a quello di una campana a vento. Cercai di capirne la provenienza, ma non riuscii ad individuare la fonte.

Il tempo sembrò volare e, verso le sei, giunse il momento di salutarci. Sveva aveva alcune faccende da sbrigare prima di cena, così ritornammo verso il Pronto Soccorso. Le domandai se aveva qualche programma per la serata; lei rispose di no, e mi sorprese dicendo: «Non so quanto posso rimanere ma, se ti va, più tardi passo a trovarti».

«Ne sarei felicissimo».

E così, ci demmo appuntamento per le nove e mezza davanti al *Padiglione Centrale*.

Rientrai nella mia stanza e, poco dopo, un infermiere entrò per dirmi cosa proponevano le cucine. Pareva assurdo ma, mentre a poca distanza, sui chioschi del lungomare e sul piazzale antistante al Casinò cominciavano a servire i primi aperitivi, lì si era già all'ora di cena.

Mangiai qualcosa e pensai a quanto mi aveva riferito Sveva nel pomeriggio: l'ospedale un tempo era conosciuto anche per la qualità del cibo con cui

nutrivano i pazienti. Possedevano addirittura una piccola fattoria, situata lì nei paraggi, nella quale c'erano le mucche che fornivano il latte per i degenti. Inoltre, disse che avevano un loro forno per la produzione del pane, una pasticceria e una macelleria. Sembrava assurdo pensare che, al giorno d'oggi, un ospedale del genere appariva a dir poco impensabile ma che, allora e per tanti anni, era esistito davvero.
Dopo alcuni minuti lasciai nuovamente la stanza e tornai all'aperto.

Appena uscii dal reparto incrociai l'architetto Walzl e scambiammo due parole sul fatto che fossimo entrambi "in stato di fermo". Era davvero simpatico e fece pure alcune battute sulla struttura in cui ci trovavamo e sulle enormi potenzialità, per lo più inespresse, del Lido di Venezia. Mentre bazzicavamo nei pressi dell'ingresso dell'ospedale, vedemmo un uomo a passo veloce dirigersi verso l'uscita, nel mentre un ragazzo, contemporaneamente, procedeva in senso opposto. L'uomo lo fermò chiedendogli: «Sai dirmi l'ora per favore?».
Questi guardò l'orologio e disse: «Le cinque».
L'uomo a quel punto gli chiese: «Le "sette e cinque" o le "sette meno cinque?"».
Il ragazzo, con fare stupito gli mostrò l'orologio ribadendo quanto detto prima.
A quel punto l'uomo si alterò e, con fare intimidatorio, gli chiese a gran voce: «Senti giovane che fai, scherzi? O hai voglia di prendermi in giro?».
La situazione sembrò esser sul punto di degenerare. A quel punto io e l'Arch. Walzl ci avvicinammo, e l'uomo, vedendoci sopraggiungere, mandò il ragazzo a quel paese con un gesto eloquente della mano e proseguì per la sua strada borbottando qualcosa che non riuscii ad afferrare. La cosa che più ci sorprese, invece, fu che il giovane, guardandoci con fare stupito, disse: «Quello lì è fuori come un balcone! Chissà quanto ha bevuto...».
Lo scrutammo entrambi con aria alquanto interrogativa, poi l'Arch. Walz gli fece notare che erano le 19:15. Il volto del ragazzo assunse l'espressione di chi aveva calciato una palla contro una finestra e ascoltava i vetri andare in frantumi e, con aria comica, ci salutò avviandosi verso i reparti.
Io e Massimo ci chiedemmo su chi potesse essere, cosa facesse lì a quell'ora e dove stesse andando. Passeggiammo ancora qualche minuto poi, dopo aver scambiato ancora qualche battuta, rientrammo nelle nostre stanze.

13
Farewell Dinner

Steso sul letto, passai un po' di tempo pensando a Sveva e al pomeriggio trascorso insieme poi, poco dopo le nove, iniziai a prepararmi. Prima di lasciare la stanza, posai sul cuscino un pezzo di carta con scritto: "Sono uscito a fare due passi", seguito dal numero del mio cellulare.

L'aria di mare portava un buon profumo di vegetazione. L'ospedale era deserto e un senso di desolante abbandono sembrava regnare ovunque. Quella struttura aveva un aspetto alquanto sinistro: somigliava a un mucchio d'ossa sulle quali comparivano ancora delle tracce di vita. Una sorta di "scheletro vivo" che vagava in modo inquietante tenendosi in bilico tra una morte probabile e la speranza in un ultimo colpo di scena, in grado di restituirgli la vita. Esisteva per quel luogo la speranza di una nuova rinascita? Non ne avevo idea.

La mia mente tornò a Sveva: erano le dieci meno un quarto e iniziai a temere che non si presentasse. Trascorsero altri lunghissimi minuti poi, finalmente, comparve in lontananza. Capelli ben pettinati, trucco leggero, camicetta blu e pantaloni beige: semplicemente bellissima!

Ci salutammo con due baci e si scusò per il ritardo, dovuto ad un imprevisto dell'ultimo momento, dopodiché chiese in tono ironico: «Hai qualche programma per la serata?».

Stando allo scherzo, risposi: «A dire il vero, volevo invitarti a cena, poi pensavo di andare un po' in giro per l'isola e, magari, fare due passi in spiaggia. A me basta tornare qui prima dell'alba, quando verranno a controllare se sono ancora vivo».

«Ci sto, vada per la cena e tutto il resto».

Sebbene a malincuore tornai con i piedi per terra: «Stasera ho l'impressione che non sarà possibile, ma lunedì potremmo farcela...».

Fece un'espressione un po' strana, ma ritrovò subito il sorriso e annuì: «Allora, non resta che aspettare!».

E dopo qualche secondo, con mia sorpresa, suggerì: «So che non è permesso però, qualora volessi evadere, sappi che sarò tua complice! Mezz'ora al massimo...».

La guardai perplesso, ma pareva tanto decisa quanto serena: «Dai, andiamo a prenderci un gelato!».

«E per dove usciamo?»

Non batté ciglio: «Per l'ingresso. I portinai mi conoscono, mi hanno vista passare a tutte le ore del giorno e della notte: oltretutto, come fanno a sapere che sei ricoverato qui? Non indossi mica il pigiama, né tantomeno hai una flebo al braccio!».

L'idea di uscire mi piaceva, anche se forse era un po' esagerata. Sveva da parte sua, sembrava sempre sicura di quel che faceva e il suo modo di agire mi lasciava senza parole. Sebbene con poca convinzione provai a dire: «Non vorrei andassimo incontro a delle noie. Lo dico anche per te perché, se dovesse succedere qualcosa, sicuramente ti chiederebbero come mai sei andata in giro per il Lido con un uomo che sta ricoverato in "osservazione"».

Ciò nonostante, con un'espressione serena, sentenziò: «Sandro, se dovesse capitare... so cosa rispondere. Non c'è alcun motivo di temere processi».

A quel punto gettai la spugna: «Va bene e se ci scoprono... pazienza!».

Facendo l'occhiolino, mi prese sottobraccio e ci avviammo verso la portineria.

Mentre passeggiavamo mi indicò lo stabile di due piani che era direttamente collegato all'ingresso. Disse che era stato costruito nei primi anni '20 col nome di *Padiglione Dozzinanti*, aggiungendo: «Tempo fa ho scoperto che tra le sue mura, nel 1972, è morta Aspasia Manos, Principessa consorte di Grecia e Danimarca. Visse i suoi ultimi anni a Venezia: aveva una casa alla Giudecca. Sua figlia, Alessandra, fu l'ultima regina di Jugoslavia».

La cosa mi lasciò alquanto stupito: pareva davvero strano che il destino di quella principessa avesse chiuso il libro della sua vita in quello stabile ormai malandato, ma commentai la cosa solo con poche parole perché, avvicinandosi l'uscita, mi ritrovai nuovamente a ipotizzare cosa sarebbe potuto accadere se mi avessero sorpreso fuori dell'ospedale. Stavamo facendo un'infrazione ma Sveva, quasi avesse letto il mio pensiero, mi canzonò: «Comunque, se ti beccano pago metà della multa...».

«Una multa?!».

«Certo! E anche dieci frustate sulla schiena, ma quelle te le prendi tutte tu; sai, ci tengo all'estetica».

Scossi leggermente la testa e lei, tornando seria, mi confermò che di lì a poco saremmo rientrati. All'uscita, il portinaio contraccambiò il nostro saluto e, appena fuori, ripensai un istante all'incidente e a come quel mio "tornare in libertà" non fosse così scontato.

Allontanai quel pensiero e chiesi a Sveva dove avesse intenzione di andare.

«Oh, in un locale qui vicino. Prendiamo qualcosa e torniamo».

Salimmo su di un marciapiede, transitammo davanti ad un albergo situato proprio di fronte all'ospedale e, dopo pochi metri, ci fermammo di fianco ad una bella Alfa Romeo spider. Sveva, vedendomi stupito, mi spiegò: «È di mio fratello; l'ho presa a prestito per un paio di settimane perché la mia ha avuto qualche problema. Quando torno a Milano gliela riporto».

Essendo da sempre appassionato di automobili commentai: «Peccato tu non possa tenerla, perché girare qui al Lido con una vettura scoperta dev'essere il massimo!».

A quel punto, con un sorrisino malizioso, chiese il mio aiuto: «Dai, all'opera! Dammi una mano».

Nel giro di un minuto ripiegammo la cappotta.

Mentre salivamo in macchina dissi: «Le *Alfa* per me hanno un fascino particolare anche perché il loro nome è legato alle imprese dal più grande pilota italiano di tutti i tempi».

Non feci in tempo a dire il suo nome che Sveva, mentre usciva dal parcheggio, volle raccontarmi un aneddoto: «Pensa: alla fine degli anni Quaranta qui al Lido, per due anni consecutivi, si è disputata una corsa automobilistica alla quale ha partecipato anche lui: Tazio Nuvolari! Ho visto un paio di foto davvero suggestive!».

«Un Gran Premio qui al Lido?», chiesi incuriosito.

«Sì! Non una gara di Formula 1, ma comunque una competizione d'auto da corsa. Insomma, il Lido si era vestito un po' da Montecarlo! Sei mai stato nel Principato di Monaco a vedere il GP? Io sì!».

Non credevo fosse appassionata di automobilismo e, con curiosità le chiesi: «Davvero? E chi ha vinto quell'anno?».

Con un'espressione furba negli occhi rispose: «Un uomo molto affascinante, Graham Hill» e, dopo avermi fatto l'occhiolino, aggiunse: «No dai, te lo dico domani!».

Non feci in tempo a farle altre domande in merito perché, in meno di due minuti, arrivammo a destinazione. Il locale consisteva in una costruzione bassa, a due passi dal mare, dalla quale proveniva una bella musica. Un luogo suggestivo, con parecchie persone sedute ai tavolini che si godevano la serata e in cui si respirava una rilassata atmosfera vacanziera.

Ci sedemmo e subito dopo un ragazzo dal fare spigliato e cordiale venne a prendere le ordinazioni. Sveva mi chiese: «E se prendessimo un *Mojito*? Mica sei sotto farmaci...».

«Aggiudicato!».

Parlammo di tante cose: non riuscivo a staccare gli occhi da lei e da ogni suo gesto. Un gruppo di musicisti intanto eseguiva una serie di canzoni anni '50 e '60; se la cavavano molto bene, ma era il cantante, un signore di oltre sessant'anni, con una bella voce e grande capacità interpretativa, a dare il colpo di classe decisivo.

«Non so tu, ma io amo tantissimo questa musica».

Le parole di Sveva mi colsero un po' di sorpresa: anche a me piacevano quelle canzoni, pur non essendo il mio genere preferito.

Sottolineò questa passione dicendo: «Sono cresciuta ascoltando i Platters, Louis Armstrong, Frank Sinatra...».

Dopo alcuni brani, il cantante annunciò il pezzo successivo. Lo sguardo di Sveva si illuminò ed esclamò: «Sandro, questa non puoi negarmela! Balliamo?».

Pronunciò il mio nome con tale dolcezza, che sarebbe stato impossibile dirle no.

«Va bene, andiamo. Però ti avverto, sono una frana!».

«Non preoccuparti, è molto più semplice di quanto pensi».

Mi prese per mano ed entrammo in pista. Pochi istanti dopo il cantante attaccò *Moon River*. Il ritmo lento della musica sembrava cullarci: tenevo Sveva vicina, avvertivo il calore del suo corpo e tutto mi pareva immerso in un'atmosfera magica. Eppure, presto mi accorsi che dopo la felicità iniziale il suo volto aveva assunto un'espressione indecifrabile. Non riuscivo proprio a capire quale fosse il suo stato d'animo; forse quella canzone era legata a qualche ricordo.

Le sussurrai: «Tutto bene?».

Mi guardò dolcemente: «Sì, è che è tutto così bello...».

La canzone finì e la band ne eseguì subito un'altra, *Love's been good to me*. Lo sguardo di Sveva perse quel velo di malinconia e ritornò ad essere quello di sempre. Si vedeva che era felice e il mio timore che qualcosa non andasse svanì.

Seguirono altri brani di Frank Sinatra e alcuni pezzi famosi di Elvis Presley. Ci tenevamo sempre più stretti e, per qualche istante, ebbi l'impressione di trovarmi altrove, in una nave d'altri tempi, l'ultima serata prima di arrivare in America durante le danze che seguivano la tradizionale *Farewell Dinner*. Avrei voluto esser lì, diretto verso chissà quale futuro e danzare con Sveva tutta la notte, senza pensare a nulla, mentre l'oceano scivolava sotto di noi.

L'ultima canzone che ballammo fu una suggestiva versione di *Smoke gets in your eyes*, alla quale seguirono alcuni minuti di pausa.

Su un divano a bordo pista, parlammo del locale, della musica e di una coppia in abiti un po' eccentrici seduta accanto a noi. Quando il cantante tornò sul palco, immaginai che Sveva volesse continuare a ballare, invece ebbe un'altra idea: «E se andassimo a far due passi al *Blue Moon*?».

Si trattava di una strana costruzione sulla spiaggia, alla fine del Gran Viale, che avevo visitato nei giorni precedenti. Per un attimo riflettei sul fatto che così facendo avremmo prolungato l'"evasione" e che forse non sarebbe stato il caso. Pensai anche che mi sarebbe piaciuto ballare ancora un po', ma, alla fine, assecondai la sua proposta.

14
Blue Moon

Lasciammo il locale e, giunti all'auto, con un'aria sbarazzina Sveva disse: «Dai, mettiti tu al volante che stai morendo dalla voglia di guidarla!».

La frase mi colse un po' di sorpresa ma, più o meno prontamente, replicai: «Complimenti! Vedo che leggi anche il pensiero!».

Con evidente tono canzonatorio, consegnandomi le chiavi aggiunse: «Son sicura che sei un ottimo *Chauffeur*».

Risposi che possedevo anch'io un'Alfa Romeo, un modello base (non certo una spider), e le confidai che, come tanti bambini, avevo coltivato il sogno di diventare pilota; la mia "carriera automobilistica" però, si era limitata a qualche piccola sfida in go-kart con gli amici. Sveva, con fare molto comprensivo, sembrò volermi consolare: «Credo che quello di diventare un pilota di Formula 1 sia uno dei sogni infranti più frequenti fra voi uomini. Anche ai miei fratelli sarebbe piaciuto correre ma, nessuno dei due ha mai compiuto un giro di pista. Però ad entrambi è rimasta la passione delle macchie e, ammetto, le auto son sempre piaciute anche a me».

Felice per quelle confidenze la incalzai: «Quindi, hai due fratelli...», e lei, con evidente entusiasmo, completò il quadro famigliare: «Sì, e anche una sorella. Siamo in quattro figli, io sono la seconda. Questa auto appartiene al fratello più piccolo».

Avrei voluto chiederle qualche altra cosa sulla sua famiglia ma, avevo messo in moto, ingranato la prima e mi ero immesso sulla strada. A quel punto Sveva mi volle dare un paio di indicazioni su dove dirigermi.

Rispetto alla strada che avevo percorso nei giorni precedenti con Giulio, mi indicò una deviazione che ci portò prima davanti all'ingresso del piccolo aeroporto del Lido, poi nei pressi di una chiesa situata a pochi metri dalla laguna. Sveva mi rivelò che era intitolata a San Nicolò, patrono dei viaggiatori e dei naviganti. All'interno vi erano conservate numerose parti delle spoglie del Santo.

Non so perché mi venne in mente, ma in quel momento, senza pensarci troppo dissi: «Quindi, in chiave moderna, si potrebbe dire che dentro a questa chiesa c'è il corpo di Babbo Natale?».

Sveva in un primo momento mi guardò perplessa, poi scosse la testa e scoppiò a ridere. Era incredula: la mia uscita era certamente una visione priva della magia natalizia, ma dato che la figura di Babbo Natale derivava da quella di San Nicola, non era del tutto fuori luogo, e sorridendo, non mancò di dirmi:

«Che scemo che sei...».

Cercando di fingere una certa serietà le risposi che San Nicolò era il patrono di Lecco e, da ragazzi, si era soliti dire che il nostro protettore era Babbo Natale.

Fermai l'auto non molto distante dalla chiesa, in uno spiazzo lungo la riva. In silenzio, contemplammo la laguna davanti a noi, simile a una bella donna avvolta in un elegante abito da sera; sullo specchio d'acqua antistante si scorgevano le luci di alcune barche di pescatori. In quel momento avrei voluto prendere il mio passato, i pensieri, le preoccupazioni e affidare tutto a quella lenta corrente, che passava silenziosa davanti ai nostri occhi diretta verso l'uscita del porto.

Con aria un po' assorta, Sveva esordì: «Qui davanti, ogni anno, la domenica dell'Ascensione, si celebra un'importante ricorrenza: la festa della Sensa. Un lungo corteo di barche accompagna le autorità civili e religiose davanti alla chiesa di San Nicolò e viene gettato in acqua un anello, per ricordare lo sposalizio di Venezia con il mare. È una tradizione davvero molto sentita».

Da dove eravamo s'intravedevano le sagome di alcuni campanili e Sveva, mentre fumava un'altra sigaretta, mi raccontò: «La statua sulla sommità del campanile di San Marco raffigura l'Arcangelo Gabriele, l'unico angelo ad aver visto il volto di Dio e l'unica figura angelica presente sia nel cristianesimo che nell'ebraismo e nell'islam. La Serenissima, pur molto laica, ha sempre manifestato una notevole apertura nei confronti delle altre religioni e delle altre culture».

Nel frattempo, una nave da crociera un po' vecchiotta, passò davanti a noi per raggiungere l'Adriatico; guardandola mi ritrovai a dire: «Chissà dov'è diretta?» Sveva, la osservò per qualche istante poi ipotizzò: «Probabilmente verso le coste della Dalmazia, o magari verso qualche isola dell'Egeo».

Quando scomparve del tutto alla nostra vista, decidemmo di riprendere il giro.

Guidare con Sveva a fianco e l'aria della notte tra i capelli mi dava una sensazione indescrivibile. Viaggiavamo lentamente e avrei tanto voluto che quella strada non finisse mai. Mi sarebbe piaciuto sapere com'era stata la vita di Sveva fino a quel giorno e capire cosa c'era dentro al suo cuore. Certo non le ero indifferente, ma tante cose in lei erano appena abbozzate, tanto che non riuscivo a capire se provasse per me sensazioni simili alle mie, o se ci fosse qualcos'altro. Non mi pareva il tipo di donna capace di dare confidenza a chiunque, ma allo stesso tempo, sembrava conoscermi da sempre. Non riuscivo a decifrarla e l'unica cosa certa era che, sia per il suo aspetto che per il suo modo di fare, mi piaceva da morire.

Passammo per il lungo laguna, svoltammo nel Gran Viale e, poco distante dall'ingresso del Blue Moon, trovammo un parcheggio. Mentre ci avvicinavamo alla struttura, Sveva iniziò a canticchiare: «*Blue Moon... you saw me standing alone... without a dream in my heart, without a love of my own...*».
Le chiesi di che canzone si trattava. Mi rispose che era *Blue Moon*, un brano scritto negli anni trenta. Poi, con uno dei suoi sorrisi tra il simpatico e il malizioso, mi domandò: «Sai perché si dice "Blue Moon"?».
Scossi la testa e, a quel punto mi spiegò: «Ogni stagione, di norma ha tre lune piene: però, ciclicamente capitano anni con tredici pleniluni, quindi c'è una stagione con un plenilunio in più. Si è soliti chiamare "Blu Moon" la seconda Luna piena in uno stesso mese, un evento non certo usuale. Nel Maine, durante gli anni Trenta, un editore di calendari per agricoltori aveva voluto evidenziare questa Luna colorandola di blu, e da qui pare sia nata questa particolare espressione. Nei paesi di lingua inglese, si usa tutt'oggi dire "once in a blue moon" per indicare qualcosa di raro, un corrispettivo del nostro "a ogni morte di Papa".

Raggiungemmo la terrazza: c'era parecchia gente e nella spiaggia sottostante era in corso una festa. Tra le persone che stavano ballando notai una donna, alta, con un vistoso fiore rosso in testa. Attirò il mio sguardo per una frazione di secondo: assomigliava molto ad una tipa che abitava dalle mie parti, ma presto capii che non si trattava di lei.

Percorremmo lentamente tutta la passeggiata a mare, una specie di passerella sospesa qualche metro sopra la battigia. La serata era stupenda, l'aria calda, il cielo limpido, e in sottofondo, si sentiva lieve il rumore della risacca. Esitando, presi la mano di Sveva: non sapevo se avesse piacere di farsi vedere così con me, eppure la strinse con molta naturalezza. Dentro di me c'era un tumulto, un susseguirsi di pensieri e sogni; erano anni che non mi accadeva qualcosa di simile. I nostri corpi affiancati, il suo profumo appena accennato... tutto ciò mi spingeva a stringerla a me, ma, essendovi persone tutt'attorno temevo di metterla in imbarazzo. Non riuscivo a capire quanta confidenza volesse darmi e non volevo rovinare quel clima d'incanto: se fosse stata una ragazza con la quale semplicemente provarci, non avrei esitato a farlo, e nel caso fosse andata male, pazienza. Ma con lei, no, non era così. Ancora non riuscivo ad ammetterlo, ma sentivo che mi stavo innamorando.
Mi avvicinai ancora di più e le sussurrai: «Sai che sei misteriosa?».
«Davvero?».
«Un po' sì, o forse sono io che vorrei sapere tutto di te».
«Tranquillo, non nascondo nessun segreto, ma ti chiedo di lasciar fare al tempo...». Dopo alcuni secondi di silenzio, con un filo di voce, mi chiese: «Ti piace

qui?». Risposi di sì, e che avrei voluto tornarci dopo esser stato dimesso. Stranamente, assunse un'espressione un po' preoccupata, ma per fortuna sfoderò presto un nuovo sorriso. D'altro canto non potei aggiungere altro perché, con un lampo e un forte botto, iniziò uno spettacolo pirotecnico molto suggestivo che, ci dissero poi, concludeva una festa all'hotel *Excelsior*.

Rimanemmo fianco a fianco a guardare i giochi di luci colorare il cielo e riflettersi sull'acqua, mentre Sveva, di tanto in tanto, li commentava felice. Speravo che continuassero a lungo, ma dopo una ventina di minuti tre botti sancirono la fine di quello spettacolo inatteso, e Sveva suggerì di rientrare.

Prima però, indicandomi il mare, mi volle raccontare che nel 1920, 1921 e 1927, proprio lungo il litorale del Lido, si era tenuta la *Coppa Schenider*: una competizione aviatoria internazionale di altissimo livello. Particolarmente famosa era stata l'ultima edizione che aveva avuto un'enorme eco mediatica. La sfida tra idrovolanti attirò sull'isola una folla incredibile (più di 150.000 spettatori), oltre a numerose personalità dell'epoca come Italo Balbo, Guglielmo Marconi e Giuseppe Volpi, Conte di Misurata. Le cronache dell'epoca riferivano che gli appuntamenti mondani si erano susseguiti per giorni sia all'Hotel *Excelsior* che in vari palazzi di Venezia. Qui, durante un concerto notturno in Piazza San Marco, un soprano aveva intonato la stupenda aria della "Casta Diva", tratta dalla Norma di Vincenzo Bellini, sotto un cielo dominato da una bellissima Luna crescente.

Mentre lasciavamo la zona, Sveva riprese a canticchiare il motivetto di prima con alcune varianti, che solo tempo dopo, capii essere l'ultima strofa: «*Blue Moon... now I'm no longer alone... without a dream in my heart... without a love of my own*».

Salimmo nuovamente in auto e questa volta fu lei a mettersi al volante; presto mi informò che, vista l'ora non voleva passare per la portineria. Quando le chiesi il perché, non senza ironia, esclamò: «Non vorrei mai disturbare il sonno del guardiano!».

Tutto ciò mi fece sorridere e lei, con fare più serio, aggiunse: «Non è il caso di dare nell'occhio. Volendo, si può entrare anche da un'altra parte: c'è un'entrata nella zona nord, nei pressi del *Monoblocco*».

«Di che si tratta?»

«È la costruzione più grande e recente dell'ospedale: il suo vero nome è *Padiglione Rossi* ma in realtà tutti, da sempre, lo chiamano *Monoblocco*».

Parcheggiò vicino a un praticello nei cui pressi c'erano anche dei chioschi con alcuni avventori; ci avviammo lungo un vialetto sterrato che portava a un cancello e Sveva, con sicurezza, mise una mano dietro alla serratura; così facendo le porte si scostarono quel tanto da permetterci di rientrare nel complesso ospedaliero. Non avevo idea di cosa volesse fare, ma mi sarebbe piaciuto stare ancora un po' insieme. Indicando uno stabile imponente, lì a poca distanza, domandò: «Andiamo dentro? In alto, c'è una bella terrazza».

Le chiesi se c'era il rischio di esser visti da qualcuno e rispose che bastava solo fare po' di attenzione.

Entrammo da una porta di servizio che Sveva immaginava essere aperta, e ci ritrovammo in un vano inondato da una luce tenue. Nell'aria aleggiava un odore di cloro: colsi la ragione quando, poco dopo, vidi una piscina che Sveva disse essere riempita con acqua di mare e che veniva ancora utilizzata per le terapie riabilitative».

Nonostante ci fossero due ascensori, la mia "guida" preferì usare le scale. Mentre salivamo mi spiegò: «Nel corso degli anni questo stabile ha ospitato vari reparti, ormai tutti trasferiti a Venezia. L'edificio però, di giorno, è ancora utilizzato: ci sono in attività alcuni ambulatori e una palestra per la fisioterapia. Di notte invece non c'è nessuno, qui non vi sono degenti».

Ci fermammo al quarto piano: in una grande sala erano situati alcuni lettini per la ginnastica riabilitativa, disposti lungo un muro e separati da delle pareti divisorie; scorsi una pedana per la deambulazione e altri macchinari che però, a causa della scarsa luce, non riuscii a indentificare.

Dopo quella sosta decidemmo di tornare alla scala e, percorsi gli ultimi gradini, uscimmo sulla terrazza.

La brezza notturna accarezzava i nostri volti. Mentre ci avvicinavamo al parapetto la presi per mano: in rada, si vedevano le luci di alcuni mercantili in attesa del loro turno per entrare nel porto di Marghera. Rispetto al *Blue Moon*, quel luogo era decisamente più buio, e oltre alla Luna si potevano scorgere migliaia di stelle.

«Che spettacolo!», commentai sottovoce.

Sveva sorrise con soddisfazione e avvicinandosi ancora di più a me, disse: «Mi piacerebbe tanto guardare la Luna con te da un osservatorio astronomico, e mostrarti quanta bellezza racchiude. Ti indicherei dove si trovano i monti *Leibnitz*, i più alti in assoluto, oppure i *Monti della Luce Eterna*, sulle cui vette il Sole non tramonta mai o, ancora, il punto dove si erge la *Schneckenberg*, una montagna stupenda la cui forma a spirale ricorda il guscio di una lumaca».

Mi voltai verso di lei, il suo sguardo ancora rivolto al cielo: vidi la Luna riflessa sui suoi occhi e tutto il tempo, la bellezza e la verità mi parvero racchiuse in quell'istante. Volevo dire qualcosa che la colpisse, ma nulla mi sembrava adatto e, forse pensando a quanto mi aveva detto la sera precedente, mormorai: «*Il golfo degli arcobaleni...*».

Sveva sussurrò: «Il mio posto segreto, prima o poi ti ci porto...».

Non capii cosa intendeva dire con quella frase ma non le chiesi nulla. Il mare pareva specchiare l'universo, le stelle sembravano rugiada posata su un'invisibile ragnatela celeste: tutto era in perfetto equilibrio e il tetto di quel reparto ospedaliero si era trasformato nella platea di un teatro, sul cui palco, stava andando in scena uno spettacolo fin troppo bello per essere vero.

Una luce rossa alla nostra sinistra catturò la mia attenzione e Sveva mi spiegò: «Quello è il faro di San Nicolò: si trova alla fine di una lunga diga».
Rimase assorta un istante, poi mormorò: «*Il faro è la vita... il Paradiso può attendere...*».

La guardai perplesso, così mi raccontò: «Vado spesso a camminare su quella diga, al mattino presto o alla sera, dopo il lavoro. Ci sono sempre dei pescatori, altri che fanno jogging o che, come me, si rilassano passeggiando fino al faro; proprio lì, su un blocco di cemento frangiflutti, c'è scritta la frase che ho detto poco fa».

Dall'altro lato della terrazza si scorgeva l'ospedale: un'immagine triste. Sentivo che, dentro di me, qualcosa stava nascendo, ma trovava intorno un ambiente da rimettere completamente a nuovo. Cosa mi avrebbe riservato il domani?

«Ho ripensato a una cosa che hai detto ieri» soggiunse Sveva, «Questo ospedale sembra sì una nave in attesa di demolizione o, peggio, abbandonata alla deriva dal suo armatore, nella speranza che il mare prima o poi se la prenda; ma in realtà, è un transatlantico ancora capace di solcare gli oceani. Non si può accettare ci sia qualcuno che non vuole sentire le voci di chi sostiene che c'è ancora speranza. È come se stessero celebrando il funerale ad una persona ancora viva!».

«Penso tu abbia ragione, ma ogni realtà è destinata a fare il suo corso e su questo ospedale mi sa che il tramonto sia giunto da un pezzo...».

«Purtroppo sembra così! Però è anche vero che non è mai esistita una notte senza fine, né si muore a causa del buio; tutt'al più ad uccidere è il freddo, il gelo che ci investe o che lasciamo entrare nel cuore. L'oscurità può far paura, ma è pur sempre una realtà transitoria e non sempre negativa: essa può anche diventare un'occasione, infatti è grazie a lei che si possono vedere quegli astri che hanno guidato i naviganti per secoli e che ci parlano di sogni e speranze. Dobbiamo essere forti, andare oltre la notte e fare come la Luna alle porte dell'alba, in quei giorni in cui rimane nel cielo che comincia a schiarire e resta lì, a guardare le stelle mentre, una dopo l'altra, escono di scena per abbracciarsi come attrici, dietro le quinte del giorno che nasce».

Mi prese per mano, e pronunciò una frase che, per molto tempo, non riuscii più a ricordare. Una volta rientrati nell'edificio, le chiesi: «Se non devi tornare subito a casa, ci fermiamo ancora due minuti?».

«Va bene». Ci sedemmo sulle scale: non era il massimo, ma non vi erano alternative e, dopotutto, volevo solo stare ancora un po' con lei.

15
In tutti i colori del cielo

Era tardissimo. Il buio avvolgeva ogni cosa, i gradini s'intravvedevano a malapena, mentre il resto della scala dava l'impressione di esser stato inghiottito dalla notte. Le uniche, deboli luci filtranti sul pianerottolo giungevano attraverso una grande finestra e lo spazio antistante, pareva rappresentare il crocevia della storia di ogni individuo: si saliva, oppure si scendeva? Ignaro del motivo, questa domanda si insinuò nella mia testa.

Sveva si accorse del mio improvviso silenzio e si preoccupò: «Cosa ti prende?».

Mi sentivo confuso, avrei voluto confessarle parecchie cose, eppure temevo di non riuscire ad esprimerle sufficientemente bene e di correre il rischio di apparirle banale: «Certo che la vita è davvero imprevedibile: chi avrebbe mai immaginato che sarebbe avvenuto tutto questo? Fino ad un giorno fa nemmeno ci conoscevamo, non sapevo neanche dell'esistenza di questo posto, e adesso eccoci qui...».

Nell'oscurità, la scorsi sistemarsi i capelli e, attraversato da un'ondata di calore, mormorai: «Sono successe tante cose in queste ultime ore: l'incidente, il nostro incontro, il giro per i reparti di ieri notte, la passeggiata di oggi pomeriggio e questa serata. Eppure, davvero, sento che non sarebbe potuto accadermi nulla di più bello».

I suoi occhi erano rivolti verso i miei, nessuno dei due abbassò lo sguardo. Per lunghi secondi il tempo perse il suo naturale fluire e si smarrì nello sguardo di quella misteriosa ragazza.

La voce di Sveva, quasi accarezzando l'aria, interruppe quel magico silenzio: «Anch'io sono contenta di averti incontrato, non puoi immaginare quanto».

Nella mia mente una burrasca di emozioni esplose improvvisamente. Cercai di far ordine, di dire qualcosa di sensato, anche se dare forma a ciò che provavo non era affatto semplice. Vidi scorrere davanti a me un'infinità di ricordi, sentii suoni e voci di un tempo che credevo di non ricordare più: ombre, paure, pensieri negativi e fantasmi del passato sembrarono librarsi in volo con ali di pipistrello in un cielo di tenebra. Ebbi la sensazione che gli incubi si stessero scontrando violentemente per stabilire quale fosse il più forte; una lotta furiosa nella quale, d'un tratto, parvero annientarsi l'un l'altro, e su quel mare agitato calò un'improvvisa bonaccia. Pareva che una sorta di fitta nebbia avesse placato ogni cosa: e fu in quel momento che capii che il modo migliore per ritrovare un po' di pace era fidarmi dei miei sentimenti senza pormi troppe domande.

Guardai Sveva: i suoi occhi brillavano anche nel buio.
Non so per quanto rimasi in silenzio, forse avevo lasciato passare troppo tempo. Con un filo di voce, cercai di spiegarle quel che provavo: «Scusa, il passato ha voluto colpirmi un'ultima volta».

Annuì come se avesse compreso a cosa mi riferivo, e continuai: «Oggi pomeriggio ti ho parlato di Gloria. Quando mi ha lasciato ho avuto la sensazione di non aver perso solo lei, ma di avere smarrito anche la fiducia nella gente e la gioia di dividere i giorni con qualcuno. Ero conscio del fatto che di storie avrei potuto averne, però ero anche convinto che quella magia, la sola in grado di far danzare l'anima, non sarebbe più tornata».

«Dev'esser stato un colpo durissimo, altrimenti non ti avrebbe reso cieco per tutto questo tempo».

«Cosa intendi?».

La sua voce attraversò il buio in punta di piedi: «L'amore, se lo cerchi, lo trovi. Sembra sparire, ma invece rimane, sempre. Cambia forma per prendere le sembianze delle realtà più disparate, ed è allora che bisogna trovare la forza di mettersi in ascolto e di inseguirlo. Si nasconde, ma poi ricompare: nelle parole di un amico, negli occhi di un bambino o di un vecchio, nella preoccupazione di chi ti vuole bene, nell'aria che precede il Natale, nel suono delle onde del mare o all'alba, in tutti i colori del cielo».

Quelle frasi abbatterono i miei vecchi dubbi, sparpagliandoli ovunque. Provai un forte desiderio di abbracciarla, stringerla e ringraziarla per tutto quello che stava facendo, e con l'emozione di un ragazzino le dissi: «Non credevo potesse esistere una persona come te...».

Un sorriso dolcissimo le illuminò il viso. Si alzò e mi prese per mano: «Vieni con me».

Si fermò al pianerottolo del quarto piano. La osservai per un istante poi misi le braccia attorno alle sue spalle; rimase immobile, stretta nel mio abbraccio.

Il suo sguardo divenne grave e sussurrò: «Sandro, oggi pomeriggio l'ho detto scherzando, ma ora te lo chiedo seriamente: se ti proponessi di partire per un viaggio, anche domani, verresti con me?».

Mi chiesi il perché di quella domanda. Vidi nei suoi occhi qualcosa di infinitamente bello e, senza alcuna titubanza, risposi: «Certo che partirei».

Continuò a scrutarmi e con aria seria ripeté: «Se acquistassi due biglietti aerei, partiresti insieme a me anche senza saper dove siamo diretti?».

Pensai che quelle parole fossero una metafora per indicare una possibile storia tra noi, e con decisione risposi: «Sì. Partirei comunque».

I nostri corpi si strinsero, percepii il suo calore infondersi in me, sentii sempre più il profumo della sua pelle, e all'improvviso parve che ogni cosa intorno a noi avesse perso la propria forma. Quando le nostre labbra s'incontrarono, ebbi la sensazione di entrare in una realtà misteriosa; portai una mano dietro alle sue spalle e la feci scivolare lentamente lungo la schiena. Le nostre bocche si schiusero in un lunghissimo bacio. Si abbandonò tra le mie braccia lasciandosi accarezzare. Senza dir nulla, lasciammo le scale ed entrammo nel piano. Sveva mi prese per mano e mi guidò attraverso un corridoio, svoltammo verso sinistra ed entrammo in una stanza in cui vi erano due lettini per la fisioterapia, chiuse la porta a chiave e, con un filo di voce, sussurrò: «Qui non arriva nessuno».

Il luogo in cui eravamo svanì in un attimo, come gran parte dei nostri vestiti; a quel punto la notte non fu più notte e il tempo stesso parve fermarsi.

Il suo corpo su di me, il sapore della sua pelle, i respiri irregolari: pochissime parole, appena sussurrate. Un intreccio che divenne un lento, inesorabile vortice che pareva non dover conoscere fine. Non esistevano distanze, né pensieri, né orizzonti diversi. Eravamo un unico corpo sotto un cielo in tumulto a dare il benvenuto a una tempesta attesa da chissà quanto tempo, a una pioggia impetuosa scesa a dissetare una terra arida pronta a rinascere. Non c'era modo né bisogno di pensare, di capire o di spiegare quel che stava accadendo, era un qualcosa che oltrepassava ogni realtà tangibile, quasi un'elevazione verso una dimensione sconosciuta. Un mistero modellato da un fuoco da cui emergevano simboli arcani, segni di una rivelazione celata da un velo che il vento accarezzava in modo sensuale da chissà quanti secoli.

Un crescendo di sensazioni e di emozioni tale che i nostri respiri sembrarono staccarsi da noi per andarsene oltre, per disperdersi e incontrarsi in un posto sconosciuto, dove il nostro nome stava scritto da sempre.

E per entrambi fu l'infinito.

16
Una storia all'inizio

Stretti l'uno all'altra mentre la notte continuava il suo cammino, ascoltavamo i nostri respiri talmente vicini da sembrare uno solo. Le accarezzai lentamente i capelli e, guardandola negli occhi, avvertii una sensazione particolare, come se ogni problema se ne fosse andato per sempre. Il silenzio sembrava avvolgerci al pari di un lenzuolo invisibile: percepivo il suo cuore, un battito regolare ed intenso. Sarei rimasto così per ore, avevo pensato di dirglielo ma, ero convinto lo sapesse già.
Sveva, tenendomi ancora più stretto, con una strana sfumatura di voce chiese: «Fino a quando sei in vacanza?».
«Rientro a casa domenica prossima».

Lasciò passare qualche secondo poi capii che doveva aver avuto un'idea: «Sei mai stato a Parigi?»,
«Purtroppo no».
«Chissà, magari, mercoledì prossimo potremmo farci un salto, la conosco abbastanza e, vi ritorno sempre volentieri. E poi, c'è una cosa che mi piacerebbe fare: andare a Londra in treno, attraversando la galleria che passa sotto la Manica. Che ne dici? Ti piacerebbe?».
L'idea di quel viaggio mi emozionò tantissimo. Non mi pareva vero. Io e lei a Parigi e poi sul treno per Londra. Avrei voluto esprimere un'infinità di cose, ma riuscii solo a dire: «Sarebbe stupendo...».

Lei, incalzò: «Sai che bello? Salire sulla Tour Eiffel, andare a Notre Dame, girare di notte e andare a vedere l'alba sul piazzale della Basilica del Sacro Cuore. E poi, salire sul treno, correre lungo la campagna francese, entrare nel tunnel, viaggiare sapendo di correre sotto il fondale del mare e rivedere la luce nella vecchia isola. Potremmo: partire mercoledì mattina, dedicare a Parigi il pomeriggio e tutto il giovedì. Il venerdì invece ci si potrebbe trasferire a Londra e tornare qui al Lido sabato pomeriggio. Così domenica tu rientri a casa. Se riesco a prendermi ferie: si può fare».
«Per me, non ci sono problemi! Sarebbe un sogno...».

Dandomi un bacio, disse: «Allora facciamo in modo che si avveri!».

Restammo in silenzio alcuni istanti poi manifestò un altro desiderio: «Invece, quest'inverno, dopo una giornata in giro a far compere natalizie, ti porto a cena in un ristorante fantastico, ti mostro delle zone di Milano che sono certa non conosci e, infine, andiamo sul Naviglio Grande, a notte fonda, a guardare il canale attraversato dalle luminarie! Vedrai, sarà bellissimo».
Non mi sembrava vero: io e lei, come due fidanzati, in giro per la metropoli

durante le feste natalizie.

Poi, con un'espressione malinconica sul volto, disse: «Sandro, è davvero tardi».

Non risposi. Avrei tanto voluto fermare il tempo e restare in sua compagnia immaginando cosa sarebbe potuto succedere di lì in avanti, ma la realtà era tornata a riportarci con i piedi per terra.

Il nuovo giorno doveva essere iniziato già da un pezzo. Mentre si rivestiva rimasi rapito a guardarla, fece ogni cosa con tranquillità, osservai ogni suo movimento mentre nella mia testa passavano mille pensieri. Avrei voluto fossimo altrove e che quella notte non avesse limiti, ma eravamo in un ospedale e avevamo giocato col fuoco anche troppo. Desideravo che Sveva non se ne andasse, però capivo anche che non poteva restare ulteriormente. Mi avvicinai al suo volto e le sussurrai all'orecchio: «Vorrei trattenerti».

Sul suo viso riapparve quell'espressione dolcissima che mi aveva colpito profondamente fin dalla prima volta che l'avevo vista sorridere, e mi rassicurò: «Anch'io vorrei restare, ma non preoccuparti, tra poche ore ci vedremo di nuovo».

Uscimmo dalla stanza, raggiungemmo il pianerottolo e, mentre stavamo per scambiarci un altro bacio, udimmo dei rumori: forse il guardiano stava compiendo un giro d'ispezione; se ci avesse visti, avremmo avuto certamente dei problemi.

Sentimmo l'ascensore salire: dovevamo andarcene al più presto. Mano nella mano, senza dir nulla, scendemmo rapidamente le scale: uno, due piani. Poi Sveva si fermò facendomi cenno di non parlare. Restammo in silenzio, udimmo solo qualche rumore indistinto poi nulla. A quel punto riprendemmo a scendere e, a passo veloce ci ritrovammo a passare nei pressi della piscina. Poco dopo uscimmo dallo stabile.

«Forse è meglio se raggiungo il parcheggio».

Nella voce di Sveva avvertii una strana tensione che prima non avevo percepito.

«Ti accompagno», incalzai, determinato a non lasciarla sola e a starle accanto ancora qualche momento. Attraversammo il prato evitando di passare vicino a due lampioni che si trovavano lì nei paraggi. Camminammo nella zona più buia, non vedemmo nessuno e nessuno ci vide: raggiunto il cancello, uscimmo dall'ospedale. L'espressione di Sveva, da tesa, divenne rilassata e, per stemperare un po' la tensione affermò: «Conosco i guardiani ma, non potevo dir loro che eravamo lì per motivi di lavoro o che ti avevo portato in terrazza a guardare le stelle... Non sarebbe successo nulla, nel senso che non avrebbero segnalato la cosa ufficialmente ma, credo che il fatto, dentro all'ospedale, sarebbe comunque diventato di pubblico dominio nel giro di un paio di giorni».

Annuii, e a quel punto le chiesi: «Scusa la curiosità, ma come fai a conoscere così bene l'ospedale, compresi i reparti abbandonati?».

Senza indugiare neppure un istante, rispose con naturalezza: «Lavoravo qui da qualche mese quando ho conosciuto Gino, il custode che hai visto oggi pomeriggio. Avevo appena iniziato a fare la mia ricerca sulla storia dell'ospedale e, visto che mi aveva detto che lavorava qui da oltre quarant'anni, ho chiesto il suo aiuto. A quel punto mi ha raccontato un'infinità di notizie interessanti e mi ha portata a vedere i reparti dismessi».

Cominciavo a inquadrare alcune cose, ma di sicuro molte altre mi erano ancora ignote. Ad ogni modo, non volli indagare oltre, il mio pensiero andava a noi due: ero felice e, dentro di me, speravo che la nostra potesse presto diventare una relazione ufficiale.

Poco prima di salutarci Sveva sussurrò: «Grazie per questa bella serata. Era da tanto che non ricevevo un bacio...».

Subito abbassò lo sguardo. La vedevo felice e anch'io provavo una gran gioia, eppure i suoi occhi erano lucidi. La guardai come per chiedere il perché di quelle lacrime, ma sbarrò la strada a qualsiasi risposta: «Nulla di brutto; te lo spiego un'altra volta...».

Per qualche secondo ci fissammo senza dir niente, poi ci augurammo la buonanotte e salì in auto. Prima di andarsene si raccomandò: «Torna dentro; se ti fermano dì che stavi facendo un giro perché non riuscivi a dormire. Ci sentiamo domani, così ci mettiamo d'accordo per il pomeriggio».

Se ne andò, e rimasi a fissare le luci dell'auto fino a quando scomparvero. Mi ritrovai a respirare profondamente: sembrava che nell'aria vi fosse un profumo intenso, qualcosa che veniva dal mare e che riportò alla mia mente un pensiero, un'immagine nebulosa che per qualche secondo inseguii senza riuscire ad afferrarla.

Attraversai l'ospedale e per la prima volta, osservando la desolazione che regnava lì dentro, non provai alcuna tristezza. Nei pressi di un reparto che credevo abbandonato, scorsi una porta socchiusa: vi si accedeva dopo tre gradini di marmo bianco e dall'interno proveniva una luce soffusa. Sicuramente c'era qualcuno, magari un custode. Decisi di proseguire per la mia strada, allungai il passo e raggiunsi il reparto senza incontrare alcun guardiano.

Trovai la mia stanza come l'avevo lasciata: nessuno pareva essersi accorto della mia assenza. Seduto sul letto, rimasi alcuni minuti a riflettere sulla serata appena trascorsa. Ero confuso, perplesso, ma allo stesso tempo anche felice.

M'infilai sotto le lenzuola e, spenta la luce, rimasi nel buio ad ascoltare i suoni che provenivano da fuori: erano perlopiù dei rumori indistinti, a volte i passi di qualche infermiere, altre il brusio di qualcuno che parlava a bassa voce. Pareva una notte tranquilla, non vi erano emergenze in corso e nell'atrio non avevo visto pazienti in attesa di essere visitati.

Pensai a Sveva e all'idea di cui mi aveva parlato. Immaginai di camminare con lei lungo la Senna, di cenare in qualche ristorantino elegante, al viaggio in treno verso l'Inghilterra e alla nostra giornata nella City. Ma, soprattutto, immaginai di risvegliarmi con lei al mio fianco. Stentavo a crederci. Razionalmente non volevo concedermi eccessivi slanci di entusiasmo, dopotutto la conoscevo solo da un giorno ma ormai ero conscio che dentro di me, avevo superato il punto di non ritorno. Chissà se riusciva a farsi dare le ferie ma, se così fosse stato, non avrei avuto dubbi: l'avrei seguita in quel viaggio e poi avrei lasciato che il destino scrivesse la nostra storia. Era un azzardo? Probabilmente sì, ma avevo deciso di seguire l'istinto senza pormi troppe domande. Il domani con lei? Chissà, forse sarebbe stato meno complicato del previsto. Volevo essere positivo, d'altronde dalle lezioni ricevute nel passato avevo compreso che quel che deve accadere, accade.

Mentre pensavo a tutto ciò scivolai in un sonno profondo.

17
L'alba

Quella notte feci strani sogni. Nel primo ero in un aeroporto, circondato da parecchi vacanzieri indaffarati coi loro ingombranti bagagli: d'un tratto vedevo Sveva venire verso di me, trascinando un piccolo trolley. Indossava un paio di jeans chiari e una camicetta a maniche corte.
«Allora, pronto per la partenza?».
«Certo, anche se ammetto che l'idea di non sapere dove siamo diretti mi tiene un po' sulle spine».

Mi guardò con aria serena: «Stai tranquillo, non te ne pentirai».

Non riuscivo a capire il perché di tanto mistero ma pensai che tutto ciò avesse un senso, o che magari fosse parte di una sorpresa. La cosa che mi sembrava più strana e che alimentava un certo stato di angoscia era che da nessuna parte riuscivo a trovare informazioni su quello che doveva essere il nostro volo. Possibile che non ce ne fossero?

Sveva intuì questi miei pensieri e, con fare misterioso ma anche ironico mi invitò ad avere pazienza: «Non essere troppo curioso. Dai tempo al tempo e concedimi ancora un po' di fiducia: tra poco scoprirai dove siamo diretti».

Dopo poco iniziarono le operazioni di imbarco ed ebbi modo di vedere quello che doveva essere il nostro aereo, un Airbus A 320 dalla livrea del tutto anonima. Pensai che saremmo quasi sicuramente rimasti in Europa.

Salimmo a bordo e cominciai ad avvertire un certo malessere e a sentirmi sempre più a disagio. Sveva prese posto vicino al finestrino e con un lieve cenno di mano mi invitò ad aspettare ancora un po'.

Il velivolo iniziò il rullaggio e il comandante annunciò il decollo senza dire la nostra destinazione. In un paio di minuti, entrammo lentamente nella pista, poi prendemmo velocità e ci staccammo da terra. In quale aeroporto saremmo atterrati? Non lo riuscii a scoprire perché all'improvviso, mi ritrovai in una cella campanaria, con mia sorella.
Il vento serale annunciava una pioggia imminente, e in un angolo della stanza scorsi due oggetti in metallo, forse parte di una banderuola: non so chi ce lo avesse ordinato, ma dentro di me sapevo che era nostro compito portarli giù con noi. La situazione era preoccupante, poiché dovevamo scendere lungo una parete esterna per una scala stretta e malferma.

Il campanile era molto alto; mi chiedevo se avesse senso farlo, o se fosse più saggio pensare a una soluzione diversa e attendere aiuto. Guardai giù verso una piazza mai vista prima di allora e, poco distante, notai una donna inginocchiata presso il corso di un fiume, intenta a versare nell'acqua un liquido contenuto in due anfore.

Il sogno cambiò nuovamente scenario: ero nella chiesetta dell'ospedale (a dire il vero, alquanto diversa da quella reale). Saranno state circa le due di notte, ma nonostante ciò, era gremita da gente accorsa, come me, dopo aver sentito un'inquietante notizia: l'affresco principale che sovrastava l'altare era svanito! Di quel capolavoro non rimaneva altro che qualche pezzo informe e alcune tracce delle linee guida utilizzate dall'autore.

Eppure ero certo che la raffigurazione mancante non era quella che avevo visto con Sveva, bensì un'altra, che ritraeva una scena militare nella quale comparivano molte persone. Le finestre erano spalancate e nella chiesa tirava una forte corrente d'aria. Si percepiva un vociare carico di tensione. Dalla sacrestia giunsero dei rumori confusi e, dal suo interno, cominciarono a uscire delle persone vestite in abiti medievali, con armature e stendardi: erano dei figuranti che, per protesta, avevano indossato maschere simili a quelle dei personaggi un tempo dipinti sulla parete; il loro intento era quello di mettere in scena una sorta di materializzazione dell'immagine svanita per dire che, prima o poi, qualcuno avrebbe dovuto fare i conti con la storia.

Perché dei vandali avevano compiuto un gesto simile? Un anziano signore ipotizzò che le vetrate fossero state distrutte proprio per esporre l'opera al freddo e alle intemperie, e ciò l'aveva distrutta.

In piedi in un angolo, scorsi il sacerdote che avevo visto con Sveva nel pomeriggio e per un attimo i nostri sguardi s'incrociarono.

D'un tratto si levarono alcune note musicali; un uomo anziano si era seduto all'armonio e ne verificava il funzionamento: dopodiché cominciò a suonare, e una ragazza l'accompagnò intonando *Tu scendi dalle stelle*.

Mi parve strano ascoltare quel brano in una sera di tarda estate. Un signore di mezza età si avvicinò e con la voce rotta dall'emozione mi confidò: «Da bambino, ogni anno i miei genitori mi portavano qui la notte di Natale. Sentire le campane annunciare la nascita di Gesù Bambino, dentro a un ospedale, aveva un significato profondo dal momento che, quel suono, lo stavano udendo anche centinaia di malati costretti a letto, lontani dalle proprie case e dalle loro famiglie».

Compresi il suo stato d'animo, le sue emozioni, la sua tristezza e, indicando quanto era avvenuto all'affresco concluse: «Davanti a una cosa del genere possiamo solo sentirci sconfitti. Questo luogo ci è stato donato, era qui per tutti noi, avevamo il solo compito di conservarlo e di mantenerlo decorosamente, invece abbiamo preferito lasciarlo in balìa del destino».

Sulla chiesa calò un pesante silenzio rotto soltanto dal sibilo del vento.

In un attimo, mi ritrovai nel buio della mia stanza d'ospedale: forse non era passato molto da quando mi ero addormentato. Mi sentivo accaldato, e dovevo aver lottato con le lenzuola; non capivo il motivo di quei sogni e mi chiesi perché Sveva mi avesse chiesto più volte se mi sarebbe piaciuto partire con lei per un viaggio.

Ero stanco, confuso e tormentato da una strana agitazione, ma fortunatamente riuscii a riprendere sonno e a riposare.

Mi svegliai e guardai subito l'ora: era ancora prestissimo.
Rimasi ancora un po' sotto le coperte, pensando a Sveva e all'esame che mi avrebbero fatto l'indomani: speravo tanto che non emergessero complicazioni.
Col passare dei minuti cominciai ad essere inquieto: una strana sensazione prese ad aleggiare in me in modo crescente. Nulla di negativo, anzi, era un qualcosa di paragonabile all'emozione che si avverte poco prima di partire per un importante viaggio. Cercai di stare ancora un po' a letto ma dopo qualche minuto mi alzai e uscii dalla camera.

Percorsi il corridoio sino allo spiazzo antistante al Pronto Soccorso e mi soffermai a guardare lo scalone lì vicino. Ai piani superiori doveva esserci la Rianimazione, dove, stando a quanto mi aveva detto Sveva, era ricoverato il suo amico.

Salii la prima rampa di scale, e al primo piano trovai un'inquietante realtà: era completamente vuoto. Appeso al muro, notai un calendario fermo al dicembre di tre anni prima. Improvvisamente sentii il cuore in gola. Cercai di mantenere la calma e mi avviai verso il secondo piano. Giunsi in un altro luogo, dove un vecchio cartellino attaccato a una porta semiaperta indicava *Chirurgia*. Quel che vedevo era completamente diverso da ciò che mi ero immaginato. Sentii il respiro mozzarsi in gola: Sveva mi aveva accennato ad una persona che andava a trovare lì quasi ogni giorno, l'avevo vista dirigersi verso quei piani che, in realtà, erano deserti e abbandonati. Ero certo che doveva pur esserci una qualche spiegazione.
Notai una scala che saliva ulteriormente, sbarrata da una catena rossa e bianca con un cartello di plastica su cui stava scritto: *Vietato l'ingresso alle persone non autorizzate*. Sia la catena che il cartello parevano nuovi; era forse un accesso secondario alla Rianimazione? Come mai Sveva preferiva salire a piedi e non prendere l'ascensore?

Ricordai che anche poche ore prima, al *Monoblocco*, eravamo saliti utilizzando le scale; forse temeva di rimanere bloccata all'interno?

Non so se per timore d'imbattermi in qualche infermiere o se per paura di scoprire un altro luogo desolato, ma mi accontentai di quell'ipotesi e m'incamminai lungo il corridoio che portava a una finestra dalla quale era visibile buona parte dell'ospedale.

Il cielo si era rannuvolato; sembrava una lieve coperta sopra ai reparti addormentati. Pareva che tutto fosse assopito, anche l'ospedale in quel momento riposava sereno; era impossibile immaginare l'enorme sofferenza che quelle mura ormai in abbandono avevano visto nel corso degli anni. Riflettei riguardo alle vicende che ogni giorno accadono negli ospedali e cercai di illudermi che tutto il male, in qualche modo, potesse svanire. Speravo che se ne andasse, anche per un solo istante.

Era l'alba, un'alba più grande di ciò che potevo capire. Decisi di tornare indietro: nella mia mente si rincorrevano tante domande. Mi accorsi che il mio pensiero inseguiva una verità nebulosa, sfuggente, che prima o poi, avrei guardato negli occhi.

Rientrai in camera poco prima che un infermiere venisse a farmi visita. Fu sorpreso di trovarmi in piedi, ma dissi che ero un tipo mattiniero; se ne andò lasciandomi una tazzina di caffè caldo sul comodino.

Mi stesi nuovamente sul letto e osservai a lungo il cellulare, figurandomi la telefonata che Sveva avrebbe fatto di lì a poche ore: ero impaziente di sentirla, di rivederla e di stringerla a me.

18
Dove vorremmo essere...

Poco prima delle otto bussarono alla porta: era Giulio. Il suo volto era segnato da una stanchezza evidente, indossava una camicia ormai troppo vissuta ed ebbi la sensazione che non provenisse dall'albergo. Il suo modo di fare era stranamente sfuggente e intuii fosse il caso di non porgli domande.

S'informò sul mio stato di salute e mi chiese se avevo rivisto Sveva; risposi di sì, ma non volendo intavolare con lui l'argomento, restai sul vago. Si trattenne meno di mezz'ora, ma promise di tornare in serata, lasciandomi sul piccolo comodino un quotidiano che sfogliai senza troppa convinzione.

Come il giorno precedente, un medico venne a visitarmi. Nonostante le mie rassicurazioni, volle sottopormi a una breve visita: alla fine disse che era tutto a posto.

Cominciai a guardare l'orologio sempre più spesso: giravo per la stanza e, di tanto in tanto, uscivo nel corridoio dove, da una finestra, si poteva scorgere il passaggio delle automobili nella strada antistante. Non vedevo l'ora di risentire Sveva e di tornare a essere libero di muovermi. Sentivo dentro di me un enorme tumulto, ero inquieto, sognavo ad occhi aperti cosa sarebbe potuto accadere, venivo assalito da momenti di entusiasmo e altri di timore. Poi, finalmente il telefono squillò.

Era lei, di buon umore, mi spiegò di essere un po' affaccendata, di dover sbrigare alcune cose e che sarebbe andata a pranzo da una collega; però aggiunse anche che, verso le quattro, poteva passare da me. Le risposi che andava benissimo. Mi chiese quali programmi avessi per la mattinata, così le elencai le mie modeste alternative: leggere il giornale o fare due passi fuori. Dal canto suo mi suggerì di assistere alla messa delle 10, celebrata da Padre Ivan.

Avrei voluto parlare ancora un po', ma capivo che era di fretta. Poco dopo, ci salutammo.

Alcune fitte, di tanto in tanto, mi attraversavano la testa; le attribuii alle poche ore di sonno e non vi prestai molta attenzione. Provavo invece a distrarmi, a far passare il tempo ma, i miei sforzi non erano sufficienti.

Decisi allora di seguire il consiglio di Sveva e avvisai gli infermieri del mio spostamento. Uscii nel vialetto e mi avviai lentamente guardandomi attorno: pensai al mio ricovero che, il giorno seguente, sarebbe finalmente giunto al termine e che, con quel posto, non avrei più avuto nulla a che fare. Guardai verso il Padiglione Centrale, ma stavolta del "Maggiolino" verde non vi era traccia, quindi proseguii passando di fianco al *Belluno* proprio mentre le campane della chiesetta iniziavano a suonare a distesa.

Entrai a pochi minuti dalla celebrazione e fui sorpreso di imbattermi in una quarantina di persone: erano prevalentemente tra i cinquanta e i sessant'anni di età, ma notai anche un paio ragazzi; parevano conoscersi tutti. Immaginai che venissero lì a messa da varie parti dell'isola (di sicuro non erano ricoverati) e, vicino all'altare, notai un paio di degenti in carrozzina.

Nei pressi dell'ingresso, invece, vidi un anziano signore, dall'aspetto distinto e vestito in modo molto elegante. Una persona che stava vicino a me, notando che lo stavo osservando, mi disse che si trattava del maestro Accorsi, un musicista in pensione che aveva fatto parte dell'orchestra del Gran Teatro "La Fenice": da anni, ogni domenica, si recava in quella chiesa ad accompagnare la celebrazione all'armonio. Venne raggiunto da una suora dall'aspetto simpatico, che più tardi scoprii essere la guida per i canti.

Mi guardai attorno, ripensando allo strano sogno fatto poche ore prima: inconsciamente mi sentii sollevato dal notare che gli affreschi e le vetrate erano integri e conservavano tutta la loro bellezza. Davvero non riuscivo a immaginare come un luogo così bello potesse essere destinato alla chiusura e all'abbandono; in cuor mio mi auguravo che quella chiesetta rimanesse sempre così bella e accogliente.

Sulle note di *Dolce sentire* la celebrazione ebbe inizio. L'omelia di Padre Ivan fu intensa e più volte toccante, attualizzò i testi del Vangelo e delle Letture e trasmise ai presenti una forte carica positiva. Un passo della sua riflessione mi colpì particolarmente: «Molte volte ci sentiamo come delle piccole barche in un mare buio, nel quale ci interroghiamo se esista davvero quel "porto" che cerchiamo di raggiungere: la nostra anima gemella, o comprendere qual è davvero la nostra missione. Madre natura ci ha fatto il dono di questa imbarcazione in cui ci troviamo ma senza farci sapere quanto durerà il percorso per giungere a destinazione: cioè, indentificare con certezza, tra i tanti sguardi che incrociamo, il volto che ci corrisponde, o comprendere senza dubbio la direzione del nostro cammino. L'importante è non stancarci mai di credere di poter arrivare a quel traguardo, che presto si trasformerà in un nuovo punto di partenza. Siamo viaggiatori ed è normale che dentro di noi si addensino delle nubi scure, nelle quali però c'è sempre la presenza della luce sufficiente per compiere il nostro passo avanti quotidiano. Mi riferisco a quel "po' di pane" che chiediamo nel Padre Nostro. Pane che ci viene dato: per un giorno, non di più, come spesso vorremo noi».

Nella sua omelia poi fece riferimento anche alle condizioni dell'ospedale, non in tono polemico, ma sollecitando le persone a riflettere sulle scelte e sugli atteggiamenti che molte volte condizionano il corso della vita, ed esortandole a cercare sempre la via del bene, abbandonando quella della rassegnazione e dello sconforto.

Al momento della commemorazione dei defunti ricordò tutta la gente che nel corso degli anni era morta tra quei reparti, soprattutto quella di cui nessuno aveva più memoria.

A concelebrare con Padre Ivan c'era il sacerdote che avevo visto il giorno precedente insieme a Sveva e che avevo riconosciuto anche nel sogno. Servì messa con attenzione e partecipazione, dandomi l'impressione di essere un uomo profondo e dotato di grande umiltà. Durante la comunione, l'organista effettuò un paio di fuori programma: dopo il canto liturgico continuò a suonare in modo soffuso eseguendo alcuni passaggi del *Panis Angelicus* di Franck e alcune battute dell'*Adagio* di Albinoni. Poi, mentre le persone si salutavano e si avviavano all'uscita, eseguì un emozionante *Inno alla gioia*.

Anch'io, lentamente, mi incamminai verso il viale centrale. Inviai un messaggio a Sveva scrivendole che ero stato a messa, che ero rimasto colpito e che la ringraziavo per il suggerimento. La risposta non tradì il suo stile: "Mi sorprendi, sinceramente, non credevo ci saresti andato! Per il resto non avevo dubbi: padre Ivan è una garanzia. Peccato che questa domenica non sia riuscita a venire ad ascoltarlo." Dopo averle risposto che avevo l'accompagnamento musicale alquanto originale, mi scrisse: "Lo scorso anno, la seconda domenica di maggio, oltre al maestro Accorsi c'era anche un altro musicista, un anziano violinista. Sia prima della messa che nel corso della celebrazione, hanno suonato delle arie tratte da canzoni dedicate alle mamme. Dopo la Comunione, durante il momento di raccoglimento hanno eseguito una versione davvero struggente della famosa *Tutte le mamme*, in chiesa c'erano parecchie persone anziane e anche numerosi degenti: hanno fatto piangere tutti...".

Vicino al Pronto Soccorso incontrai l'architetto Walzl. Seduto su una panchina, sembrava più un vacanziero che un degente: indossava una t-shirt con il logo dell'happening artistico da lui ideato, le maniche arrotolate per esporre al sole le braccia. Aveva un'aria rilassata: «Dai siediti un po' che scambiamo due parole».

Sorrise e mi fece cenno di accomodarmi vicino a lui: «Non sai quanto vorrei essere sulla diga degli Alberoni, sul mio "villino", a guardare le navi che passano... oppure a far due chiacchiere con gli amici pescatori e magari poi andare nel ristorante sulla spiaggia a mangiare un astice».

Incuriosito gli chiesi: «Abita in una casa sul mare?»

Strabuzzò gli occhi: «Cosa fai? Mi dai del "lei" stamattina? Guarda che non ti rivolgo più la parola! Primo, perché mi fai sentire "vecchio" (e non lo sono), secondo, perché siamo entrambi in attesa di giudizio...».

Annuii, ma non feci in tempo a proferir parola che lui rispose alla mia precedente domanda: «Abito in un residence agli Alberoni; quello che chiamo "villino" altro non è che una terrazza provvisoria fatta di assi da cantiere, vecchi bancali su cui ho posizionato due sdraio e un ombrellone. A dirla tutta, è anche provvista di un parapetto fatto con alcune corde. Si tratta di una cosa alquanto "artistica", ma quando son lì mi sembra di stare in Paradiso. Ho anche realizzato una sorta di scivolo a mare attraverso il quale ogni tanto sia io che il mio cane scendiamo per fare un piccolo bagno. Il mio cane è fenomenale, è una femmina, la porto sempre con me: siamo inseparabili. Per fortuna mia moglie non è gelosa».

Si fece una bella risata, poi commentai: «Dev'essere davvero molto bello poter star lì a godere del mare, del vento e del sole...».

Alle mie parole replicò subito: «Sì è vero, ma ci vado pure d'inverno, quando c'è nebbia. Ovviamente ci sto molto meno, ma è stupendo star lì, in mezzo agli elementi, dopo una settimana di lavoro stressante, di progetti, di cantieri, di clienti che faticano a pagare, di notizie pesanti che arrivano dal mondo. Accumulo stress e ansie per cinque giorni, ma poi ho bisogno di uno stacco, altrimenti non riesco a ricaricare le batterie».

Rimase un attimo in silenzio, poi, con fare confidenziale aggiunse: «A volte ci son giorni in cui il correre da un posto all'altro, il dover far fronte ai vari problemi che sorgono in ogni cantiere risulta davvero pesante. Allora, appena posso mi fermo, chiudo gli occhi e penso di essere sul mio "villino" o magari sul mio blocco di cemento preferito che sta infondo alla diga: mi immergo nei miei pensieri a tal punto da avere la sensazione di trovarmi lì per davvero. Anzi... ci sono realmente perché nulla può impedire al nostro spirito di andare dove desidera, non esistono confini invalicabili. Siamo dove vorremmo essere... non dove siamo».

Le sue parole mi fecero riflettere anche se, alla fine, dissi un semplice: «Credo anch'io che sia così».

A quel punto, come un fiume in piena, riprese a parlare: «La vita è un toro da rodeo che va cavalcato prendendosi il rischio di essere disarcionati, sapendo benissimo che, per quanto ti farà volare a terra, ti rialzerai di nuovo. Sta a noi decidere se scendere in pista o se pagare il biglietto e sederci in tribuna a guardare gli altri che vivono; io non riuscirei mai a stare senza un progetto da rincorrere, senza la voglia di arrivare a sera, mettermi nel mio studio e ritagliarmi un'ora tutta per me per dipingere o per mettere giù dei versi».

«Scrivi poesie?»

«Sì, ho pubblicato anche tre libretti. Uno di questi fatto di poesie completamente dedicate alla zona degli Alberoni e alla spiaggia».

L'architetto Walzl aveva un particolare carisma, così colsi l'occasione per chiedergli: «Tra i progetti nel cassetto, qual è che ti piacerebbe realizzare maggiormente?».

«Ne ho parecchi, ma quello che ho più a cuore è la realizzazione di un centro multi-religioso, un edificio, in grado di accogliere cristiani, ebrei, musulmani, buddisti, taoisti, induisti, confuciani, testimoni di geova, hare krisna e altri ancora! Un luogo di frequentazione dove la diversità è fonte di rispetto e la convivenza è sinonimo di cultura e di maturità interiore».

L'energia e l'entusiasmo dell'architetto Walzl erano coinvolgenti, con lui si entrava facilmente in sintonia ed era davvero piacevole poter passare del tempo in sua compagnia.

Il bel clima che si era creato con l'architetto venne improvvisamente turbato dalla vista di un infermiere che avanzava verso di noi spingendo un carrello per il trasporto delle salme.

A denti stretti Massimo commentò: «Ahi... probabilmente sta andando in Rianimazione».

Non dissi nulla; l'uomo ci rivolse uno sguardo veloce, imboccò l'entrata dello stabile e sparì al suo interno. Quella vista mi turbò un po', ma almeno constatai che la Rianimazione esisteva davvero.

L'architetto perse la voglia di parlare e sul suo volto comparve un'espressione sofferente. Si congedò con una scusa frettolosa, affermando che lo star seduto gli aveva risvegliato un vecchio dolore alla schiena e preferiva tornare nella sua stanza a sdraiarsi. Prima di andarsene, però, mi diede una leggera pacca sulle spalle, aggiungendo in tono enigmatico: «Mi raccomando, in gamba ragazzo!».

Alcuni minuti più tardi ricomparve l'infermiere con il carrello, accompagnato da altre due persone: nel momento in cui mi passarono davanti, per rispetto, mi alzai dalla panchina. Li seguii con lo sguardo fino a quando svoltarono verso lo stabile dove lavorava Sveva. Per un attimo pensai all'amico che andava a trovare in Rianimazione: che si trattasse di lui? Probabilmente no, altrimenti Sveva sarebbe stata lì.

Un brivido mi percorse la schiena: appena due giorni prima, avevo corso il rischio di essere io il protagonista di una simile scena; la fortuna mi aveva davvero sorriso.

Rimasi ancora qualche minuto seduto al sole. Passarono alcune persone, tra cui una coppia sui vent'anni, mano nella mano, e un papà che spingeva un passeggino: tutti sereni e ignari di percorrere lo stesso viale dove era appena transitato un trasporto funebre. Fu curioso constatare come gli stessi luoghi, nel giro di pochi minuti, facessero da cornice a situazioni completamente diverse.

Non molto dopo rientrai nella mia stanza. A mezzogiorno mi portarono il pranzo, mangiai pochissimo e, subito dopo, tanto per ingannare il tempo, sfogliai il giornale leggendo, qui e lì, qualche articolo. Successivamente, pensai di stendermi un po'. Presi la radiolina che mi aveva portato Giulio e la sintonizzai sulle trasmissioni sportive. Il giorno precedente, la Nazionale di calcio era stata impegnata in una partita di qualificazione ai Mondiali, quindi il Campionato di Serie A era fermo. Così, seguii la partenza del GP d'Italia di Formula 1 e alcuni collegamenti dai campi di calcio della serie cadetta. Infine, spostai la frequenza su una emittente che trasmetteva della musica.

Quando furono circa le tre e mezza, iniziai a prepararmi per uscire. Mentre ero intento a sistemare i capelli, mi ritrovai di nuovo a riflettere sul giorno successivo: speravo tanto che il macchinario della TAC fosse tornato in funzione e che l'esame andasse a buon fine.

L'idea di esser libero dai vincoli ospedalieri mi rendeva felice, finalmente sarei potuto uscire con Sveva e stare con lei tutto il tempo possibile. Avevo a disposizione ancora sette giorni, non erano tanti ma nemmeno pochi. Pensavo a lei continuamente. Non vedevo l'ora di rivederla e l'impazienza diventava ogni minuto più forte. Lanciai un ultimo sguardo allo specchio, e uscii per andarle incontro.

19
Mattoni sulla sabbia e viaggiatori in partenza

All'appuntamento mancavano solo pochi minuti: avvertivo una certa impazienza e una tensione non indifferente. Visto che ero in anticipo, percorsi buona parte del viale che portava alla chiesetta. Su una rastrelliera, posta vicino all'ingresso di un reparto, giacevano un paio di biciclette, o meglio, quel che rimaneva di loro. Osservai le gomme sgonfie e crepate, ad una mancava anche la sella e i telai erano quasi del tutto coperti dalla ruggine: solo guardarle faceva insorgere il dubbio di dover fare il "richiamo" dell'antitetanica. Il loro stato di abbandono però aveva anche un risvolto comico, dal momento che erano assicurate con una catena chiusa da un lucchetto nuovissimo. Davvero non riuscivo ad immaginare qualcuno capace di temere che potessero esser rubate.

Pochi minuti dopo le quattro intravidi Sveva in lontananza: indossava un paio di pantaloni chiari e una camicetta azzurra dal colletto e i polsini bianchi; i capelli erano accuratamente raccolti in una coda, acconciatura che le conferiva un'aria alquanto professionale.

Alzò una mano per salutarmi, e quando la raggiunsi ci scambiammo un piccolo bacio: «Come stai Sandro?».

«Tutto a posto ma, adesso che sei qui, va ancora meglio. Il pranzo dalla tua collega com'è andato?».

«Bene! È stata tanto carina, ha preparato un sacco di cose...».

Ci sedemmo su una panchina situata tra il *Padiglione Centrale* e il *Padiglione Marinoni*. Era di buon umore, ed ebbi la sensazione che fosse felice di essere nuovamente insieme.

Subito sì divertì a fare qualche battuta sulla mia permanenza in ospedale: «Se ti trattengono ancora, potresti proporti a Padre Ivan come sacrestano, o a Gino come aiuto custode. Ti ci vedrei bene...».

«Nulla contro Padre Ivan o al buon Gino ma, se dovessi lavorare qui, preferirei farlo per conto della Dottoressa De Rinaldis. Ti serve mica un aiutante?».

Con finta aria supponente, mi scartò: «Mi dispiace, ma temo saresti più preso dalla Dottoressa che dal lavoro, e che il tuo livello di concentrazione sarebbe pericolosamente basso...». Poi, tornando seria, volle rassicurarmi: «Vedrai che domani ti dimetteranno».

Lo speravo davvero e commentai: «Domani sera, se ti va, potremmo cenare qui al Lido, o magari a Venezia».

Sveva, sorridendo rispose: «Fino a mercoledì sarò parecchio impegnata a causa di alcune relazioni che devo preparare, ma per domani sera, sarà un piacere uscire a cena: grazie per l'invito!».

Le feci una carezza, e mi guardò in un modo disarmante; per alcuni istanti ebbi la sensazione di conoscerla da sempre. Afferrò la mia mano tenendola stretta tra le sue, senza dire nulla ma, da come mi guardò, capii di avere un posto nel suo cuore.

Dopo aver notato che osservava il palmo della mia mano, le domandai: «Ti interessi di chiromanzia?».

Scuotendo leggermente la testa rispose: «No ma...», indicandomi un punto preciso del palmo aggiunse: «Questa zona è chiamata Monte della Luna».

Trovai la cosa interessante e non riuscii a fare in tempo a dir nulla che lei propose: «E se facessimo due passi lungo la spiaggia?».

Imboccammo un'uscita verso il mare, probabilmente la stessa che avevamo percorso la sera in cui ci eravamo incontrati. Passato un varco nella recinzione, Sveva slacciò i sandali, così decisi di imitarla e mi tolsi le scarpe.

Sia a nord che e a sud dell'ospedale c'erano due grandi stabilimenti balneari: noi ci avviammo in direzione della diga di San Nicolò.

Nel giro di un paio di minuti dalla vicina pista dell'aeroporto Nicelli ammirammo il decollo di due aerei da turismo: il primo, un vecchio *Cessna*, proseguì dritto e presto sparì dalla nostra visuale; il secondo, invece, un *Cirrus*, compì una tranquilla virata a destra di 180°.

La temperatura era rimasta gradevole anche se splendeva un sole che Sveva si divertì a definire "un po' strabico": un modo curioso per indicare un cielo ampiamente velato. Sull'arenile stavano distese parecchie persone, altre passeggiavano, e altre ancora giocavano in acqua con una palla. In altre giornate quegli stabilimenti dovevano essere molto più affollati e mi soffermai a riflettere su come fosse strano immaginare tanta gente divertirsi a poca distanza da un ospedale.

Accennai a Sveva quanto avevo visto poche ore prima con l'architetto Walzl e la sua risposta fu: «Padre Ivan mi ha spesso raccontato che quando l'ospedale era a pieno regime, nel corso di una giornata, si ritrovava regolarmente a parlare con ragazze appena divenute mamme, con pazienti in via di guarigione, con gente stremata dalla sofferenza e, quasi ogni giorno, a benedire uno o più cadaveri. Gli ospedali sono come gli aeroporti o le stazioni ferroviarie, c'è chi viene, chi va, chi ci lavora...».

Annuii e subito dopo mi confidò una cosa: «L'estate di paio d'anni fa ero qui per una ricerca e mi hanno chiesto se potevo occuparmi di un'autopsia. Il mattino seguente, dopo aver indossato la tenuta da intervento, sono scesa in sala anatomica: il personale che mi coadiuvava era molto preparato, ma quella che doveva essere un'indagine di routine alla fine si è rivelata più complicata di quanto mi aspettassi e l'intervento si è protratto molto più del previsto.

Tornata nel mio studio, ho fatto una doccia e ho cominciato a scrivere la prima parte del referto: per il resto, dovevo attendere l'esito di un paio di esami. Terminato quel lavoro, ho pensato che per quel giorno potesse bastare: non avevo più voglia di iniziare le indagini di laboratorio che avevo in programma. Quella sera inoltre, dovevo andare a Venezia con un'amica ad assistere a un concerto alla Fenice. E così, ho approfittato del tempo che avevo a disposizione per fare due passi qui sulla spiaggia e quello che ho visto mi ha molto colpita: c'erano persone che prendevano il sole, bambini che giocavano a pallone o si rincorrevano, altri che facevano il bagno. So benissimo che non c'era nulla di strano in tutto ciò, non sono impazzita, però mi ha fatta riflettere sul fatto che vita, sofferenza e morte sono molto più vicine di quel che si pensi. Questi confini sono invisibili, superarli è un attimo; ti ritrovi oltre senza quasi accorgertene e forse, in fin dei conti, proprio per questo non c'è da avere paura».
Con molta franchezza, mi limitai a dire: «Vorrei tanto avere la tua stessa serenità riguardo a queste cose. A volte mi chiedo se è possibile capire, prima che sia troppo tardi, cosa conta davvero nella vita, e quale sia la chiave di lettura con cui interpretare gli avvenimenti e, soprattutto, con cui rapportarsi con la gente».

Sveva, probabilmente, si aspettava che continuassi su questo argomento invece preferii spostare il discorso su altro: «Dev'essere davvero bello il Gran Teatro la Fenice, cosa sei andata a sentire?».
Sveva annuendo rispose: «Sì, è un teatro stupendo, un luogo magico, prima o poi vedrai che ci andremo! Quella sera comunque era in programma la nona sinfonia e le tre overture del concerto *Nautre, Life and Love* di Dvořák. È un compositore che mi è sempre piaciuto molto».

I discorsi poi si fecero più leggeri e ancora una volta restai affascinato dal suo modo di fare: sapeva affrontare argomenti impegnativi, stemperare la tensione e passare ad altro con estrema naturalezza.
Giungemmo infine alla diga: mi sarebbe piaciuto raggiungere il faro, ma Sveva disse che era meglio rinviare ad un altro giorno.

Mentre stavamo tornando verso l'ospedale mi fece notare alcuni pezzi di mattone seminascosti sulla sabbia. Me ne porse uno: da come si presentava intuii che doveva essere rimasto in acqua per moltissimo tempo e lei subito confermò questa mia ipotesi: «Su questa spiaggia non è raro trovare dei mattoni. Appartengono al vecchio campanile di San Marco, crollato nel 1902».

Per un attimo pensai ad uno scherzo, invece spiegò: «Dopo il crollo le macerie non recuperabili sono state gettate in mare, al largo del Lido, e nel giro di circa ottant'anni le mareggiate e le correnti ne hanno fatto riaffiorare una buona parte».

Trovai il fatto davvero originale e, tra me e me, considerai che ogni cosa, con il tempo, tutta o in parte, è destinata a tornare in superficie.

Rientrammo nell'ospedale quando ormai il cielo si era tinto di grigio. Ci sedemmo su una panchina vicino al teatro e parlammo ancora un po': sembrava desiderassimo entrambi raccontarci e conoscerci sempre di più. Poi, con molta calma mi chiese: «Sandro, tra non molto dovrebbe giungermi una chiamata di lavoro. Non dovrò stare via per molto tempo, e una volta che avrò finito ti porto in un posto bellissimo».

Incuriosito le chiesi: «Dove andiamo? Non credo sarebbe una buona idea uscire a quest'ora...».

Scosse la testa: «Non preoccuparti, è sufficiente che restiamo entro i confini dell'ospedale».

Capii che non era il caso di farle altre domande e così, con nonchalance provai ad affrontare il discorso su di noi: «Lecco e Milano non sono poi così distanti...».

Sorridendo rispose: «No, assolutamente».

«Poi, volendo, si possono trovare mille soluzioni».

Si limitò ad annuire in modo sereno: mi pareva impossibile, stentavo a crederci, ma ormai la nostra storia stava diventando "ufficiale".

A quel punto incalzai: «Starò qui dentro ancora poche ore, poi sarò libero e finalmente potremo andare ovunque vorremo».

Sveva prese le mie mani tra le sue, pronunciando una frase inaspettata: «Tra un po' saremo fuori di qui. Tieni sempre presente che non sappiamo mai cosa ci riservi il futuro, e che a volte il domani è il giorno che già stiamo vivendo...».

Sentenziò queste parole in modo enigmatico, quasi sibillino; c'era qualcosa che aleggiava nell'aria, e Sveva pareva volermela dire e allo stesso tempo non svelare. Così domandai: «Cosa intendi di preciso?».

Per un attimo provai un certo timore nell'attendere la sua risposta. Lei guadagnò qualche secondo e infine rispose: «Spesso il cambiamento lo desideriamo e tentiamo di immaginare come sarà la nostra vita se ciò accadesse. Altre volte, invece, scopriamo che questo mutamento ha già avuto luogo e che la nostra vita non sarà più quella di prima. Di sicuro proviamo un grande smarrimento, ma allo stesso tempo siamo già parte di un qualcosa di nuovo che dobbiamo solamente imparare a vivere».

Ero un po' spiazzato, temevo di risultare banale o di dimostrare di non aver afferrato a pieno il concetto, quando mi abbracciò e mi scoccò un bacio sulla guancia dicendo: «Non avere paura, con me sei in buone mani».

Interpretai quella frase come un invito a fidarmi di lei, una conferma che non mi avrebbe preso in giro e che la nostra storia non era un temporale di passaggio. La strinsi forte dicendole: «Andremo lontano...».

Mi guardò dritta negli occhi, ma proprio mentre era sul punto di rispondere notammo un uomo dirigersi verso di noi. Sveva s'irrigidì; intuii che doveva conoscerlo e che non era affatto felice di vederlo.

Il tipo si avvicinò con fare cordiale e ci salutò con un semplice: «Salve...». Poi, rivolgendosi solamente a lei: «Dottoressa, mi hanno detto che avrei potuto trovarla qui. Poco fa è arrivata la lista che stava attendendo, ed è necessario che la verifichi al più presto».

Le consegnò una busta, e lei si limitò ad un flebile: «Grazie».

L'uomo se ne andò via con passo rapido mentre un pesante silenzio iniziò a gravare su di noi. Il volto di Sveva assunse un'espressione tesa, pareva spiazzata e infastidita, e per la prima volta sembrò perdere la sua abituale sicurezza. Serrò le labbra e si toccò nervosamente il naso, poi, dopo aver preso un respiro profondo, si alzò dicendo: «Ti prego di scusarmi un attimo».

Si allontanò un poco dalla panchina, aprì lentamente la busta ed estrasse alcuni fogli. Li consultò per un paio di minuti, soffermandosi a lungo su alcuni di essi, poi li ripiegò e li ripose nella busta. Guardò l'orologio e scosse il capo con aria desolata, dopodiché chiamò qualcuno al cellulare. Era ad una certa distanza da me e parlava a bassa voce, tuttavia riuscii ad afferrare qualche parola: chiedeva insistentemente di fare una verifica, ma subito dopo, la vidi porsi una mano sugli occhi e far cenno di "no" con la testa; doveva trattarsi di qualcosa di grave.

Si voltò verso di me e ci fissammo per alcuni istanti: il suo sguardo sembrava aver perso ogni sicurezza e lasciava trasparire la fragilità del suo animo. Non avevo un'idea precisa su quale sensazione stesse provando, ma sentivo che qualsiasi cosa fosse accaduta sarei stato al suo fianco. Certo, eravamo appena agli inizi, ma stavamo insieme e quello era il momento di non prendere le distanze dai suoi problemi, anzi, era l'occasione per farle capire che poteva contare su di me.

Prima che dicessi qualsiasi cosa, mi bloccò: «Per favore, non chiedermi nulla...».

Capii che non dovevano essere solo dei problemi di lavoro; tentai di formulare qualche ipotesi ma i miei pensieri slittavano come copertoni lisci su una lastra di ghiaccio. Non risultai certo naturale, né spensierato, ma, per provare ad attenuare un minimo la sua angoscia, iniziai a parlare della serata precedente, della nostra fuga dall'ospedale e del tempo passato al Monoblocco. Le spiegai che non avrei mai immaginato di vivere momenti così belli e intensi, e Sveva parve esserne commossa. Seguì un interminabile momento di silenzio, poi con voce calma dichiarò: «È stata una notte che non scorderò mai».

Pronunciò queste parole con tono quasi dolente; non sembrarono una semplice considerazione. Il clima tra noi era teso come un filo.

Avanzando lungo i vialetti, ci trovammo di nuovo nei pressi del *Padiglione Centrale*, dove notai la Volkswagen verde: la porta lato guida era aperta e il motore acceso. Per un istante cercai con lo sguardo il dottore di cui mi aveva parlato Sveva, che doveva certamente esser lì nei paraggi, ma non vidi nessuno. Svoltammo verso il Pronto Soccorso e ci trovammo a pochi metri dal *Padiglione Friuli*; volevo capire cosa stava avvenendo, ero confuso e sempre più teso. Una spiacevole sensazione aveva cominciato ad attraversarmi e proprio in quel momento, vidi un gruppo di persone avvicinarsi: avevano un aspetto strano e non parevano dirette verso qualche reparto, somigliavano piuttosto a dei viaggiatori in partenza. Erano prevalentemente anziani, ma tra loro erano presenti anche dei giovani e qualche bambino. Camminavano tutti senza fretta, sui loro volti dipinte delle espressioni diverse. Chi erano? Dove stavano andando?

La vista di quella scena mi riportò alla mente uno dei sogni fatti la notte precedente, quello dell'aeroporto e del volo con destinazione ignota: vi trovavo una certa somiglianza senza capirne appieno il motivo.

Ogni mio pensiero venne interrotto quando Sveva fece due passi più veloci e si parò dinanzi a me. La guardai stupito e mi sentii raggelare: i suoi occhi erano lucidi. Tentò di parlarmi, ma dovette desistere per trattenere le lacrime.

Non avevo idea di cosa stesse accadendo, iniziai ad essere scosso da forti brividi, mentre nella mia mente si scontravano mille pensieri: cosa stava scritto nei fogli di quella busta? Non potevo credere che Sveva mi avesse mentito sulla sua vita... Era fidanzata? O addirittura sposata? Temevo confessasse che le era sfuggita la situazione di mano e che si pentiva di tutto. Allo stesso tempo, mi pareva impossibile che la realtà fosse quella. Non capivo più nulla. Ci fu ancora qualche istante di silenzio, poi, proferì: «Sandro, ora dobbiamo salutarci».

Le sue parole non suonavano come un arrivederci, anzi, avevano tutto il tono di un addio. Preso da un senso di vuoto e d'incredulità, con un filo di voce, chiesi: «Sveva, cosa stai cercando di dirmi!?».

Fece un cenno col capo: sembrava implorarmi di non continuare. Ero impietrito, così allungò la mano e mi accarezzò lentamente il volto, i nostri occhi si incontrarono e, con visibile fatica, sentenziò: «La tua strada è un'altra».

Non riuscivo a dir nulla e lei, con le guance, rigate dalle lacrime continuò: «Non dimenticherò mai questi giorni, e non puoi immaginare quanto sia stata felice di averti incontrato».

A quel punto non riuscì più a controllare il pianto e, singhiozzando, aggiunse:

«Ero convinta che il destino di questa storia fosse già segnato. Non sono riuscita a stare al mio posto e adesso non so proprio come andrà a finire».

Ero inebetito e spaventato; sperai con tutto me stesso che quelle frasi non fossero vere e che esistesse una via d'uscita da quella situazione inspiegabile. Preso da un'angoscia terribile, implorai: «Ti prego, Sveva, dimmi cosa sta succedendo...».

Mi guardò con infinita tristezza, ma subito dopo, accennando un tenero sorriso sottolineò: «È la prima volta che mi chiami per nome... mi hai fatto un regalo bellissimo, ti ringrazio!».

La presi tra le braccia e le chiesi di nuovo cosa stesse accadendo: la nostra storia, il viaggio a Parigi e a Londra, il giro a Milano, i discorsi di quei giorni; perché doveva finire tutto? Perché doveva andarsene? Ma soprattutto, perché non avremmo più potuto stare insieme?

Lasciò delicatamente il mio abbraccio e scosse la testa senza dir nulla, osservai i suoi occhi pieni di lacrime, il leggero trucco ormai colato. Era tutto così assurdo...

Tentai di dire qualcosa ma mi anticipò dicendo delle parole che non avrei mai voluto sentire: «So di averti illuso. Ti chiedo, con tutto il cuore, di perdonarmi. Non pensavo...».

Ero distrutto. Mi sembrava tutto così assurdo. Non poteva essere che Sveva mi voltasse le spalle in quel modo. Aveva giocato? No, non avrebbe pianto così. Allora, dove stava la verità? Cos'era che non capivo? Faticavo a formulare anche un semplice pensiero ma, spinto dalla disperazione, riuscii a chiedere: «Sveva, mi sono fidato di te, e tutt'ora mi fido, però adesso ti prego: dimmi cosa c'è scritto in quelle carte; penso sia un mio diritto saperlo! È da quando le hai lette che sei completamente cambiata! Si vede che stai soffrendo...».

Era combattuta e per un attimo ebbi la sensazione che stesse per svelarmi il contenuto dei fogli, ma all'ultimo desistette scuotendo nuovamente la testa: «Sandro, ti prego...».

In quell'istante udii un rumore molto forte alle mie spalle, come un tuono, seguito da una intensa folata di vento. D'istinto mi girai per guardare cosa stesse accadendo, eppure stranamente non notai nulla di diverso da prima. Mi voltai di nuovo verso Sveva, ma lei non c'era più.

Cercandola con lo sguardo vidi solo il gruppo di persone, ormai a pochi passi da me; corsi tra loro nella speranza di ritrovarla: non poteva essere tanto distante.

Immaginai si fosse diretta verso l'uscita, ma non riuscivo ad individuarla, e così, pervaso da un'enorme agitazione, cominciai a chiamarla a voce sempre più alta. Continuavo a ripetermi che non poteva essere svanita nel nulla. Presi il cellulare, cercai il suo numero tra le ultime chiamate: stranamente non risultavano registrate. Allora, affannosamente, cercai tra i numeri in rubrica e, forse a causa dell'ansia, le mie dita sbagliavano i tasti da digitare, inoltre il display diventava sempre meno leggibile e cominciai a non distinguere più i colori, come se vedessi in bianco e nero.

Mi pareva d'impazzire. Iniziai a correre, guardando in ogni direzione, ma più mi sforzavo di andar veloce, più rallentavo. Allo stesso modo, la fila di gente sembrava non aver fine: tra loro scorsi anche l'architetto Walzl, molto elegante, che avanzava lentamente, osservando davanti a sé con espressione enigmatica. Nonostante le mie grida né lui, né gli altri, parevano udirmi. Solo un bambino si voltò verso di me: ci guardammo negli occhi e improvvisamente il suo viso divenne quello di un adulto. Ricordo ancora il suo sguardo intenso e l'espressione severa, impassibile.

Mentre le forze cominciavano ad abbandonarmi, ripresi a gridare: «Sveva! Sveva!», ma la mia voce diventava man mano più flebile. Con estrema fatica, riuscii a percorrere ancora alcuni passi, poi venni preso da un capogiro e mi sentii andar lontano. La mia testa venne colpita da una rapida serie di fitte e la fronte si imperlò di sudore gelido; non volli farci caso e ripresi a camminare, ma un brivido agghiacciante mi bloccò del tutto. Pensai che, non avendo ancora fatto la TAC, non avrei dovuto agitarmi così; cercai di respirare a fondo e per un momento la situazione sembrò tornare sotto controllo, ma fu solo un'impressione istantanea e un attimo dopo la sensazione di mancamento aumentò al punto da ridurmi in uno stato di minima presenza e da far scomparire ogni pensiero che non fosse Sveva. Un forte senso di angoscia mi attanagliò la gola: con le ultime energie rimaste tentai di urlare il suo nome, ma non ce la feci, sicché cercai disperatamente di muovere qualche passo: fu a quel punto che avvertii una devastante fitta alla testa, che mi fece chiudere gli occhi.
Li riaprii a fatica e notai subito che ogni cosa attorno a me sembrava muoversi in modo innaturale. Provai a fissare un punto, senza riuscirci; vedevo solo delle grandi macchie luminose e tutto girava sempre più velocemente. Mi sentii trascinare verso un vortice nel quale tentai in tutti i modi di non finire, cercai di mantenere l'equilibrio, ma di colpo sentii le gambe prossime a cedere.

Un attimo dopo capii che stavo cadendo a terra, e che non potevo far nulla per evitarlo: istintivamente portai le mani alla testa per proteggerla. Un attimo dopo non vidi più nulla.

20
Lenta emersione

All'inizio fu tutto buio. Poi, in lontananza, qualcosa prese forma e a poco a poco cominciai a provare una sensazione di leggerezza davvero particolare. Fu come se il battito d'ali di una farfalla avesse schiuso le porte del mondo, portandomi a fluttuare in un'aria tiepida attraversata da colori e sfumature di incredibile bellezza.

Avvertivo un suono profondo, primordiale, intenso e leggero allo stesso tempo, simile a quello prodotto da una serie di ciotole tibetane; un sottofondo che sembrava provenire dall'antro più profondo dell'universo e che conferiva al momento una solennità maestosa. Poco dopo quel tappeto di note svanì ed ebbi l'impressione di salire una lunghissima scala di pietra.

D'un tratto immagini della mia vita iniziarono a scorrere senza nessuna logica davanti ai miei occhi: alcune più veloci, altre più lente, come un paesaggio fuori dal finestrino di un treno.

Mi rividi bambino, all'età di tre anni, quando una sera d'estate, passeggiando con mio padre nelle vicinanze di un distributore di benzina, rimasi esterrefatto di fronte all'eleganza di una bellissima Rolls Royce bianca. L'auto era talmente tirata a lucido che sembrava emanare luce. Quella "visione" mi lasciò a bocca aperta: non avevo mai visto nulla di simile! Senza alcun dubbio, quella fu la prima volta che un'opera d'arte mi diede un'emozione. Fu anche il mio primo incontro con il mondo dei motori e delle automobili che, di lì a poco, divenne una mia grande passione.

Successivamente, mi vidi nella casa della mia infanzia mentre si festeggiava un compleanno e rivissi le emozioni provate una mattina di Natale quando, trepidante, rimasi incantato davanti alla magia dei regali sotto il grande albero addobbato. Mi ritrovai poi con mia madre mentre mi accompagnava al mio primo giorno di scuola e provai nuovamente l'emozione di quando, sempre da bambino, ero entrato per la prima volta con mio zio a San Siro per assistere a una partita del Milan.

Ogni momento parve ripresentarsi proprio come lo avevo vissuto, immutato nel tempo. Tornai adolescente, a un sabato sera quando una compagna di classe che mi piaceva tantissimo acconsentì a diventare la mia ragazza.

Rivissi poi alcuni istanti dell'unico Gran Premio di Formula Uno che avevo visto, all'età di tredici anni, all'autodromo di Monza.

In una serie confusa di immagini ritrovai la mia prima auto, una vecchia Golf grigia, che un anziano vicino di casa mi aveva praticamente regalato, il tutto seguito da una serie di situazioni legate al mio lavoro e di circostanze avvenute negli anni successivi, alcune positive e serene, altre caratterizzate da una maggiore tensione.

Le scene divennero poi ancora più vaghe: ebbi la sensazione di essere in una spiaggia deserta dove, dall'odore di salsedine nell'aria, doveva da poco esserci stata una burrasca. Più tardi vidi un gruppo di giocolieri che, in una piazza, facevano roteare delle torce nel buio della notte.

Infine, mi ritrovai in una chiesa nella quale la luce filtrava a stento attraverso delle grandi vetrate impolverate. Un sacerdote mi indicò la statua di un angelo che recava in mano una tromba, dicendo: «La porta vicino alla bocca ma non la suona perché la voce di Dio è una musica udibile solo da chi è disposto ad accoglierla».

Dinanzi a noi c'era tantissima gente, poi dalla folla emerse una sposa col volto coperto da un velo che lentamente avanzò verso di me; un bambino e una bambina, un ragazzo con la fidanzata, un uomo e sua moglie e una coppia di anziani sfilarono l'uno dopo l'altro, mano nella mano, sorridendo, senza dir nulla.

D'un tratto, mi sentii risucchiare rapidamente verso il basso; compresi di essere dentro a qualcosa che viaggiava a folle velocità, avvertivo un forte trambusto che mi riempiva le orecchie e un calore molto intenso.

Ero scosso da sobbalzi simili alle turbolenze che si incontrano in volo: talmente forti da togliermi il fiato. Mi pareva di avere addosso delle cuffie, nelle quali si udivano solo dei fruscii fastidiosi. Non capivo cosa stesse avvenendo e temevo che all'improvviso qualcosa scoppiasse, o che la temperatura diventasse insopportabile. Ero sempre più confuso e frastornato, fino a quando avvertii una sensazione completamente diversa e mi parve di essere immerso in un mare buio dal quale, lentamente e a fatica, stavo riemergendo.

L'oscurità lasciò lentamente spazio a un lieve chiarore, una luce tenue che mi circondò, avvolgendomi e divenendo sempre più chiara.

Adesso ero su una barca, e l'alba tingeva il cielo di rosa riflettendosi sulla superficie di un grande lago. Ero come una minuscola stella nel mezzo di un cielo infinito: attorno a me solo un calmo silenzio, interrotto a tratti dal suono di un remo che, con regolarità, veniva immerso nell'acqua da un vogatore invisibile.

A poco a poco questa cadenza mutò in un suono elettronico: un impulso regolare prima flebile, poi sempre più forte. Scese un buio fitto che dopo pochi istanti, venne squarciato da una fortissima luce abbagliante.

Aprii gli occhi.

21
Scenari confusi

Una luce fioca e azzurrognola sembrava avvolgermi. Avvertivo il corpo estremamente pesante oltre a un forte senso di stordimento. Mi sentivo lontano, intorpidito, confuso; faticavo a tenere gli occhi aperti e avvertivo un gran calore al volto. Provai una sensazione simile a quando ci si risveglia da un brutto sogno, però all'incontrario: mi sembrava, infatti, di essere finito dentro ad un incubo.

Avevo la bocca e la gola arse, la lingua gonfia, la testa indolenzita e dolori su tutto il corpo; non riuscivo nemmeno a capire se quel che vedevo esisteva davvero; faticavo a respirare e riuscivo appena a muovere la testa.

Cos'era successo? In che luogo ero finito? In quale reparto mi avevano portato? Ma, soprattutto, dov'era Sveva?

Di certo non mi trovavo nella stanza che avevo occupato nei giorni precedenti. Mentre continuavo ad interrogarmi, il mio sguardo si ritrovò ad osservare il volto di un'infermiera che, attraverso degli occhialini rosa, mi scrutava con aria interrogativa. Si avvicinò, chiamandomi più volte: «Sandro, Sandro...».

Feci uno sforzo, ma non riuscii ad emettere alcun suono. Mi chiese se comprendevo quello che stava dicendo e mi invitò a non sforzarmi di parlare; le rivolsi un cenno affermativo e la vidi allontanarsi.

Rimasi perplesso a guardare il soffitto. Non mi sentivo bene e presto un pensiero si impose su tutti: perché Sveva se n'era andata in quel modo? Quando era scomparsa non ero riuscito a telefonarle perché ormai stava sopraggiungendo il malore, ma nel cellulare il suo numero doveva esserci ancora. Sapevo, inoltre, dove lavorava; quindi in un modo o nell'altro, l'avrei contattata. Speravo tanto di rivederla presto e di capire perché si fosse comportata in quel modo.

L'infermiera tornò assieme ad un medico di circa sessant'anni, un uomo dall'aspetto distinto: mi pose alcune domande alle quali risposi con dei movimenti del capo. Mi visitò velocemente e ordinò di lasciarmi riposare ancora un po'.

Non so quanto dormii, probabilmente un paio d'ore, o forse più: al risveglio avvertii un'insolita tranquillità, e, dopo esser rimasto alcuni minuti in uno stato di dormiveglia, mi chiesi se i miei genitori fossero al corrente delle mie condizioni.

Per quel che riuscivo a vedere, non ero messo bene: avevo la gamba destra con dei chiodi avvitati alla tibia, il ginocchio completamente avvolto da garze e il braccio sinistro parzialmente fasciato. Quel che mi stupì maggiormente, fu passare una mano tra i capelli: non v'era traccia! La testa era ricoperta solo da una leggera peluria, come una barba incolta.

Agitato, ricordai Sveva che piangeva e il mio correre nel tentativo di ritrovarla; i dolori pulsanti alla testa, la sensazione di perdere i sensi...

Com'era possibile che una semplice caduta avesse provocato tutti quei danni?

In seguito il dottor Barassi, primario della Rianimazione, tornò a farmi visita. Con aria affabile, dopo avermi chiesto come stavo mi pose alcune domande: «Sa dirmi quali sono i suoi ultimi ricordi?»

Con molta fatica, sussurrai: «Ero in ospedale, ho avuto un mancamento...».

«Si ricorda in quale giorno della settimana è successo?».

«Era domenica; domenica pomeriggio».

Perplesso dalla mia risposta, mi chiese: «Per caso si ricorda un incidente stradale in cui è stato coinvolto?».

Gli risposi di sì e con un filo di voce gli raccontai quando, dove e com' era avvenuto.

Guardandomi con fare tranquillo, constatò: «Per il momento, può bastare».

Mi guardò poi con una strana luce negli occhi: il suo volto pareva quello di un giudice pronto a pronunciare un verdetto. In un attimo la paura si impadronì di me lasciandomi impietrito.

Con molta calma il dottore cominciò a parlare: «Sicuramente c'è da essere contenti del fatto che ha riferito molte cose e, in fin dei conti, non c'è da stupirsi se alcune di esse risultano confuse o imprecise. Le illustro la situazione nella speranza che questo possa chiarirle alcuni dubbi e, magari, concederle un po' di sollievo; tuttavia, se ciò dovesse turbarla, non esiti a fermarmi».

Dopo quel discorso introduttivo non sapevo cosa aspettarmi. Sentii crescere in me una forte tensione ma, allo stesso tempo, l'atteggiamento calmo e sereno del medico mi infondeva una certa fiducia.

«Lei è stato vittima di un incidente nel quale ha picchiato la testa in modo violento e, dopo un volo in aria, è ricaduto esanime sull'asfalto. Le sue condizioni sono apparse subito di estrema gravità: il personale del 118 l'ha stabilizzata e trasportata all'ospedale del Lido dove i colleghi, vista la situazione, hanno richiesto l'immediato trasferimento in elicottero qui, a Padova. Ha riportato un serio trauma cranico, la frattura della tibia e del perone della gamba destra, con interessamento del ginocchio, e una serie di contusioni in tutto il corpo. Ha subito, inoltre, una discreta emorragia celebrale; si è anche pensato d'intervenire chirurgicamente, ma alla fine, non ce n'è stato bisogno».

Ascoltai le sue parole come se fosse stato intento a parlare di un'altra persona.

Poi, quando capii che ero io il soggetto in questione, mi sentii venir meno. Il dottor Barassi non poteva sapere cosa mi stava passando per la mente, né a chi stavo pensando; avrei voluto fermarlo, dirgli che si stava sbagliando e parlargli di Sveva, ma non potei far altro che ascoltarlo.

Mi sentivo così frastornato che non riuscii ad apprezzare il seguito del suo resoconto: «Signor Ferrante, dovrà affrontare un percorso di riabilitazione non semplice, ma nella sua disavventura è stato molto fortunato perché, nonostante la gravità dell'impatto, non ha riportato lesioni permanenti. Da quello che possiamo valutare, un giorno non troppo lontano tornerà alla vita di sempre».

Sebbene mi sentissi parecchio confuso chiesi da quanto tempo mi trovavo lì e, senza esitazione, rispose: «Tre settimane».

Mi parve di sprofondare in un abisso: stando a quanto aveva riferito, i giorni all'Ospedale al Mare non erano mai esistiti, neppure Sveva e tutto ciò che avevamo vissuto insieme. No! Sveva non era un sogno!

Stando alla versione del dottor Barassi, inoltre, ero rimasto all'ospedale del Lido solo per un breve lasso di tempo, per di più in stato d'incoscienza. Mi sembrava d'impazzire! Doveva assolutamente esserci una spiegazione: i miei ricordi di Sveva, di quel luogo, delle persone incontrate e di tutto il resto non potevano essere il frutto di un'allucinazione, ne ero convinto. Avrei voluto gridare la mia frustrazione e la mia angoscia ma, anche volendo, non ci sarei riuscito. Chiusi allora gli occhi per interminabili secondi nei quali la mia mente sembrò attraversata da numerosissimi fulmini accompagnati dai relativi tuoni.

Per qualche momento rimasi totalmente sbigottito, poi volli sapere di Giulio: temevo fosse nelle mie identiche condizioni, o forse anche peggiori... Grazie al cielo, il medico mi assicurò che il mio amico aveva riportato solo delle contusioni e che per lui non era stato necessario nemmeno un giorno di ricovero. Un po' titubante, gli chiesi un'ulteriore conferma. Mi ribadì che Giulio stava bene.

Poco dopo, vinto dalla stanchezza, mi riaddormentai.

Il mattino seguente un'infermiera dai capelli biondi, con al collo un foulard rosso e blu, mi avvisò che di lì a poco sarebbero venuti a trovarmi i miei genitori. Non avevo la minima idea di cosa mi avrebbero detto ma ero davvero felice di rivederli!

Intanto ripensavo alle parole del dottor Barassi e, con molta tristezza, mi rendevo conto che nessuno avrebbe mai creduto a quello che ricordavo di aver vissuto all'Ospedale al Mare. Avrei dovuto cercare Sveva da solo: ero certo che esistesse ed ero disposto a fare qualsiasi tentativo pur di ritrovarla.

Saltando da un pensiero all'altro la mia mente non cessava un attimo di porsi interrogativi. A chi avrei potuto raccontare quanto mi era accaduto? Era meglio attendere? Cos'era giusto fare? Non ne avevo idea, ma sentivo di non riuscire a resistere ancora per molto facendo finta di nulla.

D'altro canto mi rendevo conto che confidarmi con le persone sbagliate poteva farmi correre il rischio di esser preso per pazzo. Cosa sarebbe potuto cambiare nella mia vita se qualche medico mi avesse ritenuto "fuori fase"? Avrei continuato a vivere tranquillamente o sarebbero stati presi dei provvedimenti? Mi avrebbero ritirato la patente? Avrei dovuto sottopormi a cure psichiatriche?

L'unica cosa di cui ero certo era che stavo su un letto di Terapia Intensiva all'ospedale di Padova, e le mie condizioni non erano affatto delle migliori!

Qualche ora dopo arrivarono i miei genitori, commossi e tanto felici di trovarmi cosciente: anch'io ero davvero contento di rivederli. Mi raccontarono di aver saputo dell'incidente da mia sorella, il mattino seguente, a Madrid; erano partiti subito, giungendo a Padova verso sera. Mia madre mi confessò che mentre ero in pericolo di vita aveva tanto pregato nella vicina Basilica del Santo, sia presso la tomba di Sant'Antonio che davanti ad un affresco raffigurante la Vergine col Bambino Gesù: la *Madonna del pilastro*. Rivolsi loro alcuni sorrisi e cercai di rassicurarli. Prima che se ne andassero, chiesi a mia madre un favore e, grazie a un piccolo specchio da trucco che teneva nella borsetta, mi guardai. Vedermi senza capelli fu davvero una sensazione strana. Non sembravo nemmeno io.

Quella notte dormii pochissimo, avevo la sensazione di fluttuare nell'aria, non riuscivo a percepire le cose come prima dell'incidente. Mi sentivo totalmente in balia degli altri; ero lì, con una flebo attaccata al braccio, drenaggi e medicazioni, parte di un mondo che mi appariva infinitamente distante. La vita che avevo vissuto per trentun' anni non era certo quella, la *mia* normalità era altrove, molto lontana dalla realtà in cui ero finito. Ogni pensiero era costantemente rivolto a Sveva: l'avevo incontrata, conosciuta, amata e con lei avevo vissuto dei momenti indelebili.

L'indomani il dottor Barassi notò la mia inquietudine, così, dimostrando una notevole umanità, si fermò a parlare e, dandomi per la prima volta del tu, esordì: «Sono parecchi anni che svolgo questo lavoro: non si finisce mai di imparare e di conoscere le persone, ma l'esperienza porta comunque a leggere tra le righe dei parametri clinici e degli sguardi della gente. Non voglio sembrare invadente, però non posso fingere di non scorgere in te una sofferenza che va "oltre". Si vede che stai soffrendo per qualcosa che non dipende solo dai dolori e dai nomali problemi post risveglio, e vorrei poterti essere d'aiuto: se in qualunque momento dovessi aver bisogno di qualcosa, anche solo di parlare, sono qui. Questa tua inquietudine è lampante e, se non sarai in grado di tranquillizzarti, dovrò somministrarti dei farmaci; tuttavia, sai bene che questa non è certo la strada migliore».

Annuii e il dottore, mi rivolse un sorriso paterno.

Rimasto solo, m'interrogai sulla possibilità di riferirgli quanto avevo vissuto con Sveva: ritenevo fosse un passo necessario per cominciare la mia ricerca, eppure temevo potesse essere l'inizio di un'odissea che mi avrebbe condotto ad essere trattato come un pazzo. In ogni caso, il dottore aveva ragione: quei pensieri mi facevano star male, e col passare delle ore stavano diventando insopportabili. Sentivo preponderante la necessità di parlarne con qualcuno e, vagliate alcune ipotesi, conclusi che forse era il caso di correre il rischio di confidarmi proprio con lui. Avvisai un'infermiera che avevo urgente bisogno di parlare con il Primario, e circa mezz'ora dopo lo vidi entrare nella mia camera.

Seppur con fatica, chiedendo fin da subito la massima riservatezza, gli confessai che, se avessi potuto usare un computer (mi era stato detto di parlare il meno possibile per via di una piccola lesione dovuta all'intubazione), gli avrei spiegato la ragione del mio stato d'animo, e lui mi rispose di star tranquillo.

Il mattino seguente mi consegnarono un pc portatile e un supporto su cui poterlo appoggiare agevolmente, così, nel giro di tre giorni, seppur a grandi linee, riuscii a esporre quanto avevo vissuto. Cercai di inserire solo l'essenziale, senza perdermi in considerazioni superflue o descrizioni dettagliate; la mia era una semplice relazione su quanto accaduto, con l'unico scopo di fornire a un professionista una base per capire quanto poteva essermi successo.

Intanto, con il passare dei giorni, i postumi dell'intubazione migliorarono e grazie all'aiuto di una logopedista ritrovai presto la mia voce e ripresi a parlare senza fare eccessivi sforzi. Quando il Dott. Barassi passò per una breve visita, con tono neutro disse che trovava interessante la mia relazione e chiese il permesso di farla leggere a un collega neurologo. Esitai, ma alla fine acconsentii.

In quella giornata mi diedero anche una buona notizia: sarei stato presto trasferito in Ortopedia per cominciare la prima fase della riabilitazione. Ciò significava un miglioramento delle mie condizioni, oltre che un importante passo avanti verso il ritorno a casa.

Per tutto il pomeriggio non feci altro che pormi domande su domande: era giusto tenere tutto ciò nascosto ai miei genitori? Erano lì a Padova da tanti giorni ed erano sempre al mio fianco. Inoltre, sarebbe stato corretto far finta di nulla e parlare del più e del meno, quando il mio unico pensiero era rivolto a qualcosa che pareva non avere legami con il mondo che mi circondava? Alla fine, dopo una notte difficile decisi di confidarmi anche con loro.

22
Tesi e racconti

Il pomeriggio successivo, con un filo di voce, raccontai ai miei genitori parte degli eventi che ricordavo d'aver vissuto: dai loro volti trasparivano curiosità, perplessità ma anche preoccupazione. Conoscendoli bene, avevo previsto che mia madre avrebbe lasciato una porta aperta al fatalismo e al mistero, cercando comunque di dare alla vicenda una luce onirica, mentre mio padre avrebbe semplicemente detto: «Lascia perdere, sai bene che non è andata così...».

In effetti le loro risposte non tradirono le aspettative: si mostrarono molto comprensivi, ma entrambi, pur con molta delicatezza, non diedero peso alla cosa e mi invitarono a metterci una pietra sopra.

Il giorno dopo il dottor Barassi venne a farmi visita assieme al Prof. Lant, un neurologo sulla sessantina, alto e dall'aspetto un po' distaccato. Questi mi pose alcune domande su ciò che avevo visto e percepito durante il coma; a suo parere, esperienze del genere non erano poi così rare.

Mi spiegò che aveva sentito più volte riferire avvenimenti legati a realtà fuori dal comune: c'era chi raccontava visioni di tipo metaforico dal notevole contenuto simbolico, altri invece descrivevano incontri con parenti o amici non più in vita e con i quali avevano anche interagito. Ebbi l'impressione che non sottovalutasse il mio racconto ma che, allo stesso tempo, non vi attribuisse alcun valore. La sua conclusione fu: «A oggi, ancora non si conoscono i meccanismi che il cervello adotta in casi del genere. Certo, si possono fare delle ipotesi in merito, ma ciò che, a mio parere, va preso maggiormente in considerazione è che il suo corpo, in quei momenti, stava soffrendo e al suo cervello arrivavano degli importanti segnali di dolore. Sa bene di aver sfiorato la morte; se il colpo alla testa fosse stato un po' più forte, la sua esistenza sarebbe cessata o comunque severamente compromessa. Le consiglio, quindi, di non sprecare energie nel cercare risposte che non troverebbe mai: la nostra mente, in determinate situazioni, sa attuare strategie di difesa davvero singolari, capaci di dare allucinazioni straordinarie; alcune di queste, poi, possono esser causate anche dai farmaci, in particolar modo dagli anestetici. Sulle esperienze indotte dalle anestesie esiste una casistica davvero variegata e particolarmente interessante su cui si potrebbe parlare per ore. Lei pensi a star bene, incanali tutte le sue forze nel periodo di recupero che l'attende e le auguro di cuore di rimettersi presto in buona salute».

Il dottor Barassi se ne andò con lui, ma pochi minuti più tardi, tornò e con aria bonaria volle parlarmi a quattrocchi: «Concordo appieno con quanto ha dichiarato il Prof. Lant, anche a mio avviso non ha davvero senso perdere tempo in indagini che, alla fine, non porterebbero a nulla. Oppure, se proprio ci tieni, fai pure le ricerche e gli approfondimenti che desideri ma, solo dopo esserti ristabilito: la tua salute è più importante di ogni altra cosa, il resto può aspettare».

Ci guardammo per qualche istante poi, con tono confidenziale, aggiunse: «Sandro, sono tanti anni che lavoro in questo reparto; ho visto di tutto, per ogni fascia di età, ma devo ammetterlo, casi come il tuo non capitano spesso. Sono poche le persone che, in seguito ad un simile incidente, non riportano danni permanenti. Puoi ritenerti estremamente fortunato! Ti ho preso in cura il giorno in cui sei arrivato qui e ti assicuro che ho temuto il peggio. Sei stato per ore in bilico tra la vita e la morte ed è stato sorprendente vedere come poi, nel giro di pochi giorni, il tuo quadro clinico si sia evoluto in modo positivo. In Pronto Soccorso si è fatto un consulto, giungendo alla decisone di operarti per ridurre le fratture agli arti, mentre la situazione cerebrale veniva costantemente monitorata; poi sei stato portato qui, in Terapia Intensiva. Verso l'alba, il neurochirurgo ha ritenuto opportuno aspettare ancora un po' prima di stabilire se intervenire o meno sull'ematoma al cervello. Nella notte tra sabato e domenica però la situazione è peggiorata a causa di una sofferenza fisica generale; il tuo corpo cominciava a dare segni di cedimento e un'evoluzione negativa era più che probabile. Invece, col passare del tempo, la situazione è migliorata: battito, pressione, temperatura e respiro hanno iniziato a regolarizzarsi e l'indomani ci sono stati altri progressi, e così via fino a quando abbiamo capito che ce l'avresti fatta. Non sono religioso e non credo nei miracoli, ma da laico penso che sulla ruota della fortuna sia uscito il tuo numero».

Si fermò un istante, come per riflettere se fosse o meno il caso di dirmi qualcosa, dopodiché mi spiazzò: «Scusa se in questi giorni mi sono permesso di parlarti in modo molto diretto, ma porti lo stesso nome di mio figlio, e hai solo un paio d'anni in più...».

Il giorno seguente ricevetti la visita di Giulio e sua moglie: fui felice di constatare che stava bene. Disse più volte che gli dispiaceva per quanto era accaduto e che sperava tanto che tornassi presto in forma.

Non so esattamente il perché ma, pronunciò quelle frasi con un tono che sembrava molto di circostanza: non pretendevo certo che si buttasse in ginocchio a chiedere scusa, però mi sarei aspettato di vedere sul suo volto almeno un sincero dispiacere. Certo, non aveva fatto apposta, l'incidente era avvenuto per una sfortunata serie di coincidenze. Sapevo benissimo che non era una persona incosciente, eppure aveva compiuto un sorpasso non necessario, accelerando in modo esagerato; ciò, tirando le somme, lo rendeva (anche se solo in parte), responsabile di quanto era avvenuto.

Non dissi nulla ma lo guardai con un certo distacco e nella stanza la tensione divenne quasi palpabile generando un evidente imbarazzo. A quel punto Giulio cominciò a non reggere più il mio sguardo e a spostare gli occhi su altre traiettorie, e con voce leggermente tremante, quasi a voler recuperare un po' di calore umano, disse: «Guardarti lì a terra, immobile, mi ha reso incapace di far qualsiasi cosa, persino di venirti vicino. Mi sembrava di essere paralizzato e solo a fatica ho dominato l'istinto di scappar via. Grazie al cielo, i soccorsi sono arrivati in fretta e dal modo in cui sono intervenuti, ho capito che la situazione era molto grave ma che almeno eri ancora vivo. Subito dopo, due poliziotti mi hanno fatto salire su una volante e mi hanno portato al pronto soccorso per medicare le escoriazioni e ascoltare la mia versione dell'incidente. Ti ho rivisto circa un'ora dopo, di sfuggita, mentre ti caricavano sull'ambulanza: ti stavano portando nel vicino aeroporto dove era appena atterrato l'elicottero del 118».

Il suo resoconto finì lì. Ricordare quei momenti non gli risultava certamente facile. Pensai che forse l'atteggiamento freddo con cui mi aveva parlato in precedenza derivava proprio dal fatto che quanto avvenuto era stato uno shock anche per lui. A quel punto, con la scusa di voler prendere una boccata d'aria, uscì dalla stanza.

A prendere la parola, allora, ci pensò Ginevra: «Quando Giulio mi ha avvisata, mi son sentita morire. Ho capito subito che eri in condizioni critiche. Ho immediatamente allertato i miei e ho detto loro di precipitarsi da me perché avevo bisogno di affidar loro Marta, dopodiché ho contattato tua sorella e circa un'ora dopo siamo partite per Padova. Quando siamo arrivate in ospedale abbiamo trovato Giulio che si era fatto accompagnare da un collega; tu eri ancora in sala operatoria. Fino a quando sei rimasto lì il tempo sembrava non passare più. Giulio e tua sorella si facevano coraggio discorrendo tra loro io, invece, mi son messa a camminare su e giù per il corridoio: pensavo a te, ai momenti assieme, alle cose più disparate. Ho pregato tanto attanagliata dall'angoscia che giungessero brutte notizie. Quando il medico che ti ha operato ci ha finalmente parlato, era notte fonda, più o meno le tre. Ci riferì che l'operazione era tecnicamente riuscita ma che non poteva in nessun modo fare previsioni sul decorso dal momento che la situazione era da considerarsi ancora molto grave. Ti abbiamo visto solo per alcuni secondi mentre ti portavano in Rianimazione: avevi attaccati dei tubi, una flebo e dei macchinari che ti monitoravano costantemente. Ho temuto davvero che non ce la facessi».

Si interruppe: aveva gli occhi pieni di lacrime. In quel momento provai una strana sensazione: avevo notato che tra Giulio e Ginevra c'era una certa tensione. Li avevo visti impacciati e mi stupii nel constatare che, aldilà delle parole, quella tra i due, ad essere più dispiaciuta fosse lei.

Cercai dunque di allentare la tensione con altri argomenti così, chiesi come stava Marta e mi informai con Giulio, da poco rientrato, su quali lavori stesse seguendo. Colsi l'occasione per ringraziare Ginevra per essere venuta lì anche lei, vederla mi aveva fatto davvero piacere; ci demmo quindi appuntamento a Lecco appena fossi stato dimesso.

Non appena i due se ne andarono, fu la volta dei miei genitori. Li rassicurai dicendo che fisicamente mi sentivo un po' meglio, ma non potevo negare che dentro di me ci fosse ancora molta confusione. Si dimostrarono dispiaciuti, augurandosi che quello stato d'animo non fosse dovuto al mio pensare continuamente alla "strana storia" che avevo riferito, e mi consigliarono nuovamente di lasciar perdere e guardare avanti. Per quanto cercavo di nasconderlo, erano visibilmente preoccupati; probabilmente temevano che, alla lunga, quei pensieri potessero portarmi incontro a una depressione o al non accettare completamente la realtà.

23
La giostra invisibile

Alcuni giorni dopo il mio trasferimento in Ortopedia, cominciai a muovermi su una sedia a rotelle; solitamente venivo accompagnato dai miei genitori o, nelle occasioni in cui veniva a trovarmi, da mia sorella. Tutto appariva diverso e per la prima volta prestai attenzione all'importanza di molte cose che, quando stavo bene, consideravo ovvie e che invece non erano per nulla scontate.

L'ospedale di Padova era molto grande e, in quanto Clinica Universitaria, ospitava tanti giovani tirocinanti. Quei "medici del futuro" mi fecero pensare a Sveva e al suo periodo al Buzzi di Milano. Nei limiti del possibile, girai un po' per la struttura, mi recai nella chiesa situata lì all'interno e rimasi colpito dal crocifisso che sovrastava l'altare: la croce era semplicissima, quasi impercettibile, mentre la figura di Cristo era realizzata in ferro, sagomato come i rami che di solito rappresentano la corona di spine. Non mi piaceva molto, perché pareva un inno alla sofferenza privo di accenni alla speranza.

Venni presto affidato a una brava fisioterapista, Alice, una signora di circa cinquant'anni molto attenta e appassionata al suo lavoro. Tra noi nacque presto una bella amicizia: mi raccontò della sua vita, di sua figlia e degli interessi che coltivava fuori dell'ospedale, dopodiché volle sapere quello che facevo prima dell'incidente e come stavo vivendo il risveglio dal coma. Per quanto gradevole, il suo non era un semplice conversare: i nostri dialoghi, infatti, servivano per farmi superare la paura di camminare causata dalle forti fitte che provavo alla gamba ogni volta che provavo ad alzarmi.

Nel giro di qualche giorno riuscì a rimettermi in piedi e ad insegnarmi a camminare con le stampelle: quel traguardo fu per me una conquista davvero importante.

Una domenica, senza alcun preavviso, Ginevra venne a farmi visita con Angela, la sua gemella (Giulio era all'estero per lavoro). Raccontarono che il giorno prima avevano pensato di farmi una sorpresa e così, dopo aver portato Marta dai nonni, si erano messe in viaggio; erano felici di rivedermi in piedi e di sapere che mancava sempre meno alla mia dimissione. Ginevra disse che con il taglio a "palla di biliardo" non stavo poi così male. Io la pensavo diversamente, ma aspettare che i capelli crescessero era l'unica cosa che potevo fare. Comunque, pur non piacendomi, avevo iniziato ad abituarmi a quel tipo di acconciatura. Chiacchierammo piacevolmente per qualche ora ed ebbi la sensazione che Ginevra si sarebbe trattenuta ancora: non smetteva di farmi domande, di provare a farmi ridere e di ripetere che al mio rientro mi avrebbe subito invitato a cena.

La vigilia delle dimissioni passai più di mezz'ora a parlare con Alice; la ringraziai di cuore per quanto aveva fatto per me e ci promettemmo di tenerci in contatto.

L'ultima notte da ricoverato la trascorsi quasi insonne: mi tornavano in mente molti ricordi legati a Sveva, all'ospedale del Lido e a quanto mi avevano raccontato sull'incidente. Continuavo poi a pensare alle parole del dottor Barassi riguardo ai rischi che avevo corso: caso, destino, fortuna? Non so quale nome avesse l'entità che mi aveva salvato e permesso di essere ancora qui, ma era una realtà che non potevo ignorare.

In quei momenti ricordai un episodio accaduto a mio padre nello stabilimento chimico dove aveva lavorato per oltre trentacinque anni. Un giorno, doveva recarsi assieme ad un collega in un laboratorio per prelevare alcuni strumenti, ma a causa di un contrattempo, furono trattenuti circa mezz'ora: quel lasso di tempo, per quanto ridotto, bastò a salvar loro la vita. Infatti, nel laboratorio, proprio nei momenti in cui avrebbero dovuto trovarsi anche loro, avvenne un'esplosione: perirono tre persone.

Quella vicenda mi aveva sempre colpito, sia per il rischio corso da mio padre, ma anche perché, stando alle parole dei miei genitori, ero stato concepito circa un mese e mezzo dopo. Quella serie di imprevisti, quindi, aveva salvato anche a me.

Mi aveva sempre inquietato non poco soffermarmi a pensare quanto un minimo cambiamento nelle vite dei nostri predecessori, un singolo episodio finito male, avrebbe potuto precludere la nostra nascita e una simile presa di coscienza aveva significativamente influenzato il mio modo di vedere le cose. Infatti, non avendo modo di sapere quanto la casualità avesse danzato con il mio venire o meno alla luce mi portava spesso a pensare ai miei nonni: entrambi erano stati in guerra e avevano rischiato di morire chissà quante volte, uno sul fronte russo, l'altro sul Mediterraneo. Avevano visto morire tanti loro commilitoni, persone che, con la loro fine, avevano precluso il domani a chi sarebbe potuto venire; chissà quante storie non erano mai esistite perché il caso aveva interrotto a qualcuno la possibilità di avere discendenza.

Il destino mi avrebbe regalato la gioia di essere padre? Non potevo saperlo ma, se ciò fosse avvenuto, a quel bimbo o a quella bimba avevo fatto involontariamente correre il rischio di non vedere mai la luce e tutto questo mi portò a pensare che, in fin dei conti, siamo vivi per miracolo fin dal primo giorno della nostra esistenza e che se ci rendessimo conto di questo, forse affronteremmo le cose con un maggior senso di gratitudine nei confronti del destino.

Queste considerazioni mi accompagnarono per parecchi minuti, poi riuscii finalmente ad addormentarmi e a riposare un paio d'ore.

Lasciai Padova a due mesi dal mio ricovero e appena fuori dall'ospedale provai una sensazione alquanto strana: i miei occhi erano ormai abituati alle tinte monotone dei reparti ospedalieri, e il viavai delle automobili in autostrada e dei panorami che si susseguivano, mi diedero l'impressione che al mondo fossero stati restituiti i colori.

Quando a Bergamo lasciammo l'autostrada, chiesi ai miei se si ricordavano il giorno in cui mi avevano portato a casa per la prima volta. Mia madre mi descrisse alcuni particolari, soffermandosi sulla smaniante euforia di mia sorella per l'arrivo del fratellino. Da allora erano passati trentuno anni ma sentivo che, in un certo senso, quella circostanza si era ripresentata nella mia vita.

Lentamente cominciarono a sfilare i paesi che dovevamo attraversare per giungere a Lecco: Ponte San Pietro, Pontida, Cisano Bergamasco, Calolziocorte. Man mano che ci avvicinavamo avvertivo crescere in me una forte emozione che raggiunse l'apice quando rividi le sagome del Barro, del Resegone, del San Martino e delle Grigne, i monti che avevano fatto da sfondo a quasi tutti i giorni della mia vita.

Però capii definitivamente di essere dalle "mie parti" quando nell'abitacolo dell'auto si diffuse il caratteristico profumo/odore derivante dalle lavorazioni effettuate nella fabbrica di cioccolato situata nella parte sud della città. Solitamente quasi non lo notavo, ma la lunga assenza me lo faceva percepire in un modo intenso.

Fui felice di tornare a casa, anche se dentro di me sentivo che il viaggio al Lido non si era ancora concluso.

Date le mie condizioni, mi trasferii dai miei genitori nell'appartamento, nei pressi della chiesa dei Santi Gervasio e Protasio, in cui ero cresciuto: sarei rimasto lì il tempo necessario per riacquistare l'autosufficienza. Nei giorni successivi tanti amici e conoscenti vennero a trovarmi, mentre altri preferirono chiamarmi al telefono e inviarmi i loro auguri.

I medici di Padova mi avevano consigliato una settimana di riposo assoluto, dopodiché avrei continuato il percorso riabilitativo presso l'ospedale cittadino.

Per mia fortuna Lecco era da sempre un centro di eccellenza nel campo ortopedico, conosciuto in tutta Italia e anche all'estero.

Lì a casa, il ricordo di Sveva occupò la maggior parte dei miei pensieri. Mi resi conto che il clima ospedaliero creava una sorta di rumore attorno alla vicenda, mentre nel silenzio della mia camera riuscivo a rivivere ogni cosa con maggior intensità: i lineamenti del suo volto, il suo modo di fare, di sorridere, i suoi occhi dal colore indefinito e mille altri particolari erano impressi con incredibile precisione nella mia memoria. Mi chiedevo dove si trovasse e continuavo a ripetermi che tutto ciò non poteva essere una mera illusione dovuta al coma o ai farmaci: ogni cosa era troppo nitida e reale. Sveva non era un sogno, ne ero profondamente convinto! Sapevo bene che questa certezza non derivava da un rifiuto del presente ma era una realtà che provavo dentro di me e sulla quale non avevo alcun dubbio.

Feci allora qualche indagine in internet. Iniziai cercando Sveva De Rinaldis, ma non ebbi riscontri; oltre al suo nome, provai ad inserire altri dati che conoscevo, come *Milano, Dottoressa, Medico, Anatomopatologa, Ricercatrice*, però non uscì nemmeno un'informazione rilevante. Provai a cambiare soggetto e avviai una ricerca per immagini su *Ospedale al Mare*: quando comparvero i risultati, venni percorso da un brivido. Non c'erano molte foto, ma in alcune di esse vidi luoghi che inaspettatamente non mi risultavano affatto estranei. Preso da un senso di nausea, spensi il computer e mi chiusi in un profondo silenzio. Con i miei genitori non proferii parola riguardo a quelle ricerche, in ogni caso capirono qual era la fonte della mia crescente inquietudine; e mi suggerirono nuovamente di non pensarci più. Li vedevo preoccupati e forse temevano che l'incidente mi avesse procurato qualche trauma psicologico.

In quel periodo sentii il desiderio di riprendere in mano il file che avevo consegnato al dottor Barassi: cominciai ad ampliarlo con i ricordi e i particolari che continuavano ad emergere nella mia mente, e nel giro di qualche giorno le pagine di quel resoconto aumentarono notevolmente.

Nel frattempo feci ulteriori ricerche, e venni così a sapere che, secondo il calendario ecclesiastico, il giorno in cui si commemorava la Beata Sveva Sforza era nientemeno che l'8 settembre, il giorno dedicato alla natività della Madonna, a cui, guarda caso, era intitolata la chiesa dell'Ospedale al Mare (ovvero Santa Maria Nascente). Rimasi senza parole. Certo, era un dato che non provava nulla, eppure le probabilità che ci fosse una correlazione tra il nome Sveva e quello della chiesetta erano di 1 su 365, lo 0,27%. Davvero poche, forse troppo, per trattarsi di una semplice coincidenza.

24
Il poster di Placido

Quando cominciai la riabilitazione al Manzoni, conobbi il responsabile del reparto, il dottor Eugenio Brovedani, un uomo di media statura, capelli brizzolati e modi di fare molto professionali. Mi accolse con cordialità e, nonostante avesse ricevuto parecchie indicazioni dai medici di Padova, volle approfondire quanto mi era accaduto e sapere come mi sentivo. Ci tenne a dirmi che avrei affrontato delle terapie simili a quelle già iniziate, poi in base a come avrebbe reagito il mio corpo, il programma sarebbe cambiato.

Durante quell'incontro mi presentò Placido Vivona, il mio nuovo fisioterapista; era alto, robusto, con gli occhi azzurri, la testa rasata, e parlava con un accento altoatesino. Mi fece subito un'ottima impressione. Nel corso della prima seduta, venni a sapere la sua età, quarantacinque anni, che aveva una compagna e, per un certo periodo era stato un infermiere soccorritore, svolgendo il proprio servizio anche a bordo degli elicotteri del soccorso alpino. Coltivava svariate passioni, tra cui il cinema e la musica di Elvis Presley.

L'impatto con il reparto di Riabilitazione fu molto positivo, ma ciò che più mi colpì fu un poster appeso al muro della palestra. Più volte il mio sguardo si soffermò su quella curiosa composizione nella quale comparivano allineate cinque fotografie scattate dagli astronauti della NASA a cavallo degli anni '60 e '70, il periodo del programma Apollo, forse il più entusiasmante della storia delle esplorazioni spaziali.

Placido si accorse del mio interesse e mi spiegò che quel poster voleva indirizzare un messaggio ai pazienti che ogni giorno si trovavano a far terapia tra quelle pareti.

La foto più a sinistra si intitolava *Earthrise*, colta la mattina del 24 dicembre 1968 nel mezzo della missione Apollo 8. Un viaggio storico. Per la prima volta degli esseri umani avevano orbitato attorno al nostro satellite. Lo scatto era stato realizzato nel momento in cui la navicella era sbucata dal "lato oscuro" della Luna: si vedeva la Terra, in lontananza, mentre sorgeva nel mezzo di un'immensità buia e sconfinata.

Mi raccontò che Jim Lovell, uno dei tre componenti dell'equipaggio, in seguito aveva dichiarato di aver provato un'inquietante sensazione nell'allungare un braccio davanti a sé e facendo sparire il nostro pianeta dalla sua visuale, semplicemente coprendolo con un pollice. Nelle immagini centrali, invece, gli astronauti erano sul suolo lunare, in posa, o impegnati in operazioni del loro programma. La quinta fotografia, proveniente dalla spedizione *Apollo 17*, l'ultima ad aver portato degli uomini sulla Luna, era conosciuta come *Whole Earth* "La Terra intera", o anche *Blue Marble* "La biglia blu": un'immagine dal fascino straordinario ripresa da una distanza di circa 320.000 km, in cui il globo compariva nella sua maestosa bellezza, ma anche in tutta la sua fragilità e nel suo isolamento.

Notai che a sovrastare quelle fotografie, c'era una scritta eloquente: "Se vuoi puoi giungere ovunque". Placido tenne a sottolineare che, a suo parere, le spedizioni lunari rappresentavano un capitolo straordinario della storia umana e che i viaggi Apollo, sebbene da allora fossero passati dei decenni, potevano ancora comunicare messaggi di speranza, soprattutto a chi viveva delle situazioni drammatiche; uomini e donne, di tutte le età, chiamati ad affrontare delle "missioni" per le quali, a differenza degli astronauti, non erano stati preparati. Proprio io, infatti, conoscevo bene la sensazione di ritrovarsi, da un giorno all'altro, ad avere bisogno di aiuto per ogni minima azione, dunque mi invitò ad immaginare cosa provasse chi aveva subito delle lesioni permanenti o doveva affrontare una malattia degenerativa. Compresi quanto fosse dura rendersi conto e accettare che il ritorno alla "normalità" sarebbe stato difficile, se non impossibile, e di essere probabilmente destinati a guardare "la biglia blu" diventare ogni giorno più piccola.

A suo avviso, portare l'attenzione su imprese per secoli ritenute inimmaginabili, poteva dare un'importante iniezione di fiducia; d'altronde, gli orizzonti della scienza si erano spostati in avanti già tante volte e magari, un domani non troppo lontano, anche nel campo sanitario si sarebbero tagliati dei traguardi a oggi impensabili.

Evidenziò, poi, che i viaggi lunari erano avvenuti proprio perché delle persone, avevano creduto nei loro sogni e sfidato l'impossibile convinti di potercela fare, trasformando in realtà un traguardo, da sempre confinato nel mondo della fantasia.

Risposi che il significato di quella composizione fotografica era davvero profondo. Già nel corso di quella prima seduta gli rivolsi alcune domande sulle missioni spaziali e così mi lasciò una rivista dedicata alla conquista dello spazio dicendomi di restituirgliela pure con calma.

La sfogliai quello stesso giorno: a quanto pareva, la Luna si era ripresentata nella mia vita. Era solo una fatalità? Inevitabilmente ripensai a quando l'avevo guardata con Sveva. Mi pareva di rivederla lì, accanto a me, mentre mi indicava i mari e mi parlava dei crateri; ricordavo bene quei momenti.

Scorrendo quelle pagine, venni invaso da una profonda malinconia. Sapevo che il mondo, con le sue paure e le sue regole, non avrebbe mai accettato qualcosa di inspiegabile e non corrispondente alla realtà degli eventi, eppure nel profondo del mio cuore sentivo che non mi sarei mai rassegnato a dimenticare quell'episodio, bollandolo come una "strana illusione". Ero cosciente del fatto che l'ignoto fosse un campo rischioso, nel quale si potevano prendere grossi abbagli, ma allo stesso tempo, ero certo che se non avessi intrapreso una simile ricerca non mi sarei mai dato pace e avrei sempre considerato quella rinuncia come una scelta vigliacca.

Quella sera l'ultima cosa che lessi nella rivista fu il discorso pronunciato da John Fitzgerald Kennedy alla *Rice University* di Houston (Texas), quando annunciò che, entro al fine del decennio, gli Stati Uniti avrebbero fatto atterrare degli astronauti sulla Luna. Di questa lettura, alcuni passi mi colpirono profondamente, in particolare quello che riportava la seguente frase: "La vasta distesa dell'ignoto, delle domande senza risposta e dell'incompiuto, superano ancora di gran lunga la nostra comprensione collettiva". Mi trovai pienamente d'accordo con questa affermazione ma alla fine a lasciarmi sgomento fu la data in cui venne fatta quella dichiarazione: 12 settembre 1962. Rimasi spiazzato e perplesso, poi senza riuscirci, cercai di convincermi che fosse solo una semplice casualità: il 12 settembre era il giorno del compleanno di Sveva.

La prima settimana di fisioterapia passò abbastanza rapidamente. Alcuni esercizi per la riabilitazione della gamba erano piuttosto dolorosi ma cercai di affrontarli al meglio. Ai miei occhi Placido era come un allenatore capace di spingermi e aiutarmi a migliorare ogni giorno, un professionista serio e ricco di umanità.

Gli chiesi di indicarmi dei libri sui viaggi lunari e mi consigliò alcuni titoli che mi procurai in pochi giorni. Nei mesi successivi, quei testi mi tennero compagnia e mi fornirono notizie interessanti oltre a parecchi spunti di riflessione riguardo alla situazione in cui mi trovavo.

In quel periodo di riabilitazione Placido mi spiegò che, da un punto di vista fisico, c'era da ritenersi soddisfatti: avevo iniziato a fare progressi sia nel camminare che nel muovere il braccio sinistro. Dentro di me, però, non era cambiato nulla e, sebbene cercassi di concentrarmi sulla riabilitazione, il pensiero di Sveva era pressoché costante; sapevo che non potevo confidarmi con nessuno e ciò mi sottoponeva ad uno stato di frustrazione e di tristezza. Se ne avessi parlato ancora con i miei genitori, mi avrebbero subito ribadito di darci un taglio, invece se ne avessi discusso con il mio medico di famiglia, quello mi avrebbe consigliato uno psicologo o, nel migliore dei casi, prescritto degli antidepressivi. Alla fine, scelsi di affrontare il discorso proprio con Placido: di lui sentivo che mi potevo fidare, il suo giudizio sarebbe stato equilibrato e, soprattutto, sapevo che ogni parola detta sarebbe rimasta tra noi.

Gli raccontai quanto mi era accaduto, confidandogli anche la mia ferma convinzione che Sveva non fosse un'illusione farmacologica.

Senza correre a giudizi avventati, dimostrò di comprendere il mio stato d'animo, e mi confortò dicendo che poteva immaginare quanto non fosse semplice convivere con il ricordo di una simile esperienza. Mi consigliò quindi di lasciar passare qualche mese e di vedere come le cose sarebbero evolute e, nel frattempo, di pensarci il meno possibile. Gli risposi subito che non sarei mai riuscito ad accantonare quei pensieri. Il suo volto, allora, si fece pensieroso e, dopo qualche attimo di riflessione, mi suggerì di parlarne con la dottoressa Guzzetti, una neurologa che lavorava lì al Manzoni, persona molto equilibrata, con un'autentica passione per il suo lavoro; avevo tutto il tempo che ritenevo necessario per pensarci con calma, poi, se volevo, avrebbe fatto volentieri da tramite.

Passai il fine settimana interrogandomi sull'opportunità di aprirmi, o meno, con questa neurologa. Sinceramente non mi andava di ascoltare di nuovo lo stesso discorso fatto dai medici di Padova o di sentirmi invitare ad accantonare ogni indagine dal momento che non potevo esser stato nei luoghi che affermavo di aver visitato e che, quanto riferivo, non trovava alcun riscontro nella realtà dei fatti.

Non so perché, ma la immaginavo come una donna sulla sessantina, una signora competente ma austera che avrebbe reputato la mia storia come l'ennesimo delirio di un paziente in stato di coma.

D'altra parte, ero certo che Placido non mi avrebbe mai consigliato di confidarmi con una persona inadeguata; così finii con l'accettare la sua proposta, e al nostro incontro successivo gli comunicai la mia decisione. A quel punto mi domandò il permesso di accennare qualcosa alla dottoressa Guzzetti per capire subito se la vicenda potesse interessarla: e io acconsentii.

L'indomani Placido mi riferì di averle parlato e che la neurologa era disponibile ad incontrarmi: gli aveva lasciato anche il suo numero affinché, la sera stessa, la contattassi per fissare un appuntamento.

Trascorsi il pomeriggio lasciando vagare la mia mente tra mille ipotesi e perplessità poi, verso sera, mi presi di coraggio e la chiamai. La sua voce era calma e sicura e in pochi minuti concordammo di vederci l'indomani, alle 18:00, nel suo ambulatorio. Dato che non potevo ancora muovermi da solo, chiesi ai miei genitori se mi avrebbero potuto accompagnare all'ospedale, ovviamente spiegai loro anche il motivo di quella richiesta. Come prevedevo, la reazione non fu positiva: a loro avviso, portando avanti quell'assurda ricerca, non avrei fatto altro che buttare via i miei soldi e screditare la mia figura, apparendo come un folle; d'altronde, che senso aveva cercare una donna che affermavo di aver incontrato mentre ero in coma? Replicai che se non intendevano aiutarmi avrei chiesto una mano a qualche amico, e a quel punto, mio padre si rassegnò ad accompagnarmi.

25
"Giallo Rosso e Blu"

Quando entrai in ospedale ero attanagliato dall'ansia e dall'incertezza: non sapevo davvero cosa aspettarmi da quell'incontro. A passo lento, sempre aiutandomi con la stampella, raggiunsi l'ambulatorio della dottoressa Guzzetti. Qualche minuto più tardi, dallo studio uscì una coppia con una bambina, seguiti subito dalla dottoressa, la quale mi invitò ad entrare e a sedermi.

Constatai presto di essermi sbagliato: era una donna alta circa un metro e sessantacinque, corporatura asciutta e con folti capelli castani lunghi fino alle spalle. Gli occhi erano di color nocciola, di una tonalità particolarmente luminosa. Portava un paio di occhiali dalla montatura *vintage* e indossava piccoli orecchini di perla e alcuni anelli. Per qualche istante, mi soffermai sul suo sguardo e sui suoi gesti, precisi ma non frettolosi. Anche questa volta, com'era accaduto per Sveva, non riuscii ad attribuirle l'età; ma probabilmente doveva aggirarsi poco oltre i quaranta. Mentre finiva di scrivere alcune cose in una cartella clinica, mi guardai attorno: l'ambulatorio era molto ordinato e alle pareti notai uno strano disegno in cui comparivano dei cerchi: erano disposti su tre file verticali rispettivamente di tre, quattro e di nuovo tre elementi, tutti in qualche modo collegati da linee. Accanto a questa rappresentazione geometrica, erano appese anche le stampe di due famosi dipinti: *Composizione VII* e *Giallo, Rosso e Blu*.

Sottovoce, constatai: «Kandinsky. Belli...»,

«Li ho presi un paio d'anni fa a Parigi. Sono contenta che le piacciano».

Si scusò per la breve attesa e, con voce bassa, esordì rassicurandomi sul fatto che immaginava quale fosse il mio stato d'animo, ma quella non era una visita né una valutazione; solo una chiacchierata informale senza alcun risvolto clinico. Mi invitò quindi a parlare liberamente.

Le raccontai dell'incidente al Lido di Venezia e di come erano andate le cose nella realtà. Poi, anche se con parecchia fatica, riferii anche quanto ricordavo di aver vissuto all'Ospedale al Mare, di Sveva e di come si erano svolti quelli che per me erano stati tre giorni di vera vita. Le spiegai inoltre che, di tutto ciò, avevo scritto una sorta di resoconto, al fine di conservarne una memoria precisa, e che il pensiero di quella vicenda sembrava non volesse lasciarmi.

Ascoltò con attenzione, prendendo di tanto in tanto qualche appunto e facendo solo alcune domande. Quando giunsi al termine, con fare tranquillo, esordì: «Immagino non sia facile convivere con il ricordo di un'esperienza simile, e per questo la ringrazio di avermene voluto parlare. Sinceramente, trovo che il suo racconto sia ricco di aspetti che andrebbero adeguatamente approfonditi; non sono una psicologa, ma spesso mi capita di seguire dei risvegli dal coma. Inoltre, proprio di questi tempi, sto conducendo una ricerca sulle "NDE" – *Near Death Experiences*, le "Esperienze pre-morte" – e sarei davvero interessata ad occuparmi della sua vicenda. Se vorrà, ci vedremo ancora e proveremo a indagare un po' su ciò che è successo».

La guardai in silenzio, nella speranza che accennasse un parere su quanto avevo detto, ma il suo discorso fu diverso: «Possiamo considerare tutto questo come una ricerca che facciamo per piacere, non come un lavoro in ambito ospedaliero; infatti cerchiamo per interesse di conoscenza, non per risolvere chissà quali misteri. Per quel che mi riguarda, la seguirei a titolo gratuito».

Le risposi di sentirmi a disagio, ma lei mi tolse da ogni imbarazzo: «La sua esperienza mi interessa parecchio, sia dal punto di vista personale che professionale. Si tratterebbe quindi di una collaborazione reciproca».

Annuii: «Non sa quanto mi farebbe piacere continuare».

Sorrise senza dir nulla, e io, non riuscendo a trattenermi le domandai: «Cosa pensa su quanto le ho detto?».

La neurologa, con aria molto professionale, rispose: «Al momento non posso pronunciarmi in merito, necessito prima di studiare la sua cartella clinica. Devo sapere quali terapie d'emergenza sono state attuate, quali erano i segni vitali del suo fisico sia durante la rianimazione che nel periodo di coma, e quali farmaci, nell'arco di queste fasi, le sono stati somministrati. Ora come ora non ho in mano alcun elemento per sostenere qualcosa di concreto, però possiamo incontrarci tra qualche giorno. Nel frattempo, farò in modo di avere accesso ai suoi dati clinici e comincerò a lavorarci su».

Disse che presto mi avrebbe chiamato per fissare un nuovo appuntamento, e mi chiese una copia cartacea del resoconto che avevo scritto.

A casa, raccontai com'era andata: mia madre, mi confessò di essere tutto sommato felice e si augurò che presto potessero emergere degli elementi utili a farmi capire che dovevo gettarmi tutto alle spalle. Desiderava tanto ritrovassi un po' di serenità e, probabilmente, dopo aver rischiato di perdermi, non vedeva l'ora di allontanarsi da quell'enorme spavento. Mio padre, invece, preferì non dir nulla.

Il giorno seguente ringraziai Placido per avermi fatto incontrare la dottoressa Guzzetti; disse che aveva sempre sentito parlar bene di lei e che lì in ospedale godeva della stima di tutti.

Nel corso di quella giornata mi capitò più volte di pensarla: mi aveva fatto davvero una buona impressione, sembrava interessata al mio caso e, soprattutto, non aveva sminuito nulla, né cercato di giungere subito a una conclusione.

La rividi tre giorni dopo al bar dell'ospedale; aveva i capelli raccolti in una treccia e al collo portava un piccolo pendente. Mi rivolse un sorriso sincero, invitandomi a prendere un caffè. Le consegnai una busta con il materiale richiesto, e in tutta risposta affermò che avrebbe letto ogni cosa con molta attenzione e fatto del suo meglio per capire in quale situazione mi ero venuto a trovare.

Per conoscerla un po', le domandai alcune informazioni sul suo lavoro. Raccontò che la sua attività si divideva in due parti: la cura delle cefalee e il seguire pazienti che avevano subito dei traumi cranici o che erano comunque in fase di decorso post-coma. Le chiesi come mai avesse scelto quella strada e mi spiegò che fin da ragazza desiderava diventare medico; in parte era stata influenzata dai suoi famigliari, a loro volta medici, ma d'altro canto la mente umana l'aveva sempre attratta moltissimo. Immaginavo che, pur con il sostegno dei parenti, doveva essersi impegnata davvero tanto. Sorrise allegramente: «Mio nonno materno era primario di Neurologia. Eravamo molto legati, e mi ha sempre aiutata e seguita sia come nonno che come maestro. A ventisei anni mi sono laureata in medicina e a trentadue ho preso la specializzazione».

Avrei voluto sapere quanti anni avesse, ma lei con aria malinconica aggiunse: «Pensi che il nonno è morto pochi mesi dopo che sono diventata neurologa: aveva ottantasei anni. Di testa sembrava un ragazzo, ma le energie lo avevano abbandonato già da un po'. Ha resistito fino a quando ho tagliato quel traguardo, quasi a volermi consegnare il testimone. Tante volte lo sento vicino e non ha idea di quanta forza mi dia».

La ringraziai per avermi fatto quella confidenza e per la disponibilità che dimostrava nei miei confronti. A quel punto fu lei a pormi qualche domanda, limitandosi però a chiedermi come stavo, se le terapie stavano dando buoni risultati e in che modo occupavo il tempo libero durante la convalescenza. Le raccontai un po' di quanto stavo facendo in palestra con Placido, dei risultati che a poco a poco cominciavano a comparire e del fatto che nel tempo libero cercavo di distrarmi leggendo qualcosa o guardando qualche film. La dottoressa dimostrò un sincero interesse, prese qualche altra informazione e poi, poco prima di salutarci, promise che mi avrebbe richiamato nel giro di qualche giorno.

26
Pazienti e astronauti

Le sedute di fisioterapia continuarono regolarmente. La gamba aveva iniziato a piegarsi, ciononostante, non dovendo affaticare troppo il ginocchio, mi muovevo ancora con l'aiuto della stampella. Ogni tanto pensavo a quello che mi avrebbe potuto dire la dottoressa Guzzetti: speravo che dai nostri incontri emergesse qualcosa d'interessante eppure, dovevo essere realistico, non mi aspettavo che il supporto della neurologa avrebbe condotto a rilevanti novità. In ogni caso, attendevo con impazienza la sua telefonata.

In quel periodo il mio umore non era dei migliori: quasi tutte le notti, mi risvegliavo poco dopo essermi addormentato senza più riuscire a chiudere occhio. Allora, per ingannare il tempo, leggevo uno dei libri sui viaggi spaziali consigliatimi da Placido durante le sedute di riabilitazione. Lo spazio era ormai diventato una nostra passione comune. Discutemmo spesso su quanto, il viaggio sulla Luna, avesse influenzato la vita di quasi tutti gli astronauti che lo avevano compiuto come James Irwin, il quale affermò che mentre camminava nei pressi del cratere di Fra Mauro, aveva avvertito una sorta di "sussurro divino". L'emozione era stata sconvolgente, al punto da spingerlo a lasciare la NASA per dedicarsi alla predicazione, alla ricerca biblica e ad effettuare delle spedizioni sul monte Ararat con l'intento di ritrovare possibili tracce dell'Arca di Noè.

Edgar Mitchell, invece, durante il viaggio di ritorno sulla terra, guardando fuori dell'oblò della navicella, aveva percepito quella che descrisse come "un'esperienza di epifania spontanea". Provò la netta sensazione che tutti gli esseri viventi e ogni altra realtà fossero connessi tra loro da un'unica coscienza universale. Dopo tale avvenimento, aveva dato vita a una nuova branca della scienza chiamata Noetica.

Ci ritrovammo a parlare di Eugene Cernan, che aveva raggiunto la Luna due volte: la prima nel maggio del 1969, durante la missione Apollo 10 (prova generale per il primo sbarco), poi nel dicembre del 1972 con la missione Apollo 17. Aveva sempre amato sottolineare con orgoglio di essere "Last Man on the Moon". Tuttavia, negli anni seguenti soffrì spesso di depressione.

Spesso paragonammo ciò che avevano vissuto gli astronauti al loro rientro a quello che potevano provare molte persone dopo una grave malattia o a seguito di un grosso trauma: anche loro avevano compiuto un "viaggio", in cui il rischio di non ritornare era stato alto e, successivamente, si erano trovate al cospetto di una vita nuova, con una percezione delle cose e dei valori completamente diversa da prima.

Non a caso uno dei "personaggi spaziali" di cui parlammo più volte fu Alan Bean, un tipo allegro che dopo la missione lunare (Apollo 12, nel 1969) aveva desiderato sempre più esprimersi attraverso l'arte, approfondendo quella che, già da tempo, era una sua passione: la pittura. Nel 1973 era anche tornato nello spazio e non avrebbe avuto alcun problema a continuare a lavorare nel settore ma, capendo che non avrebbe mai più provato emozioni simili a quelle già vissute, decise di dare una svolta radicale alla sua quotidianità.

Che fosse possibile anche per me archiviare il passato e imprimere un cambiamento alla mia esistenza? Nella confusione che regnava in me era difficile pensare a dei stravolgimenti: non avevo né la forza, né la lucidità per concretizzare qualcosa. L'unica cosa di cui ero certo era che non mi riconoscevo più nel modo di vivere che avevo prima dell'incidente.

In quei giorni feci delle ulteriori verifiche sulla Luna, scoprendo che quanto mi aveva detto Sveva corrispondeva a verità: dal nome dei mari, a Giovan Battista Riccioli, dal "Sinus iridum" alla leggenda di "Nanna e Inanna"...

Qualcuno avrebbe potuto dubitare della veridicità di quanto affermavo, ma in cuor mio, sapevo con certezza che, prima dell'incidente, quei dati e quegli aneddoti non li conoscevo affatto.

Cercai altre informazioni e trovai un interessante documentario sulla storia dei Papi del Novecento. Rividi le immagini del famoso "Discorso della Luna", pronunciato da Giovanni XXIII nell'ottobre del 1962, e parlarono anche di Papa Luciani e della profezia di San Malachia. In questo scritto l'abate e vescovo irlandese, vissuto tra il 1094 e il 1148, descrive in 112 frasi in latino i pontefici che si sarebbero succeduti a partire da Celestino II (1143). Alcune di queste, comprese quelle sui papi che hanno retto la Chiesa negli ultimi due secoli, erano talmente precise da risultare piuttosto inquietanti. Ad affascinarmi incredibilmente fu il frammento relativo a Papa Luciani che recitava: "De medietate lunae", "Della metà della luna". In effetti: il suo pontificato, durato poco più del "tempo medio" di una fase lunare, iniziò e finì in una fase di Luna calante, in cui l'astro era appunto visibile per metà. Ricordavo bene quando Sveva, parlando di questo Papa, aveva detto che anche lui aveva a che fare con la Luna...

Mi pareva di impazzire. Poteva essere tutto uno scherzo della mia mente? Era credibile che una persona si risvegliasse dal coma conoscendo più cose di quelle che sapeva prima? Per me la risposta era solo una: impossibile.

27
La ricerca

Una settimana dopo l'ultimo incontro, la dottoressa Guzzetti mi chiese di vederci nel suo studio. Mi accolse con cordialità, si informò su come procedeva la riabilitazione poi, guardandomi con aria grave mi chiese: «Fondente o al latte? ».

Rimasi un attimo perplesso poi estrasse da un cassetto due tavolette di cioccolata artigianale. Disse che le erano state regalate poco prima da una paziente.

Immaginai che avesse fatto tutto ciò per stemperare un po' il clima. Infatti, mentre stavamo degustando un quadratino di cioccolata, estrasse alcuni fogli da una cartellina e, poco dopo, cominciò il suo resoconto: «Venendo a noi, credo che ci troviamo di fronte a una realtà complessa, intricata e allo stesso tempo affascinante. Non c'è motivo di sentirsi a disagio o di temere di non esser creduti, perché esistono migliaia di esperienze raccontate da chi, come lei, è stato in coma. A parer mio, bisogna provare a considerarle nel modo più obiettivo possibile, senza sensazionalismi e preconcetti; molte di queste vicende presentano aspetti in comune, come se la mente, in date condizioni, reagisse istintivamente producendo immagini e situazioni abbastanza simili. Nei racconti di chi si è risvegliato dal coma si trovano somiglianze straordinarie, e dobbiamo ricordare che non tutte le persone finite in stato di profonda incoscienza riferiscono di aver visto qualcosa; per tanti, semplicemente, è come se l'interruttore della luce fosse stato spento e poi riacceso, lasciando solo il ricordo di un momento buio. Chi vive le cosiddette esperienze "pre-morte" tende quasi sempre a parlare di un tunnel luminoso (paragonabile a quello che Hieronymus Bosch rappresentò, nei primi del '500, nell'*Ascesa all'Empireo*), e di una intensa sensazione di pace e di benessere. A volte viene riferita anche la visione di esseri più o meno luminosi; alcuni invece dicono di aver ricevuto messaggi telepatici da parte di parenti defunti o da altre persone mai viste prima, con le quali si sono trovati ad interagire. In altri casi, c'è il ricordo di suoni metallici, ronzii, rumori fastidiosi, oppure di musiche celestiali che commuovono, e spesso, viene raccontato l'attraversamento di gallerie buie, percorse a piedi o fluttuando. In tutto ciò, è curioso notare che gli studi effettuati hanno evidenziato notevoli analogie tra le esperienze "pre-morte" fatte da persone di età, culture, etnie e religioni diverse. A cambiare, solitamente, è la forma dell'esposizione e l'interpretazione degli eventi, ma in sostanza le descrizioni risultano molto simili».

Fece una breve pausa, forse per darmi il tempo di assimilare quanto aveva detto, poi continuò: «Ci sono poi delle volte in cui si ha a che fare con le

cosiddette "OBE" – *Out of Body Experiences*, esperienze extracorporee in cui ci si ritrova a guardarsi dall'esterno e ad assistere, come spettatori, a scene che generalmente si svolgono al Pronto Soccorso, o nel luogo in cui è avvenuto l'incidente o il malore. Tali fenomeni si verificano spesso in casi di arresto cardiaco, cioè in quegli istanti in cui il nostro corpo è tecnicamente morto ma, se prontamente rianimato, può essere ancora in grado di riprendersi. Si è notato che le vicende riferite dalle persone che hanno avuto un arresto cardiocircolatorio sono direttamente proporzionali alla sua durata, ovvero maggiore è il tempo che esso è persistito, più sono lunghi e dettagliati i racconti. Da quel che ho letto nei referti medici, il suo cuore non si è mai fermato ed infatti non ha riferito alcuna esperienza simile a quelle che le ho citato. Ha raccontato una vicenda lucida e prolungata nel tempo, non una circostanza relativamente breve e simbolica. Quindi non possiamo far rientrare tutto ciò nella suddetta casistica, anche se alcuni dettagli – seppur in forma marginale – si potrebbero comunque ricondurre agli episodi da me esposti, a partire da quella sorta di emersione che ha anticipato il suo risveglio, ai suoni che ha detto di aver sentito in più occasioni, fino (e soprattutto), alla presenza di una donna con cui ha interagito per un tempo prolungato che le è parso quantificabile in tre giorni.
La letteratura medica però riporta anche molte esperienze extracorporee narrate da persone che non erano in arresto cardiaco e che bensì si trovavano sotto l'effetto di determinati farmaci; situazioni che, per certi versi, avevano delle vaghe analogie con quelle "pre-morte". Tuttavia lei non rientra nemmeno in queste casistiche dal momento che ha vissuto la sua vicenda in prima persona, senza vedersi dall'esterno; inoltre, non ha mai osservato quella che era la realtà dei fatti, la sua è avvenuta altrove, in un luogo che afferma di non aver mai visitato e dove è stato circa un'ora (oltretutto in stato d'incoscienza). Anche se con molta cautela, tenderei quindi ad escludere la "soluzione farmacologica" indicata dai colleghi di Padova, perché un trattamento farmacologico prolungato come quello che lei ha subito per giorni generalmente, non facilita la memoria, anzi, la ostacola».

Dopo aver ascoltato il suo discorso in religioso silenzio, ebbi finalmente il coraggio di avanzare una domanda: «Secondo lei, allora, cosa può esser successo?».

La dottoressa assunse un'espressione molto seria e mi spiegò: «Penso che ci troviamo di fronte a qualcosa d'insolito, una specie di "esperienza extra corporea a distanza". In altre parole, è come se lei fosse uscito dal suo corpo e il suo spirito, per tre giorni, avesse vagato all'interno di una dimensione fittizia per poi, infine, tornare in quella reale. Sarebbe davvero interessante capire in che arco di tempo si è svolto tutto ciò».

«In che senso?», domandai, invitandola a proseguire.

Guardandomi con aria pensierosa disse: «I tempi del nostro cervello non corrispondono a quelli della vita di tutti i giorni. Quando sogniamo, affrontiamo delle situazioni, a volte vivide, altre nebulose che sembrano durare minuti, talvolta ore. Fronteggiamo circostanze disparate, ma, per quanto un sogno paia durare a lungo, nella nostra mente si sviluppa solo in poche frazioni di secondo. Va detto però che nei sogni i sensi coinvolti sono generalmente tre - vista, udito e tatto - mentre lei ha descritto anche sensazioni legate al gusto e all'olfatto, dunque l'evento non può essere inquadrato nemmeno nel campo dell'attività onirica. Inoltre, nei racconti dei casi "pre-morte", il tatto non è mai chiamato in causa, e la percezione del tempo è normalmente confusa e non quantificabile».

L'ascoltai con attenzione e, pur provando una certa emozione, decisi di porle la domanda a cui tenevo di più: «Dottoressa, so che probabilmente la sto per mettere in difficoltà e non è certo questo il mio intento ma, alla luce di tutto ciò, per lei, Sveva, chi potrebbe essere?».

La Dottoressa Guzzetti non rimase per nulla sorpresa dalla domanda, probabilmente se la aspettava e forse lei stessa se l'era posta durante lo studio del mio caso. Il suo atteggiamento fu quello di una persona che non esita ad esporre il proprio sincero punto di vista: «In situazioni simili, spesso viene riferito l'incontro con un essere di luce che, tramite un linguaggio non verbale, porta il soggetto in coma a ripercorrere la propria vita, ad analizzarla e a trarre un bilancio su ciò che ha fatto nel corso degli anni. Questa visione, solitamente, dura molto poco, ma è capace di provocare una sensazione di grande benessere: è come se in quella luce le persone si sentissero amate e accolte in un abbraccio di infinito affetto. Nel suo caso però non ci troviamo di fronte a un essere luminoso, bensì a una donna di cui ha saputo anche le ipotetiche generalità: Sveva le ha, sì, parlato della vita, dell'amore e di altre cose più o meno fondamentali per l'esistenza, ma la sua presenza non le è sembrata durare solo alcuni attimi. Dunque, pur non potendo avere idea di chi possa essere, escluderei il fatto che si tratti di una semplice visione "pre-morte"».

Nella stanza calò un lungo silenzio. Nella mia mente si affollarono un'infinità di ipotesi e alcuni momenti di quei giorni con lei passarono per la mia mente. Poi la dottoressa riprese a parlare e quanto propose mi colse di sorpresa: «A questo punto, sarei curiosa di vedere com'è l'Ospedale al Mare e confrontarlo con quanto lei ha riferito. Non le è mai venuto in mente di andare a visitarlo?».

La guardai e ammisi: «A dire il vero, ci ho pensato più volte, ma volevo prima riprendermi ed essere in grado di andarci da solo, perché in famiglia non credo che asseconderebbero facilmente questo desiderio, mentre agli amici non ho raccontato nulla di questa esperienza. Al momento non riesco ancora a guidare agevolmente e, devo ammetterlo, ho un certo timore nel rivedere quel posto, perché se dovesse essere così come lo ricordo, non so come potrei reagire».

La dottoressa fece un cenno di assenso, poi, con estrema tranquillità, mi prese nuovamente in contropiede: «Beh, potremmo sempre andarci assieme...».

Sgranai gli occhi e non proferii parola: la proposta era davvero interessante ma assolutamente inattesa. La Dott.ssa Guzzetti trasmetteva un forte senso di equilibrio e pacatezza; non sembrava tipo da lanciarsi in iniziative avventate senza aver prima valutato i rischi. Quindi, seppur ancora spiazzato per quella inaspettata offerta, risposi: «Certo! Ci si può organizzare».

Il suo volto s'illuminò in un'espressione simpatica: «Senta, affrontiamo questa cosa solo per indagare ancora un po': lei ormai è qui, nella realtà, non può accaderle nulla di strano. Viviamola così, come se fosse un hobby, una passione reciproca, e a quel che ne uscirà ci penseremo più avanti».

Assentii col capo e lei tenne subito a chiarire alcune cose: «Prima di tutto vorrei stabilire assieme una regola. Allora, dal momento che affrontiamo questa cosa da amici, direi che possiamo anche abolire la formalità del "Lei". Quindi, ora il signor Ferrante e la dottoressa Guzzetti si fanno da parte, e lasciano spazio a Sandro e Benedetta, va bene?».

Sorridemmo entrambi stringendoci la mano e assicurandoci che ci saremmo sentiti presto per organizzare il nostro viaggio al Lido di Venezia.

Una volta a casa comunicai la novità ai miei genitori, i quali in tutta risposta, dissero di non comprendere il motivo di tanta fretta, suggerendomi piuttosto di aspettare che mi fossi ripreso del tutto. Mia sorella e suo marito, che proprio quella sera erano passati a trovarmi, furono invece del parere opposto: secondo loro, valeva la pena che tornassi al Lido, così da avere dei riscontri alle tante domande che mi angustiavano e, probabilmente, a scrivere la parola fine all'intera vicenda.

Quella sera mi stesi a letto e ripensai all'Ospedale al Mare: l'idea di tornarci presto mi emozionava parecchio. Con la memoria ripercorsi i vialetti, rividi i padiglioni abbandonati, la chiesetta, e rivissi alcuni momenti trascorsi lì con Sveva. Ciò che ricordavo era così anche nella realtà, o era completamente diverso?

Cercai di addormentarmi, ma il sonno tardava a sopraggiungere, quindi decisi di accendere il computer per aggiungere al resoconto qualche altro particolare che, era affiorato dalla memoria negli ultimi giorni.

Il mattino seguente, quando mi recai in palestra a fare fisioterapia, riferii la novità a Placido, il quale inizialmente rimase un po' perplesso ma poi disse che, tutto sommato, era la via migliore da percorrere. Quel giorno, mentre lavoravamo sulla mia gamba, mi raccontò alcuni aneddoti alquanto forti sugli interventi a cui aveva partecipato quando era volontario del soccorso alpino sugli elicotteri: le sue parole mi colpirono sia per il contenuto che per l'esposizione, precisa ma sempre molto rispettosa e sensibile. Dentro di me supposi che non lo facesse tanto per parlare, ma per farmi riflettere sul saper mantenere sempre un certo distacco dalle cose, non una lontananza fatta di indifferenza o di codardia, ma un margine di sicurezza grazie al quale poter riuscire a tornare a casa sani e salvi. Il suo messaggio era chiaro: "Occhio a non farti travolgere da questi pensieri".

Qualche giorno più tardi, Benedetta mi chiese di passare da lei. Prima di partire voleva fare le cose in modo scrupoloso e monitorare tutto nel migliore dei modi proponendomi di sottopormi a una visita. Non avevo nulla in contrario e così, per qualche minuto, divenni un suo paziente: mi misurò la pressione, controllò gli occhi con uno strumento dotato di una piccola luce, sentì la stretta delle mani e mi fece compiere alcuni esercizi, come toccarmi la punta del naso a occhi chiusi. Infine prescrisse un elettroencefalogramma e una risonanza magnetica, che effettuai nei giorni successivi: entrambi risultarono nella norma. Potevamo quindi andare al Lido. Dopo aver esaminato le varie possibilità, decidemmo di partire il secondo venerdì di dicembre.

28
Un sentore di neve

Nelle sere trascorse in compagnia dei libri sullo spazio lessi che al momento del decollo, per quanto fossero preparati a gestire ogni fase della missione, tutti gli astronauti si erano ritrovati con le pulsazioni cardiache ad altissimi livelli. In quei frangenti il Saturno V, completamente guidato dai computer, era portato al massimo sforzo strutturale: i membri dell'equipaggio erano dei semplici passeggeri e bastava una piccola avaria per ridurre in polvere il razzo e i suoi occupanti.

Ancora una volta riscontrai delle somiglianze tra ciò che vivono le persone provate dalla sofferenza e le situazioni sperimentate dagli astronauti, e pensai a quanto sia dura essere consci che la propria esistenza è totalmente affidata ad altri o, addirittura, a dei macchinari. Fortunatamente non mi trovavo in quelle condizioni, ma, seppur in parte, le avevo provate e sapevo di esser stato molto vicino a dover convivere con gli esiti di lesioni permanenti.

Pensavo sempre più spesso all'Ospedale al Mare; non avevo idea di cosa vi avrei trovato e di come avrei vissuto quel viaggio. Era innegabile che quell'incognita m'inquietava. Temevo mi accadesse qualcosa, ma allo stesso tempo non potevo far finta di nulla. A quel punto non mi rimaneva che far mia una frase detta un giorno da Placido: "Il modo migliore per non esser travolti dagli eventi è quello di andar loro incontro".

Così quel venerdì, alle sette in punto, dopo una notte insonne, uscii in strada e mi fermai davanti al portone di casa. Benedetta arrivò puntuale guidando la sua Renault nera. Scese accennando un sorriso e scambiò alcune parole con i miei genitori, i quali mi avevano seguito per salutarla e conoscerla. Indossava un giubbino grigio, un paio di pantaloni scuri e calzava degli stivaletti neri; i capelli erano sciolti e aveva un trucco leggero. Era la prima volta che la vedevo senza camice.

Il tempo era nuvoloso e, data la bassa temperatura, c'era la possibilità che nevicasse. La guida di Benedetta era decisa, sicura, per niente nervosa, per certi versi rifletteva molto il suo carattere. Quel trasferimento ci consentì di parlare di noi e di conoscerci un po' di più; così venni a sapere che era nata e cresciuta a Milano e che aveva lavorato sia lì che nell'ospedale di Bergamo. Cinque anni prima aveva vinto un concorso nell'ospedale di Lecco, cosa che l'aveva portata a trasferirsi nel vicino paese di Valmadrera. Mi confessò inoltre che per un breve periodo era stata sposata ma che, già da qualche anno, era divorziata: non aveva figli, amava il cinema d'autore e la musica; dalla classica, al jazz, alle *hits* più recenti. Appresi che da bambina aveva seguito lezioni di pianoforte, strumento che le piaceva ancora suonare, anche se più per improvvisare qualcosa che per eseguire degli spartiti. La musica l'aveva sempre affascinata, ma la sua grande passione era stata il volo, tanto da spingerla a diventare una paracadutista sportiva. Al Lido di Venezia era già stata tre volte, due delle quali con il gruppo di paracadutismo di cui aveva fatto parte; descrisse i lanci fatti sulla laguna come tra i più belli della sua "carriera". Quella particolare attività aveva sempre attirato le critiche dei suoi parenti che però, alla fine, si erano dovuti rassegnare. Non si lanciava ormai da oltre dieci anni: le emozioni provate le erano bastate e le avrebbe portate per sempre dentro di sé. Sottolineò che quello che ricercava nel volo non era il brivido del lancio, bensì la sensazione di libertà che viveva nel trovarsi immersa nel cielo, un'emozione che definì "mistica" e che le permetteva in qualche modo di entrare in contatto con un'altra dimensione.

Mentre stavamo viaggiando mi volle descrivere quel che si provava in quei frangenti: «Un lancio non comincia nell'istante in cui abbandoni l'abitacolo, ma mentre inizi a indossare la tuta: la mia era bianca, con degli inserti color arancio, lo stesso colore dello zaino che conteneva il paracadute, poi c'è tutta la preparazione, le verifiche dell'imbracatura e i controlli di rito. Infine sali a bordo dell'aereo assieme ai tuoi compagni e cominci a concentrarti. Nei minuti in cui prendevamo quota, alcuni parlavano, io preferivo starmene in silenzio: quello, per me, era un momento importante, da vivere in ogni sua sfumatura. Una volta arrivati nella zona di lancio, aspettavamo il "via libera", dopodiché dinanzi al portello dell'aereo, prendevo un breve respiro e mi tuffavo».

«Ma non avevi paura?»,

«Certo, c'è bisogno di qualche lancio per abituarti, poi però ti godi la splendida sensazione di fendere l'aria. Nel cielo, mi sentivo protetta e, allo stesso tempo, parte di un'immensità nella quale nulla era in contrasto».

Parlammo anche d'altro, e io ne approfittai per raccontarle un po' della mia storia, del perché ero andato alla Mostra del Cinema con Giulio e di come l'esperienza vissuta durante il coma mi aveva segnato.

Benedetta, col suo modo di fare e di affrontare le cose, mi sembrava una persona davvero interessante. Doveva avere un carattere molto forte e determinato ma, allo stesso tempo, avevo notato in lei una sorta di inquietudine che non le permetteva di essere in pace con sé stessa.

Visto il costante rannuvolarsi del cielo, ci chiedemmo che tempo avremmo trovato al Lido e, d'un tratto, alcuni pensieri catturarono la mia attenzione. Benedetta si accorse che ero assorto e mi chiese se andava tutto bene, quindi, le spiegai il perché del mio silenzio: «Ogni volta che il cielo assume questo colore indefinito, tra il grigio e il blu, e il termometro comincia ad oscillare attorno allo zero, mi torna in mente Andrea Carrer, un mio caro amico, e un inverno di parecchi anni fa. Avevamo undici o dodici anni e speravamo tanto che nevicasse. In quel periodo, ogni mattina, mentre attendevamo l'autobus per andare a scuola, scrutavamo le nuvole facendo pronostici: da parecchio tempo aspettavamo la neve, ogni giorno sembrava quello buono ma poi, per una ragione o per l'altra, il nostro desiderio non si avverava. Io e lui siamo cresciuti insieme, eravamo coetanei e abitavamo nello stesso palazzo; negli anni delle scuole elementari ci trovavamo spesso giù nel cortile a far due tiri con il pallone o per qualche giro in bicicletta. Quando siamo cresciuti, ci siamo un po' persi di vista, ma quelle volte che ci incrociavamo continuavamo a parlare di calcio e di sport in generale. Gli erano sempre piaciute le moto e fin da bambino aveva dimostrato una predisposizione per tutto ciò che aveva a che fare con il mondo delle due ruote. Sebbene fosse un ragazzino, aveva dimostrato ampiamente di saperci fare e in estate non passava giorno senza smontare qualche pezzo del suo scooter, o a lavorare attorno a qualche componente nuovo, oppure puliva il motorino come se fosse un pezzo da esporre ad una fiera. Si vedeva che aveva una marcia in più rispetto a me e a tanti altri nostri coetanei: era un'anima capace di trasmettere entusiasmo e una gran voglia di fare».

Accorgendomi di aver aperto un po' troppo il cassetto dei ricordi, m'interruppi: «Scusami, non volevo annoiarti con queste memorie».

Benedetta scosse la testa: «Ma no! Anzi, mi farebbe piacere se mi racconti anche il resto».

«Il resto?».

«Certo. Dimmi almeno se alla fine la neve l'avete vista...».

Con fare malinconico, continuai: «Sì, alla fine la neve arrivò e anche tanta. Lui provò addirittura ad andarci in mezzo con la bicicletta e, come un funambolo, riuscì a mantenere l'equilibrio. A dire il vero, un paio di scivoloni se li fece, ma fu comunque molto bravo. Ricordo che era primo pomeriggio, e nella strada c'eravamo solo noi: ci divertimmo tantissimo e ritornammo a casa bagnati fradici. Pur essendo trascorsi quasi vent'anni, questi ricordi mi vengono ancora in mente e rivedo Andrea lì su quella fermata mentre dice: "Se si abbassa ancora di due gradi, oggi arriva...". Ancora adesso mi risulta faticoso accettare che quattro anni dopo se ne sia andato per sempre...».

Benedetta scosse la testa e sul suo volto comparve una sincera espressione di dolore. Non lo conosceva ma davanti alla fine di un ragazzo non ancora maggiorenne non si può rimanere certo indifferenti. Con un filo di voce mi chiese: «Non vorrei essere indiscreta ma, come è successo?».

«Fu un assurdo incidente in moto, tanto prevedibile quanto evitabile. Ne fu coinvolto e non ne ebbe scampo. Mi sono chiesto tante volte dove sarebbe arrivato se quell'impatto non lo avesse fermato per sempre. Non era tipo da svolgere un lavoro ordinario, penso gli sarebbe piaciuto aprire un'officina, o un'altra attività legata alla meccanica: sono sicuro che di strada ne avrebbe fatta parecchia.

Mi piace immaginare che ora sia da qualche parte, impegnato ad aiutare qualcuno a dar forma ai propri sogni e che, in giorni come questo, di tanto in tanto, si fermi a guardare il cielo chiedendosi se la neve tornerà di nuovo a cadere...».

Benedetta staccò per un attimo gli occhi dalla strada e li volse nella mia direzione, poi tornò a scrutare davanti a sé. Il suo fu un silenzio accogliente, carico di rispetto. Solo dopo un po' pronunciò un semplice, sincero: «Mi dispiace...».

Apprezzai molto il suo comportamento. Non cercò di conoscere ulteriori dettagli, lasciò a me qualsiasi decisione in merito. Preferii cambiare discorso.

Nel tratto finale dell'autostrada il traffico ci costrinse a rallentare, eppure riuscimmo comunque a salire sul ferry boat per il Lido all'ora prevista.

Mentre il traghetto attraversava il canale della Giudecca e il Bacino San Marco, Benedetta cominciò a prepararmi a quanto stavamo per affrontare: «Non sono mai stata all'ospedale del Lido, quindi non ho idea di quel che troveremo. Ricordarti che con te ci sono anch'io: sono un medico, quindi se ti dovesse capitare un malessere, non preoccuparti. Ti dico questo perché so bene quanto le emozioni forti possano causare strane reazioni che non sempre si riesce a prevedere o a controllare. In ogni caso non temere, non accadrà nulla di irreparabile: andiamo, vediamo quel che c'è da vedere e ce ne ritorniamo. Se dovessi sentire che qualcosa non va, non esitare a farmelo sapere, così ci fermeremo. Tieni presente che stasera sarai nuovamente a casa e che in quell'ospedale siamo solo di passaggio».

Annuii, tuttavia un crescendo di tensione mista ad angoscia mi offuscava la mente e mi attanagliava la bocca dello stomaco.

29
Ospedale al Mare

Sbarcammo al Lido poco prima di mezzogiorno. L'impazienza mi logorava, e il momento tanto atteso era ormai a un passo. Avrei voluto che ci dirigessimo subito all'Ospedale al Mare, ma Benedetta preferì prima fermarsi a mangiare qualcosa: disse infatti che non era saggio affrontare i momenti di tensione a stomaco vuoto.

Dopo pranzo percorremmo un breve tratto del lungomare e sostammo alcuni minuti sul luogo dell'incidente, e successivamente ci recammo al *Blue Moon*.

Ripercorsi i momenti che ricordavo di aver vissuto lì con Sveva, poi osservai per qualche istante la spiaggia d'inverno: aveva un aspetto completamente diverso, l'arenile deserto e il cielo grigio creavano un'atmosfera piuttosto cupa, ciononostante quella visione non mi rattristava, anzi, la trovavo molto suggestiva, con un fascino tutto suo.

Risalimmo in auto e poco dopo giungemmo davanti all'ingresso dell'Ospedale. Parcheggiammo e ci avviammo lentamente verso l'entrata: sentii il sangue pulsare sempre di più e il battito accelerare, come se il cuore stesse per esplodermi in petto.

La temperatura era bassa e tirava anche un po' di vento. Infilai un berrettino che usavo da anni nei periodi più freddi. Era un copricapo simile a quello indossato da Jean Reno in *Leon*; era stato realizzato alcuni anni prima da un'anziana signora, amica di mia madre, a cui ero affezionato.

Benedetta mi raccomandò nuovamente di non farmi problemi e ribadì che potevamo interrompere la visita in qualsiasi momento.

Per quanto fosse una donna determinata e una seria professionista, in quel frangente percepii che pure lei era tesa. Era giunto il momento. Benedetta mi guardò e, con aria molto seria, diede il via al nostro sopralluogo: «OK, andiamo».

Subito dopo, con estrema naturalezza fece una cosa che, davvero, non mi sarei mai aspettato: si avvicinò al mio fianco sinistro, il lato non occupato dalla stampella, e mi prese per mano.

Varcato l'ingresso, rimasi impietrito: vidi un lungo viale con diversi padiglioni abbandonati. Non corrispondeva totalmente a come lo ricordavo, però la somiglianza era notevole. Benedetta, con calma, chiese: «Cosa ti sembra?».

Con un filo di voce, indicando i vari reparti, risposi: «Il *Padiglione Pediatria* mi sembra un po' più piccolo, il *Friuli*, invece, è uguale».

Non commentò; anzi si premurò di raccomandarmi di prestare attenzione al respiro e di concentrarmi sul flusso d'aria. Provai ad ascoltare i suoi consigli e a mantenere la calma, ma a mia insaputa, la parte difficile doveva ancora arrivare.

Svoltammo in direzione del *Padiglione Osservazione e Chirurgia* e presto mi fermai sul punto in cui, mentre cercavo di ritrovare Sveva, ricordavo di aver avuto il malore. Lo indicai a Benedetta: la pavimentazione era la stessa sulla quale mi ero sentito cadere, la riconobbi senza ombra di dubbio.

Arrivammo al Pronto Soccorso e subito riconobbi l'atrio d'ingresso, era forse solo un po' più piccolo e malconcio.

Cominciai a sentirmi frastornato, ero come un pugile dopo una scarica di colpi: in piedi ma, barcollante e per nulla lucido. Subito dopo girammo verso destra, nel lungo corridoio che portava alla sala dove avevo incontrato Sveva. Da qui, giungemmo in un luogo completamente diverso; c'erano degli ambulatori ma non la sala d'attesa, né gli accessi alle sale operatorie. Trovammo però la porta a vetri dalla quale, io e la Dott.ssa De Rinaldis eravamo usciti per il nostro primo giro tra i reparti.

Ritornando verso il Pronto Soccorso incontrammo un infermiere, un tipo sui cinquant'anni che ci chiese se avevamo bisogno d'aiuto o di qualche informazione.

Mi presentai e gli raccontai dell'incidente. Ricordava bene l'accaduto, aveva anche partecipato ai soccorsi; disse che era davvero felice di rivedermi in piedi. Si informò sul motivo della nostra visita e gli accennai a quanto avevo vissuto durante il coma. Da come mi guardò, capii che non mi riteneva un visionario, anzi era molto interessato, così mi pose alcune domande sul decorso post-risveglio. Benedetta nel frattempo si era presentata sia come una mia amica che come una neurologa dell'ospedale Alessandro Manzoni di Lecco.

L'infermiere, incuriosito, disse d'esser appena smontato dal turno e che, se volevamo, ci avrebbe accompagnato volentieri nel nostro giro; si chiamava Matteo e lavorava lì all'Ospedale al Mare da oltre vent'anni. Lo ringraziammo più che felici. Presto seppi che gli ultimi pazienti ricoverati nella struttura erano stati trasferiti a Venezia circa due anni prima. Nell'ospedale erano in attività solo il Pronto Soccorso, alcune unità di riabilitazione motoria e cardiologica e una serie di ambulatori che fornivano vari servizi più o meno dalle 8:00 alle 18:00. Subito dopo venni invece a sapere che la saletta dove ricordavo d'essere stato in osservazione non esisteva, e che nessun medico del Pronto Soccorso corrispondeva ai miei ricordi; tuttavia altre cose a cui avevo accennato, sembravano trovare riscontro.

Uscimmo dallo stabile e iniziammo a camminare per l'ospedale. La tensione dentro di me era alle stelle; ogni cosa sembrava appartenere a una dimensione ovattata e distante. Benedetta mi stava molto vicina e controllava le mie reazioni.

Subito ci trovammo in un punto per me particolarmente importante: mi fermai e, poco dopo, senza dir nulla uscii un paio di passi fuori dal marciapiede. Osservai con cura quanto vedevo. Lo scenario che mi si presentava davanti agli occhi mi lasciava frastornato e incredulo. Benedetta mi si accostò per verificare cosa stesse avvenendo. A quel punto le rivelai: «È qui che se n'è andata...».

Rimase in rispettoso silenzio e, sul suo volto, comparì un'espressione molto grave. Attesi qualche istante poi confermai: «La visuale, la disposizione degli alberi, è tutto identico...».

A quel punto Benedetta mi prese sottobraccio e si strinse a me. Alcuni secondi dopo, quasi sussurrando, suggerì: «Forse è meglio che ci spostiamo».

Nei pressi del *Padiglione Centrale* riconobbi la panchina dove mi ero seduto con Sveva, e un istante più tardi notai la colonnina con il Leone di San Marco e il sottopassaggio.

Poco dopo, sia l'infermiere che Benedetta rimasero scossi nel vedermi indicare la strada che conduceva verso l'ex Maternità e accompagnarli al vecchio obitorio. All'interno non trovammo alcun carrello per il trasporto delle salme, ma vedemmo il tavolo settorio e, nelle altre stanze, numerosi scaffali pieni di schedari e cartelle.

Ero sempre più confuso, a tratti il fiato si mozzava in gola: temevo d'impazzire. Rientrando verso la parte principale dell'ospedale ci fermammo più volte: avevo dei piccoli capogiri ma Benedetta, con molto tatto, mi aiutò a ritrovare una certa serenità. Avrei voluto lasciarmi andare ad un pianto di frustrazione e d'incredulità, ma riuscii a mantenere il controllo. Con non poco sforzo chiesi a Matteo se il giorno del mio incidente un regista americano avesse avuto un malore: rispose con un cenno affermativo. Proseguimmo verso la zona nord dell'ospedale, dove vidi la casetta che a suo tempo aveva ospitato il bar, l'orologio murale, fermo esattamente alle 12.58 e il fatiscente reparto con la scritta *VENEZIA* in ferro battuto.

Mi guardai attorno, la gola secca e ogni muscolo del corpo contratto: l'ambiente era più malandato di quanto mi aspettassi, ma vi erano molte corrispondenze con quanto avevo visto e riferito nel mio resoconto, tra queste, anche il fatto che lungo i vialetti ci fossero numerose panchine.

Chiesi a Matteo se potevamo entrare nel *Padiglione Vicenza*, quello in cui Sveva mi aveva accompagnato la notte in cui l'avevo conosciuta. Sebbene fosse ufficialmente chiuso, riuscimmo ad accedervi senza troppe difficoltà. All'interno si respirava una pesante atmosfera d'abbandono. L'infermiere disse che un tempo quelle stanze erano adibite a camere, negli ultimi tempi trasformate in ambulatori. Le pareti erano per lo più spoglie, gli intonaci scrostati in più punti; vedemmo qualche sedia, un paio di scrivanie, un lettino, degli scaffali. I luoghi erano diversi da come me li aspettavo. Alle pareti notai un calendario fermo al mese di settembre di un paio d'anni prima e una fotografia famosa e inquietante: il volto dell'uomo della Sindone. Lo guardammo per alcuni istanti immersi nel più totale silenzio. Nel contemplare quel viso provai il desiderio di saperne di più. Quell'immagine sembrava un invito ad indagare oltre.

Uscimmo dallo stabile e riprendemmo il nostro giro. Dopo poco rividi la chiesetta; entrammo e presto constatai che assomigliava molto a come la ricordavo. Benedetta mi invitò a sedere e a non farmi prendere dall'ansia: temevo di avere una crisi di pianto o di svenire, ero al limite della sopportazione, ma per fortuna riuscii a non cedere allo sconforto e così, nel giro di qualche minuto, la situazione migliorò.

Mi soffermai ad osservare gli affreschi: non avevo memoria di tutti i dettagli ma li trovavo molto simili a quelli impressi nei miei ricordi. Mi guardai un po' attorno: quella, senza dubbio, era la chiesa che avevo visto con Sveva e nella quale, dietro suo consiglio, avevo assistito alla messa. Con fatica, domandai a Matteo se nell'ospedale abitasse un frate di nome Ivan, ma scosse leggermente la testa.

Negli anni passati si erano succeduti più cappellani, uno dei quali, Padre Vincenzo, era rimasto per quasi trent'anni; non ricordava, però, dov'era stato destinato dopo la chiusura della canonica, conosciuta anche come "Casa frati".

Aggiunse poi che l'ospedale ormai era praticamente chiuso e che in attività c'erano solo il Pronto Soccorso e alcuni ambulatori nel *Monoblocco*. Sentendo quel nome, io e Benedetta ci guardammo attoniti, e subito dopo gli spiegammo il motivo della nostra reazione.

Quando tornammo all'aperto, chiesi a Matteo quali reparti fossero ospitati nell'edificio che si trovava poco più avanti sulla destra, e se, per caso, si chiamava *Padiglione Scandiani*. Rispose affermativamente dicendo che attualmente era dismesso ma, fino a qualche anno prima, al suo interno c'erano il Centro Prelievi, il Centro Analisi e il nuovo obitorio.

Benedetta scosse la testa molto perplessa, quasi a dire: «Questo è troppo».

A quel punto domandai se il cancello verde che dava verso l'esterno fosse conosciuto come *Porta dei morti* e con un filo di voce Matteo mormorò: «In passato c'era chi lo chiamava così...».

Procedendo, passammo di fianco al *Padiglione Orfani di Guerra*, per giungere poi alla vasca circolare; dentro non c'erano pesci, il fondo era coperto di foglie che formavano uno stranissimo tappeto subacqueo. Avanzammo quindi verso il *Monoblocco*: la prima cosa che ci accolse all'interno fu un intenso odore di cloro, lo stesso che avevo percepito quando vi ero stato con Sveva. Matteo, prima di proseguire, confermò che lì vicino c'era una piscina con acqua di mare utilizzata per la riabilitazione. Percorremmo tutte le scale ma la porta che dava sulla terrazza era chiusa. Accedemmo quindi nel piano sottostante: in effetti, alla nostra destra trovammo la saletta con i lettini per la fisioterapia, tuttavia dovetti constatare che sia la loro disposizione che la grandezza della stanza, erano diverse da come me le aspettavo. Non dissi nulla.

Usciti dal *Monoblocco*, ripercorremmo la strada che portava al Pronto Soccorso; mi sentivo sempre più frastornato, ciononostante, con le ultime forze che mi restavano volli verificare un'ultima cosa: il teatro.

Ci muovevamo all'interno dell'ospedale come tre sommozzatori impegnati ad esplorare un relitto sommerso. Mi tornarono alla mente alcune immagini di un documentario riguardante una ricognizione subacquea all'*Andrea Doria*, il famoso transatlantico affondato nei pressi dell'isola di Nantucket nel 1956.

Transitammo nuovamente tra il *Padiglione Vicenza* e il *Padiglione Belluno* e infine giungemmo al *Marinoni*: non riuscimmo ad accedevi, ma le grandi finestre poste su entrambi i lati ci permisero di guardare al suo interno. Forse era un po' più piccolo rispetto a come lo avevo a mente, ma non avevo dubbi, era quello. Osservai il palco e il sipario e, a fatica, scorsi parte dell'affresco sul soffitto dove comparivano una dea, Nettuno e degli amorini: erano rappresentati con le medesime pose che avevo visto quando Sveva mi aveva illustrato il significato dell'opera.

Il mio stato confusionale, già insopportabile, aumentò ancora di più: sentii le gambe irrigidirsi, le mani diventare sempre più intorpidite e le tempie imperlarsi di sudore gelido. Mi resi conto che reggere oltre sarebbe stato impossibile: e fui preso da una forte angoscia e mentre temevo di perdere i sensi ebbi alcuni conati di vomito. Mentre ero piegato, Benedetta appoggiò una mano sulla mia fronte poi, sempre con molto tatto mi aiutò a sedermi su di una panchina. Respiravo a fatica e lei, subito dopo avermi preso il polso, mi fece una carezza: «Sandro, è tutto a posto, ora ce ne andiamo».

Matteo chiese se poteva fare qualcosa, ma Benedetta gli assicurò che la situazione era sotto controllo. Avrei tanto voluto gridare, eppure dalla mia gola non uscì alcun suono. Afferrai una mano di Benedetta, e lei me la tenne stretta. Non so quanto durò quello stato ma seppur lentamente, riuscii a riprendermi.

Appena ritrovai un po' di clama, però, mi voltai in direzione del Padiglione

Centrale e d'istinto, rivolto all'infermiere, chiesi: «Ricordo che lì, nei pressi di quello stabile, ho visto più volte un vecchio "Maggiolino" verde».

Il volto di Matteo sbiancò di colpo. Mi invitò a ripetere quanto avevo appena detto poi, con voce flebile, quasi tremante dichiarò: «Per anni lì ha lavorato un medico, un pediatra: che effettivamente aveva un "Maggiolino" verde. Era competente e ben voluto da tutti. È parecchio che è andato in pensione e non ho idea se sia ancora vivo o dove sia andato ad abitare».

Benedetta si sedette di fianco a me e mi strinse a sé. Con molta cortesia disse a Matteo di non aggiungere altro. Per un attimo credetti di perdere il contatto con la realtà e di impazzire. Com'era possibile che avessi visto una cosa simile?

Restammo lì ancora alcuni minuti poi Benedetta chiese all'infermiere di restarmi vicino mentre lei scattava delle foto nei paraggi.

Quando si allontanò, lui, per distrarmi e allentare la tensione, cominciò a parlare un po' di sé. Dichiarò che amava andare in moto, girare video, e che da parecchi anni curava un sito internet su Venezia, uno spazio dedicato alla cultura e all'attualità, ma in chiave ironica, quasi pasquiniana; mi invitò a visitarlo e ad inviargli eventuali suggerimenti e commenti. In quegli istanti un elicottero passò sopra di noi. Matteo disse che era un velivolo che effettuava prevalentemente dei giri turistici sulla laguna aggiungendo che anche lui ne aveva fatti un paio.

Alcuni minuti dopo Benedetta fu di ritorno e, inaspettatamente, pose a Matteo una domanda: «So che si tratta di una violazione ma è possibile controllare se nei giorni prima dell'incidente di Sandro sia passato per il Pronto Soccorso un uomo sui sessant'anni, con un cognome tedesco?».

Sentii un vuoto allo stomaco. L'architetto Walzl! Non avevo pensato a lui e non riuscii ad immaginare quali scenari si sarebbero potuti aprire se quel quesito avesse trovato conferma. L'infermiere assicurò che avrebbe verificato.

Non so il perché ma dagli abissi della mia mente riaffiorò quanto Sveva mi aveva detto sulla spiaggia di San Nicolò, così chiesi a Matteo se era a conoscenza di qualche storia legata ai mattoni del vecchio campanile di San Marco. Confermò che dal mare ogni tanto riaffioravano ancora dei frammenti e, seppur raramente, anche dei mattoni interi. Guardai Benedetta senza dir nulla: davvero non riuscivo a trovare parole per esprimere il mio sgomento.

Speravo di uscire al più presto dall'ospedale, ma insistette per andare al Pronto Soccorso a farmi misurare la pressione. Le risposi che mi sentivo meglio (ed effettivamente era la verità), ma dal suo sguardo capii che non avrebbe cambiato idea. A suo parere, stare alcuni minuti sdraiato prima di affrontare il lungo viaggio di rientro, mi avrebbe fatto bene.

Giunti al Pronto Soccorso, Matteo spiegò la situazione alla dottoressa di guardia, che, dopo aver parlato con Benedetta, mi fece accompagnare in una stanza.

30
Un problema

Quando fui sul lettino, Matteo rilevò la pressione e la comunicò a Benedetta che mi prese il polso e approfittai per chiederle un parere su quanto avevamo visto; non si sbilanciò. Mi invitò solo a riposare assicurandomi che ne avremmo parlato più tardi. Poco dopo, uscì per fare una telefonata.

Rimasto solo, chiusi gli occhi: mi pareva di fluttuare nello spazio profondo, lontano da tutto e da tutti. Di lì a poco sarei ripartito per Lecco con una certezza: l'ospedale era molto simile a come lo ricordavo. Mancava solo Sveva.

Provai una sensazione inquietante e temetti di nuovo che la mia testa non riuscisse a reggere oltre. Mi sentivo come un equilibrista che teneva tra le mani un grande bilanciere camminando su una fune di cui non si vedeva dove iniziasse, né dove finisse. Sotto di lui, solo un'infinita distesa di nubi.

Senza quasi accorgermene, iniziai a valutare alcuni aspetti della mia esistenza a partire dall'eccessivo correr dietro agli impegni di lavoro. Dopo l'incidente la mia visione del mondo era totalmente cambiata: pensai ad alcuni colleghi, al loro stile di vita, alle cose a cui attribuivano importanza. Constatai quindi che davvero tante, troppe, persone vivevano immerse nel carrierismo e nell'apparenza, schiave di mentalità assurde che facevano perdere loro il contatto con la sfera privata, i propri spazi, il proprio silenzio, e sembravano ignare che sarebbe bastato un malore, una cellula impazzita o un banale sinistro a tagliarle fuori da tutto.

Aprii gli occhi e fissai il soffitto: e constatai che, ironia della sorte, nel settore "osservazione" dell'Ospedale al Mare c'ero finito davvero. Poco dopo, un interrogativo comparve nella mia mente: d'ora in avanti sarei riuscito ad affrontare la vita con uno spirito nuovo? Sentivo che fisicamente avrei anche potuto farcela ma, psicologicamente, temevo di non esserne capace. Fu in quel momento che giurai a me stesso che avrei cercato di dare un senso alla mia esistenza mantenendo l'attenzione sulle cose che avevano davvero importanza e che, per quanto fosse strano o irrazionale, avrei fatto di tutto per ritrovare Sveva; non avrei permesso che il mondo, con i suoi limiti e le sue regole, potesse privarmi di lei.

Benedetta tornò poco dopo: «Come va Sandro?».

La sua voce calma lasciava trasparire una certa sofferenza, forse preoccupazione nei miei confronti o inquietudine riguardo a quanto avevamo appena vissuto.

«Sono alle corde, non vedo l'ora di ripartire».

«Dai, non mollare adesso: tra un po' ce ne andiamo».

Mi rimisi in piedi e insieme salutammo Matteo, ringraziandolo per la sua disponibilità. Anche lui era visibilmente scosso e mentre ci stavamo scambiando i recapiti affermò: «Sinceramente, sono davvero stupito da quello che mi avete raccontato. È stato un vero piacere accompagnarvi e sarei felice se decideste di tenermi al corrente riguardo alle vostre ricerche».

Appena entrato in macchina ebbi la sensazione di giungere in una sorta di rifugio, un guscio dove sentirmi al sicuro. Mi accorsi di parlare a fatica: Benedetta mi diede un tranquillante, così, nel giro di qualche minuto sentii lo stato di apprensione allentare un po' la presa.

Lasciammo il Lido mentre scendeva la sera e nonostante la temperatura fosse abbastanza rigida, scendemmo dall'automobile e salimmo sul "ponte passeggiata" del ferry. Non so se fu la tensione che si liberò tutta d'un tratto, o l'accavallarsi vorticoso di tanti pensieri, ma all'improvviso non ressi più e scoppiai a piangere. Benedetta mi abbracciò, tenendomi stretto: «Sfogati pure Sandro, ti fa solo bene».

«Non è possibile! No, non è possibile! È quasi tutto uguale a come ricordo, a come ho detto. Non mi interessa se la gente mi crede o meno: io so che è così!».

Con voce calma, cercò di confortarmi, e non appena mi rasserenai un po', notai che le sue guance erano rigate dalle mie lacrime: istintivamente, le asciugai, ritrovandomi così ad accarezzarle il volto. Non proferì parola, né si spostò di un millimetro.

Dentro di me regnava una confusione impressionante, eppure mi resi conto che in fin dei conti quel pianto mi aveva fatto bene. Ancora una volta, Benedetta, si era rivelata molto attenta nel gestire la situazione e, con un paio di battute, riuscì anche a farmi sorridere.

Quando rimontammo in auto le chiesi quale fosse il suo parere su ciò che avevamo visto. Mi aspettavo un resoconto medico-scientifico, invece, più semplicemente rispose: «È un casino».

Apprezzai molto la sua franchezza, e lei subito aggiunse: «La cosa migliore, adesso, è che tu stia a riposo per qualche giorno mentre io, se sei d'accordo, proverò a contattare alcuni esperti del settore. Lascia passare un po' di tempo. Non dico di non pensarci o di far finta di nulla, ma non permettere che questo pensiero ti assilli: bisogna sempre guardare avanti. Certo sarebbe bello trovare una spiegazione, però ricordati che la vita continua anche senza certezze».

La guardai con tristezza: «Sì, la vita prosegue, tuttavia penso che certe domande non mi lasceranno mai».

«Fai bene ad interrogarti, ma non dimenticare che non sempre troverai delle risposte. È come bussare a una porta e non ricevere alcun riscontro: è giusto insistere, però se questa non si apre può essere sbagliato ritenere che dipenda dalla volontà di qualcuno, bisogna considerare anche la possibilità che dentro a quell' abitazione non ci sia nessuno e che sia il caso di tornare un'altra volta. Va bene continuare a provare, solo che va fatto di tanto in tanto».

Annuii; in effetti, il suo ragionamento non faceva una piega. Per alcuni minuti, nell'abitacolo, si udì solamente il rumore del motore. Capii di essere partito per il Lido sperando che i miei ricordi corrispondessero alla realtà, ora invece mi rendevo conto che forse sarebbe stato meglio il contrario: se mi fossi trovato davanti a un luogo completamente diverso sarei stato costretto ad abbandonare quella mia agognata e forse folle ricerca. Dopo quel viaggio, nella mia mente, il buio era diventato ancora più fitto. Dovevo prendere atto di ricordare, persino nei dettagli, posti che non avevo mai visitato prima e questa realtà rimetteva in gioco ogni ipotesi: anche l'esistenza di Sveva. Al solo pensiero ero atterrito da una forte inquietudine. Mi sentivo fuori dalla mia vita di sempre, e quel che mi preoccupava maggiormente era pensare che forse non vi avrei più fatto ritorno.

"Okay Houston, we've had a problem here", disse Jack Swigert durante la missione Apollo 13, quando un serbatoio dell'ossigeno scoppiò a oltre 300.000 Km chilometri dalla Terra. Come andò a finire la vicenda è noto ma, in un certo senso, anch'io in quel momento temevo di perdermi nello spazio profondo.

In cuor mio speravo che, da qualche parte, ci fosse una guida determinata e sicura al pari di Gene Kranz (il direttore di volo delle missioni Apollo), capace di gestire l'emergenza dandomi fiducia e guidandomi sulla strada di casa. Forse quella persona era lì, seduta accanto a me e stava guidando con un'aria perplessa ma, per nulla disorientata.

Un paio di minuti dopo riprendemmo a parlare e il resto del viaggio si svolse in un clima leggermente più disteso. Confidavo molto in Benedetta: era una bella persona, potevo far conto su di lei.

Chiamai i miei genitori e, sebbene accennai solo a poche cose, rimasero alquanto sgomenti. A casa, oltre a loro, c'erano mia sorella col marito. Non appena arrivammo, mia madre chiese a Benedetta di fermarsi a cena, lei accettò di buon grado e a tavola raccontammo quanto era avvenuto: dalle somiglianze, sia interne che esterne dei reparti, della chiesetta, del teatro, dei nomi dei vari luoghi e anche dell'esistenza della Volkswagen verde. Una volta terminato il nostro resoconto, nella stanza calò un pesante silenzio. Nessuno cercò di dare una spiegazione o di dire che era solo il frutto di una serie di coincidenze.

Mia madre, per quanto scossa: disse che, prima o poi, avremmo trovato delle spiegazioni e che comunque non dovevo vivere pensando solo a questa cosa. Mio padre, invece, rimase a lungo ammutolito e solo più tardi si limitò a considerare che era davvero una situazione al limite dell'incredibile. Mia sorella e Filippo tentarono di dire qualcosa di incoraggiante ma, alla fine, ci sentivamo tutti avvolti da un grande sconcerto.

Salutai Benedetta verso mezzanotte, ci scambiammo due baci e la ringraziai di tutto; nonostante ciò, mezz'ora dopo cominciammo ad inviarci una serie di messaggi sul cellulare. Capii che anche lei era rimasta spiazzata da quanto avevamo visto, e in tutto ciò, percepivo che c'era qualcosa che la coinvolgeva quasi in modo personale. Forse, però, era solo una mia impressione: in ogni caso, desideravo continuare la ricerca. Ero davvero scosso ma volevo arrivare a comprendere se c'era una possibilità, anche una sola, di ritrovare Sveva.

31
Il profumo del pane

Due giorni più tardi ripresi le sedute di fisioterapia, e con l'occasione raccontai a Placido quanto era avvenuto al Lido. Ne fu molto colpito, pur confessandomi che aveva sperato in un esito diverso: infatti, se avessi trovato un ambiente completamente differente da quello che ricordavo, avrei presto abbandonato le ricerche su Sveva ma, alla luce di quanto era emerso, capiva che ormai era impossibile pensare di interrompere le ricerche e non indagare oltre.

Volle però invitarmi a realizzare una cosa assieme: faceva parte dei "Ragni di Lecco", famoso gruppo di scalatori e autentico orgoglio della città. Mi chiese se avessi mai scalato la cresta "Segantini", sulla Grignetta. La mia risposta fu negativa: non era un'ascesa tale da richiedere conoscenze alpinistiche estreme ma necessitava comunque di una buona preparazione. Quel giorno ci promettemmo che, quando mi fossi ripreso, avremmo raggiunto la vetta assieme. Nessuno mi aveva mai invitato a scalare una montagna: la cosa mi fece molto piacere, e compresi il significato che attribuiva a quell' "impresa" e la fiducia che aveva nel mio completo recupero.

In quei giorni sentii più volte Benedetta, e una settimana dopo il nostro viaggio mi invitò a incontrarci in una pasticceria nei pressi di Piazza Alessandro Manzoni. Immaginai che avesse qualche novità da riferirmi e la cosa al tempo stesso, mi incuriosiva e mi impensieriva un po'.

Giunsi a destinazione con leggero anticipo e mi ritrovai ad osservare la statua del grande scrittore: davanti a quel monumento era passato oltre un secolo di storia della città. Per alcuni istanti mi piacque pensare che l'autore de *I promessi sposi* fosse davvero lì, seduto su una sedia a osservare la piazza. Chissà cosa avrebbe pensato dei nostri tempi e come li avrebbe descritti...

Benedetta arrivò subito dopo, e appena la vidi notai con stupore che si era tagliata i capelli, che ora le scendevano appena sotto il viso. Quel look metteva ancor più in risalto i suoi occhi e i graziosi lineamenti del volto. Le dissi che il nuovo taglio le donava, e lei sembrò apprezzare quel complimento.

Dopo qualche battuta sui regali di Natale ancora da comprare, si fece seria e cominciò a parlare di me: «Come ti avevo promesso, ho fatto delle ricerche e presentato ad alcuni colleghi una relazione sugli eventi, ovviamente senza indicare il tuo nome, né tantomeno i luoghi in questione. Ponendo in evidenza l'essenza della vicenda, ho spiegato loro che durante il coma hai visto dei posti che non avevi mai visitato e che questi, nell'80% dei casi, esistono veramente;

ho anche segnalato che ricordi di aver interagito con più persone, in particolar modo con una donna, la quale ti è stata particolarmente vicina e che ti ha lasciato profondamente colpito. Adesso non ci resta che attendere. Man mano che giungeranno delle risposte, ti terrò aggiornato. Nel frattempo ho inoltrato una domanda all'Ordine dei Medici chiedendo se in passato sia mai stata registrata una certa Sveva De Rinaldis; ho cercato informazioni anche al *Buzzi* e al *Regina Elena* di Milano per capire se nei loro reparti di Pediatria e Anatomopatologia abbia mai lavorato una dottoressa con quel nome, ma al momento non ho ricevuto riscontri».

A quel punto mi guardò con attenzione e mi domandò: «E tu, come stai?».

Tra tutte le domande che poteva farmi, quella forse era la più banale, eppure il modo con cui la pose mi mise in difficoltà. Capivo che non voleva solo sapere come stavo fisicamente. In quei giorni avevo più volte ripensato alla mia vita, a com'era stata e a com'era attualmente. Dopo qualche istante le confidai: «Non sto bene. Cerco di distrarmi, di trovare stimoli che possano appassionarmi a qualcosa ma, alla fine, mi ritrovo sempre a pensare a quanto mi è successo. Quel giorno al Lido, quando ho avuto l'incidente, è come se fossi morto. So che non è così, ma sento che la vita vissuta fino ad allora è terminata contro quella macchina. Adesso, mi rendo conto che lo stare bene non è scontato anzi, è una responsabilità nei confronti di te stesso e di chi, a differenza tua, non può godere una simile fortuna. So di aver rischiato di morire o di passare il resto della mia esistenza su un letto o su una sedia a rotelle. Non posso continuare a vivere come se non fosse accaduto nulla: non lo trovo giusto. Desidero tanto aver la certezza di non sprecare i miei giorni».

«In che senso?».

Cercai di spiegarmi meglio: «Mi sono reso conto di aver vissuto in un modo banale, scontato, piatto, basato sostanzialmente sulla ripetitività. Lavoro e riposo si sono susseguiti come il giorno e la notte, alternati da qualche hobby, fatto più per passare il tempo che per vera passione. Dopo una simile esperienza, ho capito che non vivere pienamente la vita sarebbe un delitto imperdonabile. Vorrei trovare uno scopo, un qualcosa che apra un nuovo corso della mia esistenza, ma al momento sono troppo confuso e non riesco a capacitarmi di quale sia la mia vera strada. Tu hai un lavoro stimolante, curi la gente, studi, ricerchi e non finirai mai di farlo; il tuo è un impiego costruttivo, dinamico, utile e anche appagante. Io lavoravo in un ufficio dove organizzavo trasporti e smaltivo scartoffie dalla mattina alla sera. Anche quello serve, certamente, ma non mi va più di vivere così».

«Sandro, hai appena trentun anni, non hai moglie, né figli. Ora pensa a riprenderti, in futuro deciderai cosa fare. Credo che nessuno ti chieda di continuare per sempre con quel lavoro: lascia sia il tempo a darti la risposta, e poi segui la via che ritieni più giusta. Hai ragione a non voler permettere che i mesi e gli anni finiscano per assomigliare a una pila di fotocopie; rendi onore ad ogni giorno, credi nei tuoi sogni e impegnati a realizzarli. Anche un solo passo al giorno può bastare: un semplice passo, e vedrai che di strada ne percorrerai tanta. Non aspettare che spiri il vento per spiegare le vele, fallo ora, anche se non c'è un filo d'aria, cosicché quando il vento comincerà a soffiare, potrai partire subito. In questo modo non avrai rimpianti, né sarai costretto a dire: "Se fossi stato pronto, sarei andato ancor più lontano...". È sbagliato attendere che sia la vita a provarci che vale la pena viverla, dobbiamo essere noi a darle fiducia».

Sapevo che era una donna dotata di grande umanità, ma non credevo mi avrebbe invitato esplicitamente a rompere quelli che, fino ad allora, erano stati gli schemi della mia quotidianità. Rimasi in silenzio ad ascoltarla: «È vero quello che dici, non si può vivere di abitudini. Non puoi passare i tuoi giorni a lavorare in attesa dei turni di riposo o delle vacanze, senza cercare un qualcosa che renda unica ogni giornata. Non voglio sostenere che certi lavori non vadano bene, ma sta a te far sì che abbiano un senso. Se invece senti di voler puntare ad altro, allora trova il coraggio di cambiare e inizia a camminare in un'altra direzione. E poi, se possibile, tenta sempre di far entrare l'arte nella tua vita: dipingi, fotografa, scrivi, suona uno strumento... non importa quale forma tu scelga, ma un'esistenza senza arte è come un mattino senza il profumo del pane».

Quell'espressione totalmente inaspettata mi colpì e Benedetta se ne accorse: «Sono cresciuta vicino a un panificio, per cui ogni giorno il profumo del pane era la prima cosa che sentivo quando uscivo per andare a scuola o, in estate, quando ero ancora a letto e mia nonna apriva le finestre. Poi, quando avevo circa quindici anni, ci siamo trasferiti: non hai idea di quanto mi sia mancato».

La ringraziai per aver condiviso con me quel ricordo e per aver preso a cuore tutta la vicenda, ma scosse la testa dicendo: «Siamo amici e stiamo entrambi indagando un grande mistero. Non trovi?».

Annuii sorridendo e, dal momento che doveva rientrare a casa e poi andare in ospedale (dove quella notte sarebbe stata di guardia), ci salutammo. Mi aveva fatto davvero piacere uscire con lei; avevamo parlato soprattutto della nostra ricerca, certo, ma d'altronde se l'intento di Benedetta era solo quello di riferirmi le novità riguardo il mio caso, avremmo potuto farlo anche al telefono. Quasi non osavo pensarlo, ma avevo la sensazione che avesse voluto quell'incontro per stare un po' assieme.

32
Le cinque candele

Dal punto di vista meteorologico, quel dicembre non fu entusiasmante: piovve spesso e il freddo si fece sentire parecchio. Un sabato mattina visitai una bella mostra fotografica allestita in centro, presso il Palazzo delle paure e, il fine settimana successivo, assistetti a un'interessante conferenza sullo spazio tenutasi presso l'Osservatorio Astronomico di Villa Belgioioso: cercavo di distrarmi quanto possibile e di impiegare il tempo in modo produttivo, anche se la gran parte dei pomeriggi, la trascorrevo a casa col pensiero rivolto a Sveva.

Talvolta capitarono anche strane coincidenze: camminando per la strada, oppure accendendo la radio sentivo pronunciare il suo nome, o stavano trasmettendo una delle canzoni che avevo ballato con lei.

Pensai che quest'ultimo caso fosse una pura coincidenza, mentre il sentire il nome "Sveva" con una certa frequenza (nonostante fosse poco comune) derivasse dal fatto che fino a poco tempo prima, semplicemente, non ci facevo caso.

Una "coincidenza" molto meno spiegabile avvenne una mattina, quando, senza un motivo particolare, ricordai il racconto fatto da Sveva riguardo alla bambina che aveva visto morire al Buzzi di Milano: ci pensai un po' su, poi mi misi a fare delle altre cose. Tuttavia, qualche ora più tardi, uscii a fare due passi con mia sorella e le raccontai del fatto che quel pensiero fosse comparso nella mia mente e che mi avesse accompagnato per una buona mezz'ora. Mi ascoltò senza dir nulla ma, poco dopo trovò un pretesto per spostare il discorso su altri argomenti. Ci rimasi un po' male: capivo il suo scetticismo e il suo probabile non attribuire importanza a quanto avevo detto ma, constatavo sempre più spesso quanto fosse frustrante non essere creduto o, semplicemente, sentire il desiderio di parlare di qualcosa che, praticamente nessuno, era disposto ad ascoltare senza pregiudizi.

Qualche minuto più tardi entrai in una cartoleria per comperare un biglietto natalizio da spedire a una mia cara amica che abitava a Manchester; si era trasferita lì per lavoro e ogni anno mi inviava una cartolina di auguri. Ero sempre molto lieto di riceverla ma, puntualmente, mi rendevo conto di non aver fatto altrettanto. Stavolta finalmente avrei contraccambiato!

Quando aprii l'involucro che conteneva la busta, trovai al suo interno un fogliettino con scritto: "Con l'acquisto di questo biglietto hai contribuito a donare 50 centesimi all'ospedale dei bambini Buzzi di Milano". Impallidii e a quel punto, mia sorella, non sapendo cosa avessi letto, mi chiese allarmata:

«Sandro, tutto bene?».

Non poteva essere! Anche questa era una fatalità? Eppure faticavo a credere che dietro a simili coincidenze non ci fosse alcun senso. Mostrai il foglietto a mia sorella e lei sbiancò a sua volta, scuotendo la testa incredula. Lo shock mi colpì come una secchiata di acqua gelida, tanto che, mi ci volle un po' per riprendermi: era un segnale di Sveva?

Non passò nemmeno una settimana che, nel corso di una ricerca, scoprii un articolo in cui l'ospedale veniva definito "Città bianca sul mare". A scriverlo era stata Milly Dandolo, una scrittrice milanese di origini venete. In esso, oltre a quanto mi aveva riferito Sveva, vi erano altre informazioni interessanti e degli aneddoti curiosi. La cosa, ovviamente, mi lasciò sgomento. Ne parlai con Benedetta la quale mi disse di provare a vivere il tutto con distacco: se fossero capitate nuovamente delle situazioni simili, avrei dovuto annotarle senza farmi prendere dall'angoscia di capire per quali ragioni accadevano oppure, dalla frustrazione di dirle a qualcuno e di esser guardato con perplessità.

Un giorno mi tornò alla mente l'immagine dell'uomo della Sindone che avevo visto all'Ospedale al Mare. Nel giro di una settimana lessi un paio di libri per documentarmi su quella reliquia e constatai che, nonostante anni di ricerca da parte di scienziati internazionali e l'utilizzo delle più moderne apparecchiature, ci fossero solo vaghe ipotesi riguardo alla formazione dell'immagine e che nessuno fosse mai riuscito a riprodurla. Perché il mistero della Sindone mi affascinava così tanto? Lo compresi presto: si trattava di una realtà misteriosa, su cui fede e scienza si confrontavano da tempo, spesso scontrandosi. Per i credenti il volto impresso sul telo era quello di Cristo, mentre per gli studiosi, scevri da preconcetti, era invece, la figura di un uomo ucciso in modo violento; riguardo la sua formazione, la loro onestà intellettuale li portava a sospendere il giudizio.

Per gli scienziati anticlericali infine, la Sacra Sindone, pur nella sua inspiegabilità, rappresentava un punto di domanda così forte da farli accanire su di essa, spingendoli a volte ad affermare teorie talmente bizzarre da apparire ridicole.

Le letture sui metodi d'indagine con cui veniva studiata mi fecero riflettere su come le persone si approccino alle realtà su cui non vi sono certezze, concludendo che certe cose debbono essere osservate e meditate in silenzio, senza la necessità di emettere a tutti i costi una sentenza.

In quei giorni scambiai alcune e.mail con Alice, la fisioterapista dell'ospedale di Padova: aveva a cuore la mia situazione ed era interessata alle terapie a cui mi stavo sottoponendo. Le risposi che ripensavo spesso al giorno in cui, per la prima volta, ero riuscito a camminare con le stampelle; non era stato affatto facile ma grazie a lei avevo ritrovato una parte di me che avevo, fino ad allora, dato troppo per scontata.

Ricordavo il suo viso davanti al mio volto, le sue mani sulle mie spalle, poi quel primo lento movimento...

Quel giorno certamente non arrivai sulla Luna come Neil Armstrong, però quel piccolo passo rappresentò per me un grande balzo verso la mia nuova vita. Le ero tanto grato, non solo per quanto aveva fatto, ma soprattutto per il modo in cui mi aveva trattato.

Una mattina, pochi giorni prima di Natale, mi alzai molto presto: la casa era avvolta nel silenzio e fuori era ancora buio pesto. Accesi il computer e trovai un suo messaggio di posta elettronica. Alice mi aveva scritto alcune frasi di augurio, aggiungendo una piccola storia su come, a suo parere, sia corretto porsi nel momento in cui si vuole aiutare qualcuno. Non so se l'avesse ideata lei o se si fosse ispirata a qualche altro racconto che magari aveva letto o sentito.

Un giorno, un uomo si risvegliò in una stanza buia. Capì subito che quella non era la camera in cui si era addormentato la sera precedente e che non si trovava su un letto. Angosciato, si alzò da terra e cominciò a vagare in questo luogo sconosciuto: aveva paura, non capiva dove fosse finito e per quanto tempo sarebbe dovuto rimaner lì, da solo.

Dopo un po' sentì avvicinarsi una persona, una bambina, che senza dir nulla lo prese per mano e lo accompagnò a un tavolo sul quale erano disposte cinque candele. Sempre in silenzio, la bimba tirò fuori un fiammifero e lo accese: per un attimo lo tenne fermo davanti al volto poi, con calma, lo avvicinò a una candela. L'uomo, rimase stupito perché, senza riuscire a capirne il motivo, assistette a una specie di lenta reazione a catena: un qualcosa che non aveva mai visto prima. Osservò le candele accendersi ad una ad una, fino a creare una luce molto bella. Rimase alcuni secondi a guardare la misteriosa bellezza del fuoco, ma quando volle chiedere alla bambina chi fosse e dove si trovavano, si accorse che se n'era andata.

Il tipo si ritrovò nuovamente solo, eppure constatò che il chiarore rendeva più sopportabile quella situazione angosciante.

Mentre si guardava attorno, pensò che il buio lo circondava perché era ancora notte, una notte che prima o poi sarebbe finita. Sentì freddo, e avvicinò le mani alle fiammelle. Prese quindi a ripercorrere i momenti cruciali della sua esistenza, accorgendosi di considerarli in modo diverso rispetto a prima: si sorprese di riuscire a distinguere le situazioni che veramente contavano da quelle che, in fondo, non erano così importanti, capendo, senza alcuno sforzo, in quali circostanze aveva sbagliato e in quali occasioni si era comportato

correttamente. Quella condizione d'incertezza lo inquietava ma, allo stesso tempo, gli permetteva di osservare la realtà da una prospettiva completamente nuova: non era felice, ma ebbe la certezza che avrebbe affrontato con dignità e coraggio qualsiasi cosa che, d'ora in poi, gli sarebbe stata riservata dal destino.
Quando le prime luci dell'alba filtrarono dalle finestre, si accorse che sulle basi delle candele erano incise alcune parole: "Costanza", "Forza", "Determinazione", "Speranza". Guardò il fiammifero, ormai quasi tutto consumato e lasciato sul tavolo dalla misteriosa bambina, e dentro di sé sentì come una voce sussurrargli che quel pezzetto di legno rappresentava l'"Amore".
Volse nuovamente lo sguardo verso le fiammelle e vide la parola posizionata giusto sotto alla candela che aveva poi acceso tutte le altre: "Fiducia".

La personalità e lo spirito di Alice erano perfettamente rappresentati in quelle righe. Riflettei parecchio su quanto aveva scritto e conclusi che infondo, era vero: l'amore è in grado di accendere la fiducia, non la speranza, e che, probabilmente, il massimo livello di un rapporto interpersonale raggiungibile con qualcuno (o anche con l'ultraterreno) sia quello della fiducia. La speranza, infatti, è la forma più luminosa e positiva della passività, perché dipende sempre dagli altri o da un qualcosa su cui non si ha alcun controllo: la fiducia, invece, è uno stato del proprio essere. Tra loro vi è la differenza che sussiste tra il navigare nell'attesa che la nebbia si diradi e il fare rotta verso qualcuno che aspetta e che in qualche modo già si conosce.

Tentai più volte di scrivere una risposta ad Alice, cercando delle frasi capaci di esprimere le sensazioni da me provate nel leggere il breve racconto che mi aveva inviato, ma alla fine mi limitai a un semplice: "Grazie di cuore, per tutto...".

Una sera, sempre in quel periodo, mentre ero steso a letto, mi tornò in mente quanto Sveva mi aveva detto riguardo al periodo natalizio. Chiusi gli occhi e lasciai l'immaginazione libera di correre.

Era notte, a Milano, lungo il Naviglio Grande. Sveva indossava un cappotto scuro e portava un grazioso cappellino; sorrideva. Era molto tardi e per strada si scorgeva solo qualche raro passante, si respirava una gioiosa atmosfera natalizia e il suo volto era arrossato dall'aria fredda. Decidemmo di fermarci su un ponte che attraversava il Naviglio. Restammo lì, in silenzio, abbracciati, a contemplare una miriade di luminarie che si riflettevano sulla liscia superficie dell'acqua: uno spettacolo unico, solo per noi! Sveva sussurrò: «Te lo avevo promesso, e ora eccoci qui!».

Tutto era così perfetto. Guardai Sveva, era così bella da togliermi le parole di bocca e farmi perdere la cognizione del tempo. Mi sentivo l'uomo più felice e fortunato del mondo. Lentamente si voltò verso di me, mi fissò e nei suoi occhi vidi una luce bellissima. La strinsi, e mentre stavo per darle un bacio, disse: «Buon primo Natale insieme...».

Quando, poco dopo, mi destai da quei pensieri, provai una stretta al cuore; avrei tanto voluto piangere, ma non ci riuscii. Perché tutto questo? Sveva esisteva, ne ero certo, era da qualche parte in attesa del mio arrivo... dovevo solo trovarla.

I giorni successivi scivolarono rapidi, arrivò Natale e casa mia venne invasa dai parenti. Trascorremmo una piacevole giornata, seppur un velo di malinconia mi accompagnò tutto il tempo: pensavo a Sveva e mi chiedevo dove e con chi stesse passando quei momenti.

Passai San Silvestro con i miei genitori e alcuni parenti. Non ero certo nelle condizioni di uscire con gli amici a far festa fino a tardi e così rimasi a casa a far scorrere le ultime ore di quell'anno, che avevo rischiato di "concludere anticipatamente", tra considerazioni sull'incidente e le consuete frasi benauguranti che accompagnarono e seguirono il brindisi di mezzanotte.

Non riuscii certo a godermi la serata. Cercai di non dare motivo ai miei familiari di preoccuparsi, ma il ricordo di Sveva era sempre presente e mi faceva star male: chissà dov'era, se mi pensava e se prima o poi l'avrei ritrovata...

Quando i parenti si avviarono verso le loro case, inviai dei messaggi di auguri agli amici più cari e andai a letto mentre fuori i botti continuavano a risuonare nella notte di festa. Arrivarono alcuni messaggi da Ginevra, Placido e Benedetta, quest'ultima mi scrisse parole molto incoraggianti riguardo al mio recupero.

A quel punto, spensi luce e telefono, e nel buio pensai alla dottoressa Guzzetti: supponevo che nella vita fosse stata messa al tappeto più volte, ma era una donna dal carattere forte e deciso e di sicuro non aveva mai perso la voglia di andare avanti. La sua determinazione sarebbe stata sufficiente da portare le nostre ricerche ad una qualche risposta? Mentre nella mia testa bazzicava ancora questa domanda, senza quasi accorgermene, mi addormentai.

33
S.C E. Aux

Quale sarebbe stato il mio futuro?
Dove mi avrebbero portato i tanti interrogativi che continuavano ad emergere su quel che avevo vissuto e riguardo al domani?
L'anno nuovo, per me, iniziò con queste domande.

Proprio in quel periodo volli approfondire le mie conoscenze sulla missione *Apollo 12*; scoprii così che il razzo *Saturno V*, mentre stava portando in orbita i tre astronauti, venne colpito da due fulmini poco dopo esser partito. La scarica elettrica fece impazzire tutti gli strumenti del pannello di controllo, tanto che l'equipaggio si ritrovò diretto verso lo spazio, a una velocità supersonica, senza poter fare nulla.

Nessuno aveva idea di come uscire da quella situazione pericolosissima destinata a conseguenze drammatiche. Per fortuna un ingegnere del *Mission Control* di Houston fece azionare agli astronauti un interruttore capace di attivare rapidamente l'alimentazione ausiliaria dell'elettricità, una levetta che non veniva mai usata né presa molto in considerazione, e indicata come "S.C.E. Aux"; insomma, una sorta di reset del sistema. Fortunatamente la manovra funzionò e tutto procedette per il meglio.

Avrei davvero voluto che anche a me capitasse qualcosa di simile, trovare un "pulsante" in grado di azzerare in un istante tutta la mia confusione, i pensieri negativi e le mie paure, e di ristabilirmi nella giusta condizione di equilibrio. Eppure quel "tasto", al momento, non lo avevo ancora scoperto, e cominciavo sempre più a dubitare della sua esistenza.

Il mio stato d'animo nei primi giorni di gennaio non era dei migliori. L'unico dato positivo di quel periodo fu che finalmente tolsero i chiodi dalla gamba, ma viste le condizioni del ginocchio avrei dovuto camminare con la stampella ancora per un po'. La mia mente andava spesso ai ricordi legati a Sveva, ritrovandomi immerso in un'infinità di domande che a volte mi spaventavano e che tuttavia non riuscivo ad evitare.

Pensavo poi a Benedetta, alla sua gentilezza e al suo voler guardare a quanto mi era accaduto in modo obiettivo, cercando indizi senza essere né possibilista, né scettica. Sapevo che era un'affermata professionista, e come tale si era comportata con me, ma ero convinto che nella mia vicenda qualcosa la toccasse in modo particolare.

Riflettevo sui miei amici, a quelli che mi erano stati vicini e anche alle persone che avevano fatto finta di nulla, come Gloria e i suoi parenti. Non che mi aspettassi qualcosa di particolare da parte loro, ma nonostante avessero sicuramente saputo del mio incidente, nessuno si era preso il disturbo di telefonarmi per chiedere come stavo. Ancora una volta dovetti constatare di aver riposto stima e affetto in persone poi rivelatesi davvero deludenti.

Verso la fine del mese ricevetti la partecipazione di nozze di Andrea Bonollo, un carissimo amico al quale ero molto affezionato nonostante ormai ci vedessimo di rado. Sposava Silvia, la sua ragazza fin dalla terza superiore. Ricordo che quando uscivamo dal nostro istituto facevamo delle corse incredibili per prendere l'autobus che, qualche chilometro più avanti, passava nei pressi della scuola che lei frequentava. Tutto ciò per far sì che Andrea la potesse incontrare e scambiare con lei due parole. Al loro matrimonio, quindi, non sarei certo mancato.

In quel periodo tentai più volte di trarre un bilancio dei miei primi trentuno anni senza però giungere a una conclusione: mi accorsi che tutte le colonne – pro, contro, scelte giuste e cose sbagliate – contenevano parecchie voci. Forse non era importante che il "risultato d'esercizio" fosse in attivo o in passivo, ma che trovassi la forza di chiuderlo definitivamente e di voltare pagina.

"Between our dreams and actions lies this world (Tra i nostri sogni e le nostre azioni c'è questo mondo)", recita una suggestiva e intensa canzone di Bruce Springsteen; dalle ipotesi ai fatti la strada è sempre lunga. Cercavo di tracciare una rotta ma nonostante la buona volontà, nella mia mente regnava la confusione, accompagnata spesso da intensi sbalzi d'umore.

Ne parlai con Benedetta, la quale mi disse che si sarebbe stupita del contrario: quello che stavo vivendo era normale, l'unica cosa che potevo fare era mantenere il controllo delle emozioni e cominciare a pianificare concretamente il futuro.

Dovetti fare i conti anche con un'altra realtà che mi scosse parecchio: un pomeriggio, cercando notizie in internet sull' Ospedale al Mare, mi imbattei nel sito realizzato da un anziano professore che da anni svolgeva ricerche sul Lido di Venezia. Gli spedii una mail dicendo di essere interessato a conoscere la storia di quella struttura, e in risposta mi inviò un testo molto dettagliato e una sostanziosa documentazione fotografica. Alcune immagini d'archivio erano le stesse che ricordavo di aver visto con Sveva. Com'era possibile?

Successivamente feci delle ulteriori ricerche e scoprii che quanto aveva riferito Sveva sulla gara automobilistica al Lido (a cui aveva partecipato anche Tazio Nuvolari) e sulla Coppa Schneider corrispondevano a verità.

Quella vicenda stava diventando sempre più intricata e inspiegabile.

Qualche giorno più tardi, invece, Benedetta mi domandò di prendere un caffè assieme, così ci incontrammo in una pasticceria del centro, sedendoci presso un tavolino un po' appartato. Mi disse che aveva chiamato Matteo, l'infermiere incontrato al Lido, chiedendogli se poteva farle pervenire i nominativi di alcune persone che negli anni avevano lavorato o frequentato l'Ospedale al Mare. In questo modo era riuscita ad ottenere una breve lista.

Il primo nome era quello di Sara, una signora novantenne dalla storia molto particolare: era giunta in quella struttura per assistere il marito, ricoverato per lungo tempo. Nel corso dei mesi aveva notato che dei pazienti erano quasi sempre soli, alcuni privi di famigliari, altri invece perché avevano i parenti lontani che li andavano a visitare raramente. Così aveva iniziato ad aiutarli nelle loro piccole necessità, a scambiar due parole e a stemperare con piccoli gesti di vicinanza la loro solitudine. Dopo non molto, purtroppo, suo marito era venuto a mancare ma lei, nonostante il dolore per la sua scomparsa, non aveva smesso di frequentare l'ospedale; non riusciva a reggere l'idea che ci fossero dei ricoverati bisognosi di una mano e di un sorriso e così, aveva continuato ad assistere i malati che erano soli. Nel corso dei quarant'anni successivi molte altre persone avevano seguito il suo esempio e in questa maniera si era venuto a creare un gruppo di volontariato molto attivo.

Benedetta spiegò alla signora la ragione per cui l'aveva disturbata e le chiese se avesse memoria di una persona somigliante a Sveva. Sara le aveva risposto che, così su due piedi, non ricordava nulla di particolare ma le promise che, se dal passato fosse affiorato qualcosa l'avrebbe ricontattata.

Con emozione, pensai a quando Padre Ivan aveva detto che tra quei reparti si era fatto tanto del bene e, quasi mi avesse letto nel pensiero, Benedetta mi parlò dei cappellani che si erano succeduti nel tempo: si era rivolta al Patriarcato di Venezia, scoprendo che i frati ospedalieri non dipendevano dalla Diocesi, bensì dalla loro Provincia. Saputo che erano stipendiati dall'Azienda Sanitaria Locale, aveva presentato una richiesta per conoscere i loro nomi, ed era in attesa di risposta.

Man mano che raccontava queste cose, mi sentivo sempre più stupito ed emozionato: le ero infinitamente grato per avermi dato credito e per provare a far luce su quanto avevo vissuto.

Aveva novità anche da parte di Matteo che le aveva dato il nome di un signore che per anni era stato un manutentore; aveva contattato pure lui, ma senza ricavare notizie interessanti. Era invece riuscita a parlare con un importante chirurgo, ex primario. All'inizio le era parso alquanto diffidente poi aveva avuto l'impressione che il sapere che anche lei era un medico lo avesse reso in qualche modo più disponibile. Era rimasto dapprima molto vago, poi, improvvisamente le era parso che la voce del Professore avesse perso sicurezza e che suo il respiro si fosse fatto irregolare, e a quel punto, contro ogni possibile previsione, era stato lui a porle alcune strane domande su Sveva. Benedetta gli aveva risposto che sarebbe stato meglio se ne avesse parlato direttamente con me e, a tal fine, si era resa disponibile a organizzare una telefonata o anche un incontro. Il chirurgo però, all'improvviso, le era sembrato desideroso di chiudere quanto prima la conversazione: «Quell'ospedale ormai si sta spegnendo; al suo interno ormai sono rimasti solo fantasmi e la struttura stessa è divenuta uno spettro. Ho provato anch'io a salvarlo, ho sperato tanto che si potessero trovare delle soluzioni per continuare a farlo vivere ma quando la politica, quella malata, decide di nuocere, i danni sono inevitabili. Sinceramente non so cosa lei stia cercando, ma credo che non scoprirà nulla. La prego però, di esser così gentile di lasciarmi comunque il suo numero di telefono: magari un giorno la richiamerò e scambierò pure due parole con il suo amico. Adesso però mi perdoni, sono anziano e il pensare a come sta finendo quel luogo, nel quale, in venticinque anni di lavoro ho eseguito oltre 10.000 interventi chirurgici, mi fa star male».

Fissai Benedetta, che ricambiò il mio sguardo e, in silenzio, ci guardammo a lungo. Quel medico si era comportato in un modo strano, da farci immaginare che nei suoi ricordi si fosse ripresentato qualche volto. Benedetta non volle viaggiare troppo con la fantasia e disse che, probabilmente, trovarsi di colpo al cospetto del passato lo aveva in qualche modo destabilizzato. Ciononostante mi promise che se lui non l'avesse richiamata, di lì a qualche tempo lo avremmo ricontatto noi. Annuii soddisfatto, e proprio mentre lei stava per riprendere il suo resoconto mi ricordai che Sveva mi aveva parlato di un chirurgo bravissimo, che era sempre stato molto gentile con lei e che le aveva raccontato parecchi aneddoti sull'ospedale e sugli interventi da lui eseguiti.

Non avevo mai scritto di questo nei miei appunti; la cosa mi era passata per la mente solo una volta trovandola marginale. Benedetta mi aveva chiesto se per caso Sveva mi avesse fatto anche il suo nome ma risposi negativamente: temevo che non mi credesse. Però ricordavo vagamente la sua descrizione: alto, bello e dai modi cordiali. A quel punto Benedetta disse che ne avrebbe provato a parlare con Matteo, probabilmente lui poteva darci delle indicazioni sull' aspetto fisico del Professore.

Poco dopo, terminò di informarmi sulle sue ricerche dicendomi che aveva avuto anche il nome di un altro anziano signore, un ex dirigente amministrativo. L'uomo si era dimostrato interessato alla nostra indagine e le aveva detto che, tra dottori e infermieri, di gente ne aveva vista passare davvero tanta; sottolineò anche che molti medici erano stati mandati là per dei periodi di ricerca, di studio o per tirocini specifici, ed era quindi un po' difficile darle una risposta. In compenso, le aveva fornito i nomi di alcuni frati che erano transitati per la struttura, tra i quali anche quello del cappellano che vi era rimasto più a lungo, il quale attualmente doveva avere una settantina d'anni. A quel punto lei aveva chiesto alla Provincia Veneta dei frati francescani se fosse rintracciabile ed era in attesa di un riscontro.

Non so perché, ma quando Benedetta finì il suo resoconto ebbi la sensazione che mi avesse taciuto qualcosa; c'era dell'altro, e questo "non detto", a mio parere, riguardava proprio le ultime persone di cui aveva parlato: il dirigente amministrativo e il frate. Tuttavia non volli indagare, dal momento che aveva fatto davvero tanto per me. Ritenni opportuno esprimerle tutta la mia riconoscenza, ma ribadì che non dovevo ringraziarla dal momento che tutto ciò la interessava sia come medico che come persona.

Restammo nella pasticceria un paio d'ore, parlando di tante cose, tra le quali ribadì la sua passione per l'arte: amava la pittura, la simbologia delle cattedrali gotiche e la musica. Me ne aveva accennato anche durante il viaggio al Lido, ma quel pomeriggio scese nei particolari e disse che per lei la musica aveva un valore speciale.

Mi parlò della sua passione per Bach, Mozart e Beethoven, e a voce bassa, quasi a confidarmi un segreto, mi rivelò: «Trovo che la musica sia quasi tutta di natura terrena, ma certe composizioni che ascolto, e che ogni tanto suono al pianoforte, sembrano possedere un qualcosa che varca i confini di questa esistenza, spiragli capaci di aprirsi su dimensioni sconosciute. È come se i compositori avessero trasportato nel linguaggio sonoro delle immagini provenienti da altri mondi o da livelli dell'essere quasi irraggiungibili».

Sentire un medico, una donna di scienza, esprimersi in quel modo mi stupì parecchio: fui molto colpito da quelle parole, che interpretai come una conferma riguardo a quanto avevo vissuto.

Da parte mia le confidai di suonare un po' la chitarra, di apprezzare le opere di alcuni pittori dell'800 e del '900 e che mi sarebbe piaciuto scolpire il legno.

Con un piccolo sorriso, mi ricordò che avevo ancora la possibilità di cominciare ad approfondire una passione, aggiungendo poi: «L'arte è magia. È qualcosa che permette a una donna di sentirsi in qualche modo "padre" e a un uomo fa provare qualche scampolo del mistero di essere "madre". In essa c'è la scintilla del concepimento, ma anche la gestazione, con la sua lenta, silenziosa, evoluzione. Per un artista, la nascita di un'opera d'arte è il momento di massimo privilegio, perché vive il processo di trasformazione di un sogno in un qualcosa di reale, ne può carpire tutti i segreti, compresi quelli che non svelerà mai a nessuno e che conserverà per sempre nel suo cuore. Quando il lavoro sarà interamente venuto alla luce avverrà un distacco; certo, ci sarà sempre legato, ma dovrà lasciare la sua opera libera di andare...».

Le parole di Benedetta suonavano in modo un po' enigmatico: capii quello che intendeva dire, ma cominciai a pensare che le sue frasi nascondessero anche altri significati.

Mi ricordai allora delle parole di Papa Giovanni Paolo I che avevo sentito in un documentario alcuni giorni prima: “Noi siamo oggetto da parte di Dio di un amore intramontabile; è Papà, più ancora, è Madre”.

Poi mi venne in mente il bellissimo dipinto *Il ritorno del figliol prodigo* di Rembrandt, in cui le mani del Padre sono chiaramente una maschile e una femminile.

Cosa significava quanto detto da Benedetta? Forse che Dio aveva dato agli uomini la capacità di fare Arte per poter rappresentare qualcosa che parlasse dell’invisibile? Di indicare l’esistenza di una realtà indescrivibile ma, in qualche modo, percettibile e immaginabile attraverso dei simboli? Eppure anche l’arte era una barca in grado di navigare in un canale in cui scorre un’acqua luminosa, dove l’essere umano ritrova se stesso, tutto quello che in qualche modo lo rappresenta e tutto ciò che gli manca.

34
Nei pressi della bocciofila

Ogni tanto, uscivo a far due passi in centro con Ginevra e Marta e spesso capitò che, passeggiando lungo il viale alberato che costeggia il lago, ci scambiassero per marito e moglie. Giulio tuttavia non fu mai geloso delle nostre uscite. Dal canto suo Ginevra era molto premurosa: ogni giorno mi telefonava o mi inviava dei messaggi per sapere come stavo e in molte occasioni, durante le nostre passeggiate, si lasciò andare a numerose confidenze.

Un pomeriggio, però, accadde una cosa che non mi sarei mai aspettato. Deambulavo ancora aiutandomi con la stampella ed eravamo usciti con Marta, che presto si era addormentata nella carrozzina. Ad un certo punto feci una considerazione: «Spero di poter riprendere presto a camminare liberamente...».

Lei mi guardò per qualche istante e replicò: «Dai, non manca molto, vedrai che tornerai a muoverti senza bisogno di alcun aiuto prima di quel che immagini».

Nei pressi di Piazza Era, sulla riva dell'Adda (punto in cui il lago di Como diventa fiume), ci sedemmo su una panchina vicino a una ragazza che Ginevra conosceva, a sua volta mamma di un bambino. Rimanemmo un po' lì, a scambiare alcune parole, mentre un signore di mezza età a bordo di una vecchia *Lucia*, la tipica imbarcazione a remi del Lario, insegnava a vogare a un ragazzo.

All'improvviso Ginevra, con fare molto gentile, domandò all'amica se poteva accudire Marta per un paio di minuti, dopodiché si alzò e, indicando il bar che si trovava lì vicino, nei pressi della bocciofila, mi invitò ad andare a prendere un caffè. La guardai un po' stranito, ma accettai la proposta e mi alzai. Feci per prendere la stampella, ma lei mi ammonì: «No, quella la lasci qui».

A quel punto, alquanto perplesso replicai: «"Gina", non ce la faccio a camminare senza un appoggio».

Allora venne al mio fianco e, con molta determinazione, continuò: «Ti va di far due passi sottobraccio a un'"anziana" signora?».

Era davvero una bella ragazza: alta, bionda e con bellissimi occhi castani. Aveva tre anni più di me, la stessa età di Giulio. Pur con un certo timore, decisi di provare.

Stupefatto mossi i miei primi passi senza l'aiuto della stampella e, a stento, dissi: «Grazie... non hai idea di cosa stia provando...».

«Non mi devi ringraziare; son davvero contenta per te. Questo ti dimostra quanto sei vicino dal tornare alla normalità».

Giunti al bar ci sedemmo e, dopo aver preso un caffè, tornammo indietro.

Camminare senza alcun supporto mi diede una forte scarica di adrenalina, simile a quella provata quando Alice, mi aveva portato a lasciare la sedia a rotelle.

Ero davvero felice, e anche Ginevra sembrava emozionata: eravamo amici da anni, eppure dopo l'incidente, il nostro legame era diventato ancora più saldo. In fin dei conti, l'idea del viaggio al Lido era stata sua e aveva tanto insistito per farmela accettare. Una volta le chiesi se era per quel motivo che si sentisse così coinvolta, e la sua risposta fu che, certo, si riteneva un po' responsabile, ma che non era solo quella la ragione che la spingeva a chiamarmi e a uscire con me; semplicemente mi vedeva triste e le dispiaceva sapermi in quello stato. Mi confidò poi che Giulio, dopo un breve periodo di crisi, aveva archiviato l'accaduto come una fatalità, immergendosi nuovamente nel lavoro. Mi feci presto l'idea che quella con cui mi vedevo non era la Ginevra di prima dell'incidente: in lei era cambiato qualcosa e cominciai a capire che mi guardava con occhi diversi. Con dispiacere, intuii che tra lei e Giulio le cose non andavano più come un tempo; in effetti il mio amico era parecchio cambiato, sembrava sempre più coinvolto nell'attività che svolgeva (e forse non solo in quella).

Tra me e Ginevra, invece, il livello di confidenza era aumentato sempre più e un giorno decisi di raccontarle quanto mi era accaduto durante il coma. Avvenne durante un pomeriggio di pioggia, a casa mia: ascoltò con estrema attenzione e i suoi occhi divennero più volte lucidi. Alla fine mi abbracciò con un'intensità tale che capii che non reputava quanto le avevo confidato una semplice allucinazione. Le domandai di non dir nulla a Giulio, immaginavo già la sua reazione scettica, senza contare che il ricordarmi di aver visto anche lui in quei tre giorni "impossibili" lo avrebbe indotto a qualche battuta sarcastica. Mi assicurò che non ne avrebbe fatto alcun accenno.

Ci ritrovammo spesso a sostenerci e a confortarci a vicenda, aprendocisi scenari imprevisti e impensabili, che ci lasciarono alquanto spiazzati. Le cose tra noi non mutarono ma di quei giorni, per lungo tempo, non ne avremmo più fatto parola.

Nello stesso periodo, dopo la fisioterapia, mi capitò più di qualche volta di restare in ospedale a prendere un caffè con Benedetta. Parlavamo di tante cose, ci scambiammo dei cd musicali e mi prestò anche alcuni dvd: scoprii che prediligeva i registi che, con le loro storie, lasciavano allo spettatore degli spunti su cui riflettere. Ragionare di cinema con lei mi piaceva molto e mi spingeva ad approfondire la materia; le nostre discussioni su *La leggenda del pianista sull'oceano* di Tornatore e *Parla con lei* di Almodovar furono quelle più impegnative.

Per il resto, nonostante il mio recupero fisico fosse discreto e potessi contare sul sostegno di amici e parenti, il mio morale precipitava facilmente. Iniziai a vivere accompagnato da uno strano senso d'angoscia mentre, quand'ero fuori casa, venivo attanagliato dalla paura di sentirmi male o di perdere improvvisamente la memoria. Spesso mi ritrovavo a fisare il soffitto disteso a letto, interrogandomi su quanto era successo: il non trovare risposte mi procurava un forte senso di frustrazione e di rabbia.

In quei mesi riscoprii la mia vecchia passione per la chitarra acustica: erano circa tre anni che non la imbracciavo. Quando Benedetta lo seppe, disse che suonare e prendermi cura di uno strumento mi avrebbe fatto sicuramente bene, così mi procurai tutto l'occorrente: tolsi le vecchie corde, pulii il legno della cassa e lucidai con cura le meccaniche sulla paletta. Infine, sistemai al loro posto le nuove corde. Non ero mai stato un bravo musicista, a dire il vero, sapevo a malapena leggere le note, ma ero comunque in grado di eseguire un buon numero di accordi e, se mi impegnavo, potevo garantire un discreto accompagnamento a una serata tra amici. Alcune volte mi tornarono in mente le domeniche pomeriggio invernali passate con Gloria a cantare canzoni, specialmente quelle di Lucio Battisti.

Nei primi tempi, tra i brani che mi ritrovavo quasi sempre a suonare vi era l'arpeggio di una famosa canzone dei Pink Floyd: *Is There Anybody Out There?* Me lo aveva insegnato una decina d'anni prima un mio amico che, a differenza di me, era davvero un ottimo musicista. Mi ci volle un po' di tempo per ritornare ad eseguirlo discretamente e, alla fine, mi chiesi se quell'esercizio fosse stato solo un modo per riprendere un po' di agilità o se era una proiezione del fatto che, dentro di me, continuavo a pormi la domanda: *C'è qualcuno lì fuori?*

Spesso passavo il pomeriggio seduto sul letto, la mente occupata tra interrogativi e ricordi, mentre le mani componevano giri di accordi in sintonia con il mio stato d'animo. Trascrissi e registrai alcune brevi sequenze; nulla di che, ma mi riportavano a quei giorni con Sveva e ogni volta che le riascoltavo provavo qualcosa di bello anche se la malinconia veniva a trovarmi con una certa frequenza.

Quei momenti erano solo per me: suonare mi aiutava a pensare e a tratteggiare delle sensazioni che, a parole, non sarebbe stato possibile descrivere.

La lesione al ginocchio, che in un primo momento sembrava marginale, si rivelò più grave del previsto e i tempi di recupero slittarono, eppure a parte qualche fastidio, ero di nuovo in grado di affrontare la vita con una certa normalità.

A metà febbraio tornai al lavoro, seppure part-time. In ufficio mi accolsero con entusiasmo e mi sentii circondato da grande affetto. I titolari dell'azienda, che nel periodo della mia convalescenza si erano costantemente tenuti informati sul mio stato di salute, organizzarono una piccola festa di bentornato e i colleghi che avevano sempre dimostrato la loro vicinanza con messaggi e telefonate, non mancarono di dirmi che erano davvero felici di sapermi nuovamente tra loro.

Dopo qualche giorno, però, mi resi conto di non avere più lo stesso spirito di prima dell'incidente; non riuscivo a trovare alcuno stimolo e ogni cosa mi appariva estremamente ripetitiva. Ero spesso accompagnato da una sorta d'insoddisfazione generale e dentro di me avvertivo il desiderio di pervenire ad una risposta su Sveva.

Ripresi a frequentare Eugenio, amico di vecchia data che lavorava come ispettore di Polizia: era un uomo impegnato in varie attività sociali e sempre disponibile con tutti. Con lui sapevo di potermi confidare, così gli rivelai la mia vicenda.

Quando terminai, mi disse di conoscere un frate, Padre Alberto Floreani, che viveva in un piccolo convento nella zona di Riva del Garda, un uomo molto anziano ma ancora lucido e attivo; studioso di temi legati alla psicologia e da sempre interessato alle esperienze comunemente classificate come "paranormali" o "extrasensoriali". Eugenio mi raccontò di alcuni casi che il religioso aveva seguito. La salute del padre ormai era incerta, tanto più che nel convento era accudito amorevolmente dai confratelli, eppure il suo spirito era ancora quello di un giovane.
Eugenio avanzò un'ipotesi: poteva parlargli di me e di quanto mi era accaduto?

Mi interrogai un po'sul da farsi; chiamai anche Benedetta che assecondò il mio amico: «Sandro, cos'hai da perdere? Prova, tutt'al più non ti darà alcuna risposta».

Stampai nuovamente il resoconto per Eugenio, affinché si facesse un'idea più precisa su quanto avevo vissuto, lo lesse e mi disse che lo avrebbe spedito al frate.

Un paio di settimane dopo Padre Alberto mi telefonò: dalla voce, a tratti tremante, si capiva che doveva essere molto anziano, ma il suo modo di dialogare era quello di una persona attenta e particolarmente acuta. Mi domandò se il sabato successivo potessi recarmi da lui per scambiare due parole. Al mio "sì" mi ringraziò per la disponibilità, cercai di farmi anticipare qualcosa, ma disse che preferiva parlarmi direttamente a tu per tu.

Inviai un messaggio a Benedetta: lei mi riferì che aveva montato la guardia da poco, ma al momento la situazione era tranquilla. Le scrissi quindi di Padre Alberto e del suo invito, chiedendole se le andasse di accompagnarmi.

Acconsentì e, subito dopo, d'impulso le domandai: «Ci vediamo in settimana per una pizza?».

Nel tempo che attesi la risposta nella mia mente si rincorsero parecchie domande: avrebbe accettato? Oppure era presa dai turni di lavoro? Sentii il telefono vibrare: «Se vuoi, anche dopodomani».

35
Lilith e un pub irlandese

Quel sabato sera passai a prendere Benedetta a casa, nel vicino paese di Valmadrera e lei si presentò alla porta indossando un paio di jeans scuri, scarpe basse e una camicetta azzurra. Ci fermammo per un aperitivo in un locale nei pressi di ponte Kennedy dove mi raccontò alcune novità riguardanti il suo lavoro.

Mentre eravamo lì, uno dei camerieri, scherzando con un amico, esclamò: «Guarda che ti tengo d'occhio sai... che non pensi di andare sempre a *ufa*».

Quando Benedetta sentì la frase fece un sorriso e, guardandomi divertita, mi domandò: «Lo sai da dove deriva questo modo di dire?».

«So che significa "non pagare" e che è una frase tipica milanese, ma non ho idea di quale sia la sua origine».

Mi spiegò allora che quando venne edificato il Duomo di Milano, i barconi che giungevano lungo il Naviglio, carichi di marmo proveniente dalla Val d'Ossola e di altri materiali destinati al cantiere della cattedrale, recavano una scritta che esentava i trasportatori dal pagamento del dazio. Questa scritta era: *A.U.F.A.*, un acronimo che significava: *Ad Usum Fabriacae Ambrosianae*.

Ringraziai Benedetta per quest' informazione ma allo stesso tempo rimasi un po' perplesso. Mi chiese se c'era qualcosa che non andava e le risposi che aveva nominato il Duomo di Milano e il Naviglio, zona in cui Sveva aveva detto di abitare.

Abbassò leggermente lo sguardo, dopodiché spostò il discorso sul mio recupero. Le confermai che stavo continuando la riabilitazione al ginocchio ma che, come aveva visto, riuscivo finalmente a camminare senza stampella e avevo ripreso anche a guidare: insomma, era una cosa che doveva essere assolutamente festeggiata! Propose quindi di andare a cena in un posto aperto da poco, a Cisano Bergamasco. Avviandosi verso l'auto, mi disse che un'amica le aveva proposto, di lì a un mese, di andare a un concerto alla Scala; il programma era interessante, tuttavia non conosceva ancora i turni che le sarebbero stati assegnati in ospedale. Le confessai di essere stato soltanto una volta nel più famoso dei teatri milanesi; magari un giorno ci saremmo potuti tornare assieme. A quell'affermazione il suo volto divenne raggiante; capii che avrebbe voluto dirmi qualcosa che però, all'ultimo, preferì tenere per sé. Espresse comunque la sua approvazione dicendo: «Mi farebbe davvero piacere»

Non so il motivo ma mi tornò in mente una cosa detta da Sveva, così le domandai se per caso conoscesse un componimento chiamato *Rusalka*, nel quale compariva una canzone dedicata alla Luna.

Benedetta rispose affermativamente: «Sì, in un'opera di Dvořák, nel primo atto, viene eseguita un'aria per soprano suggestiva e molto famosa: l'Inno alla Luna».

Quando le riferii chi era stata a parlarmene si fece seria. Mi guardò per qualche istante senza dir nulla, dopodiché con fare pensieroso, mi spiegò: «*Rusalka*, nella mitologia slava, è una ninfa dei laghi riconducibile al mito di Lilith, l'incarnazione della Luna Nera. Con il termine *layla*, gli ebrei indicano l'angelo della notte, ed è proprio in alcuni testi ebraici che il nome Lilith è comparso: si tratta della prima donna creata da Dio, direttamente dal fango, come Adamo. Secondo la mitologia, però, la prima coppia comparsa sulla Terra non è mai stata in sintonia: Lilith voleva ribellarsi al desiderio di supremazia di Adamo e, dopo essersi rifiutata di sottometterglisi, lo avrebbe abbandonato, preferendo vivere un'esistenza errabonda. A quel punto, da una costola di Adamo, Dio avrebbe creato Eva, mentre Lilith, sarebbe stata relegata nelle profondità del mare; è una metafora psicologica molto interessante, giacché l'abisso in questione rappresenterebbe l'inconscio di ogni persona».

La ascoltai con molta attenzione: sapeva spiegarsi con semplicità e non mancai di farle notare che quanto aveva detto mi aveva incuriosito.

Subito dopo aggiunse: «Lilith è sempre stata una figura che istigava le donne alla ribellione e che aveva una forte influenza sugli uomini. A lei è legata anche l'immagine della civetta, l'animale lunare per eccellenza, simbolo della notte, del peccato e degli istinti più forti celati in tutti gli esseri umani. Il fatto che Lilith abbia sempre cercato di sedurre un'infinità di uomini ha fatto sì che al comportamento di una donna che ama attrarre le attenzioni maschili venga associata l'espressione "fare la civetta"».

Ovviamente conoscevo quel modo di dire ma, non ne ero al corrente dell'origine. Rimanendo in tema, Benedetta volle raccontarmi qualcosa anche della "Luna Nera" e della sua importanza per gli studiosi di Astrologia. Mi parlò anche delle cosiddetta "Testa del Dragone", un punto che veniva stabilito in base dei calcoli legati alla data di nascita, al luogo e all'ora di chi si intendeva studiare il "tema natale" e che forniva delle interessanti chiavi di lettura riguardo alla sua personalità: «La "Testa del Dragone" indica un conflitto da risolvere, una soglia da varcare per realizzare il nostro essere e dare un senso alla nostra vita. Nella mitologia sono presenti decine di eroi che si battono contro i draghi: nel mondo cattolico, l'esempio più noto è San Giorgio. Sconfiggere una simile creatura significa vincere avversità impervie, superare ostacoli potenzialmente letali pur di raggiungere un traguardo molto ambito; difficoltà non sempre rappresentate da terze persone. Da un punto di vista psicologico, infatti, il drago è il simbolo della parte oscura e primitiva dell'essere umano, quella con cui spesso preferiamo non combattere, rimanendo legati ad essa con pesanti catene».

Era facilmente intuibile che Benedetta non aveva fatto questo discorso solo per darmi qualche nozione di Astrologia, bensì aveva voluto invitarmi a riflettere su me stesso, usando una metafora elaborata ma comunque efficace.

Per il resto del tragitto verso Cisano Bergamasco parlammo un po' di tutto, da temi di attualità a reciproci ricordi d'infanzia, senza però farci mancare battute e risate. Col passare del tempo tra di noi si era instaurato un clima leggero e disteso e ciò ci permise di prenderci una tregua da tutto ciò che ci circondava: eravamo semplicemente due amici che avevano voglia di distrarsi e di staccare la mente per un paio d'ore.

Giungemmo al *City of Dublin*, pub (ovviamente) dedicato all'Irlanda. All'interno vi erano molte foto della capitale irlandese e di splendidi paesaggi, in cui il verde dei prati era assoluto protagonista; i classici quadrifogli e alcuni simboli celtici davano il tocco finale a un ambiente davvero accogliente. Nonostante fosse ancora piuttosto presto, il locale era già affollato e invaso da un gran vociare; ci spiegarono quindi che dopo le dieci ci sarebbe stata musica dal vivo eseguita da una *tribute band* specializzata nelle hit degli *U2*.

Per fortuna il nostro tavolo era in un angolo non troppo rumoroso, così cenammo chiacchierando di cinema, sport e musica. Benedetta mi disse che andava a correre due volte alla settimana e che anche lei, come me, era tifosa del Milan: a dire il vero, non seguiva il calcio più di tanto, però quell'anno la nostra squadra stava andando abbastanza bene, così ci promettemmo di recarci assieme a una partita.

Osservandoci attorno, conversammo anche dell'Irlanda e delle *Cliffs of Moher*, le splendide scogliere a picco sul mare situate nella parte occidentale del paese. Le confessai che avrei tanto voluto guardare l'infinità dell'oceano da lì, magari in un giorno di burrasca: il mare in tempesta mi aveva sempre affascinato.

In tutta risposta Benedetta mi rivelò che anche a lei sarebbe piaciuto sentire il frangersi delle onde tra le rocce e guardare verso ovest sapendo che la costa opposta era a migliaia di chilometri di distanza.

A quel punto le luci si affievolirono e il gruppo cominciò l'esibizione con la suggestiva *Where the streets have no name*. Fin dalle prime note fu evidente che i ragazzi sul palco se la cavavano bene, e apprezzai come il cantante dimostrasse la sua personalità e il suo talento senza imitare l'aspetto e le movenze di Bono Vox. Nel giro di un paio d'ore, il complesso suonò successi intramontabili come *One, With or without you, Stay, Pride* e *I still haven't found what I'm looking for*, canzone che Benedetta affermò di amare particolarmente e di cui canticchiò il ritornello. Il meglio di sé, però, lo diede interpretando la struggente *Mother of disappeared* e l'allegra *Windows in the skies*. Aveva davvero una bella voce! Mi ringraziò imbarazzata e con ironia dichiarò: «Se un giorno dovessi stancarmi di fare il medico, tenterò la fortuna in un talent show televisivo».

Da tanto tempo non trascorrevo una serata come quella e mi dispiacque davvero quando, poco dopo mezzanotte, l'esibizione terminò sulle note di *40*, e tutti i presenti intonarono il famoso ritornello in cui veniva più volte ripetuta la domanda: *"How long to sing this song?"*.

Uscimmo dal pub e, andando al parcheggio, Benedetta tenne a sottolineare di essersi proprio divertita; pioveva a dirotto, ma per fortuna la macchina non era troppo lontana.

Chiesi se aveva voglia di andare a bere qualcosa o di fare un giro ma fece una considerazione: «Sandro, abbiamo i capelli bagnati e i giubbotti umidi, forse è il caso di tornare a casa...».

Per quanto cercassi di negarlo a me stesso, dovevo ammetterlo, la dottoressa Guzzetti mi piaceva; con lei potevo affrontare qualsiasi argomento senza correre il rischio di esser preso per pazzo, sentivo che non mi giudicava e che credeva in ciò che avevo vissuto. Entrambi, inoltre, stavamo cercando delle risposte e non saremmo stati tranquilli fino a quando non le avessimo trovate. Lei era l'unica persona che potesse concretamente aiutarmi a cercare Sveva e, allo stesso tempo, mi ero reso conto che tra di noi era nata un'amicizia vera, basata sulla stima e su una reciproca simpatia.

Lungo la strada, i nostri discorsi spaziarono su vari argomenti per lo più leggeri e dopo circa mezz'ora arrivammo a casa sua. Mi spiaceva doverla salutare; avrei voluto trovare un motivo per poter stare ancora un po' insieme, ma con mia sorpresa fu lei a proporre: «Se ti va, vieni su da me, ci asciughiamo un po' e ti mostro dove vivo».

36
Benedetta

La seguii per le scale. Abitava al secondo piano di una vecchia costruzione restaurata di recente, in un appartamentino dall'aspetto molto elegante. L'arredamento era moderno e ricercato nei dettagli; ai muri erano appesi alcuni quadri astratti e un paio di stampe surrealiste, tra cui la riproduzione di Golconda di Magritte.

Benedetta mi rivelò che si era trasferita lì da poco e avrebbe voluto fare ulteriori lavori, ma al momento non aveva tempo per seguirli.

Guardai con interesse ogni singola cosa che mano a mano teneva a mostrarmi: alcuni soprammobili, degli oggetti etnici, una bellissima orchidea bianca e un piccolo bassorilievo raffigurante l'araba fenice che aveva acquistato durante un viaggio in medio oriente. Vi era anche incorniciata una copia della figura con dieci cerchi che avevo visto nel suo ambulatorio e, incuriosito, chiesi cosa rappresentasse: era un'importante raffigurazione cabalistica, l'Albero della Vita.

Mi spiegò che le dieci sfere – *Sefirot* – rappresentavano sia importanti concetti metafisici che realtà quotidiane ed erano disposte su tre colonne, di cui le due più esterne composte da tre elementi, mentre quella centrale, più lunga, da quattro. La colonna di destra corrispondeva all'Amore, quella di sinistra alla Forza, quella centrale alla Compassione. Era una sorta di radiografia della nostra parte più profonda, un percorso d'innalzamento spirituale, una via per cercare Dio e l'invisibile. Era un argomento complesso, ma estremamente affascinante, e sottolineò che ci sarebbero volute parecchie ore solo per poter illustrare, a grandi linee, l'importanza e la vastità delle tematiche che venivano toccate.

A breve distanza scorsi un altro quadro piuttosto originale: all'interno di una cornice molto semplice, vi era una pergamena con dipinto l'intero alfabeto ebraico. Benedetta mi rese edotto del fatto che ogni lettera era un archetipo e aveva una valenza particolare sia nella forma che nel suono emesso per pronunciarla; in particolar modo, me ne mostrò due, la *"Q" (Qof)* – che nella sua estensione toccava il punto più basso di tutto l'alfabeto – e la *"L" (Lamed)*, che si innalzava più in alto delle altre lettere. Entrambe erano contenute nella parola Cabala e stavano in qualche modo ad indicare come questa sapienza mistica mettesse in relazione l'"alto" e il "basso", il mondo spirituale con quello materiale. Guardandomi in modo enigmatico recitò una frase: «Tutto ciò che è in alto è come ciò che è in basso, tutto ciò che è in basso è come ciò che è in alto. E questo per realizzare il miracolo di una cosa sola da cui derivano tutte le cose, grazie a un'operazione sempre uguale a se stessa».

Ero perplesso, ma mi spiegò che si trattava di alcune frasi attribuite a Ermete Trismegisto, "il tre volte grande", personaggio leggendario e padre dell'alchimia. Si diceva che lui stesso, con una punta di diamante, avesse inciso questo testo sapienziale su una lastra di smeraldo: la Tavola Smeraldina.

Infine Benedetta, a titolo di curiosità mi fece sapere che le lettere dell'alfabeto ebraico erano ventidue, come gli arcani maggiori dei Tarocchi. Chiesi se si intendesse di cartomanzia.

«Un po'...», rispose, ma tenne a precisare che il suo interesse era puramente legato alla simbologia contenuta negli antichi *Tarocchi di Marsiglia*.

Provai a indagare sul potere di quelle carte, ma con molta semplicità constatò che non esistevano Arcani "buoni" o "cattivi": tutti potevano avere una doppia valenza tanto positiva quanto negativa, stava a chi le interpretava entrare in relazione con esse. Aggiunse poi che col passare del tempo, l'immagine dei Tarocchi era stata purtroppo ridicolizzata da persone non qualificate che, facendo leva sulle debolezze umane, ne avevano tratto guadagni fraudolenti. I Tarocchi erano invece qualcosa di molto importante, perché i vari autori che li avevano realizzati vi avevano rappresentato un linguaggio visivo, fatto di archetipi, in grado di dialogare con le profondità dell'animo umano. Erano uno specchio su cui mettersi in relazione con il presente, non servivano per intuire il futuro o a leggere il passato. L'eventuale lettura a terzi, poi, andava fatta solo a fin di bene con lo scopo di fornire delle chiavi di lettura mediante le quali provare a migliorarsi e, soprattutto, in modo gratuito. Bisognava tenersi distanti da chi non si atteneva a tale regola e da chi non si approcciava correttamente a questa realtà esoterica che racchiudeva un simbolismo straordinario, antico e per certi versi ancora misterioso. Rimasi affascinato dalle sue considerazioni e, come per l'Albero della Vita, mi riproposi di approfondire anche questo argomento.

In sala c'era un moderno pianoforte elettronico, e Benedetta disse che, soprattutto la sera, amava rilassarsi suonando un po'. La passione le era tornata da un paio d'anni, e abitando in un condominio aveva dovuto scegliere quel tipo di strumento perché, grazie alla possibilità di ascoltarsi in cuffia, poteva dedicarsi alla musica anche in piena notte senza disturbare nessuno. Mi sarebbe piaciuto sentirla eseguire qualcosa, ma da come si allontanò dal piano capii che in quel momento non ne aveva voglia.

Dalla soglia della camera da letto notai una strana composizione appesa a una parete. All'interno di una cornice in legno, dipinta d'azzurro, c'era un collage di foto che la ritraevano quando doveva avere poco più di vent'anni: seduta sull'ala di un aereo, all'interno del velivolo con la tuta e il casco da lancio, in caduta libera e con il paracadute aperto... Anche se la mia era una domanda retorica, le domandai: «Sei tu?».

«Certo! Pensi che appenderei foto di altre donne in camera mia?».

Ci facemmo una risata e tornammo in salotto. Lì seduti chiacchierammo di tante cose, tra cui di Padre Alberto e del fatto che volesse vedermi. Benedetta mi invitò a non pensarci troppo e a non mettermi a fare congetture fino a quando non gli avessi parlato: razionalmente, pensava che da quell'incontro non saremmo tornati con delle prove, ma che qualche ipotesi interessante poteva sempre affiorare. Rimasi un momento chiuso nei miei pensieri, poi le confidai: «Non ho alcuna risposta, solo domande che restano in bilico. Quando mi sono svegliato dal coma ho scoperto due cose: la prima, che quanto credevo di aver vissuto negli ultimi giorni, nella realtà non era mai avvenuto; la seconda, che sono convinto di aver sprecato buona parte degli anni vissuti finora. Non riesco a darmi pace, e allo stesso tempo non so verso quale direzione procedere».

Benedetta scosse la testa e mi fermò: «Quello che è andato, è andato: il passato non si cambia, il futuro, invece, puoi condizionarlo con le tue scelte. Il dramma più grande non è fallire, bensì non rimettersi in gioco dopo una sconfitta; questo è un errore imperdonabile».

Quelle parole attraversarono la mia mente come una saetta, rimbombando nella mia testa per pochi secondi, che tuttavia mi parvero un'eternità. Non avevo nulla da obiettare, il discorso di Benedetta non ammetteva repliche, quindi sussurrai: «Hai ragione».

Una strana luce le illuminò gli occhi, e mi invitò a prestarle attenzione ancora un momento: «Quando decolli con un aereo, ritieni che sia il motore a permettere al mezzo di volare e a far sì che il tuo viaggio possa proseguire; e in realtà non c'è ombra di dubbio, senza la spinta del propulsore non si può far nulla. La pensavo così anch'io, ma poi ho compreso che la mia convinzione si fondava su basi incomplete. Lo capii il giorno in cui mio zio Stefano mi portò all'aeroporto di Alzate Brianza, dove il suo amico Massimo (ex pilota militare) volava con gli alianti. Avendo saputo della mia passione per il paracadutismo, mi chiese se volevo provare anche quell'esperienza e senza esitare risposi di sì. Ricordo che era un caldo pomeriggio di primavera, il cielo era blu intenso e qua e là c'erano delle nuvole bianche. Mentre preparavano l'aliante sentii il desiderio di sedermi sull'erba e lasciarmi accarezzare i capelli dal vento. Improvvisamente, mi ritrovai a ripensare a un giorno di parecchi anni prima: avrò avuto tredici o quattordici anni, era una calda domenica d'estate e avevo accompagnato mio nonno ad assistere a una manifestazione aerea all'aeroporto di Ghedi. Dinanzi a quello spettacolo ero rimasta estasiata a guardare gli aerei acrobatici disegnare il cielo con i loro fumogeni, ma a toccarmi più di tutto era stata l'esibizione di un aliante che aveva volato sulle note della colonna sonora di *C'era una volta il west*. La musica di Morricone accompagnava il silenzioso percorso di quell'aereo bianco. Ammirandolo, mi era parso di staccarmi da terra e alzarmi verso il cielo, provando una libertà totale. Poco prima, lo speaker che commentava le esibizioni aveva annunciato che il pilota dell'aliante sarebbe stato trainato in quota da un aereo a sua volta condotto dalla moglie, con cui condivideva una situazione singolare; lui, infatti, continuava a svolgere quell'attività nonostante avesse subito da anni una grave menomazione alle gambe. Avevo pensato a quanto fosse dura la sua vita senza potersi muovere in modo normale ed essere limitato in tantissime cose; eppure allo stesso tempo, avevo sentito che in quel momento l'aria gli stava restituendo ciò che la terra gli aveva tolto. Quell'uomo aveva trovato nel cielo un posto che lo aveva accolto, e avevo avuto la sensazione che nessuno potesse essere più libero di lui.

Il giorno del mio primo volo in aliante avevo venticinque anni e già oltre cinquanta lanci all'attivo, ma non immaginavo minimamente quello che avrei provato di lì a poco. Utilizzammo un velivolo d'addestramento, con i doppi comandi, e Massimo volle lasciarmi il posto anteriore. Quando il cupolino venne chiuso non ebbi alcun timore, anzi, fremevo dalla smania di decollare. Ci portò in quota un vecchio aereo ad elica a cui eravamo agganciati con una fune, dopodiché ci sganciammo e cominciammo a librarci lentamente nell'aria, nel più completo silenzio. Massimo parlò solamente in un paio di occasioni per indicarmi come faceva a "centrare le termiche" e come, "spiralandoci" dentro, riuscivamo recuperare quota. Probabilmente, intuì il mio stato d'animo perché a quel punto lasciò che il sibilo del vento sulle ali fosse l'unico suono percettibile. Il panorama era stupendo; sotto di noi, una dopo l'altra, sfilarono le varie vette e, a valle, paesetti di ogni dimensione si susseguivano sparsi nel verde. Ebbi l'impressione di trovarmi a contatto con qualcosa di unico: una splendida sensazione di libertà che mi attanagliò lo stomaco e sembrò espandersi in tutto il corpo. Quello non era un semplice volo, ma qualcosa che racchiudeva in sé il senso del vero volare, non era una semplice gita aerea nel cielo: eravamo ballerini che danzavano in punta di piedi a oltre mille metri dal suolo. Scivolavamo nel cielo in modo cortese, come sostenuti da una mano invisibile... Mi accorsi che in quel frangente i brutti pensieri, le preoccupazioni e le ansie non trovavano posto; quando la bellezza ti circonda, stai bene, mentre sei lassù, ti rendi conto che quella bellezza è lì anche per te e pure tu ne fai parte. Molte volte siamo noi ad allontanarci da lei per perderci in cose marginali, non è la bellezza a lasciarci: lei non ci respinge mai, perché ci ha accolti fin da quando siamo venuti al mondo».

Rimase un istante in silenzio, come a cercare le parole più adatte a descrivere le sensazioni straordinarie che quei ricordi le stavano ancora facendo rivivere, poi riprese: «Realizzai di essere parte di una realtà in cui ero solo di passaggio ma nella quale, seppur per un tempo limitato, mi era permesso accedervi. Avrei continuato a guardare quei panorami per un tempo infinito, ma chiusi gli occhi per alcuni secondi e incontrai finalmente ciò che stavo cercando da anni; piansi di felicità e di malinconia, perché stavo toccando con mano una realtà che non era terrena o razionale, ma che esisteva e che potevo avvertire chiaramente. Chiamala come vuoi: protezione divina, forza di volontà, dalle qualsiasi altro nome, ma ciò che conta è che tu sappia che c'è. Non siamo soli, semplicemente ci è dato decidere di partire e trovare la forza di spingerci fino a prendere il volo, ma una volta che ci stacchiamo da terra c'è sempre qualcosa di invisibile che arriva a sorreggerci. Non importa se la scienza riesca o meno a provarlo, perché le cose più vere sono quelle che senti dentro di te e per le quali non hai bisogno di alcuna conferma. Quel giorno scoprii un nuovo lato di me stessa: il desiderio di lanciarmi con il paracadute era proprio la ricerca di questo "qualcosa" che per pochi secondi attraversavo ad alta velocità e che, una volta aperta la vela, mi accompagnava lentamente al suolo».

Con gli occhi velati di malinconia, quasi sussurrando, aggiunse: «Ho perso mia madre quando ero bambina. Mio padre se ne era già andato via, in Svizzera, con un'altra donna, ma la fortuna non sorrise neanche a lui, che morì qualche anno dopo. Di lui non mi sono quasi mai interessata, mentre mia madre mi è sempre mancata tantissimo: di lei non ho quasi alcun ricordo e non guardo da anni le poche foto che ci ritraggono insieme; non le ho mai sopportate perché parlano di un mondo che ormai non esiste più. Ho compreso il significato di certi miei gesti solo il giorno di quel volo in aliante: ho capito che nell'istante in cui saltavo dal portellone dell'aereo, non cadevo nel vuoto, bensì mi tuffavo nelle braccia di mia madre. La mia era una sfida, una ricerca di protezione, un grido di chi è in cerca di aiuto. Inconsciamente, sapevo che in quei momenti lei non poteva essere altrove, non avrebbe permesso che sua figlia si lanciasse da tre-quattromila metri senza esserle accanto. Ti assicuro che non ho mai temuto, neanche una volta che il paracadute avesse dei problemi. Nelle foto che hai guardato prima, io non vedo una ragazza incosciente che sfida il vuoto, ma una "bambina" che ha solo bisogno di affetto e di coccole. In quelle foto, in un certo senso, ci siamo io e lei».

Gli occhi di Benedetta diventarono lucidi. Mi avvicinai, per abbracciarla ma, con un lieve cenno della mano, mi fece capire che preferiva di no: il mio non era certo un gesto inopportuno, eppure percepii che con quel dolore avesse ancora un conto aperto e desiderasse tenerlo tutto per sé, isolato, senza concedergli il minimo conforto. Si concentrò e respirò con calma, finché riuscì a ritrovare un barlume di serenità.

Restammo ancora un po' sul divano a parlare d'altro. Col passare dei minuti il volto di Benedetta tornò disteso. D'un tratto si alzò e si sedette al pianoforte. Stupito, la guardai mentre, di spalle, rifletteva su cosa suonare.

Era notte fonda, ma affermò con certezza di sapere che i vicini non erano in casa. Dato che aveva esternato di amare la musica classica, pensavo avrebbe suonato qualcosa di sette-ottocentesco, invece, con mia grande sorpresa, eseguì una suggestiva melodia di Vangelis: *Hymne*.

Suonò in un modo molto intimo, quasi a voler sottolineare quel momento. Ebbi la sensazione che volesse confidarmi un piccolo segreto, un qualcosa di sé che celava nel profondo e a cui in quell'occasione concedeva di emergere per alcuni secondi. Quella musica sembrava raccontare una realtà malinconica rivestita di una particolare luce: c'era speranza, tristezza, voglia di sentirsi liberi e, soprattutto, di esser compresi.

Guardavo le mani di Benedetta sfiorare i tasti, muoversi lentamente per poi acquistare rapidità, l'ascoltai rapito dalla magica atmosfera di complicità creata da quelle note e in quel momento capii che la musica era la chiave più efficace per provare a descrivere l'inspiegabile.

Più tardi, Benedetta mi ringraziò per la serata; risposi che le ero grato per la fiducia dimostratami rendendomi partecipe dei suoi sentimenti e, mentre mi accompagnava alla porta, disse: «Per favore, quando arrivi a casa fammi uno squillo, così ci diamo la buona notte».

Sorrisi e lei mi abbracciò stringendomi con decisione: feci altrettanto.

Nessuno dei due proferì più parola e mi avviai.

37
Brassaï e "Le vieux poéte"

Sdraiato sul letto, ripercorsi mentalmente la serata: stando a quanto era emerso anche Benedetta aveva dei conti aperti col passato e parecchie domande senza risposta a cui far fronte. Ripensai a Sveva, al mio incidente e a quante cose erano avvenute da allora, pensieri confusi, a tratti inquietanti, ma alla fine riuscii ad addormentarmi.

Fu un sonno agitato, affollato di sogni. Nel primo di questi, era una fredda notte d'inverno; camminavo sotto la pioggia in un vecchio quartiere di una città, al momento a me ignota. A un certo punto riconobbi Benedetta: mi stava cercando. Pronunciò una frase, qualcosa che non capii e, sotto un unico ombrello, ce ne andammo a passo spedito tenendoci sottobraccio. Stavamo cercando qualcuno, ma erano già le due di notte e la nostra ricerca doveva necessariamente concludersi prima dell'alba. Giungemmo in una piazza dove, a pochi passi da un'antica cattedrale, incontrammo un'anziana signora che, con voce incerta e un marcato accento francese, ci fece sapere: «Quel che cercate sta scritto nel tempo. Per trovarlo, dovrete scoprire qual è il ponte giusto e attraversarlo».

Benedetta le chiese se poteva spiegarsi meglio ma lei, beffarda, replicò: «Il tempo è avanti, il tempo è indietro» e, con un brusco gesto, fece capire che non avrebbe aggiunto altro.

Riprendemmo a camminare. Sotto un portico vedemmo dei negozi con le serrande abbassate, dei bar ancora aperti e davanti alla bottega di un rigattiere un vecchio seduto su uno sgabello. Parlando in francese, ci invitò a prendere posto su una panchetta davanti a lui; a differenza di Benedetta, io non conoscevo la sua lingua, anche se in parte riuscivo a comprenderla. L'uomo ci domandò perché fossimo ancora in giro a quell'ora; Benedetta rispose che stavamo cercando una donna e lui, pensieroso, sussurrò: «Tua madre».

Lei abbassò lo sguardo e annuì. L'anziano signore passò una mano sul suo volto segnato dal tempo e sottovoce domandò: «Avete idea di dove sia?». Benedetta scosse la testa e gli accennò del ponte da attraversare. A quel punto lui continuò: «Attraversare i ponti non ha senso. Al massimo camminateci sopra ma non oltrepassateli: se qualcuno vuol farsi notare o dirvi qualcosa, si farà trovare a metà strada. Non correte il rischio di entrare in zone che non si devono violare: se ciò accadesse, non si sa quale equilibrio potrebbe venirsi a creare. Non porta a nulla indagare su quel che sta sull'altra riva, alle volte sostenere il tormento di un dubbio è molto più lieve del ritrovarsi di fronte al peso schiacciante della realtà. Alcune cose è meglio non saperle. In ogni caso, conosco una persona che forse potrebbe aiutarti: si chiama Vincent, è un anziano pianista di colore. Provate a cercarlo da *Le vieux poéte*, un locale in fondo alla strada che solitamente rimane aperto fino all'alba. Ma, se accetti un consiglio, lascia passare la notte».

Ci congedammo dall'uomo che si dimostrò molto cerimonioso; rimase gentile e cordiale, ma sul suo sguardo sembrava incisa la frase: "Non andate oltre". Tuttavia Benedetta, non aveva alcuna intenzione di abbandonare la sua ricerca, quindi ci dirigemmo verso il luogo che ci era stato indicato, un bar-ristorante che occupava il piano terra e l'interrato di un vecchio palazzo.

L'interno era inondato da luci tenui e dai riflessi rossi di un'insegna al neon, mentre accanto all'ingresso vi era un menù scritto col gesso su una vecchia lavagna. L'aria era pervasa da un intenso odore di verdure bollite, carne, spezie e alcolici: delle voci confuse provenivano da un angolo nella penombra, in cui un gruppo di giovani discutevano animatamente. Su un muro, la famosa fotografia *Derrière la Gare Saint-Lazare* di Cartier-Bresson: l'immagine impressa in quello scatto esprimeva perfettamente il concetto di "istante".

Con discrezione, attraversammo il salone cercando qualche indizio tra un intreccio di risate, schiamazzi, ordinazioni al bancone e gli sguardi di alcuni giocatori di carte che si scrutavano attentamente in attesa di una combinazione vincente. Nella sala successiva, avanzammo tra un labirinto di gambe, scarpe lucide e tacchi sottili, tra specchi consunti dalle tante notti trascorse a riflettere una realtà che viaggiava a cavallo dei giorni e troppe danze finite fuori controllo. Un mondo che ogni giorno si accorgeva di volteggiare su sé stesso e che, immancabilmente, si ritrovava con la testa in un vortice.
Un anziano musicista, dall'aspetto stanco e malinconico, pareva aggrapparsi alle note sbiadite di una canzone che conoscevo bene: *Dance me to the end of love*, di Leonard Cohen. Le mani appesantite dal tempo sfioravano la tastiera con la sicurezza di chi aveva eseguito quel pezzo migliaia di volte e la voce, dal timbro roco e basso, si percepiva come un sussurro. L'esecuzione era suggestiva, tanto da far pensare che il coperchio del pianoforte fosse una porta aperta verso un'altra dimensione. Ci fermammo ad ascoltarlo ed osservai le labbra di Benedetta scandire ogni parola del testo: cantò in silenzio, senza voce, come se recitasse una preghiera o un'antica formula magica.

Dalle indicazioni ricevute, capimmo subito che quello non era il pianista che stavamo cercando, allora Benedetta chiese a un cameriere se sapeva indicarle chi fosse Vincent, ma questi rispose che la persona che desideravamo incontrare, quel giorno non era in servizio.

Poteva darci un indirizzo, un numero di telefono?
Il cameriere allargò le braccia: *«Non, madame, je ne suis pas autorisée, je suis désolé»*. E se ne andò.

Ciononostante Benedetta non si diede per vinta, mi afferrò la mano e mi trascinò lungo una scala, verso il piano inferiore. Qui la luce era ancora più fioca, ma presto gli occhi si abituarono a un alone verdognolo attorno al quale ruotavano delle ombre, intente a cominciare una partita a biliardo. Le quindici biglie colorate mi parvero rappresentare la mia vita di un tempo; la palla bianca – il giorno dell'incidente – vi impattò contro mandandole ovunque. Sguardi attenti lambivano il buio, tutto aveva un aspetto nebuloso e sbiadito. Benedetta approfittò di un momento di pausa per chiedere notizie ai giocatori. Vincent? Quel giorno non lo avevano visto.

Vagammo ancora un po' tra le sale constatando che gli avventori, nel tempo, avevano affidato i loro pensieri a varie scritte lasciate sulle pareti: nomi, citazioni e frasi varie, di cui una mi colpì in particolar modo. Essa riportava le seguenti parole: *Vuoi partire con noi? Oppure rimani?*

Uscimmo dal locale e continuammo a camminare per strade e vicoli immersi nella notte. La città aveva un aspetto inquietante e sinistro ma allo stesso tempo affascinante e terribilmente attraente. Sembrava di stare dentro ad una fotografia di Brassaï, in una delle sue splendide immagini notturne in cui il mondo mostra maggiormente il suo lato più intimo, perverso e profondo.

Ai lati delle vie alcuni senzatetto dormivano sotto dei ripari di fortuna; incrociammo gendarmi, prostitute, ambulanze a sirene spiegate, camion della nettezza urbana e autobus semivuoti. Di tanto in tanto scambiavamo qualche parola, mentre gli orologi posti fuori dalle farmacie e i rintocchi di alcune campane, in lontananza, scandivano il passare del tempo. I nostri passi nel buio, senza meta, echeggiavano tra murales sbiaditi e frasi inneggianti a furiose lotte di classe che parevano vegliare il silenzio.

Giungemmo a un cancello semiaperto che dava sul piazzale di uno stabilimento dismesso dove alcuni gatti randagi passeggiavano indisturbati, quasi fossero i padroni di quei ruderi. Ogni cosa parlava di un mondo che non esisteva più ma che, nonostante tutto, continuava a girare. Con la sensazione di essere osservati da occhi invisibili, tenendoci sempre sottobraccio, riprendemmo il cammino.

In quel sobborgo di periferia, udimmo una melodia suonata con bravura, così seguimmo le note sino a raggiungere un suonatore di flauto traverso: indossava un lungo cappotto scuro e un paio di scarpe tirate a lucido. Era intento ad eseguire un pezzo di Bach. Mi interrogai su cosa potesse passargli per l'anima e per chi stesse suonando a quell'ora: forse per qualcuno che non c'era più, o per una persona lontana, magari in memoria di un amore impossibile che non aveva mai scordato, oppure era una supplica verso un domani pieno di sogni e di scarse certezze.

Proseguimmo oltre e ci ritrovammo nei pressi di una strada ferrata. La pioggia aveva ripreso a cadere fitta, caricando l'aria di un'umidità pesante. L'alba era iniziata da qualche minuto, ma il primo chiarore del giorno riusciva appena a sfumare la presenza del buio: gli unici suoni erano il tamburellare delle gocce di pioggia sull'ombrello e il rumore dei nostri passi sull'asfalto bagnato.

Sentimmo un fischio in lontananza, poi comparvero le luci di un treno che si avvicinava lentamente. Rallentammo la nostra andatura e ci fermammo non appena capimmo che non si trattava di un convoglio qualunque, bensì eravamo al cospetto del leggendario *Orient Express*, che da alcuni anni aveva ripreso a correre sui binari d'Europa. In silenzio, ammirammo il maestoso passaggio di quelle eleganti carrozze blu dal tetto grigio, rifinite con simboli e scritte in ottone dorato; mentre una suggestiva tonalità calda proveniva dalle lampade poste negli scompartimenti.

Quella visione aveva un che di magico; in quel treno aleggiava un'atmosfera fuori dal tempo, in cui il passato era un presente che non invecchiava mai. Al di là dei finestrini notai le sagome di alcuni passeggeri: chissà dov'erano diretti e quali erano i loro pensieri. Era presto; in quel contesto l'*Orient Express* sembrava davvero un treno fantasma, il cui sfarzo contrastava in modo stridente con il quartiere malconcio e anonimo di quella città il cui nome, adesso, potevo intuirlo.

Incrociai lo sguardo di Benedetta: i nostri volti erano vicinissimi e nei suoi occhi mi parve di rivedere un barlume della luce che se n'era andata via con il treno. Riprendemmo a camminare, pur non sapendo verso che meta.

Una musica lenta accompagnava il silenzio lungo i viali deserti della mia mente. Il nostro tempo forse era scaduto, probabilmente non c'erano altre righe da aggiungere a quella storia mai scritta. Era sopraggiunto l'inizio della fine e forse era arrivato anche il momento di fermarci. Nonostante ciò continuavamo a procedere.

La città era come un film proiettato sui finestrini dei taxi che di tanto in tanto passavano veloci, tra mute figure in attesa alle fermate degli autobus e gli ultimi nottambuli alla deriva. Il cielo cominciò lentamente a schiarire, eppure rimaneva ingombro di nuvole basse. La pioggia cessò e, mentre la città cominciava a svegliarsi, ci trovammo in un grande giardino con al centro una statua equestre. Qui incontrammo una donna dall'aspetto curato che, con modo di fare cortese, ci chiese se volessimo "guardare". Benedetta rispose subito di sì e la signora ci guidò ad un elegante *bersò* in ferro battuto che ricordava una giostra dei primi del '900; all'interno erano disposte alcune panchine e dei tavolini rotondi con sopra intarsiate delle scacchiere. Su uno di questi, la donna sistemò con cura un panno blu ed estrasse dalla borsa un mazzo di tarocchi.

Io e Benedetta ci sedemmo di fronte a lei mentre quest'ultima mise da un lato buona parte del mazzo tenendo per sé solo i ventidue arcani maggiori. L'aspetto vissuto di quelle carte e la sicurezza con cui le mescolava suggerivano che fosse solita usarle di frequente. Aveva belle mani, dalle lunghe dita affusolate ed indossava due anelli, di cui uno era una fede nuziale.

La sua espressione era seria e concentrata, e quando alzò gli occhi mi lanciò uno sguardo intenso. Per un attimo ebbi la sensazione di non esserle del tutto estraneo: forse, ci eravamo già incontrati? In quel momento, però, non riuscivo proprio a ricordare chi fosse. Era una bella donna, molto giovanile e dal modo in cui era curata si capiva che tenesse molto al suo aspetto. La osservai per qualche istante, ravvisando una certa somiglianza con la madre di un amico d'infanzia. Che fosse lei?

D'un tratto si fermò e guardandoci chiese: «Chi vuole iniziare?».

Benedetta si fece avanti per prima e la signora dispose alcuni arcani sul tavolo: il primo a sinistra, il secondo a destra, il terzo in alto, il quarto in basso e, infine, l'ultimo al centro. Presto mi resi conto che le figure risultavano illeggibili: comparivano solo alcuni segni e degli indistinti tocchi di colore; pareva che un'onda avesse inghiottito le figure, lasciando emergere appena qualche dettaglio. Le uniche che riuscii a scorgere furono: *le Toille* (la stella), *l'a Rove de Fortune* (la ruota della fortuna) e *le Pendu* (l'appeso). Anche Benedetta si stava sforzando di decifrarle e pure la signora appariva sorpresa, tanto che riuscì solo in parte a nascondere una certa tensione; riprese rapidamente gli arcani e ricominciò a mescolarli, dichiarando che avrebbe proceduto al secondo tiraggio, quello per me.

Le sue mani si muovevano veloci, tradendo un lieve tremore. Incrociai il suo sguardo e nella mia mente comparvero alcune immagini: fantasie adolescenziali, ricordi distanti, storie al limite dell'assurdo che affioravano e poi tornavano a nascondersi in zone della memoria lontane e inaccessibili. Pensieri inviati senza mittente da mondi diversi che forse, da qualche parte, si erano incontrati.

Le carte comparvero nuovamente sbiadite, forse ancor più di prima. Pur con fatica, riuscii ad individuare di nuovo *le Pendu*, poi *l'Heremite* (l'eremita) e *le Diable* (il diavolo), e mi parve di scorgere anche *la Force* (la forza). La signora sembrò raggelarsi poi, provando a dissimulare l'imbarazzo, raccolse gli arcani e li ripose nella borsa. Si congedò rapidamente dicendo soltanto: «A voi la risposta...».

Con passo veloce si avviò nel parco e, in pochi attimi, scomparve.

Usciti, riprendemmo a passeggiare lungo strade che non avevo mai visto. Non parlammo molto, solo qualche accenno su ciò che era appena accaduto: forse non aveva alcun senso ricorrere a quel tipo di divinazioni o magari non era dagli altri che dovevamo cercare risposte.

Nel frattempo la città si stava pian piano animando. Imboccato un viale poco frequentato, ci trovammo all'ingresso di un cimitero monumentale, dove un uomo stava lentamente spazzando un tappeto di foglie. Guardai Benedetta con aria interrogativa e, ad un suo cenno, decidemmo di proseguire.

Mi svegliai con la sensazione di cadere nel vuoto e per alcuni secondi faticai a orientarmi. Ci volle un po' perché realizzassi di essere nella mia camera. Mi sentivo scosso ma, allo stesso tempo, avvertivo una grande stanchezza.

Mi addormentai nuovamente e presto ricaddi in una serie di strani sogni. Mi ritrovai in una casa a due piani, nella verde campagna inglese. Benedetta era alla finestra, mentre fuori cadeva una pioggia intensa. D'un tratto disse: «Ascolta: questo è un suono che esiste da sempre...».

A quel punto il sogno cambiò ambientazione: ora ero sul tetto di un'antica cattedrale, di sera; nel cielo la luce di uno splendido tramonto contrastava con un minaccioso fronte nuvoloso. Benedetta stava a pochi passi da me, attorno a noi delle distese immense di campi si estendevano a perdita d'occhio. Ammirando quel panorama avvertii una strana sensazione: non ero mai stato lì eppure ebbi l'impressione di conoscere bene quel luogo e di averlo già visto in passato. Mi sporsi cautamente da un parapetto e mi parve di percepire dei suoni distanti. Perché ci trovavamo su quel tetto?
Su una pietra vicina a una guglia era incisa una scritta in latino: *Adam Magister*. Un attimo dopo, mi svegliai.

Decisi di alzarmi, quindi mi preparai una camomilla e sedetti sul divano. Quei sogni mi avevano scosso. Certo, avevano tratto origine dai discorsi fatti poche ore prima con Benedetta, ma ero convinto che ciò non fosse l'unico motivo.

Non avendo voglia di tornare a letto, decisi di accendere il computer e verificare una cosa. Entrai in un motore di ricerca e digitai: *Adam Magister*. Venni così a conoscenza che quell'iscrizione esisteva davvero, a Milano, ed era incisa in un blocco di pietra, posizionato in modo volutamente scorretto, all'interno della Basilica di Sant'Ambrogio, una sorta di firma del capomastro. Sapevo bene che prima di quel sogno non avevo mai sentito parlare di quest' iscrizione e la cosa mi scosse alquanto. Possibile che anche questa fosse soltanto una fatalità? Inoltre, la città di Milano tornava a comparire ancora una volta: era solo un indizio? O c'era dell'altro?

38
Titti e Gatto Silvestro

Al mattino raccontai a Benedetta i sogni che avevo fatto. Ascoltò con interesse e quando giunsi alla scritta *Adam Magister* avvertii in lei una certa tensione. Da appassionata di simbologia e di cattedrali conosceva quest' iscrizione ma mi invitò ad accantonare momentaneamente questa cosa: tuttavia mi assicurò che presto avremmo indagato a riguardo. Mi informai se poteva esserci qualche nesso tra Sveva e questa incisione e lei, dopo esser rimasta un po' in silenzio, seppur in modo sbrigativo, proferì: «Nel suo nome è contenuta la parola "Eva", e quale sia il nome del "Magister" è fin troppo chiaro» e, un attimo dopo, aggiunse: «Non è detto, però, che tutto ciò abbia un nesso».

Concordavo con lei, eppure era innegabile che le stranezze continuassero a presentarsi.

Poco più tardi mi chiese: «Domani ti va di vederci due minuti? Ho una proposta da farti».

Il giorno seguente, verso le nove, la raggiunsi nel suo studio. Era un po' di fretta, ma capii che era felice di vedermi. Con molto tatto disse: «Per chiudere il cerchio riguardo alla tua situazione clinica, dovresti sottoporti a un ultimo esame: si tratta un elettroencefalogramma che durerà tutta la notte e registrerà la tua attività cerebrale durante il sonno».

Non dissi nulla, tuttavia mi sentii a disagio; lei se ne accorse e si premurò di tranquillizzarmi: «Sandro, credo di sapere già quale sarà l'esito, ma non c'è modo di continuare la nostra indagine senza queste ulteriori informazioni».

Provai una grande frustrazione; avevo voglia di chiudermi in un profondo silenzio, però, con un filo di voce, riuscii a dire: «Credi che la vicenda del Lido sia stata tutta un'allucinazione?».

Benedetta scosse la testa: «No. Ma, obbiettivamente, mi è impossibile cercare delle risposte senza prima raccogliere tutti i dati fondamentali che qualsiasi specialista, a cui si potrebbe sottoporre il caso, mi chiederebbe di visionare».

Venni invaso da un senso di malessere: molte delle paure emerse dopo il risveglio a Padova si ripresentarono con forza e, quasi alterato, chiesi: «È per via dei sogni di cui ho raccontato ieri? Pensi che sia uno spostato, oppure che abbia delle visioni oniriche? Ma se così fosse, perché da quando mi sono risvegliato dal coma non ho mai sognato Sveva? E per quale motivo l'Ospedale al Mare corrisponde quasi interamente a quanto ho detto di aver visto?!».

Benedetta rimase in silenzio, si passò un paio di volte una mano tra i capelli e scosse leggermente il capo. Cercando di contenere l'agitazione che continuava sempre più ad aumentare incalzai: «Pensi che non sia a posto con la testa, che sia un pazzo da rinchiudere in manicomio?». E, con un certo risentimento, conclusi: «Sapevo che questa storia non dovevo raccontarla a nessuno; tra un po' finirà che mi prescriveranno degli psicofarmaci».

A quel punto Benedetta mi fermò: «Basta Sandro! Non agitarti, non c'è motivo. Hai tutte le ragioni del mondo per essere in crisi, ma io sono dalla tua parte e se ti chiedo di fare questo esame è solo perché voglio escludere qualsiasi illazione al riguardo. Non mi interessa attirare l'attenzione su di me con una pubblicazione su una qualche rivista scientifica, né portarti a convegni come una cavia da cui spremere informazioni. Né tantomeno è mia intenzione metterti il bavaglio o non prenderti in considerazione solo perché non ho una risposta da darti. Non hai motivo di pensare che ti reputo un visionario, desidererei solo capire cosa hai vissuto e chi hai incontrato; oltretutto questo esame, prima o poi, andava fatto e penso che ormai sia giunto il momento di eseguirlo, anche perché vorrei confrontarmi con dei medici che potrebbero esserci d'aiuto. Sai che mi sento coinvolta anch'io nella tua vicenda e che mi auguro tanto si possa giungere a una soluzione».

Rimase un momento in silenzio, poi con voce dolce aggiunse: «Ti voglio bene. Non ti direi mai una cosa per un'altra. Di me puoi fidarti».

Consapevole di quanto le avevo appena detto, un po' imbarazzato, risposi: «Lo so. Scusa se mi sono fatto prendere dall'angoscia, ma ti assicuro che è una situazione difficile».

Annuì comprensiva e prima che uscissi dall'ambulatorio, precisò: «Per quanto riguarda l'esame, se non vuoi farlo, non c'è alcun problema. Sappi però che, se davvero desideri provare a capire qualcosa di più, non puoi tirarti indietro».

«Ok. Lo farò, ma prima spiegami una cosa: perché ti senti così coinvolta in questa storia?».

«In realtà non c'è una singola ragione, piuttosto una serie di motivi: ti sei fidato di me nel confidarmi quanto hai vissuto, ti ho chiesto di approfondire vari aspetti della questione, siamo stati al Lido assieme, abbiamo riscontrato delle realtà molto interessanti...».

Disse tutto ciò in un modo che, per quanto convincente, lasciava comunque intendere ci fosse anche dell'altro. Non riuscii però ad afferrare o ad immaginare cosa fosse e in ogni caso preferii non indagare.

Prendemmo un caffè al bar, poi Benedetta mi accompagnò al parcheggio. L'attendeva una giornata difficile; per cui una boccata d'aria le avrebbe fatto bene.

Poco prima di salutarci, mi abbracciò forte dicendo: «Penso che la tua vicenda non sia una fantasia, ma ti prego, non vivere oppresso da questo pensiero perché alla lunga potresti cadere in pericolosi vortici depressivi o allontanarti sempre più da ciò che ti circonda. Vale certamente la pena indagare, tuttavia ciò non deve assolutamente precluderti di condurre un'esistenza serena».

La ringraziai per tutto ciò che stava facendo per me e la rassicurai che avrei fatto del mio meglio per uscire da quella situazione.

Affrontai l'esame due giorni dopo. Quella mattina, seguendo le indicazioni ricevute da Benedetta, mi alzai molto presto, verso le cinque, e nel corso della giornata cercai di stancarmi il più possibile, dato che dormire in ospedale con degli "elettrodi" sui capelli non sarebbe stato certo facile.

Ripensai più volte alla frase che Benedetta mi aveva detto prima di salutarci e riflettei sul fatto che un paio di giorni prima avevo svolto una ricerca su internet per vedere quali numeri corrispondevano al nome Sveva. Ero venuto a sapere che, in termini numerici, il nome Sveva si traduceva in: *1 4 5 4 1*. Una sequenza bifrontale (infatti che la si legga da sinistra a destra, o viceversa, la sequenza non muta; una sorta di parola palindroma (come "radar") nella quale la somma dei singoli fattori dava il numero 15. Lo stesso numero di lettere che componevano il nome "Sveva De Rinaldis". Subito dopo avevo scoperto che il numero 15 corrispondeva alla Luna Piena; infatti nel mese sinodico, composto di ventinove giorni, il quindicesimo corrisponde a quello del Plenilunio. Inoltre, nelle antiche civiltà matriarcali che veneravano la Luna, il numero 15 era sacro, ma poi col passare dei secoli, e con l'avvento del culto patriarcale e del Sole, il nostro satellite venne un po' alla volta privato del suo valore positivo, al punto da essere addirittura demonizzato. Forse era proprio per questa ragione che nei tarocchi, il numero 15 corrispondeva a *le Diable?*

Infine venni a sapere che quindici erano gli scalini che conducevano al Tempio di Gerusalemme, e che nelle opere d'arte si possono trovare parecchi dipinti in cui la Vergine viene ritratta mentre sta percorrendo i 15 gradini del Tempio per prepararsi alla sua grande missione. Nell'atto di salirli, Maria diveniva "Luna Piena", simbolo della donna matura e della madre. Tali nozioni non mi diedero nessuna risposta, anzi, non fecero che aumentare la grande confusione che regnava in me e, per l'ennesima volta, mi ritrovai a chiedermi se tutto ciò fosse davvero solo il frutto di semplici coincidenze.

Verso sera mi preparai per la notte in ospedale e, poco prima delle venti giunsi in reparto. Parlai qualche minuto con Benedetta e le raccontai delle recenti scoperte, ma lei mi invitò nuovamente a non proseguire quelle ricerche e a non farmi prendere dai dati che erano emersi. Mi accompagnò poi nella camera dove avrei trascorso la notte: mi distesi sul letto e un'infermiera mi applicò delle pinzette sui capelli (ormai cresciuti a sufficienza da permettermi un taglio "militare") e delle ventose sul petto. Benedetta verificò scrupolosamente ogni cosa e mi disse di provare a rilassarmi; il sonno sarebbe arrivato da sé. Dal momento che quella notte non era di guardia, mi riferì che sarebbe tornata il mattino seguente.

La salutai e, poco dopo, spensero la luce. Il buio era rotto da un tenue chiarore azzurrognolo che per certi versi mi ricordò l'Ospedale al Mare, e inevitabilmente finii col ripensare ancora una volta a quanto avevo vissuto con Sveva e ai momenti passati con Benedetta durante il nostro viaggio al Lido di Venezia.

Tentai di rilassarmi, non dovevo fare nulla, solo abbandonarmi al sonno; il letto nuovo e i rumori che di tanto in tanto giungevano da fuori un po' mi disturbavano, ma dopo non molto riuscii ad assopirmi.

Durante la notte mi addormentai profondamente, e feci anche qualche sogno.

Al risveglio, mi resi conto di aver dormito per più di quattro ore consecutive e mi sentii soddisfatto: cercai di riposare ancora un po' ma non riuscii più a riprendere sonno. Rimasi in uno stato di dormiveglia e, verso le sei, udii la porta aprirsi. Era Benedetta, tornata per la fine dell'esame.

Entrò accompagnata da un profumo di brioches, esordendo: «Dato che sei un appassionato della Luna, ti ho portato due croissant! Sono sicura che sai che la loro forma a mezzaluna non è casuale e che il loro nome significa "crescente"».

Prima di fare colazione, i macchinari che per tutta la notte avevano registrato le mie funzioni cerebrali furono spenti. Mentre facevo una doccia, Benedetta si recò nel suo studio a dare una prima occhiata ai tracciati e quando fu di ritorno con un sorriso esclamò: «Tutto a posto, puoi sparire».

Domandai se potesse anticiparmi l'esito dell'esame, ma scosse la testa: «Dovrò analizzarlo con più calma, anche se da quanto ho visto non c'è nulla di anomalo o di rilevante. È un tracciato normalissimo, oserei dire monotono».

Mentre parlava il mio sguardo venne attratto dal fatto che si stava appuntando sul risvolto del camice due spille raffiguranti *Titti e Gatto Silvestro*. Lei, notata l'espressione sul mio volto, mi spiegò: «Tra poco andrò a visitare due bambini in Pediatria; quando mi reco in quel reparto cerco sempre di presentarmi indossando qualcosa di divertente e di poco istituzionale».

Le risposi che trovavo quella premura davvero molto delicata.

Ci salutammo, ma appena uscito dall'ospedale, mi arrivò un messaggio: "Passa una bella giornata e cerca di rilassarti che sabato andiamo a fare un bel giro sul Lago di Garda. Un bacione, Betta. PS: Comunque vada, spero tu possa trovare una ragione per ricominciare da capo. Ti auguro che la vita ti indichi la strada da prendere e che il vento ti sia sempre contrario!".

Trovare la serenità e guardare tutto con distacco non era certo un'impresa facile. In quel periodo mi resi conto che, rispetto a un tempo, notavo con maggior frequenza, le notizie che riportavano di incidenti stradali, in particolar modo di quelli in cui erano coinvolti dei motociclisti. Leggevo spesso di casi in cui questi non sarebbero più tornati a casa o che giacevano ricoverati in gravi condizioni.

Puntualmente venivo preso da un certo malessere: dal mio incidente non ero uscito illeso ma ero comunque sopravvissuto e prima o poi, almeno fisicamente, sarei tornato alla normalità. Spesso mi ritrovavo a chiedermi perché a quelle persone fosse andata così male e perché a me fosse invece andata bene.

Ovviamente ero felice di avere ancora la mia vita davanti ma, allo stesso tempo, mi sentivo un "sopravvissuto". Nel mio caso ero stato coinvolto, senza colpa, in un incidente da cui, senza merito, mi ero salvato. Ero stato investito da degli eventi, non certo cercati, che mi avevano cambiato la percezione delle cose. Pensai che, anche se con modalità diverse, fossero molte le persone che, ogni giorno venivano travolte da un qualcosa che non dipendeva da loro e che in giro, di "sopravvissuti" ce ne fossero molti. Probabilmente sarebbe stato bello se queste persone avessero modo di condividere maggiormente le loro esperienze. Il tutto per aumentare la consapevolezza di come possono rapidamente cambiare gli scenari della vita, e magari a dar vita a una realtà in grado di aiutare chi era coinvolto in eventi traumatici a superare il successivo smarrimento.

I giorni che precedettero il viaggio a Riva del Garda furono caratterizzati da un senso d'impazienza e d'inquietudine; non sapevo davvero cosa aspettarmi. Sentii Benedetta parecchie volte e non solo per metterci d'accordo per il viaggio. A volte ero io a chiamarla, altre era lei a cercarmi.

Nel corso di una di queste telefonate non mancai di porle una domanda: «Come mai l'altro giorno mi hai augurato che "il vento mi sia sempre contrario"?».

Si mise a ridere, poi mi spiegò: «Tranquillo, non sono impazzita! Tantomeno volevo augurarti delle difficoltà! Per chi va in barca a vela la brezza a favore è una fortuna, ma, chi ama volare, sa che il vento contrario ti sostiene e ti porta più in alto».

A quel punto la ringraziai, sia per la spiegazione, che per l'augurio.

39
Padre Alberto e il "Grande Tunnel"

Trascorsi la vigilia della partenza per Riva del Garda pensando, quasi continuamente, all'incontro con il frate: la cosa mi suscitava una certa tensione ma anche una notevole curiosità. Oltretutto, ero contento che Benedetta mi accompagnasse.

Andai a prenderla sotto casa verso metà mattina: appena la vidi, dal sorriso che mi fece, capii che era particolarmente di buon umore e, a un mio complimento, rispose facendomi l'occhiolino. La cosa mi spiazzò un po', perché anche Sveva aveva fatto lo stesso gesto un paio di volte; non le dissi nulla eppure, allo stesso tempo, non potei evitare di riscontrare una sorprendente somiglianza espressiva.

Durante il tragitto cercai di abbozzare qualche ipotesi su ciò che avrebbe detto Padre Alberto, anche se non avevo la minima idea di cosa sarebbe emerso.

Per cambiare argomento Benedetta disse che l'indomani si sarebbe recata a Milano a far visita a sua nonna: «Dovresti conoscerla: ha 94 anni ma ha ancora la testa che funziona a meraviglia. Magari un'altra volta potresti accompagnarmi; mi piacerebbe davvero fartela incontrare e, data l'età, non so quanto tempo ci resti».

Acconsentii e ciò parve renderla contenta. Poi, con serenità, mi raccontò alcuni episodi della sua infanzia: seppi così che quando era morta sua madre lei aveva solo sette anni e il padre non si era fatto rintracciare; era stata adottata dai nonni materni, che l'avevano allevata come una figlia. Era molto legata alla nonna e le dispiaceva raggiungerla solo di tanto in tanto, ma era felice che abitasse ancora nella sua casa, accudita da una figlia e da una badante; anche gli altri figli e nipoti, d'altro canto, andavano spesso a farle visita, dunque non soffriva certo di solitudine. Il fatto che desiderasse farmi conoscere una persona della sua famiglia mi faceva capire quanto la nostra amicizia stesse diventando ogni giorno più profonda.

Quando svoltammo sulla statale che porta a Riva del Garda, ci trovammo di fronte a uno spettacolo mozzafiato: il lago era illuminato da fasci di luce che facevano capolino dalle nuvole e fu piacevole guidare tra quei paesetti che regalavano dei bellissimi scorci. Arrivammo a destinazione prima del previsto, così ci fermammo a mangiare qualcosa in un bar sul lungolago Marinai d'Italia.

Il convento si trovava a un paio di chilometri dal centro, quindi dopo aver pranzato, decidemmo di lasciare l'auto nel parcheggio e di avviarci a piedi.

Camminando tranquillamente, raggiungemmo il complesso dove viveva Padre Alberto, un piccolo monastero dall'aspetto semplice e curato, situato nelle vicinanze di una chiesetta. Un giovane frate venne ad aprirci e, dopo aver saputo che avevamo un appuntamento, ci fece accomodare in un piccolo salotto.

Benedetta, estrasse dalla borsetta un libricino dichiarando che avrebbe approfittato dell'attesa per leggere un po'.

Prima di avviarmi ci guardammo, intensamente, senza dir nulla. Il ragazzo allora mi accompagnò lungo uno stretto corridoio: l'atmosfera tra quelle mura era molto pacata e nell'aria aleggiava un buon profumo di lavanda. Bussò con delicatezza a una vecchia porta di legno e l'aprì lentamente. Un uomo molto anziano si avvicinò con passo incerto e il novizio ci presentò: Padre Alberto era alto, sugli ottant'anni, capelli corti e bianchi, occhi chiari, lo sguardo intenso e una stretta di mano ancora vigorosa. Non vestiva il saio bensì un paio di pantaloni scuri, una camicia chiara con sopra un maglione grigio e al collo portava una "Tau" in legno. Batteva raramente le ciglia e parlava con un tono cordiale.

Il giovane, dopo aver chiesto se avevamo bisogno di qualcosa, si congedò. Io e Padre Alberto ci sedemmo così su due poltrone, vicine a una finestra affacciata sul giardino. Mi chiese come stavo e com'era andato il viaggio, dopodiché parlammo alcuni minuti di cose molto tranquille, della vita lì nel convento e di un paio di fatti di attualità; successivamente lo sguardo del Padre divenne più serio e capii che era giunto il momento di affrontare l'argomento per cui ero andato fin lì.
«Sono felice che tu sia venuto a trovarmi, di certe cose è necessario parlare solo di persona. Ho letto con molta attenzione quello che hai scritto, alcuni punti anche più volte, e mi sono fatto un'idea su quanto hai vissuto. Spero che in futuro tu abbia voglia di riflettere e di approfondire le mie ipotesi che, ovviamente, sei libero di interpretare come meglio ritieni. A volte la vita pone davanti ai nostri occhi dei segni che non possiamo trascurare, e ci vengono aperte delle porte fino a prima sconosciute, attraverso le quali ci troviamo a fluttuare in un universo misterioso».

Una forte tensione cominciò a salire dentro di me. Il Padre interruppe il discorso per qualche istante poi, a bruciapelo, mi pose una domanda: «Credi negli spiriti?».

Indugiai qualche istante prima di dare la mia risposta: «Sì, reputo che esistano ma non so dirle bene in che modo. Le confesso che prima dell'incidente, non ho mai approfondito simili argomenti».

Il frate annuì come se si aspettasse le mie parole e riprese a parlare: «Sinceramente, ritengo possibile che la ragazza di cui mi hai parlato sia una presenza spirituale, una sorta di "anima vagante" e sono dell'opinione che, con ogni probabilità, fossi tu la persona che andava a trovare in Rianimazione».

Quelle parole mi sconcertarono e, per alcuni attimi, ebbi un lieve capogiro. Il frate, dopo qualche istante continuò: «Penso che in seguito all'incidente, quando sei entrato in coma, una parte del tuo "io" si sia trovata in una dimensione intermedia tra quella in cui ci troviamo adesso e l'esistenza successiva. Il Signore della Vita ha trasformato la morte, dalla fine di tutto, a un passaggio che porta alla luce; quindi si può dire che hai vagato per alcuni giorni nella sala d'attesa del "Grande Tunnel". Dev'essere stato qui, in questo stadio che hai incontrato Sveva; era solo una questione di ore. Le alternative erano due, ma siccome nessuna si è concretizzata nell'immediato, lei ti ha tenuto compagnia fino a quando è stato raggiunto un nuovo equilibrio. Se le cose fossero andate in modo diverso, credo proprio sareste partiti per quel viaggio di cui ti aveva accennato più volte».

Rimasi in silenzio. Ero perplesso, il cuore aumentò la sua frequenza perché le ultime parole del frate continuavano a rimbalzarmi in testa. Il "Grande Tunnel": Sveva me ne aveva parlato... solo che lo aveva indicato come la galleria che passava sotto il Canale della Manica. Lo dissi a Padre Alberto il quale accolse quelle parole con un semplice ma significativo sorriso, accompagnato da un levare le mani al cielo appena accennato. Cercai di ritrovare la concentrazione sul ragionamento che aveva fatto in precedenza. Non volevo cadere in facili suggestioni e così chiesi: «Diciamo che sì, sono stato in questa "dimensione di mezzo", ma il fatto che abbia visto quel che mi accadeva attorno? Che mi sia spostato per l'ospedale e anche fuori? Come si può spiegare?».

Padre Alberto scosse leggermente la testa: «Le anime si muovono, però non si vedono. Tu non eri in uno stato ben definito, ti sono state mostrate molte cose, ma non tutte, ed è sempre stata tenuta aperta una via per lasciarti tornare indietro».

«Secondo lei, allora, mi è stata creata attorno una specie di realtà fittizia?».

«A grandi linee, si può vedere anche così».

Dentro di me iniziarono a scorrere un'infinità di sensazioni, pensieri e emozioni che avevo provato durante gli incontri con Sveva e che non ero ancora riuscito a ricordare in modo nitido. Nella stanza era sceso un pesante silenzio, ma non me ne accorsi subito.

Assorto nei miei pensieri, a bassa voce, cominciai a ripetere: «Una sorta di angelo, una sorta di angelo...».

Padre Alberto, quasi sussurrando, proseguì: «Sì, la prima ipotesi che mi è venuta in mente è che Sveva sia un'entità spirituale: ti è stata di conforto, ti ha spinto a riflettere sulla fede e sull'importanza di porsi domande, ma soprattutto ha fatto in modo che tu tornassi a credere nell'amore. Secondo me, lei era pressoché certa che non avresti continuato la tua vita terrena, però desiderava che dentro di te qualcosa mutasse e allora ha, per così dire, approfittato di quel momento per compiere un gesto importantissimo: ti ha fatto innamorare. Non voleva che lasciassi questo mondo da persona disincantata e negativa e così ha cercato di prepararti al più grande dei viaggi aprendo il tuo cuore. Poi le cose sono andate diversamente, ma possiamo dire che sia riuscita nel suo intento...».

Il volto dell'anziano frate si distese in un sorriso. Ero stato profondamente colpito dalle sue parole e cercai di memorizzarle al meglio per conservarle come un regalo prezioso. Sorrisi a mia volta senza proferir parola, e Padre Alberto continuò: «A dire il vero, ho preso in considerazione anche a una seconda ipotesi: quella che Sveva sia uno spirito rimasto all'interno di quell'ospedale e che lo abita per qualche motivo; non è detto che tra quei reparti ci abbia lavorato, o che vi sia morta. Potrebbe vagare alla ricerca di qualcosa o di qualcuno che possa liberarla. Molto probabilmente, mentre eri in coma al Pronto Soccorso dell'Ospedale al Mare, lei ha colto l'occasione per essere ancora visibile e, nonostante le misteriose ragioni che la tengono lì, ha voluto donarti amore, un amore che lei forse cercava da tempo».

Di nuovo, non riuscii a dir nulla: dentro di me sentivo solo una grande emozione, mista a paura e ad altre sensazioni contrastanti. Padre Alberto attese ancora qualche istante, poi concluse: «In ogni caso, Sandro, la vita di questo mondo è un mistero talmente grande che sarà sempre impossibile comprenderlo fino in fondo, e l'esistenza che ci attende dopo la morte è qualcosa ancor più difficile da afferrare. Il consiglio che mi sento di darti è, se credi in Dio, prova a confidare in Lui, accogli come un dono l'esperienza che hai vissuto e fanne tesoro per i tuoi anni a venire. Non è certo facile ripartire dopo una vicenda del genere, ma è pur sempre possibile. Sono convinto che sia quello che desideri, quello che sperano i tuoi cari ed è ciò che sicuramente vuole anche Sveva».

Sentire Padre Alberto pronunciare quel nome mi mise in uno stato indescrivibile.

Fui invaso da una forte emozione e mi accorsi di essere prossimo alle lacrime ma, con un filo di voce, riuscii a dire: «Crede che lei mi veda?».

Annuì e rivolgendomi uno sguardo molto intenso disse: «Penso che lei sia la tua guida, la tua protezione e che, se vorrai, non è detto possa rimanere ancora al tuo fianco. Non la sentirai con l'udito, ma ti sarà possibile ascoltarla con il cuore».

Le sue parole mi riempirono di gioia, tuttavia in quel frangente gli chiesi: «Secondo lei, perché volendo farmi innamorare non si è limitata a farsi desiderare?».

Sul volto dell'anziano frate comparve un sorriso bonario: «Sono convinto che esistano delle entità spirituali di due tipi: quelle mai nate, e quelle che hanno avuto la possibilità di avere un corpo e un'esistenza come la nostra. Sveva è certamente uno spirito che ha vissuto nel mondo, la sua esistenza dev'essersi conclusa presto, attorno ai quarant'anni e, probabilmente, solo da qualche decennio. A seguito del tuo incidente, anche lei ha avuto la possibilità di accedere alla zona di transizione e lì, assieme a te, si è trovata nuovamente di fronte al fascino della vita terrena. Sinceramente non so dire il perché non si sia limitata a farti "invaghire". In ogni caso, credo che quanto è successo tra voi quella notte non sia la parte fondamentale della vicenda che ti sei ritrovato a vivere».

«Adesso che l'ho vista e dopo tutto il resto, pensa che potrà rimanermi vicina o crede che sarà destinata ad allontanarsi?».

Alzò lo sguardo al soffitto e rispose: «Non ho idea di come funzionino le cose lassù. Certo, il suo agire non è stato il massimo della limpidezza, ma credo non abbia assolutamente voluto raggirarti. Un errore in buona fede è come un bicchiere d'acqua che ti viene versato addosso accidentalmente... bisogna aspettare che i vestiti si asciughino ma non resterà alcuna macchia. Penso proprio che a Sveva sarà permesso di continuare la sua opera, ma tu, se davvero desideri che ti resti vicina, prova a chiederlo!».

Annuii sentendo i miei occhi inumidirsi. A quel punto gli raccontai che stavo conducendo un'indagine insieme a una dottoressa dell'ospedale di Lecco, una ricerca per scoprire qualche indizio su Sveva. Stavo per aggiungere altro, ma Padre Alberto mi interruppe: «Fermatevi, non andate oltre. Più cose cercate di sapere su di lei, più la allontanate. Cosa potete scoprire di tanto importante? Chi era? Dov'è vissuta? Volete trovare la sua tomba e portarle un fiore? Ma alla fine cosa otterreste? Sandro, anche se riuscissi a individuarla, non la riporteresti in questo mondo, lei appartiene a un'altra dimensione. Oltretutto, sei sicuro che quello che ti ha riferito sia davvero il suo nome? Sinceramente, non credo: gli spiriti raramente si presentano con l'identità che avevano in vita. Lasciala in pace, non disturbarla con assurde interferenze».

Inaspettatamente, il frate mi afferrò le mani. Cosa intendeva fare? Per lunghi secondi ci fissammo, vicinissimi: nei suoi occhi brillava una luce particolare, pareva stesse guardando dentro di me, direttamente nella mia anima. Poi, con calma ma in modo perentorio, sentenziò: «Forse Sveva è solo un'anima dimenticata, oppure uno spirito che cerca pace. Non escludo che sia vincolata da qualcosa. Però tu che l'hai vista, che l'hai conosciuta e che l'hai tenuta fra le braccia: forse sei proprio tu che puoi liberarla».

Con un filo di voce gli chiesi: «Come posso farlo?».

Padre Alberto chiuse gli occhi e strinse la presa; sembrava molto concentrato,

come se stesse vedendo qualcosa e sussurrò: «Devi dire una preghiera, dentro a quell'ospedale, in un luogo di cui lei ti ha parlato, ma in cui non ti ha mai portato. Un posto che in qualche modo è legato a lei».
Mi sforzai di ricordare, eppure non riuscivo a trovare alcuna risposta; poi ebbi un'intuizione: «Il reparto dove ha detto di lavorare! Me ne ha accennato, oltretutto definendolo un luogo in cui era "confinata". Pensavo si riferisse al suo lavoro...».
«Se ti sta a cuore, prega per lei. Devi farlo lì dentro, con tanta fede e tanto amore, pronunciando una preghiera particolare che ti consegnerò. È questo il tuo compito». Ci furono alcuni attimi di silenzio poi il frate mi chiese: «Sei davvero sicuro? Te la senti di fare tutto ciò? Temo non sarà facile. Non dovrai avere titubanze o incertezze, quindi, se già ora hai qualche dubbio lascia perdere. Una volta che deciderai di farlo, non sarai a conoscenza di quanto potrà accadere».
Riflettei per qualche istante ma dentro di me ero già cosciente della mia decisione: «Farò ciò che lei mi indicherà!».

Ne fu felice. L'anziano frate si alzò e lentamente raggiunse la scrivania. Scrisse per un paio di minuti, dopo di che mi porse un foglio: era una preghiera, redatta con grafia chiara, un testo molto intenso con dalle frasi forti e altre di estrema dolcezza; pareva un conflitto tra luce e tenebre, in cui alla fine era la prima delle due a prevalere.

La lessi con attenzione e quando giunsi alla fine Padre Alberto si raccomandò: «Dovrai recitarla in quel luogo: prima in silenzio, poi a voce alta e, infine, di nuovo in silenzio, da solo, senza far sapere a nessuno quello che stai facendo poiché il pensiero degli altri potrebbe creare delle interferenze. In seguito, se vorrai, potrai raccontarlo a qualcuno di cui ti fidi, ma non prima di allora».

Un attimo dopo disse che avevo bisogno di protezione. A quel punto si alzò e si mise dinanzi a me ponendo le mani sul mio capo. Bisbigliò una sorta di benedizione di cui afferrai solo qualche parola, poi tornò alla scrivania e prese qualcosa in un cassetto. Mi consegnò un piccolo rosario a dieci grani, una coroncina dal colore scuro con una medaglia; su un lato di essa era impressa una croce con delle lettere, sull'altro la figura di San Benedetto. Mi raccomandò di portarla con me il giorno in cui fossi tornato all'ospedale per fare quanto mi aveva indicato: a quel punto la benedì e con il pollice tracciò una piccola croce sulla mia fronte. Rimasi molto colpito da questo gesto e gli chiesi se, a suo parere, dentro quella struttura ci fosse qualcosa di maligno o di negativo. Scosse la testa e rispose: «Non credo, ma non posso neppure saperlo con certezza. Quel vecchio ospedale è un luogo che ha accolto tanta sofferenza e Dio è sempre vicino a chi è nel dolore; ritengo quindi che Lui abbia abitato a lungo tra quei reparti. Penso però ci sia una qualche realtà che si è accanita contro quel posto, e ciò è dimostrato da come è stato ridotto; i ragionamenti utilitaristici, l'ignoranza e l'indifferenza non creano rumore come una bomba che esplode, eppure ottengono lo stesso risultato. Suppongo che non ti sarà facile portare a termine quanto ti ho chiesto, ma tu tieni duro».

Le sue parole mi lasciarono turbato, non si poteva certo rimanere indifferenti davanti a un qualcosa di simile. Cominciai a chiedermi se davvero sarei stato in grado di affrontare e di reggere una cosa simile. Padre Alberto, parve leggermi nel pensiero: «Comincia a pregare, tutti i giorni. Inizia a prepararti. La preghiera non è un semplice avanzare una serie di bisogni, una sorta di lista della spesa e nemmeno è il recitare a memoria delle orazioni, magari pensando ad altro. La preghiera è un mettersi in cammino, un dialogo profondo, onesto: una ricerca tra i bisogni e un guardare allo specchio il proprio agire. Quando preghi devi sì domandare ciò che desideri ma, al tempo stesso, devi anche chiedere la grazia di comprendere quel che ti verrà incontro. Questo può essere sia ciò che vuole il tuo cuore ma potrebbe essere anche ben altro...».

Lo guardai cercando di assimilare quanto mi aveva appena indicato. Il nostro incontro, ormai, era giunto alla fine. Lo ringraziai per il tempo che mi aveva dedicato e per quanto aveva fatto per me. Mi disse che era stato felice di incontrarmi e, con un'espressione molto seria, proseguì: «Il mio consiglio per te è di non andarci subito, piuttosto attendi un po'. Il giorno prima di partire, chiamami, così proverò ad esserti in qualche modo vicino».

Promisi che avrei seguito le sue indicazioni e che ci saremmo tenuti in contatto. Mi pose una mano sulla spalla: «Ora che conosci la strada, torna quando vuoi, ti aspetto».

Capii che la sua non era solo una frase gentile, ma che probabilmente alcuni aspetti di quanto avevo vissuto andavano approfonditi. Ebbi la sensazione che l'anziano religioso, all'interno dell'intera vicenda, avesse intravisto qualcosa di cui non mi aveva voluto parlare, una realtà che un giorno, forse, avrei conosciuto ma, che al momento era ancora parecchio distante. Stringendogli le mani, gli promisi che ci saremo presto rivisti.

Riaccompagnandomi all'ingresso, il novizio mi chiese se durante l'incontro fosse andato tutto bene. Risposi in modo affermativo, lasciando intendere che ero un po' scosso. Il ragazzo intuì il mio stato d'animo e, quasi a volermi confortare, disse solo: «Padre Alberto è un sensitivo. Non conosco il motivo della tua visita, ma sono sicuro che ti aiuterà. Chi ti ha mandato qui, ti ha consigliato bene».

Appena Benedetta ci vide, chiuse il libro e ci venne incontro. Salutammo il giovane novizio e uscimmo nel piazzale.

40
Le stelle sopra l'oceano

Seduti su una panchina, raccontai a Benedetta quello che mi aveva detto Padre Alberto, omettendo solo il particolare della preghiera. Pur restando in silenzio, pareva sollevata da qualcosa che non riuscivo ad afferrare e, da sotto gli occhiali da sole, scese una lacrima.

«Che succede?».

«Scusami, mi sono commossa... le parole del frate mi hanno dato una grande emozione. Forse è andata proprio così. Sandro, lasciamo perdere le nostre ricerche, almeno per un po'. Padre Alberto ha ragione, se ci dovranno essere delle risposte verranno da sé. Magari è davvero al futuro che dobbiamo pensare».

Mi sorprese il fatto che avesse utilizzato il plurale, come se fosse interessata agli avvenimenti al di là delle ragioni professionali. Mi sentivo sollevato, eppure il pensiero di quanto avrei dovuto compiere al Lido mi dava una certa inquietudine.

Poco dopo pensai di avvisare i miei genitori riguardo a com'era andato l'incontro con il frate; sapevo bene che erano in attesa di conoscere le sue impressioni.

Nell'estrarre dalla tasca il cellulare feci cadere accidentalmente la medaglietta con la coroncina. La raccolsi cercando di far finta di nulla, ma Benedetta esclamò: «Hai una coroncina del rosario?».

Le risposi che me l'aveva data Padre Alberto e tentai di non darci importanza, ma lei mi chiese di poterla vedere. Prendendola con delicatezza tra le mani, con voce sommessa sussurrò: «La medaglia di San Benedetto...».

«La conosci?»

«Con il nome che porto...».

Sorrisi provando a mostrarmi disinvolto nonostante sentissi un certo imbarazzo: Padre Alberto mi aveva detto infatti di non parlare con nessuno di quella faccenda.

«Come mai te l'ha regalata?».

Seppur mi dispiacesse non raccontarle la verità, fui costretto a darle una risposta alquanto parziale e vaga: «Mi ha detto di tenerla con me e di provare a pregare un po'...».

Benedetta non parve convinta dalla mia risposta, e dunque incalzò: «Per caso ti ha anche illustrato la simbologia delle lettere che vi sono incise?».

«No».

Tenendola sul palmo della mano, mi indicò da un lato la figura di San

Benedetto, patrono d'Europa e degli esorcisti, e mi raccontò alcuni episodi della vita di questo Santo. Poi girò la medaglia dov'era raffigurata la croce con alcune lettere di cui, stando a quanto disse, le prime quattro equivalevano a: *Croce del Santo Padre Benedetto*. Passò quindi a quelle incise verticalmente: *Croce sacra sii la mia luce* mentre quelle presenti sull'asse orizzontale significavano: *Che il dragone non sia il mio duce*.

A tali parole mi sentii percorrere da un brivido lungo la schiena. Il "dragone": mi ricordai di quando, proprio lei, mi aveva parlato dell'Asse del dragone in ambito astrologico. Strano che proprio quel termine fosse comparso di nuovo!

Non dissi nulla, non volevo mostrarmi scosso dalle emozioni, eppure ero sempre più inquieto. Senza guardarmi e scorrendo con un dito sopra ogni lettera posta lungo la circonferenza, disse: *Vade Retro Satana! Non persuadermi in cose vane. Ciò che mi offri è cattivo. Bevi tu stesso i tuoi veleni*. Seguirono alcuni interminabili attimi di silenzio poi concluse: «È un potente esorcismo, una medaglia molto, molto forte contro le insidie».

Me la restituì con tranquillità e capii che non mi avrebbe chiesto altro.

Fortunatamente la conversazione finì su argomenti più leggeri, e presto si instaurò un clima disteso.

Dal momento che non avevamo voglia di rientrare subito a casa, ci dirigemmo in centro per fare qualche acquisto. Benedetta era serena e aveva voglia di scherzare, ma dentro di me un pensiero mi angustiava e, approfittando della sua sosta in un negozio, mi allontanai per chiamare Padre Alberto. Gli dissi che Benedetta aveva visto la medaglietta, che l'aveva tenuta in mano e che mi aveva anche spiegato il suo significato. Gli chiesi se ciò avesse in qualche modo alterato la mia promessa di non parlar con nessuno. Mi domandò se le avevo, anche solo vagamente, accennato al fatto che dovevo recarmi al Lido, ma gli confermai più volte di non aver neanche sfiorato il discorso.

«Allora, non c'è alcun problema».

Dopo avermi rassicurato, con tono pensieroso aggiunse: «Quella ragazza sa qualcosa; dopo che sarai stato al Lido, faresti meglio raccontarle tutto. Inoltre, sarei felice di conoscerla anch'io, mi piacerebbe farle qualche domanda...».

Le sue parole mi confortarono e, sollevato, lo salutai ringraziandolo più volte. A quel punto raggiunsi Benedetta, che nel frattempo aveva colto l'occasione per fare qualche acquisto.

Con un gelato in mano ci sedemmo vicino all'approdo delle motonavi che solcano il lago. Volle sapere di più su Padre Alberto: com'era, qual era il suo modo di fare e altre cose più marginali e io, dopo averle raccontato quale impressione avevo avuto di lui, dissi che mi sarebbe piaciuto farglielo conoscere; Benedetta rispose che ne sarebbe stata davvero contenta.

Cominciava a scendere la sera, così lasciammo Riva del Garda. Dopo pochi chilometri però pensammo di fare una sosta a Limone; passeggiammo un po' per le stradine del borgo e decidemmo di fermarci in un suggestivo ristorante affacciato sul lago. Appena seduti, Benedetta disse: «E così, ti piacerebbe andare a New York...».

Quell'affermazione, pronunciata così inaspettatamente, mi colse di sorpresa: non ne avevamo mai parlato, probabilmente doveva averlo letto nei miei appunti sul pomeriggio trascorso con Sveva.

«Sì, il mio sogno sarebbe di arrivarci in nave; sei giorni circondato dall'Atlantico, sulla stessa via percorsa da milioni di persone nei primi del '900: cenare davanti a una vetrata affacciata su una distesa d'acqua infinita e addormentarmi sapendo che sotto la chiglia c'è un abisso di tremila metri. Vorrei guardare il sole sorgere e contemplare l'oceano con la consapevolezza di ammirare il medesimo panorama visto da tutti quelli che, prima di me, hanno intrapreso lo stesso viaggio. Il mare è sempre in movimento, ma lo scenario che offre non è mai cambiato e, se è vero che i luoghi conservano il ricordo di chi ci è passato, su quella rotta si possono incontrare ancora migliaia di storie. A metà traversata, di notte, salirei sul ponte più alto per alzare lo sguardo e osservare il cielo sopra l'oceano e, con le stelle negli occhi, ricordarmi che, a est e a ovest, ci sono più di duemila chilometri di acqua. Vorrei star lì, cosciente di essere in una "terra di nessuno" in cui la natura è sovrana assoluta, colei che detta legge laddove agli esseri umani è concesso solo di transitare. Il giorno dell'arrivo aspetterei con ansia il momento in cui dall'orizzonte si comincia a vedere il Nuovo Mondo e, infine, vorrei sbarcare a New York, sentirne finalmente i suoni, gli odori, i profumi e scrutare i suoi mille aspetti. Ho sempre sognato di passare un'intera giornata a Central Park, in autunno, quando gli alberi si accendono di tonalità calde, dal giallo tenue al rosso intenso; camminare su un tappeto di foglie, osservare la gente che passa e lasciarmi avvolgere dai suoni della città in sottofondo».

Benedetta mi ascoltò senza dir nulla, mostrando però un evidente interesse e, quando finii, spostando gli occhi sul menù, commentò: «Fammi sapere quando parti: a meno che tu non voglia proprio andarci da solo, con te verrei volentieri».

Mi ritrovai a guardarla e, per un istante, i nostri occhi si incrociarono.

«Se non soffri il mal di mare, direi che si può fare...».

«L'oceano non sarà assolutamente un problema».

Dopo una breve risata spostammo il discorso su altre cose.
Saranno state le emozioni della giornata, o magari le luci soffuse del ristorante sul lago, ma tra noi si venne presto a creare una piacevole intimità; ci confidammo pensieri molto personali, racconti, sogni d'infanzia, pensieri e speranze.

Anche il viaggio di rientro fu particolare: guidai con calma mentre Benedetta continuava a raccontare di sé e a farmi domande sulla mia vita e su come la pensavo su svariate cose. Mentre parlavamo ebbi più volte l'impressione che sapesse delle cose in più riguardo alla mia vicenda. Pensai che, forse, me le avrebbe rivelate più avanti.
Giungemmo a Valmadrera poco dopo l'una di notte e Benedetta mi invitò a salire da lei per bere qualcosa.

Lungo le scale tenne a dirmi che non avrebbe suonato nulla perché, stavolta, i vicini erano in casa.

Ci sedemmo sul divano e per un po' continuò a parlarmi con la sua caratteristica capacità di essere a tratti semplice e a tratti sfuggente: una sorta di "vedo, non vedo" affascinante e al tempo stesso enigmatico.

Fu una notte alquanto particolare, e quando rincasai era ormai l'alba. Il cielo stava schiarendo: parcheggiai l'auto su uno spiazzo di fronte all'Adda, a pochi passi da casa, mi avviai verso un pontile dov'erano attraccate un paio di imbarcazioni e rimasi rapito da quanto stava avvenendo. Gli occhi iniziarono a scorrere sulla superficie del fiume, sulla vegetazione situata sulla sponda opposta, sulle case che si trovavano lì attorno a me: pensai a quanti stavano ancora riposando, ai sogni che si stavano svolgendo, ai primi risvegli, a quanti stavano per vivere un giorno di festa e a chi sarebbe andato al lavoro. Nell'aria il canto di alcuni uccelli, il motore di qualche auto di passaggio e, in lontananza, i rintocchi delle campane della parrocchia di San Materno e Lucia che segnavano il passare del tempo con impeccabile regolarità e che, di lì a poco, avrebbero annunciato la prima messa della giornata. Proprio lì si trovava l'ex convento dei cappuccini dove, nel grande romanzo del Manzoni, vivevano due personaggi che comparivano nella storia: fra Cristoforo e fra Galdino.
Osservai un pescatore sistemare alcune cose e poi, con un gesto ripetuto chissà quante volte, lanciare amo e lenza nell'acqua che scorreva in direzione del lago di Garlate. Sensazioni e pensieri si affollavano nella mente togliendo al sonno ogni spazio. Rimasi lì, ad ascoltare il suono di quella domenica che stava nascendo fino a quando capii che la notte se n'era ormai andata, portando con sé quanto era avvenuto e lasciando al mattino il compito di far apparire ogni cosa al pari del giorno precedente: come se nulla fosse avvenuto.

41
Di notte sul lungolago

Nei giorni successivi tornai spesse volte con il pensiero a Padre Alberto, alla nostra "promessa" e a chiedermi a cosa stessi andando incontro recandomi al Lido. L'idea di andarci mi affascinava ma, allo stesso tempo, mi inquietava parecchio.

Una sera, verso metà marzo, uscii per fare una passeggiata; lasciai la macchina nel parcheggio tra la Questura e la sede della Società Canottieri Lecco e, oltrepassato il Monumento ai caduti, mi avviai per il Lungolario Isonzo. Nella mente girava un motivo famoso che in quegli ultimi mesi, avevo riscoperto: *La donna cannone* di Francesco De Gregori. Ginevra la cantava spesso come ninna nanna alla piccola Marta e ogni volta rimanevo rapito dalla dolcezza con cui la sussurrava.

Giunsi in Piazza Mario Carmenati: dietro alla statua dell'illustre politico, il campanile del Duomo di San Nicolò svettava illuminato da fasci di luce. Dall'alto dei suoi 96 metri, il "matitone" appariva come un rassicurante guardiano che vegliava sulla città e sul lago. Mi sedetti su una panchina a guardare le barche ormeggiate, le coppiette che passeggiavano tenendosi per mano e la Signora del cielo, nell'ultimo quarto della fase crescente. La Luna, ancora una volta: proprio lei, forse, poteva suggerirmi qualche risposta.

Scrissi a Benedetta un messaggio. La dottoressa Guzzetti... pensavo sempre più spesso a lei. La sua presenza nella mia vita era diventata man mano più rilevante, eppure continuavo a ripetermi che era solo un'amica.

Contemplavo la Luna chiedendomi quanti l'avessero fatto prima di me, entrandovi in confidenza. Stava lì in cielo da sempre, per tutti, ma non era "di" tutti, era solo di chi l'amava. Era la mia Luna; ma anche quella di Benedetta, che l'ammirava ma non aveva con lei un rapporto sereno perché le ricordava troppo sua madre che, da quanto mi aveva confidato, era solita raccontarle favole e leggende che la vedevano protagonista. Era la Luna degli innamorati, dei naviganti, delle persone lontane; era Luna che San Francesco d'Assisi chiamava "sorella" ma che io non avrei mai considerato tale, perché mi avrebbe sempre ricordato Sveva e quelle due notti vissute con Lei.

Ripensai alle parole dell'anziano frate e a quanto era emerso dalla ricerca fatta con Benedetta e, inevitabilmente, sorsero in me alcune considerazioni sull' "invisibile". Nel corso dei secoli, l'essere umano era riuscito a chiarire eventi un tempo inspiegabili, gli esploratori avevano allargato i confini geografici, studiosi e ricercatori avevano stravolto gli orizzonti della conoscenza, ma restavano comunque dei campi in cui la scienza non era ancora giunta a trovare delle risposte.

I pensieri si accavallavano nella mia mente, mentre la Luna continuava a mostrarsi nella sua infinita, lontana bellezza. Cosa provavano quei pochi che l'avevano raggiunta quando la guardavano da quaggiù? Malinconia? Tristezza? Felicità?

Tempo prima avevo letto che, al rientro, molti astronauti avevano incontrato grosse difficoltà nel tornare alla vita di sempre e a convivere con un'esperienza così straordinaria alle spalle. D'altronde, dove puoi andare dopo esser stato sulla Luna?

Trovare stimoli altrettanto forti, in seguito a una simile impresa, era davvero difficile; in fin dei conti avevano corso il rischio di non fare ritorno e osservato la vita da un punto di vista in grado di cambiare completamente il modo di percepire le cose. Riprendere l'esistenza di prima era impossibile.

Benedetta mi aveva spiegato che i bambini che erano stati in coma o che avevano subito un grave incidente, finita la convalescenza presentavano spesso problemi di reinserimento con i loro coetanei perché li trovavano molto più immaturi di loro. Gli adulti, invece, acquisivano quasi sempre una visione più positiva della vita e chi aveva vissuto delle esperienze "pre-morte" complete, in genere, era meno spaventato nei confronti dell'aldilà.

Il mio "viaggio lunare" si era concluso già da sei mesi e la normalità mi incuteva ancora parecchio timore. Volevo dare un senso ai miei giorni, non volevo sprecarli. Ricordai una conversazione con Benedetta sulla resilienza, la capacità che hanno le persone di affrontare e di superare le avversità, uscendone rafforzate e trasformate. Sosteneva che io avessi vissuto qualcosa di straordinario, e che non potevo assolutamente perdere l'opportunità di fare tesoro di tutto ciò solo per paura di mettermi in discussione. Non potevo non osare, non credere in un sogno, non dare una svolta alla mia vita. Con la mente tornai anche alla scritta sul poster della palestra di fisioterapia: *Se vuoi puoi giungere ovunque*.

Era vero, avevo davvero la possibilità di dare una svolta al mio cammino; ma come? Con la mente andai a Sveva e a quei tre giorni con lei che avevano cambiato la mia vita e mi chiesi se nel mio "viaggio" avessi davvero raggiunto la Luna, o se invece l'avessi mancata. Ero incline a credere alla prima ipotesi e la mia Luna era stata lei: Sveva.

In ogni caso, ero "tornato a terra": questa era la realtà.

Continuai la mia passeggiata, ripensando a quando, poche sere prima, avevo chiesto a Benedetta quale fosse il suo punto di vista sull'intera vicenda. La sua risposta mi aveva ancora una volta sorpreso: «Se ogni evento, per essere considerato reale, deve essere ripetibile, allora pretendo venga ricreato il *Big Bang*, altrimenti per me rimane solo una teoria. Sono un medico e credo nella scienza, ma ritengo che il metodo scientifico sia limitato. L'uomo tende a voler dominare la natura, a svelarla, quasi a costruirla; una cosa rischiosa, perché presto arriva a illudersi di riuscire a stabilire ciò che esiste e ciò che non esiste, quanto è vero e cosa è falso. La verità, però non è un "bagaglio a mano" che per essere conforme alle regole deve stare in un contenitore di determinate dimensioni. No, non si può esser così rigidi e pensare che ci sia un solo metro per valutare fenomeni, teorie ed effetti. Trovo che appellarsi al "metodo della scatola" per non accettare l'esistenza di alcune realtà, solo perché non si dispone ancora delle conoscenze e degli strumenti adatti a decifrarle, sia davvero assurdo. In tutto questo si legge l'enorme paura della comunità scientifica di aprirsi a ciò che non può controllare e di fare un umile passo indietro riconoscendo che il "palazzo del sapere" è molto più alto di quel che si pensa. Quello che ti è accaduto non è assolutamente verificabile con dati tangibili, ma credo che il concetto di vita sia generalmente assunto in una forma riduttiva e che la dimensione in cui viviamo sia solo una delle tante esistenti, non certo l'unica. Non so se le si possa conferire il nome di anima o altro, ma sono convinta che non siamo fatti solo di materia, sento che ognuno di noi ha un proprio spirito in grado di oltrepassare ciò che la mente arriva ad immaginare. Usiamo il nostro cervello solo in piccola parte e ritengo che se lo utilizzassimo di più, molte cose non sarebbero più considerate dei misteri. Sono dell'opinione che la vita si possa concepire come un grattacielo: noi occupiamo un piano che molti ritengono essere l'unico. Io invece, penso ci siano molti altri livelli, le cui porte di accesso sono quasi sempre nascoste; eppure esistono, e qualcuno, di tanto in tanto, ha l'occasione di vedere oltre. Tali esperienze però vengono quasi sempre classificate da chi le ascolta come delle allucinazioni. Immagino che lo spirito sia difficilmente mortale e che, nella maggior parte dei casi, continui a vivere oltre la realtà in cui ci troviamo. Capisci? Tutte le ipotesi sono possibili. Bisogna certamente indagare in questa direzione, ma sempre entro determinati limiti, perché la vita va comunque vissuta nel quotidiano; pensare troppo alle sue altre forme può distogliere dalla realtà e dalla bellezza che ogni giorno passa davanti ai nostri occhi».

Rimasi qualche istante a riflettere su quanto aveva detto poi le domandai: «E del mio caso, nello specifico, che idea ti sei fatta?».

«Non si riescono ad avere certezze su quanto ti è accaduto, ma sono portata a credere che lo stato di coma e di sollecitazione cerebrale a cui sei stato sottoposto possa averti aperto qualche via di comunicazione. In fin dei conti ci sono molti casi di persone che si risvegliano dal coma ritrovandosi sensitivamente più attive. Ad esempio, c'è chi comincia a vedere l'aura attorno alla gente. Ogni essere umano emana un campo energetico, ma solo pochi riescono a notarlo; non c'è però da stupirsi se ciò avviene. Altri, invece, sono in grado di percepire meglio l'energia racchiusa negli ambienti. Anche in tutto questo non c'è nulla di straordinario, ma sono cose che portano a riflettere su quanto le possibilità della mente umana siano davvero sconfinate. Angelo o "spirito vagante", non ha grande importanza; non so quale sia la vera identità di Sveva, ma tra il ritenerla un'illusione e il pensare che da qualche parte esista davvero, credo più probabile la seconda ipotesi».

Fondamentalmente ero d'accordo con la teoria che aveva esposto e mi ero stupito che un medico come lei lasciasse così tante porte aperte all'ignoto. La gente di solito tende a tenere questi argomenti a una certa distanza: il più delle volte le persone si rivelano possibiliste, ma quando una persona a loro vicina racconta un'esperienza simile a quella che avevo vissuto anch'io, lo scetticismo e l'incredulità prendono quasi sempre il sopravvento.

Quando si vive un'esperienza del genere, non si vorrebbe mai doverla raccontare, perché ci si rende conto che solo in pochi daranno veramente credito a quello che affermi. D'altronde, anche gli uomini che sono stati sulla Luna hanno provato qualcosa di simile: ancora oggi le loro missioni vengono periodicamente messe in discussione da qualche "complottista", nonostante vi siano migliaia di prove e di reperti che testimoniano la verità di ciò che è avvenuto in quei viaggi tra il 1969 e il 1972. Lo fanno solamente perché sono scettici? O per il semplice motivo che è più facile avanzare strampalate ipotesi che accettare di esser giunti su un altro corpo celeste?

L'idea che esistano "altre dimensioni" rispetto a quella in cui viviamo infonde in molti un senso di disagio: certo, è giusto porsi delle domande, ma credo sia altrettanto corretto chiedersi se abbia senso arrivare a negare l'evidenza. Anche le varie religioni, seppur con modalità differenti, sostengono l'esistenza di una dimensione oltre la vita terrena. Le mie conoscenze in merito a questo campo non sono approfondite, ma so che tutte parlano di un "dopo": in molte si riscontra la presenza di angeli, di spiriti protettori, di mondi ultraterreni e di realtà invisibili. Possibile che tali credenze, sviluppatesi in luoghi ed epoche diverse e nelle condizioni ambientali più disparate, abbiano tutte dei punti in comune riguardo a una vita successiva alla morte del corpo? Si può ritenere credibile pensare che queste teorie siano tutte sbagliate, o prodotte solo dalla speranza che la morte non sia la fine di ogni cosa? Soprattutto, quante probabilità ci sono che nella storia dell'umanità il mondo sia stato popolato da miliardi di visionari che hanno creduto (e credono) nell'esistenza dello spirito, senza che ci sia davvero qualcosa di concreto al riguardo?

Mentre guardavo il cielo, pensai che dopo aver navigato i mari, scalato le vette più alte del pianeta e aver acquisito la capacità di volare, la nuova frontiera a dover essere abbattuta fosse quella dell'invisibile, quella realtà che, in seguito alla mia esperienza, ero certo esistesse. Prendere coscienza di ciò avrebbe reso la gente più umile e probabilmente migliore, e forse avrebbe condotto ad un cambiamento epocale. D'altronde, allargare gli orizzonti porta a sentirsi "piccoli", a cercare il senso delle cose, isolando la negatività.

Pensai ancora una volta all'uomo della Sindone che, col suo volto enigmatico, continuava a creare scompiglio nella vita di molte persone; mi resi conto di quanto fosse difficile per la maggior parte degli esseri umani porsi serenamente dinanzi ad un quesito inspiegabile.

Sarei riuscito a raggiungere Sveva o a trovare una conferma su di lei? Non lo sapevo, o forse ancora non volevo accettare la risposta più probabile. Sveva, quasi sicuramente, non apparteneva più a questa dimensione ma, d'altro canto, non mi era possibile far finta di nulla, non cercarla, non provare a capire cos'era successo: lei aveva toccato il mio cuore, e mi mancava da morire. Allo stesso modo, temevo che il tempo potesse sbiadire i ricordi; nell'immediato, un evento straordinario viene spesso guardato con stupore, ma con il passare degli anni si tende a ridimensionarlo e, a poco a poco, si comincia a celarlo. Avevo letto che una cosa simile accadeva spesso ai soldati che erano stati al fronte: quasi tutti, al loro ritorno, non raccontavano nulla perché capivano che chi non si era trovato nella loro stessa situazione non li avrebbe mai potuti comprendere.

Si era fatto tardi. Osservando l'acqua del lago ebbi la sensazione che fosse mossa da una mano invisibile. I pensieri mi portarono di nuovo lontano, come fossi affacciato a una finestra che si apriva sul cosmo: nulla era tangibile, e il mio corpo pareva fluttuare nell'infinito dove ogni cosa era in movimento. Mi accorsi che anche le ipotesi e le considerazioni che si alternavano nella mia mente potevano essere paragonate a una corrente che vorticava irrequieta senza riuscire a fermarsi, e d'un tratto capii che se avessi atteso che quell'acqua si immobilizzasse, avrei rischiato di aspettare per sempre.

Pensai infine all'Amore: dopo tutto, anche lui assomigliava a un viaggio sulla Luna... un'avventura che non iniziava con il decollo verso lo spazio, ma al momento del rientro sulla terra.

42
L'Albero e la lettera

Una sera Benedetta venne a cena da me: non mi reputavo un bravo cuoco, ma con impegno e una buona dose di dedizione preparai dei tagliolini al salmone e del pesce al forno con contorno di pomodorini e patate.

Le mostrai l'appartamento in cui vivevo, non grande e dalla personalità ancora incerta. Però ci stavo bene, anche se non ero ancora riuscito ad arredarlo come avrei voluto. Parlammo un po' di me: da non molto avevo iniziato a cercare lavoro in ambito pubblico e di lì a poco avrei sostenuto alcuni concorsi. Nell'azienda in cui lavoravo i rapporti umani erano ottimi ma ormai, l'attività di un tempo, non mi entusiasmava più. Se le selezioni fossero andate bene avrei avuto uno stipendio leggermente più basso, però avrei potuto disporre di molto più tempo per me. Non compivo quella scelta per dedicarmi allo sport o a qualche altro hobby, bensì per iscrivermi all'università.

Benedetta ne fu entusiasta; si trattava certamente di un sacrificio, ma era convinta che sarebbe stato ampiamente ripagato.

«Sono davvero felice di sapere che sei intenzionato a dare una svolta alla tua esistenza».

Mi stavo dirigendo verso qualcosa di incerto ma che sentivo di dover fare: «Lo stile vita che conducevo prima dell'incidente è come un vestito nel quale non mi sento più a mio agio».

Facemmo un brindisi nella speranza che il futuro ci riservasse buone sorprese. Benedetta disse che di lì a dieci giorni sarebbe andata a Londra per un convegno e sarebbe stata via da mercoledì mattina a domenica notte. A tali parole, avvertii una stretta alla bocca dello stomaco, un misto tra gioia e paura; capii infatti che era finalmente arrivato il momento di tornare al Lido di Venezia e di mettere in pratica quanto mi aveva chiesto Padre Alberto.

Cercando di non apparire assorto in altri pensieri le dissi che, nonostante il congresso, speravo avesse l'occasione di compiere qualche giro per la città. La sua risposta fu alquanto sibillina: «Non credo, ma in ogni caso se mi dovesse avanzare del tempo libero tornerei a vedere la *National Gallery*. Non mi va di interpretare la parte della turista da sola in giro per la City, o con qualche collega che non ha nulla di meglio da fare...».

Le domandai la cortesia di portare i miei saluti all'Ammiraglio Nelson che, dall'alto della sua colonna, dominava Trafalgar Square. Sorrise, ma un istante dopo un velo di tristezza attraversò i suoi occhi: «Sinceramente, non mi va di andar via.

Sono sempre stata contenta di partire, eppure stavolta, eviterei volentieri».

Stavo per risponderle ma preferì cambiare discorso e così capii che non voleva tornare sull'argomento.

La vigilia della sua partenza ci incontrammo per un aperitivo: parlammo di cose leggere e ci ripromettemmo di fare quanto prima una gita a Bellagio con il battello della Navigazione Laghi; una giornata di shopping e relax, proprio come due turisti.

Poi, con un gesto rapido, mi porse un tubo di cartone dicendo: «Aprilo a casa, dentro ti ho lasciato un biglietto».

Aveva già caricato la valigia nell'auto ed era attesa per cena da alcuni parenti a Milano: mi chiese se avessi programmi per il fine settimana e, a malincuore, le riferii che al momento non ne avevo. Notai in lei un certo nervosismo: dispiaceva anche a me che partisse ma, nella mia mente, il pensiero principale riguardava unicamente il mio ritorno, sta volta da solo, all'Ospedale al Mare. Mancavano ancora tre giorni ma la tensione cominciava a farsi sentire.

Quando ci salutammo, Benedetta mi abbracciò dicendo: «Domani in Inghilterra ci vado per lavoro, però...».
A quel punto lasciò cadere il discorso e guardando il tubo che tenevo in mano aggiunse: «Spero ti piaccia».

Mi abbracciò nuovamente, senza dir nulla. Sentivo però che avrebbe voluto dire altre cose che, all'ultimo, decise di tenere per sé. Mi sarebbe piaciuto poterle chiedere di più in merito ma non era il momento di insistere.

Salì in auto e ci scambiammo un ultimo saluto.

Rientrai a casa con la mente confusa, e una volta tolto il giubbino aprii il tubo di cartone che Benedetta mi aveva consegnato. Nel contenitore c'era una bellissima stampa raffigurante l'*Albero della Vita*. Rimasi a guardarla in una sorta di contemplazione: sopra ognuna delle *Sefirot* compariva il relativo nome e l'interno dei cerchi era delicatamente colorato con tonalità differenti. Invece, vicino ciascuna delle ventidue linee di congiunzione, era stampata una lettera dell'alfabeto ebraico.

A quel punto presi in mano il foglio a cui Benedetta aveva accennato; scritto su entrambe le facciate, con una grafia minuta.

«Caro Sandro,
da tempo volevo regalarti una rappresentazione dell'Albero della Vita e l'altro giorno, a casa tua, ho capito che questa era l'occasione giusta. Come sai, non si tratta di una semplice immagine, ma di un autentico cammino composto da numerose prove. Parla soprattutto di bellezza, di luce e della ricerca continua di un qualcosa che sta "oltre" ma che, allo stesso tempo, è anche dentro di noi.

Se vorrai, un giorno ti spiegherò alcuni aspetti di questo bellissimo albero che vive nella nostra anima, a cui tutti dovremmo guardare e di cui ogni persona dovrebbe prendersi cura. Ti racconterò solo alcuni aspetti, perché la simbologia che racchiude è infinita e tutto ciò, in modo diverso, agisce magicamente dentro ognuno di noi. Vedi tu cosa fare di questa stampa: sono convinta che, anche alla luce di quanto ti è accaduto, potrai comprenderla e interpretarla come una sorta di carta nautica sulla quale tracciare la rotta e orientarti così nel viaggio della tua vita.
Ti devo confessare che, dopo le prime indagini riguardo alla tua esperienza, mi sono convinta che ciò che hai vissuto non sia stato uno scherzo della mente, piuttosto qualcosa di straordinario. So che pensi a lei ogni giorno e, sinceramente, ti auguro di ritrovarla, però solo fra tanti, tanti, anni. In ogni caso, se in sogno ti capitasse di incontrarla, per favore, dille che le voglio bene.
Domani partirò per Londra, ho sempre avuto un legame particolare con l'Inghilterra, magari ho vissuto lì in un'altra vita. È una terra stupenda, ricca di energia, che regala ogni volta forti emozioni e, un giorno, sarei felice di tornarci assieme a te. Ti porterei a vedere la cattedrale di Ely, con la sua volta ottagonale che sembra sospesa nel vuoto, bella da togliere il fiato! Con l'occasione ti mostrerei anche il Labirinto sul pavimento, l'unico presente in una cattedrale inglese.
Oppure, un giorno sarebbe stupendo andare in Francia, nella cattedrale di Chartres, tanto affascinante quanto enigmatica. Sarei capace di parlarti per ore delle sue caratteristiche architettoniche, delle splendide vetrate, dell'infinita simbologia che racchiude e dei suoi tanti misteri, ma sono certa che non riuscirei mai a descriverti l'energia che si percepisce là dentro. Le cattedrali sono costruite in modo da avvicinare le persone a Dio, una sorta di dimensione in grado di collegare la terra al cielo, il visibile con l'invisibile. Vorrei trovarmi là dentro con te e lasciar affiorare tutte le sensazioni possibili; i simboli raccontano realtà inesprimibili, nulla è casuale, nemmeno quello che hai vissuto. Neppure il nostro incontro.
In questo momento è notte fonda, e per la mente continua a girare una frase detta l'altro giorno da un mio collega: "Non ha senso tu faccia finta di sentire quel che in realtà non avverti, ma non puoi nemmeno negare a te stessa di non provare ciò che sai essere vero". Mi piacerebbe sapere cosa ne pensi a riguardo…
Finisco di preparare la valigia e poi me ne vado a letto.
Sappi che per me sei importante e che ti voglio bene.
Un bacio,
Benedetta».

La lessi due, tre, forse quattro volte, poi la ringraziai con un messaggio. Si dimostrò felice che la stampa mi fosse piaciuta e, più tardi, mi scrisse che al suo ritorno mi avrebbe parlato di alcune cose che aveva scoperto riguardo al mio caso e che avrebbe approfittato del convegno per confrontare alcune sue ipotesi con dei colleghi.

Intuendo che non mi avrebbe mai rivelato di cosa si trattasse, decisi di cambiare argomento, e così l'informai che l'indomani avrei portato ad incorniciare la stampa dell'*Albero della Vita*, e che mi sarebbe piaciuto scegliere con lei dove collocarla. La sua risposta fu: "Con vero piacere, grazie di cuore per questo pensiero".

Rimasi steso sul letto a guardare il soffitto ancora a lungo, rileggendo qualche passo della lettera di Benedetta. Per la testa, un'infinità di pensieri rimbalzavano senza sosta andando, di tanto in tanto, cozzando l'uno conto l'altro.

Mi chiedevo a quali ipotesi si riferisse Benedetta, quale fosse il vero significato delle parole che aveva detto su Sveva pur senza nominarla, cosa provasse per me, dove stessi andando io... La mente poi tornava puntualmente all'ormai prossimo viaggio all'Ospedale al Mare.

Reggendo tra le mani la coroncina di Padre Alberto, ripensai alla spiegazione di Benedetta, in particolar modo alla frase: "Che il dragone non sia il mio duce". Il dragone: mi domandavo se fosse qualcosa di esteriore o una realtà interiore. Tutti, nel corso della vita, avevamo a che fare con un drago sul quale dover prevalere.

Infine, consideravo il fatto di trovarmi da solo dentro a quell'ospedale... Perché Padre Alberto mi stava spingendo a compiere un gesto simile?

Avevo l'impressione che l'indomani non sarebbe stato per niente facile.

43
Il volo delle lanterne

A volte, nei momenti di tristezza e di malinconia, consideravo quanto mi era capitato una sfortuna, altre, invece, sentivo di aver vissuto un'esperienza straordinaria grazie alla quale la mia esistenza aveva acquistato qualcosa in più. Davvero non mi rimaneva che tornare su quell'isola un'ultima volta: dovevo farlo.

Come indicatomi da Padre Alberto, mi preparai a quella "missione" senza far parola con nessuno e quel venerdì "di vigilia", lo chiamai per avvisarlo; lui, in tutta risposta, mi esortò ad aver fede e si raccomandò di tenerlo aggiornato.

La notte precedente, com'era prevedibile, non fu affatto serena: l'idea di ritrovarmi da solo in quell'ospedale mi rendeva irrequieto. Cosa sarebbe accaduto se avessi accusato un improvviso malore o una forte agitazione? Sarei stato in grado di affrontarli? Ce l'avrei fatta a ritrovare il giusto equilibrio mentale? Probabilmente stavo commettendo un'imprudenza, eppure allo stesso tempo sentivo che quell'azzardo era necessario.

Quando, con molta fatica, presi sonno fui proiettato in uno stranissimo sogno.
Mi trovavo all'Ospedale al Mare e, in sottofondo, il suono di una campana batteva dei rintocchi regolari. Attorno a me non c'era nessuno, ma percepivo nell'aria una grande tensione, un conflitto tra energie positive e negative. Forse lì dentro era successo qualcosa di grave e Sveva ne era rimasta in qualche modo coinvolta...

Cominciai a camminare per i viali e presto mi accorsi che dietro alle finestre dei reparti c'erano delle persone che guardavano fuori: uomini e donne di varie età, tutti in pigiama o in vestaglia, bambini con giocattoli in mano, medici in camice e alcune suore. I loro sguardi parevano spenti: non ero sicuro che mi vedessero davvero, se avvertissero la mia presenza o se fossero i fantasmi di chi, a quei balconi, si era affacciato nel corso di otto decenni.

Un signore che teneva a tracolla una borsa rossa passò davanti a me, poi notai una bambina vestita in stile "anni '50"; stava in piedi su una panchina e reggeva un vecchio volume. Lo aprì mostrandomi le sue pagine, ma non lessi nulla poiché erano tutte ingiallite, e nel momento in cui lo richiuse esso si frantumò tra le sue mani come se fosse di sabbia.

Poco dopo suonò una campanella e dagli stabili cominciarono a uscire decine di pazienti che iniziarono ad invadere i viali, correndo, conversando tra loro, o vagando come sonnambuli. Alcuni mi fissavano, dandomi la sensazione di conoscere tutto di me, mentre io non avevo la minima idea di chi fossero.

D'un tratto fu sera. Scorsi un braciere acceso fuori della chiesetta e molte persone attorno con in mano delle candele; probabilmente era la notte di Pasqua.

Avvertii qualcuno dire che voleva andare in un reparto a fare gli auguri ad un parente, forse un genitore, che era ricoverato lì e la cui vita ormai stava giungendo al termine. Scorsi le sagome di altri individui muoversi rapide in varie direzioni, poi un uomo mi raggiunse; non riuscivo a vederlo, sentivo solo la sua voce dirmi che non potevo stare lì. Anche se non in modo ostile, mi strattonò con decisione, invitandomi ad allontanarmi velocemente: «Muoviti! E non fermarti per nessuna ragione!».

Percepivo un'energia contraria che provava a rallentarmi, quasi a trattenermi, ma mi feci forza e riuscii ad avanzare. Camminavo di fretta, pur temendo di inciampare, ero angosciato, non avevo idea di dove stessi andando e di quanto sarebbe durata quella situazione, ma fortunatamente alcuni secondi più tardi, capii di aver raggiunto la spiaggia; avevo fatto quanto mi era stato indicato.

Avvertii un rumore sordo seguito da un fischio prolungato e vidi alcuni bagliori provenire dall'ospedale, dopodiché la struttura fu inghiottita dal buio. Alcuni momenti dopo una luce tremolante si levò e acquistò rapidamente quota, seguita da un'altra e un'altra ancora: erano lanterne di carta, e nel giro di qualche minuto il cielo si riempì di centinaia di punti luminosi. Rimasi stupito e inebriato da quella visione stupenda, mistica e affascinante. Non avevo idea di cosa fosse avvenuto, ma sembrava che qualcosa si stesse liberando da dentro l'ospedale.

Mentre questo spettacolo colorava la notte e nuove lanterne prendevano il volo, mi domandai se fossero solo delle luci, o piuttosto delle presenze; forse erano anime che ritornavano al cielo. Dinanzi a tutto ciò, mi resi conto che nella vita di ognuno esistono delle persone, spesso quasi invisibili, la cui presenza, a volte, è in grado di illuminare la notte.

Mi ritrovai poi a camminare in una strada deserta. Non ero più sulla spiaggia e neppure al Lido e avanzavo lacerato da uno stato di agitazione.

Presto compresi di trovarmi a Roma: la capitale stava ancora dormendo, avvolta dal buio rotto dai lampioni che, come sentinelle, vegliavano le tenebre.

Raggiunta una riva del Tevere, notai il cielo cominciare lentamente a schiarire e continuando a procedere, nei pressi di Ponte Sant'Angelo, incontrai la luce dell'alba. Mi soffermai ad ascoltare il silenzio che precede l'inizio del nuovo giorno: davanti a me il fiume fluiva lento verso il mare. Solo allora mi accorsi di avere con me una macchina fotografica e cominciai a scattare alcune immagini. Scesi lungo una ripida scala di pietra e giunsi a pochi metri dall'acqua; davanti a me troneggiavano maestosi la vecchia fortezza e la raffigurazione dell'Arcangelo Michele, quest'ultimo intento a riporre la spada nel fodero.

Decisi di raggiungere Piazza San Pietro, così risalii la scala e, dopo alcuni passi, svoltai verso Ponte Sant'Angelo. Non c'era nessuno; solo io, le statue in pietra di San Pietro, di San Paolo e dei dieci angeli a cui erano stati affidati gli strumenti della Passione di Cristo. Pensai a Sveva e una grande emozione mi pervase; per un istante credetti con tutto me stesso che l'avrei rivista, ma purtroppo non fu così.

Mi avviai lentamente, in un'atmosfera solenne dovuta al fascino del luogo, alla particolarità del momento, ai secoli di storia della Città eterna.

Solo allora mi accorsi della presenza di un uomo con un cappotto scuro che guardava assorto la corrente. Credevo fossimo due sconosciuti che si godevano la visione di Roma al primo mattino, ma quando fui a poca distanza quello si voltò lentamente verso di me e mi resi conto che si trattava del sacerdote che avevo incontrato nella chiesa di Santa Maria Nascente mentre ero in coma. Avendo forse intuito il mio sgomento, mi sorrise con naturalezza, dicendo: «Lascia che sia».

Era la prima volta che udivo la sua voce. Mi sentivo paralizzato e non riuscivo a proferir parola. Con fare calmo, aggiunse: «Bisogna aver sempre fiducia, soprattutto quando non siamo in grado di comprendere ciò che sta avvenendo. Tutto ha una ragione e tutto serve, anche se non ce ne rendiamo conto».

Con espressione bonaria fece un lieve sorriso e, alzata una mano in segno di saluto, si avviò senza fretta svoltando verso via della Conciliazione e scomparendo presto dalla mia visuale. Per una frazione di secondo pensai di fermarlo, o di seguirlo, ma d'un tratto capii che non dovevo oltrepassare la fine del ponte.

Mi svegliai madido di sudore freddo: erano stati solo dei sogni, probabilmente dettati dalla tensione, eppure si erano presentati con un aspetto estremamente realistico: l'ospedale, i volti dei pazienti, il volo delle lanterne e quell'ultima parte a Roma... Oltretutto, quel sacerdote era la prima persona incontrata durante il coma che "rincontravo" anche in sogno. M'interrogai ancora una volta sull'imminente viaggio al Lido e infine conclusi che di lì a ventiquattr'ore sarebbe stato tutto finito. Tornai a letto e, nel dormiveglia, presto cominciai ad essere combattuto tra il desiderio di dormire e il timore di finire in balìa di qualche altra strana circostanza onirica. Verso le 5:30, decisi di alzarmi, sistemai casa e scrissi un po' al computer.

44
La promessa

Partii per il Lido di Venezia poco dopo le otto. Viaggiai senza fretta, giungendo a destinazione verso l'una. Percorsi tutta l'isola fino alla zona degli Alberoni e ritornai nei pressi dell'ospedale, parcheggiando l'auto alla fine del Lungomare D'Annunzio. La tensione cresceva sempre più, e per qualche istante lasciai che le paure emergessero: stavo commettendo un'imprudenza? Mi sarei pentito di quanto stavo per compiere? Era meglio rinunciare? Dentro di me tuttavia conoscevo già la risposta a tali domande: no. Era arrivato il momento di espormi al rischio che qualcosa potesse andar storto. Sentivo il cuore pulsare nelle tempie ma intimai a me stesso di non gettare la spugna.

Cosciente di dover entrare in uno stabile abbandonato e memore di quanto avevo visto nel giro con Benedetta, avevo portato con me un paio di scarpe antinfortunistiche. Mentre le allacciavo avvertii un brivido scendere lungo tutta la schiena. Per quanto cercassi di celarlo, dovevo ammetterlo: una parte di me aveva una gran paura.

Scesi dall'auto, misi in spalla uno zainetto nel quale avevo riposto i miei documenti e poche altre cose e, a passo lento, varcai il cancello. Non c'era nessuno e solo nei pressi del Pronto Soccorso incrociai un paio di infermieri; tentai di scorgere se tra loro ci fosse anche Matteo, però non lo vidi.

Notai che sui muri dei reparti abbandonati erano comparsi alcuni disegni e delle scritte; i "graffitari" avevano già cominciato a lasciare il segno del loro passaggio. Una delle frasi recitava: *Beati i pazzi che cantano menzogne. Le loro urla ci rendono sani*. Un'altra, invece, diceva: *Chi è più saggio cammina sapendo che questa realtà è di passaggio*. La struttura stava per essere presa d'assalto e definitivamente deturpata, e tutto ciò contrastava col profumo della bella stagione alle porte che si percepiva nell'aria.

Avvertii il cellulare vibrare, era un messaggio di Benedetta: "Prima parte della giornata conclusa; pesante ma interessante. Ora siamo in pausa, tra un po' si riprende. Spero tu stia bene. Dammi tue notizie!".

Risposi che stavo per fare una cosa importante della quale però non le potevo ancora parlare, e allora lei scrisse: "Cosa stai combinando? Per favore dimmelo, non farmi stare in pena!".

La risposi di stare tranquilla e che in serata ci saremmo sentiti.

Man mano che mi avvicinavo alla meta, la tensione aumentava. Ero deciso a recarmi subito nello stabile in cui Sveva aveva dichiarato di lavorare; non volevo perdere tempo, temevo che qualcosa potesse impedirmi di portare a termine il mio proposito. Giunto davanti alla chiesa, svoltai verso il reparto.

Nei d'intorni non c'era anima viva e la porta d'ingresso era quasi sfondata; ciò m'inquietò un po', ma accedetti comunque in quella che un tempo era stata una grande sala d'attesa. Sebbene cercassi di non farmi prendere dalle emozioni sentivo il cuore pulsare sempre più forte. Chiamai Padre Alberto per dirgli che ero arrivato, e lui mi rispose laconico: «Procedi».

Sostai un momento per concentrarmi e calmare il respiro e come mi aveva raccomandato l'anziano frate, strinsi il rosario con la medaglia di San Benedetto.

Mi avviai lungo la scala di fronte a me, percorsi alcune rampe e giunsi al secondo piano: una porta scorrevole, su cui compariva un cartello con scritto *Locale climatizzato*, sbarrava l'ingresso, ma la sorte volle che non fosse chiusa a chiave.

Entrai e dopo un paio di passi mi fermai, rimanendo immobile. Tentai di capire se in quel luogo, oltre a me, ci fossero altre persone; non volevo trovarmi di fronte a uno sbandato che aveva trovato riparo tra quelle mura, oppure incontrare qualche dipendente dell'ospedale. In fin dei conti non avevo alcun motivo per giustificare la mia presenza e non ero intenzionato ad incorrere in qualche guaio. Così, chiamai ad alta voce: «Matteo... sei qui?».

Mi rispose un lungo silenzio nel quale le uniche cose che fui in grado di percepire furono solo il mio respiro e il crescere della tensione che, di minuto in minuto, mi logorava sempre di più.

Mi recai verso l'ingresso ed estrassi il foglio con la preghiera scritta da Padre Alberto. Come mi aveva detto, la lessi una prima volta in silenzio e sebbene fosse composta di sole sette righe, mi parve di impiegare un tempo lunghissimo. Sapevo che a quel punto avrei dovuto affrontare la parte più difficile, ovvero ripeterla ad alta voce. Provai a concentrarmi e a regolare il respiro, dopodiché cominciai a leggerla: subito mi sembrò di entrare in un campo di battaglia. Presto mi accorsi di pronunciare le parole con molta fatica, ed ebbi la sensazione di essere circondato da migliaia di occhi, volti che non volevo né dovevo guardare. Avvertivo numerose presenze, per la maggior parte negative, e mi tormentava il presentimento che lungo i muri scorressero delle ombre, che qualcuno bussasse violentemente a una porta e che delle zampe con gli artigli raspassero i vetri. Ero certo che non si trattasse di mera tensione o suggestione; mi sentivo avvolto da un'energia ostile che mi ostacolava, opprimendomi. Tentai di resistere, ma una volta giunto alla fine della seconda riga percepii la fronte imperlarsi di fredde gocce di sudore. Non ero sicuro di riuscire a reggere ancora per molto: mancavano ancora cinque righe, che tuttavia mi apparivano come un'insidiosa montagna da scalare nel bel mezzo di una bufera di neve. Cercai dentro di me tutta la forza di cui disponevo, e lentamente, seppur con fatica, riuscii a proseguire.

All'improvviso, i rumori che provenivano dall'esterno sembrarono amplificarsi e la mia voce si fece carica di tensione. Un bagliore sinistro illuminò per alcuni istanti un lato del corridoio; cominciai a temere che il pavimento cedesse sotto ai miei piedi, che qualcuno mi afferrasse alle spalle, o magari di sentirmi male, di perdere conoscenza senza che nessuno sapesse dove mi trovassi. Udii un rumore fastidioso, stridulo, acquistare sempre più forza, come se volesse impedirmi di farmi sentire la mia stessa voce. A quel trambusto si aggiunsero inquietanti echi di voci lontane, versi di animali e il suono dei passi di qualcuno che correva. Tutto crebbe a dismisura e mi parve persino che cominciasse a far buio.

All'improvviso percepii dei suoni angoscianti, come di una persona che tentava di gridare senza riuscirvi. Il foglio sparì dalla mia vista e, seppur in modo nebuloso, mi parve di intravvedere un uomo a letto in una stanza con pochissima luce con persone che lo trattenevano. Non riuscivo a scorgerlo in faccia ma capii che cercava di divincolarsi senza avere alcuna possibilità di uscire da quella situazione. Dopo alcuni istanti le forze sembrarono venirgli meno. Non riuscii a capire se gli praticarono un'iniezione, se gli fecero bere qualcosa, o gli misero un cuscino sul volto: compresi solo che era accaduto qualcosa brutto.

Un attimo dopo tornai a vedere il foglio. Fui sul punto di cedere al panico e di scappar via, ma in quel momento ricordai le parole di Padre Alberto: «... non ti sarà facile fare quanto ti ho chiesto, ma tu tieni duro».

Come un marinaio che si aggrappa a qualsiasi appiglio per non esser travolto dalla burrasca, tenni ben saldo nella mano sinistra il pezzo di carta con la preghiera, mentre, con la destra, strinsi ancor più la coroncina. Pur con difficoltà riuscii ad avanzare, parola dopo parola, fino ad arrivare alla fine. Immediatamente calò il silenzio, e nel volgere di alcuni istanti l'ambiente cessò di essere ostile, tornando luminoso come prima. Mi guardai attorno, perplesso e per certi versi sconvolto.

Sapevo che quanto era accaduto non apparteneva a una realtà tangibile, ma che solo la mente era in grado di percepire: non mi sentivo pazzo, anzi, mi rasserenai perché presi finalmente coscienza che l'energia contenuta negli ambienti poteva essere captata abbastanza facilmente. La preghiera di Padre Alberto era stata solo una chiave con cui potervi accedere. Pur conscio di non essere in grado d'interpretare ciò che era avvenuto, ebbi la certezza di aver preso parte ad un evento straordinario.

Ero ancora scosso e avevo il fiato corto, ma presto ripresi a respirare regolarmente. Dovevo solo rileggere la preghiera un'ultima volta. Iniziai a ripeterla nuovamente, e questa volta portai a termine il mio compito senza alcuna difficoltà. Il corridoio davanti a me era ora immerso nel silenzio, ma nel momento in cui pronunciai l'ultima parola del foglio udii il suono di una campana provenire dalla vicina chiesa: un rintocco sordo, come se qualcosa vi avesse impattato contro. Trattenni il fiato in attesa di sentire un nuovo colpo, ma non accadde nulla.

A passo lento scesi al piano terra. Una parte di me continuava a dirmi che non era ancora finita, così non lasciai subito il reparto ma svoltai a sinistra ed entrai in quello che un tempo era stato il nuovo obitorio a cui Sveva aveva accennato.

Vidi alcune stanze spoglie (le cui pareti erano parzialmente coperte da piastrelle color beige), la sala per le autopsie, e una stanza nella quale era presente un grosso schedario. Per un attimo riflettei sul fatto che quell'edificio aveva ospitato per anni le salme dei pazienti deceduti nei vari reparti e aveva conosciuto le lacrime dei loro parenti, ma che, alla fine, la morte ne era stata allontanata. Un domani, chissà, forse quello stabile sarebbe stato abbattuto per far spazio ad altro, probabilmente a un complesso per turisti ignari di trovarsi in un luogo che avrebbe meritato un po' più di rispetto. A mio avviso il suolo su cui sorgeva un ospedale era pregno del mistero della sofferenza, dell'incognita della fine e della magia dell'inizio, un terreno sacro che doveva essere conservato in modo dignitoso, così com'era avvenuto per il vecchio ospedale di Lecco.

Mi resi conto di esser sudato e accaldato; quanto avevo vissuto al primo piano aveva richiesto uno sforzo emotivo non indifferente. Mi sentivo spossato, ma mi ricordai che nello zainetto avevo messo una maglietta, una polo: mi fermai un attimo e mi cambiai.

Mi trattenni ancora qualche istante per leggere un'ultima volta la preghiera di Padre Alberto; poi, sereno, mi avviai verso l'uscita.

45
Una frase dimenticata

Una volta all'aperto, avvertii la tensione allentarsi, una pesante stanchezza, ma anche la sensazione di aver fatto qualcosa di buono. Non era stato facile affrontare quella prova e non avevo idea di quali risvolti potesse avere quanto avevo compiuto, però mi sentivo soddisfatto.

Con la voce di chi ha appena finito una lunga corsa, chiamai il frate: «Padre, ce l'abbiamo fatta! È stata dura ma ho letto la preghiera tre volte, come Lei mi ha chiesto...».

Rispose con un tono molto paterno: «Bravo! Adesso non dirmi nulla, immagino tu sia molto provato, però per piacere la prossima settimana vieni a trovarmi, così ne parliamo. Ho alcune cose da chiederti».

Gli promisi che il sabato successivo sarei andato da lui.

Avrei potuto andarmene, risalire in macchina e tornare a casa, tuttavia sentivo il desiderio di stare ancora un po' lì e, senza fretta, prendere congedo da quel luogo. Sostai presso la panchina dove avevo parlato con Sveva, sfiorai la parte dove un tempo, con me, si era seduta e per un istante mi illusi che fosse ancora al mio fianco.

L'ospedale, nel più totale abbandono, continuava a trasmettere un senso di attesa e pareva che i padiglioni implorassero il rispetto della loro dignità. La "Città bianca sul mare" apparteneva a un'epoca che ormai non esisteva più, ma dimenticare il suo passato sarebbe stato un grosso errore; bisognava far sì che la sua storia fosse preservata e raccontata, magari all'interno di un museo dedicato alla Sanità, al progresso medico-scientifico e ai decenni in cui moltissima gente, in quei reparti, era stata curata. Là dentro c'era qualcosa che implorava di non finire nell'oblio e sentivo di non poter far finta di nulla. Quel posto era diventato parte della mia vita e non volevo assolutamente che andasse incontro alla distruzione.

Continuai a camminare: la struttura, rispetto a quando l'avevo visitata con Benedetta, appariva meno tetra, o forse era solo il mio stato d'animo ad essere mutato. Il pensiero di Sveva non mi abbandonava, ero convinto non fosse stata un'invenzione della mia mente; doveva esserci un'altra spiegazione.

L'Ospedale al Mare, pur nella sua triste condizione, era stato testimone di quanto avevo vissuto in quei giorni con lei e tutto ciò doveva aver lasciato un segno tra i suoi reparti. Sedetti ad osservare i viali attraversati, ogni tanto, da qualche persona. Il futuro non apparteneva certo a quel luogo, e il presente sembrava starci a disagio.

In quei momenti compresi che la causa principale dei miei problemi non erano il mio passato, i torti subiti o gli errori compiuti, bensì ero io stesso, che non avevo ancora trovato la forza e il coraggio di allontanarmene. Continuavo a portarmeli appresso, ad alimentare la sensazione di sfiducia negli altri e a vivere con un senso di rivalsa nei confronti di chi, o di cosa, proprio non sapevo. Finalmente realizzai tutto ciò e non cercai ulteriori scuse.

Con Gloria era finita nel peggiore dei modi, ma ormai quella vicenda era conclusa: avevo sbagliato ad insistere nel credere di avere un conto aperto con il destino, quando invece l'unica cosa da fare era voltar pagina e ricominciare tutto da capo, senza rancori. Sì, avevo fallito, però ero sereno, perché avevo finalmente capito come, alle volte, la vera vittoria sopraggiunga soltanto nel momento in cui ci si rende conto di aver perso e di come una sconfitta non sia mai un punto di arrivo, ma piuttosto un luogo di svolta.

Assorto in tali pensieri, giunsi alla chiesetta e fui felice di trovarla aperta: al suo interno, due signore stavano sistemando alcuni vasi di fiori sull'altare. Senza disturbare m'inginocchiai presso un banco e alzai gli occhi verso il bel crocifisso di legno che, con le braccia aperte, pareva disposto ad accogliere le suppliche di tutti.

Pregai chiedendo che Sveva, se era davvero un'entità spirituale, potesse continuare a seguirmi lungo tutto il tragitto della mia vita, un'esistenza che mi era stata donata due volte e alla quale volevo dare finalmente una direzione concreta. Se invece si trattava di uno spirito rimasto imprigionato tra quelle mura, implorai che ne fosse liberata. Pensai a lei, chiusi gli occhi e, nella speranza che riuscisse in qualche modo a sentirmi, mormorai: «Sveva, non sei sola. Non lo sarai più. Non rimarrai qui per sempre perché io... non ti dimenticherò mai».

Era la verità: speravo con tutto il cuore di ritrovarla, ma sapevo che se anche non l'avessi più rivista, non avrei in nessun modo scordato quei tre giorni inspiegabili in cui mi ero innamorato di lei.

D'un tratto udii degli accordi provenire dall'armonio, e per un attimo ricordai dell'anziano musicista che avevo visto in sogno. Mi alzai lentamente e, con discrezione, mi sedetti presso un altro banco, in una posizione che mi permetteva di scorgere l'organista: era un uomo sui cinquant'anni, di corporatura esile; ispirava simpatia e il suo modo di suonare era semplice ma molto delicato.

Immerso in quelle melodie sacre e nei tanti pensieri che vorticavano nella mia mente, indugiai ancora un po' ad ammirare i bellissimi affreschi. Infine, con un certo dispiacere e una grande emozione, salutai anche la chiesetta.

Appena fui uscito, mi guardai attorno chiedendomi cosa, un domani, sarebbe stato di quel luogo. Mi diressi lentamente verso l'uscita e quando ormai ero in procinto di lasciarmi l'ospedale alle spalle, avvertii il desiderio di tornare un'ultima volta al *Monoblocco*. Invertii dunque la mia marcia e mi riavviai verso nord.

Nei pressi del Marinoni scorsi una porta semiaperta e attraverso le vetrate notai che all'interno vi era qualcuno. Mi avvicinai con cautela e una voce disse: «Prego, l'ingresso è libero».
Entrai e un giovane si avvicinò. Disse di chiamarsi Domenico, e mi invitò a fermarmi per assistere alle prove dello spettacolo che si sarebbe tenuto l'indomani. Perplesso domandai qualche informazione, così il ragazzo mi informò che un gruppo di cittadini aveva chiesto di poter utilizzare la struttura. L'iniziativa era nata per tutelare quel luogo, preservandolo da possibili atti vandalici e dai progetti di abbattimento che, di tanto in tanto, comparivano minacciosi all'orizzonte. Il teatro, più o meno ogni settimana, ospitava qualche piccolo evento di recitazione, danza o musica; l'intento di tutto ciò era quello di farlo diventare un'occasione di ritrovo per l'intera cittadinanza.

Domenico mi indicò poi due ragazze e un ragazzo che chiacchieravano con una signora di mezza età; erano studenti di Architettura del Politecnico di Milano e stavano lavorando a una tesi su un progetto di recupero della struttura. Poco dopo, una di loro, si avvicinò: chiese una cosa a Domenico il quale, subito dopo, si allontanò alla ricerca di una persona che si trovava lì nei paraggi e che avrebbe dovuto accompagnarla, con i suoi compagni, a visitare un reparto.

Rimasi con lei a parlare alcuni minuti: era una bella ragazza, alta circa un metro e settanta con lunghi capelli castani, occhi scuri e profondi. Notai che portava più di una collana e che sulle le mani comparivano vari anelli. Ci presentammo: seppi così che si chiamava Melania e che aveva venticinque anni. Mi accennò alla loro tesi di laurea, ormai in fase di rifinitura, e del fatto che fosse rimasta particolarmente affascinata sia dalla struttura che dalla storia del luogo.

Io, senza scendere in particolari, le accennai brevemente al mio incidente e a una ricerca che stavo conducendo su quei reparti. Aggiunsi poi che mi sarebbe piaciuto fare qualcosa affinché l'ospedale potesse essere preservato da iniziative incapaci di tener conto della sua storia.

Melania mi guardò con estrema serenità: si vedeva subito che era una ragazza dotata di un'intelligenza vivace e con una forte personalità. Parlava con voce calma e aveva un modo di fare molto delicato. Disse che le sarebbe piaciuto potermi essere d'aiuto, quindi prima di salutarci ci scambiammo i numeri di telefono e gli indirizzi e.mail, dopodiché si allontanò assieme ai suoi amici e all'uomo che Domenico era andato a chiamare. Prima di uscire dal teatro, però si voltò verso di me e ci guardammo per alcuni istanti negli occhi. Non ci fu nessun cenno di saluto, né altro, ma qualcosa mi disse che presto ci saremmo risentiti.

Subito dopo sul palco del teatro comparve un attore, un tipo robusto, con una barba folta e i capelli rasati, completamente vestito di bianco. Presto seppi che si trattava di un comico veneziano capace far ridere a crepapelle il suo pubblico ma che, allo stesso tempo, riusciva ad ammutolire e a commuovere i presenti con monologhi di denuncia. L'artista provò alcune battute, mentre i tecnici curavano il bilanciamento dei microfoni e delle luci.

Ringraziai Domenico per le spiegazioni che mi aveva offerto e uscii, considerando sul fatto che il teatro, anche se decadente, veniva nuovamente utilizzato: c'erano delle persone che lavoravano per preservarlo e dopo tanti anni di chiusura vi avevano riportato ciò per cui era stato costruito: l'arte.
Forse proprio l'arte, la bellezza e la cultura avrebbero salvato quel luogo. Chissà...

Camminai ancora un po' e arrivai a un passaggio che si affacciava sul mare, stava nei pressi del giardino in cui si trovavano i resti delle giostrine per bambini. Anche qui le pareti erano coperte da numerosi graffiti realizzati di recente: disegni e scritte. Una di quest'ultime mi colpì particolarmente: *La verità, prima o poi, impone sempre sé stessa*. Mi fermai un attimo a riflettere su quanto avevo appena letto e sperai tanto che quanto avevo vissuto in quei giorni di inizio settembre potesse emergere in modo inconfutabile.

Per qualche secondo pensai a cosa avrebbe detto Benedetta una volta saputo del mio viaggio al Lido. Mi chiesi anche come Placido avrebbe interpretato ciò che mi era accaduto mentre leggevo la preghiera affidatami da Padre Alberto. Lo avevo richiamato due giorni prima, quando mi aveva detto che aveva buttato giù un piano di allenamento fatto di varie escursioni per prepararci in occasione della nostra futura salita alla cresta Segantini. Chissà quando avremmo tentato l'ascesa?

Ripresi ad avanzare verso la mia meta e quando vidi il *Monoblocco*, venni colto da una forte nostalgia. Nella mente riaffiorarono alcuni momenti di quella notte ormai lontana; avrei tanto voluto che Sveva fosse ancora lì a tenermi per mano... Non appena entrai, venni accolto dal caratteristico odore di cloro che dominava l'ambiente. Lentamente salii all'ultimo piano, dove rimasi stupito di trovare aperta la porta che conduceva alla terrazza. Varcai la soglia e mi avvicinai al parapetto: davanti ai miei occhi si presentò un'immensa distesa azzurra. L'acqua splendeva nella luce del tardo pomeriggio mentre intorno a me udivo il calmo mormorio delle onde che si allungavano sulla riva, oltre a una miriade di suoni indistinti.

Appena oltre il faro di San Nicolò scorsi alcune barche a vela e una nave da crociera diretta verso il mare aperto. Captai nell'aria un rombo che andava crescendo e un attimo più tardi comparve l'elicottero che avevo visto qualche mese prima, durante il giro per i reparti in compagnia di Benedetta e Matteo. Stava scendendo di quota e, poco dopo essermi passato davanti, virò in direzione del vicino aeroporto così da atterrare nel luogo da dove anch'io, o meglio, il mio corpo, era decollato per Padova il giorno dell'incidente.

Restai alcuni istanti immerso nei miei pensieri alcuni istanti e, proprio in quei momenti un alito di vento mi accarezzò il volto, passando tra i capelli. Provai una sensazione di pace, trascorsero alcuni secondi e percepii una successiva folata d'aria, più leggera, nella quale però riconobbi un profumo che ben conoscevo e che poteva appartenere a una sola persona: Sveva!

Istintivamente, mi spostai: camminai lungo la terrazza osservando ogni angolo nella speranza di scorgerla, di ritrovarla. Non la vedevo, però distinguevo chiaramente la sua presenza. Fui inondato da un miscuglio indescrivibile di emozioni; avvertivo su di me l'intensità del suo sguardo e non avevo alcun dubbio: lei era lì, nuovamente al mio fianco. Avrei dato qualsiasi cosa pur di poterla abbracciare ancora una volta.

Il desiderio di vederla e di stringerla a me pareva infinito, ma presto capii che se Sveva mi permetteva di avvertirla in quel modo era perché, probabilmente, voleva rivelarmi qualcosa. Compresi che non avrei più ascoltato il suono della sua voce, ma forse avrei potuto comunicare con lei attraverso un linguaggio diverso. Tentai allora di liberare la mente dalla confusione causata dalle tante emozioni che stavo provando e d'un tratto intuii quello che forse era il mio compito: pur con tutti i miei limiti, avrei preso in mano quanto avevo scritto per i medici e avrei fatto tutto il possibile affinché restasse traccia della nostra storia.

Non avevo idea di quanto tempo ci avrei impiegato e non sapevo nemmeno se ero in grado di esporre il tutto in modo sufficientemente scorrevole, ma promisi a me stesso che non avrei mai accantonato tale proposito: così, di Sveva sarebbe rimasta memoria, per sempre.

Percepii la sua presenza divenire meno intensa, poi flebile, fino a non ravvisarla più.

Nonostante la malinconia mi stesse consumando l'anima, provai una sensazione di gioia perché Sveva, forse, era finalmente libera.

Ero scosso ma capii che il tempo, probabilmente, mi avrebbe permesso di capire molte cose, e in parte, sentivo che dentro di me qualcosa già stava cambiando; forse era davvero giunto il momento di ripartire da zero. Dovevo aprirmi al mondo e cercare la mia strada. Non sarebbe stato semplice, ne ero consapevole, ma d'altronde, ero certo che, in quel lungo e imprevedibile cammino Sveva non mi avrebbe abbandonato.

Mi trattenni ancora qualche minuto, poi mi accorsi che si era fatto tardi e che era meglio riprendere la via di casa. Avrei voluto restare ancora un po', ma era davvero ora di partire.

Chiusi gli occhi, tentando di concentrarmi per percepire al meglio i suoni e gli odori che mi circondavano, dopodiché mi volsi un'ultima volta all'Adriatico: le onde, piccole e lente, accarezzavano la riva nel loro movimento perenne.

Fu in quel momento che mi tornarono alla mente alcune parole pronunciate da Sveva proprio su quella terrazza; poche frasi che, da allora, non ero più riuscito a ricordare. Guardai lontano fin dove l'azzurro del mare si spingeva a sfiorare il cielo e, mentre il mio spirito veniva sommerso da emozioni intense e contrastanti, ebbi la sensazione di sentirla ancora sussurrare: «Non dimenticare mai che nessuna oscurità è senza fine. Ogni giorno, da dietro l'orizzonte, il sole continua a rinascere. L'importante è non voltargli le spalle e far finta che sia ancora notte».

Indice

Pag. 7	Prologo	
Pag. 8	Cap. 1	L'assordante eco del nulla
Pag. 13	Cap. 2	Mostra del Cinema
Pag. 17	Cap. 3	L'odore del buio
Pag. 21	Cap. 4	Un luogo fuori dal tempo
Pag. 24	Cap. 5	Sveva
Pag. 28	Cap. 6	Le navi sulla spiaggia di Alang
Pag. 37	Cap. 7	Lo specchio
Pag. 43	Cap. 8	Il golfo degli arcobaleni
Pag. 48	Cap. 9	Piatti rotti e camicie stirate
Pag. 53	Cap. 10	"Il quarto stato"
Pag. 59	Cap. 11	Nettuno e la Dea
Pag. 65	Cap. 12	Il cielo caduto
Pag. 70	Cap. 13	Farewell Dinner
Pag. 74	Cap. 14	Blue Moon
Pag. 80	Cap. 15	In tutti i colori del cielo
Pag. 83	Cap. 16	Una storia all'inizio
Pag. 87	Cap. 17	L'alba
Pag. 91	Cap. 18	Dove vorremmo essere...
Pag. 97	Cap. 19	Mattoni sulla sabbia e viaggiatori in partenza
Pag. 105	Cap. 20	Lenta emersione
Pag. 107	Cap. 21	Scenari confusi
Pag. 112	Cap. 22	Tesi e racconti
Pag. 116	Cap. 23	La giostra invisibile
Pag. 120	Cap. 24	Il poster di Placido
Pag. 124	Cap. 25	"Giallo Rosso e Blu"
Pag. 127	Cap. 26	Pazienti e astronauti
Pag. 129	Cap. 27	La ricerca
Pag. 134	Cap. 28	Un sentore di neve
Pag. 138	Cap. 29	Ospedale al Mare
Pag. 144	Cap. 30	Un problema
Pag. 148	Cap. 31	Il profumo del pane
Pag. 151	Cap. 32	Le cinque candele
Pag. 156	Cap. 33	S.C.E. Aux
Pag. 162	Cap. 34	Nei pressi della bocciofila
Pag. 167	Cap. 35	Lilith e un pub irlandese
Pag. 171	Cap. 36	Benedetta
Pag. 177	Cap. 37	Brassaï e "Le vieux poéte"

Pag. 183	Cap. 38	Titti e Gatto Silvestro
Pag. 188	Cap. 39	Padre Alberto e il “Grande Tunnel”
Pag. 195	Cap. 40	Le stelle sopra l’oceano
Pag. 199	Cap. 41	Di notte sul lungolago
Pag. 204	Cap. 42	L’Albero e la lettera
Pag. 208	Cap. 43	Il volo delle lanterne
Pag. 211	Cap. 44	La promessa
Pag. 215	Cap. 45	Una frase dimenticata
Pag. 222	Indice	
Pag. 224	Note	
Pag. 225	Ringraziamenti	

Note

Il presente romanzo è un'opera di fantasia: riferimenti a fatti e persone sono puramente causali o presi semplicemente a spunto per dar vita ai personaggi che vivono all'interno delle vicende narrate.
Parte di questa storia è ambientata al Lido di Venezia, presso la struttura dell'Ospedale al Mare così come si presentava tra il 2004 e il 2008, periodo nel quale le attività di ricovero erano state da poco interrotte.
Dal 2009 il Pronto Soccorso è stato trasferito presso il *Padiglione Rossi*, meglio conosciuto come *Monoblocco*. In questo stabile, tutt'oggi, ci sono ambulatori aperti al pubblico in orario diurno, un'unità di Radiologia e una piscina per la riabilitazione.
Gli altri padiglioni dell'*Ospedale al Mare* si trovano tutt'ora in uno stato di totale abbandono e fatiscenza. La chiesa di Santa Maria Nascente, dal 2011, è stata chiusa per motivi di sicurezza e, nella primavera del 2013, è stata vandalizzata.
Nel settembre del 2011 numerosi artisti e cittadini attivi e sensibili hanno occupato e messo in stato di autogestione il teatro Marinoni nel tentativo di salvarlo dalla distruzione, preservarlo dall'abbandono e restituirlo alla collettività come luogo d'arte e cultura.
Il resto dell' area su cui sorgeva l'Ospedale al Mare, dopo anni di abbandono e degrado, è stata recintata, messa in sicurezza e presidiata, giorno e notte, da un servizio di guardiania. Gli stabili, nel tempo ampiamente saccheggiati, giacciono in uno stato di completo abbandono ma, a detta di più persone, se opportunamente restaurati, potrebbero ancora tornare in condizione di agibilità.
Nel 2015 il Leone in marmo che si trovava all'interno dell'Ospedale al Mare è stato collocato nel Gran Viale del Lido di Venezia, presso la Piazzetta Lepanto.

Curatrice editing: Francesca Santangelo

Immagine di copertina e quarta di copertina : Sara Pradolin

Elaborazione grafica copertina: Stefano Soffiato

Impaginazione: Anna Zannini

Ringraziamenti

Dietro la nascita di un libro non vi è solo chi ha avuto l'idea e che vi ha lavorato in modo assiduo, ma anche chi, con la sua opera, ha contribuito a portare alla luce il risultato finale. Tengo a porgere un ringraziamento speciale a Francesca Santangelo che ha curato l'editing del testo: la sua dedizione e bravura sono state davvero encomiabili.
Un ringraziamento particolare va anche a Betti Bertoncello e alla cara Rosanna Mavian (scomparsa nel 2015) che nel corso del tempo hanno avuto modo di leggere le prime stesure, donando preziosi consigli.

Un sentito ringraziamento anche a Padre Renato Ellero, Fausto Muta, Sara Pradolin, Federico Roiter, Dott.ssa Maria Rosaria Stabile, Stefano Soffiato, Mirco Zanotto e a tutte le persone che, in un modo o nell'altro, hanno fornito un'indicazione, un suggerimento o si sono rese disponibili per delle ricerche o altre iniziative.

Questo libro, modesto omaggio ad una grande storia, è dedicato a tutte le persone che hanno avuto a che fare con l'Ospedale al Mare, che in esso hanno vissuto pagine importanti di vita, sia come pazienti, medici, operatori o semplici visitatori. Inoltre, è dedicato alle persone che hanno continuato e continueranno ad avere a cuore questa struttura e che si impegneranno a conservarne la memoria.

Lido di Venezia, maggio 2019

Riccardo Roiter Rigoni

Nato al Lido di Venezia (presso l'Ospedale al Mare) il 31.12.1979.
Ha scoperto la passione per la scrittura tra la fine del 1999 e i primi anni 2000.
Ha iniziato a fotografare nel 2001.
Collabora con il settimanale Gente Veneta dal 2005 nel quale, nel corso degli anni, sono state pubblicate numerose immagini e vari reportage fotografici, oltre a circa 180 articoli tra temi di attualità e di approfondimento.
È autore dei libri fotografici: *Venezia Sensation* (Granviale Editori, 2008), *Venezia momenti senza tempo* (Marcianum Press, 2012), *Il mare d'inverno esiste davvero* (Duck Edizioni, 2016).
Autore: del *Folder fotografico Venezia* (Poste Italiane, 2018), del *Poster Ufficiale della 44esima Vogalonga* (2018), delle fotografie contenute ne *Il gioco dell'oca Venezia* (Grafiche Battivelli, 2018).
Ha curato la parte fotografica dei libri: *I volti della visita* (Edizioni C.I.D., 2006), *Corsi e freschi passeggiate in laguna* di Marina Crivellari Bizio (Filippi Editore, 2007), *Giardini di memorie* di Regina Bonometto (Filippi Editore, 2008).
Conta numerose collaborazioni in ambito giornalistico/editoriale sia a livello nazionale che internazionale.
Ha realizzato immagini per copertine di libri (tra cui il volume *Marco Patriarca amato da tutti* Ed. C.I.D. 2016, dedicato dalla Diocesi di Venezia al Patriarca Marco Cè), di riviste e curato lavori di comunicazione pubblicitaria.
Ha partecipato alla realizzazione di progetti di Medicina Narrativa e approfondito alcuni aspetti del complesso rapporto tra arte e sofferenza.
Ha ricevuto riconoscimenti nell'ambito di concorsi fotografici sia nazionali che internazionali.
Per alcuni anni è stato membro della giuria e fotografo ufficiale della manifestazione artistica *Landfall Art Center* diretta e curata dall'Arch. Antonio Rodriguez.
Nel 2012, ha realizzato assieme a Stefano Soffiato un video dedicato alle condizioni critiche in cui versava l'Ospedale al Mare.
Sempre nel 2012 è stato intervistato da Anna Zemella, autrice del libro/reportage: *Voci dall'Ospedale al Mare* (scaricabile gratuitamente in internet).
Nel 2015 ha tenuto una conferenza intitolata: *Sindone, selfie di Dio?*, in cui ha analizzato le principali caratteristiche fotografiche dell'immagine più misteriosa della storia.
Autore della prima fotografia al mondo di una maschera in volo sul cielo di Venezia.
Dal 2017 è uno dei fotografi che seguono ufficialmente la *Festa delle Marie*. In quest'ambito ha ideato *Il volo della Maria*: sorvolo fotografico in elicottero sulla città con la *Maria* vincitrice del Carnevale, in collaborazione con Maria Grazia Bortolato e la Fly Venice Helicopter Service.
Dal 2018 sta lavorando a un progetto di fotografia aerea atto a divulgare la storia e le tradizioni delle isole della laguna di Venezia assieme a Silvia Rigon, General Manager della *"Fly Venice Helicoper Service"*, e Alessandro Scarpa "Marta", Consigliere Comunale delegato alle isole e alla pesca.
È stato più volte chiamato a presiedere la giura in concorsi fotografici e artistici.
Oltre a scrivere e fotografare ama suonare la chitarra e comporre musica.

Finito di stampare nel mese di maggio 2019
Stampatori della Marca
Vallà di Riese Pio X (Tv)